图书在版编目（CIP）数据

日本近世小说观念研究：兼论其中国文学思想渊源/勾艳军
著. —北京：中华书局，2020.1
ISBN 978-7-101-14137-5

Ⅰ.日…　Ⅱ.勾…　Ⅲ.小说研究-日本　Ⅳ.I313.074

中国版本图书馆 CIP 数据核字（2019）第 208945 号

书　　　名	日本近世小说观念研究：兼论其中国文学思想渊源
著　　　者	勾艳军
责任编辑	葛洪春
出版发行	中华书局
	（北京市丰台区太平桥西里 38 号　100073）
	http://www.zhbc.com.cn
	E-mail:zhbc@zhbc.com.cn
印　　　刷	北京市白帆印务有限公司
版　　　次	2020 年 1 月北京第 1 版
	2020 年 1 月北京第 1 次印刷
规　　　格	开本/920×1250 毫米　1/32
	印张 11¾　插页 2　字数 310 千字
国际书号	ISBN 978-7-101-14137-5
定　　　价	72.00 元

日本近世小说观念研究：兼论其中国文学思想渊源

勾艳军 著

中华书局

国家社会科学基金青年项目"日本近世小说观念的中国文学思想渊源研究"（项目编号:13CWW010)成果

目　录

序

刘雨珍

一

　　勾艳军博士的专著《日本近世小说观念研究：兼论其中国文学思想渊源》将由中华书局付梓刊行，作为她硕士期间的指导教师，能够第一时间阅读书稿并为之作序，我感到十分高兴。

　　1998 年 9 月，勾艳军由河北大学考入南开大学，师从本人攻读日本古典文学方向的硕士研究生。2001 年 5 月，用日文完成了硕士学位论文《上田秋成〈雨月物语〉研究——以与中国文学的关联为中心》，获得文学硕士学位。论文分为前后两篇对上田秋成的《雨月物语》与中国文学的关联进行了深入的比较研究，前篇"小说观"主要以《雨月物语》的汉文序为中心，考察了上田秋成的小说观；后篇"翻案手法"则将《雨月物语》的翻案手法整理提炼为"摄取""改编""融合"三类，并对《菊花之约》和《蛇性之淫》两篇作品进行了具体分析。论文资料翔实，逻辑严谨，论点突出，论据充分，被评为 2001 年度南开大学优秀硕士论文。硕士毕业后，勾艳军进入天津大学外国语言与文学学院工作。2003 年 8 月，经本人推荐，赴日本奈良县立万叶文化馆内的万叶古代学研究所研修八个月,期间完成了日文论文《上田秋成的山上忆良论》(载《万叶古代学研究所年报》第二期,2004 年 3 月),考察了作为国学家的上田秋成在《万叶集》研究领域的独特贡献。

2004 年 9 月,勾艳军考入天津师范大学文学院比较文学与世界文学方向攻读博士学位,成为中日比较文学大家王晓平教授的开门弟子。在晓平先生的精心指导下,经过四年的刻苦努力,于 2008 年 4 月完成了博士学位论文《日本近世小说观研究》,在充分吸收国内外研究成果的基础上,分别从"劝善惩恶"小说观、"浮世"小说观、"物哀"小说观、"戏作"小说观、"怪奇"小说观、"寓言"小说观、小说"虚实"论等七个维度,对江户时期的小说观进行了系统而深入的考察。

自攻读博士学位至今的十五年时间,勾艳军顺利完成了天津大学自主创新基金项目"曲亭马琴小说观研究"、教育部人文社科基金项目"日本古代小说戏剧理论研究"、国家社科基金青年项目"日本近世小说观念的中国文学思想渊源研究",发表了有关日本古代小说研究的系列论文,如《曲亭马琴对金圣叹〈水浒传〉评点的接受与批判》(《中国比较文学》2007 年第 1 期)、《日本近世小说家的明清小说评论》(《明清小说研究》2007 年第 3 期)、《日本近世的浮世小说观》(《外语研究》2008 年第 6 期)、《佛学意识与日本古代戏剧审美观》(《汉学研究》2010 年刊)、《日本古代小说的佛学烙印与文化成因》(《外国问题研究》2011 年第 4 期)、《中日文学交流史上劝惩载道文学观的影响轨迹》(天津市社会科学界第八届年会优秀论文集,2012 年)、《日本近世戏作小说的中国文学思想渊源》(《日本问题研究》2012 年第 2 期)、《日本近世小说家曲亭马琴的〈续西游记〉评价》(天津市社会科学界第十届年会优秀论文集,2014 年)、《日本物哀审美的近世色彩:义理与人情的博弈》(《东北亚外语研究》2015年第4期)、《中日比较文学视阈下的〈本朝水浒传〉评论》(天津市社会科学界第十三届年会优秀论文集,2017年)、《井原西鹤经济小说的内涵——以〈日本永代藏〉和〈世间胸算用〉为中心》(《日本问题研究》2018年第1期)、《曲亭马琴稿本题跋与评论的文献学研究》(《国际中国文学研究丛刊》2018年刊)等。可以看出,自攻读硕士学位以来,勾艳军一直以日本近世小说及其理论作为自己的研究对象,脚踏实地,锲而不舍,深耕细作,成绩斐然。本书稿乃其国家社科基金青年项目"日本近世小说观念的中国文学思想渊源研究"(13CWW010)的最终结项成果,可谓作者二十余年来研究江户小说与中国文学关联的集大成者。由此而言,本书稿的刊行具有重要的学术意义。

二

在日本文学史上,江户时代是小说创作呈现出空前繁荣的时期,小说作品不仅数量庞大而且类型繁多,江户前期先后有假名草子、浮世草子与八文字屋本问世,后期又涌现出读本、滑稽本、洒落本、人情本等小说类型。如何透过为数众多的作品对近世小说加以整体的把握,成为日本近世小说研究的重点和难点。本书稿选取小说观念为切入点,从社会功效、虚实比例、审美理念、心理动机等视角提炼出近世小说的典型特征,并结合历史的视角、整体文艺思潮的视角、传统信仰与民俗学的视角,对其进行了系统而深入的考察,具有重要的学术价值。众所周知,较之于近世的汉诗汉文及和歌理论研究,小说观念研究还相对滞后与薄弱,近世小说观念同样显著接受了中国文学思想的影响,但由于理论研究先天的匮乏以及"二流文艺""戏作"的尴尬定位,以小说观念为核心的文学研究一直未能充分展开,因此本研究具有一定的开拓性意义。

小说观念的提炼与概括无疑是本研究的重中之重。与中国在明嘉靖至清嘉庆年间已形成完整的小说理论体系不同,日本近世小说观念基本处于零散而朦胧的状态,或是通过作品隐约流露的某种创作态度,或是散见于书信及随笔的零星感悟,因此需要深入文本并结合当时的文艺思潮进行理论上的凝练与提升。当然,近世中后期在明清小说理论的启示下,一些读本小说家也开始尝试在序跋中表达对小说创作规律的见解,甚至还出现了一些专门的小说评论文章,这些文字大都处于原始写本的状态,即使在日本也还有大量文献亟待整理与研究,而这些都将成为研究明清小说理论域外影响的宝贵资料。

本书稿深入考察了中国古代文学思想特别是明清小说理论对日本近世广泛而多层次的影响。瞿佑、谢肇淛、金圣叹、李渔等小说家及评论家的观点,对日本小说家的创作和评论起到了重要的启蒙作用,《剪灯新话》《水浒传》《三国演义》等明清小说中蕴含的丰富小说理念,也潜移默化地指导着日本小说家的仿写和创作。书稿同时还关注到日本近世小说家在摄取中国文学过程中的取舍选择与融会贯通,还包括因历史背景不同或文化焦虑心态而导致的误读,从而更加深刻地揭示出中日文学理念的异与同,以及一些作为异域异代小说家难以避免的局限性。尤其值得关注的是,以曲亭马琴为代表的小说家留下了大量关于中日小说的评论文字,堪称考察日本近世小说家接受明清小说理论影响的珍贵资料,《曲亭马琴对〈三国演义〉的移植与虚实考辨》《曲亭马琴对〈水浒后传〉的校勘与解读》《曲亭马琴〈续西游记国字评〉解析》等章节,为我们了解明清小说在日本近世的传播提供了很好的

"异域视角"。

在具体的研究内容方面,本书稿在理论阐释与实证研究紧密结合的基础上,为我们揭示出近世小说观念的多元化特征,先后探讨了"劝善惩恶"小说观的主流地位与文化成因、"虚实"论的多重演进及明清小说理论的浸润、"浮世"小说的世情写实与批判意蕴、"发愤著书"思想在近世小说领域的传播与变形、"物哀"论在近世的延续及其庶民化特征、"戏作"心态的盛行与中后期的庸俗化趋势,并对日本古代小说及戏剧常见的佛学主题及其文化成因进行了追溯,还附有对近世小说家明清小说评论和中日小说比较论的详细解析。

在此基础上,书稿从宏观层面概括出日本近世小说观念呈现出的三大基本特征。首先,理想主义与现世主义既互相对立又彼此交织,二者并非泾渭分明而是时有交融,并且随着历史进程的推移呈现出此消彼长的态势。其次,纵向延续与横向摄取相结合,近世小说观念既深深扎根于本民族的文学传统,又紧密贴近时代文艺思潮及民众的审美情趣,同时融会贯通了中国文学思想的精髓。第三,中国文学思想在日本近世体现为显性与隐性的双重影响,必须深入到当时的社会背景与文化交流情境中,对潜移默化的隐性浸润进行抽丝剥茧般的探究与辨析,这些都体现了作者宽阔的理论视野和扎实的学术功底。

与日本近世小说数量庞大、种类繁多相对应,日本近世小说观念也是极为复杂和多元的,书稿在揭示近世小说观念的特质与起源等方面做出了很好的尝试,同时在此基础上还可做进一步的拓展和深化,因此提出如下两点建议。首先,可以结合日本近世整体文艺思潮和其他文艺类型做进一步的考察,因为近世小说观念与汉诗文、和歌、歌舞伎、净琉璃、俳谐等有着千丝万缕的关联,其发生与发展不能割裂于文学传统以及当时大的文艺思潮。其次,要继续加强对原始文献的收集、翻译和研究工作。以曲亭马琴为代表的近世小说家及评论家的序跋、书信、评论文等,集中体现出中日小说观念交流与碰撞的痕迹,但大部分资料都处于原始写本的状态,即使在日本也未得到充分的发掘与整理,而这些都将成为研究中国文学思想在域外产生深远影响的宝贵资料。

本人认为,本书稿对于日本近世小说观念及其中国文学思想渊源的系统考察,在日本近世小说研究和中日比较文学研究领域均有重要意义。首先,书稿对于近世小说理念的梳理与解析,有助于展现日本近世乃至整个古代时期小说观念的全貌及其发展脉络,同时有助于揭示日本文学吸收和改造外来文化的兼容性特征。其次,对于近世小说观念的中国文学思想渊源的考证,有助于明确中国古代文学思想深刻而多层次的影响(包括直接影响、间接影响、反影响、超越影响等),能够促使我们从异域的视角重新认识明清小说理论的丰富内涵,还有助于我们了解中日两国文学理念的差异及其历史文化根源。相信本书稿的刊行,将会受到中日学界的广泛关注。

三

在顺利完成"日本近世小说观念的中国文学思想渊源研究"后,勾艳军再接再厉,今年申报的课题"明清小说续书在日本近世的传播与影响研究"(19BWW016)又喜获国家社科基金立项,相信经过数年的不懈努力,一定会为我们贡献出具有原创性的系列成果。

勾艳军性格温和,学问扎实,辛勤耕耘,一心向学。曾与本人合译日本比较文学大家、《万叶集》研究权威中西进教授著作《万叶集与中国文化》（中华书局 2007 年版），又为王晓平教授大著《中日文学经典的传播与翻译》（中华书局 2014 年版）制作"中国文学经典在日本传播与翻译年表"（附录二），与孙立春博士主编《中日文学交流之溯源与阐释：王晓平教授古稀纪念文集》（浙江工商大学出版社 2016 年版），作为中日比较文学界的后起之秀，留下一系列引人注目的学术成果。

"宝剑锋从磨砺出，梅花香自苦寒来。"本人深知勾艳军求学道路之艰辛，也很高兴见证了她二十年来的学术成长，衷心祝愿勾艳军在中日比较文学研究方面取得更大的成绩，为中国的日本学研究做出更大的贡献！

是为序。

己亥孟冬撰于南开园

（作者系南开大学外国语学院教授，博士生导师，
东亚比较文化国际会议中国分会会长）

绪　论

第一节　日本古代小说发展状况概览

一、古代和中世：日本古代小说的形成与发展期

中国古代所谓的"小说"，其概念与内涵都与现代意义上的小说存在着错位。"小说"最早被用来指代难登大雅之堂的街谈巷语、稗官琐言，千百年来一直为正统文人所不屑。古代小说囊括的内容繁杂而众多，像《山海经》《淮南子》中的先秦神话传说、《庄子》《韩非子》等哲学著作里的寓言故事、《左传》《战国策》等史书性质的叙事，还有六朝的志怪志人、唐代传奇、明代以后的话本等，均可纳入此范围。现代的小说是以塑造人物形象为中心，通过完整的故事情节以及具体的环境描写，广泛而深刻地反映现实的一种文学样式，因此，可划入现代小说范围的古代文学类型包括六朝志怪志人、唐代传奇、明代以后的话本等，不再包括神话传说、寓言故事以及历史叙事。可见，现代小说所涵盖的范围要远远小于古代小说。

古代日本对于"小说"的理解基本与中国趋同。最早可划为小说样式的文体是从平安时代到室町时代的"物语"，物语是以作

者的见闻或想象为基础来叙述人物事件的散文文学作品，包括传奇物语、写实物语、歌物语、历史物语、说话物语、军记物语和拟古物语等类型。其次是中世、近世流行的"草子"（以绘画为主的小说），包括御伽草子、假名草子、浮世草子、草双纸、洒落本、滑稽本、人情本、读本等众多类型，大多以传奇或怪异为主，既注重娱乐性也非常强调教化功能。

在古代日本，小说作为单独的文学样式确立起来，同样与历史文学有着密不可分的关联。在《史记》《汉书》《三国志》等中国正史的启示下，日本撰写了《日本书纪》（720）、《续日本纪》（797）《日本后纪》（840）等六部国史，而"正史之外的《竹取物语》《伊势物语》及之后的王朝物语群、残余物语、幻想故事、恋爱故事等，则以草书假名为媒介逐渐成为一种新的文学样式问世"①。同样，受到中国将这类文字视为稗官野史、难登大雅的街谈巷语等观念影响，日本早期物语的地位也远远低于正史，"或成为宴席的余兴，或沦为下级神人乃至乞丐等人赖以求生的技艺"②。人们对物语普遍怀有瞎编乱造的误解，物语也注定将一直在与史书的比较中和攀附中，为自身的价值作辩护。

日本古代小说的发生和发展还离不开中国神话传说、民间故事、志怪传奇等的滋养，日本小说或是在整体构思上模仿，或是在局部行文中引用中国文学的素材，这既根源于向先进文明靠拢的愿望、对异域唐土情调的憧憬，同时也弥补了日本小说素材匮乏

---

① （日）原田芳起：《日本小説評論史序説》，东京：大同馆书院 1932 年版，第 34 页。
② （日）原田芳起：《日本小説評論史序説》，东京：大同馆书院 1932 年版，第 34 页。

的缺陷,对经典文献的引用还能起到不言自明的隐喻效果。

　　《竹取物语》是平安初期诞生的日本最古老的物语,讲述的是伐竹老翁从竹节中发现一个女孩,并将其抚养成光彩照人的赫映姬的故事,这一构思起源于福岛地区流行的伐竹传说、《万叶集》伐竹翁偶遇仙女等情节。同时,《竹取物语》也深受中国神话传说及民间故事的影响,像赫映姬飞返月宫的情景,就融合了六朝志怪中的"变异"体构思和民间传说中的"嫦娥奔月"情节,而五个求婚者惨遭失败的生动描写,则显然受到四川藏族地区古老传说《斑竹姑娘》的启示。像这样,《竹取物语》是一篇融合中日两国传说的浪漫传奇物语,而且,它并没有局限于单纯的虚构或猎奇,而是在虚构中传达着某种社会生活的真实,即对于贵族虚伪本性的嘲讽和对强权政治的无奈。

　　平安中期的《浦岛子传》被视为日本最早的"汉文小说",作为由神话传说向物语体小说过渡阶段的作品,它取材于日本古老的"浦岛传说",同时摄取了六朝志怪以及唐代传奇的诸多营养,特别是唐代张文成的传奇小说《游仙窟》,更被视作《浦岛子传》创作时的范本,从构思、情节、主题乃至语言等方面对其产生了整体性影响。此外,"蓬莱仙界""刘郎传说"以及道教成仙思想等,也被和谐地融汇进《浦岛子传》的行文脉络中,起到了很好的隐喻效果。

　　"歌物语"流行于平安时代中期,是以和歌为中心的短篇物语集,堪称韵文与散文的完美融合。《伊势物语》是歌物语的代表作,它讲述了"六歌仙"之一在原业平(825—880)浪漫而奔放的人生历程,当然焦点在于恋爱的风雅情趣以及无尽的回味。尽管在构思上有些散漫与罗列,但歌物语还是以其浪漫性和优雅情调获得世人青睐,并对后来的《源氏物语》等产生了重要启示。

平安中期的王朝小说《源氏物语》（约 1008）描写了宫廷贵族的情感纠葛和政治纷争，其浓浓的感伤情调成为日本文学传统审美观的重要源头。其实，"物哀"审美观的形成，很大程度上起源于白居易《长恨歌》《琵琶行》等感伤诗的浸润，紫氏部还积极借鉴了白诗的讽喻功能，进而赋予了《源氏物语》更为深刻的内涵。《史记》等中国史书对《源氏物语》的点拨性影响也非常显著，紫式部借鉴了从个人或家族的命运沉浮来观察历史兴衰的视角。除在编年体、历史观、典故等方面加以模仿外，紫式部更加推崇《史记》卓越的文学性，她深刻领会了司马迁的历史实录精神，并将关切的目光锁定在宫廷内部，以女性的视角完成了一部平安朝的宫廷贵族史。

平安中期以后问世的"历史物语"是一种历史性与文学性相融合的小说类型，常被称为"物语风"的史书，代表作为《荣华物语》《大镜》《今镜》等。历史物语有意识地继承了之前朝廷编选六国史的传统，但其特点在于全部围绕宫廷或贵族展开，几乎都以赞美的语气缅怀藤原道长执政时的荣华，讽喻性淡薄而哀感浓郁。《荣华物语》以编年体的形式，记述了宇多天皇到堀河天皇两百年间的宫廷贵族社会史，继承六国史最后一部《三代实录》的意图非常明显。不过，作者在后半部融入了大量宫廷女官间流行的传说和普通男女的恋情等，并"深入探究了历史波澜中个人内心世界的浮沉，政治帷幕之后的女子、强权斗争中败北的失意之人自不待言，就连强权者，也常常将其作为一个人，来展现其一喜一忧"①。的确，历史物语有从历史实录向文学性逐渐倾斜的倾向，

---

① （日）久松潜一等编：《增补新版日本文学史 2　中古》，东京：至文堂 1975 年版，第 662 页。

对史实的改写和舍弃也很常见,虚构性渐浓使它更接近于物语这一体裁。

到了中世(主要指镰仓和室町时代,1185—1573)时期,经历过保元、平治之乱以及源平会战等动荡年代,日本社会逐渐形成了以德川幕府的武士统治为基础、传统贵族文化与新兴武家文化并峙且交融的局面,与之相对应的小说样式无疑便是"战记物语"(也叫"军记物语",代表作为《保元物语》《平治物语》《平家物语》《源平盛衰记》等)。战记物语延续了历史物语注重实录的特质,但侧重点在于展现宏大而惨烈的战争与衰亡,渲染武士悲壮的死亡以及生离死别时的哀愁。战记物语大量引用汉籍典故以深化主题,信奉儒家的忠孝节义思想,并重点宣扬发展为武士道核心理想的"忠"的精神,但与中国史传类小说不同的是,战记物语对于历史兴衰的解释,虽然也遵照儒家是否实施"仁政"的准则,但更多的是以佛教"盛者必衰、诸行无常"的观念来解释盛衰,这种消极无奈的历史观是佛教居于中世思想界主流的直接反映。

例如,《平家物语》以平氏一门的盛衰兴亡为核心,记述了治承到寿永(1177—1184)年间战乱频发的岁月。开篇"祇园精舍之钟声,有诸行无常之响;沙罗双树之花色,显盛者必衰之理。骄奢者不得永恒,仿佛春宵一梦;跋扈者终遭夷灭,恰如风前微尘"①的语句,如实传达出弥漫于中世社会的无常史观。作者以赵高、王莽、安禄山等人走向灭亡的史实来暗示平清盛的结局,旨在说明骄奢淫逸的残暴统治必将导致民怨沸腾,最终将无法摆脱盛者必衰、骄兵必败的无常宿命。武家社会在面临生离死别时浓郁的无常哀感,极大提升了《平家物语》作为小说的艺术特色。

---

① (日)佚名著,郑清茂译注:《平家物语》,南京:译林出版社2017年版,第2页。

二、近世:日本古代小说的繁荣期

1. 近世的年代划分及社会背景

作为历史学的时代划分,"近世"的概念是由京都帝国大学教授内藤湖南提出来的。内藤湖南认为西方学界传统的"古代→中世→近代"三个时代的划分方法,不完全符合日本的历史,因此提出"近世"的说法。日本近世的显著特征是强大的武家政权掌握国家权力,实行强有力的国家集权式统治。关于近世的起点和终点有诸多观点,笔者将采纳目前最为通行的划分方法,即日本史上的近世主要指江户时代(有时也包含安土桃山时代在内)。德川家康在关原之战中获胜,并于1603年被封为征夷大将军、开设江户幕府,自此算起直到1867年德川庆喜"大政奉还"结束,江户时代大约历时260余年,史上也称"德川时代"。

在政治和经济方面,德川幕府结束了战国时代以来的"以下克上"势头,施行中央集权政治,通过"参觐交代"(江户幕府命令各藩诸侯定期到江户参拜,1635年制度化以来,实行一年在领地、一年在江户的原则)等方式,削弱各藩诸侯的力量,推行严格的"士农工商"四民等级制,使各阶层民众服从治理并安于现状。在与外界交流方面,江户幕府施行锁国体制并颁布了一系列锁国令,以防止基督教传播的名义,规定除中国、荷兰外,禁止与其他国家进行通商或交易。

在意识形态方面,德川幕府将儒学提升到"官学"的思想界主流地位。日本中世处于支配地位的净土宗佛教,其厌离秽土、欣求净土的否定现世主张已不再适用,经历长年战乱后,凭借实力掌握统治权的武士阶级以及经济实力增强的上层町人,讴歌现世幸福并肯定人的力量,而尊重现世与人的儒学恰好顺应了时代需求。德川幕府在各藩建立以儒学为基础的藩校,任用林道春等朱子学者来教授和弘扬儒家思想。

江户时代的"游里"①和剧场呈现出前所未有的繁荣,成为近世小说一个非常重要的舞台。首先,这与町人阶级的现世享乐思想密切相关,经济实力增强却又居于身份等级制度最底层的町人,沉醉于将旺盛的生命力挥霍到奢靡的娱乐场所,"正因为所处的社会地位低下,反而使他们获得了没有必要受到传统制约的、无拘无束的自由"②。游里的繁盛也根源于德川幕府当初的政策设定,为防止各地诸侯反叛,缓和因战乱而蔓延的尚武杀伐之风,德川幕府默认甚至鼓励花街柳巷的发展。不出所料,因参觐交代制度而久居江户的各路诸侯,沉醉于奢靡浮华的不在少数,以致武士阶级后来呈现出难以挽回的文弱与颓废之势。

在这样的社会背景下,"江户时代的文学,贯穿着两种不同的思想潮流,它们互相交错、反驳、妥协。一种是以儒教为背景的武士阶级的理想主义,一种是平民自由的甚至是自然主义的现世思想"③。

具体到小说领域,主体是以町人为描写对象及读者群的现世主义文学,同时也有读本这样偏重于理想主义的文学。而且,现世主义与理想主义思潮并非截然对立,而是呈现出你中有我、我中有你的交融状态。例如,井原西鹤的浮世草子专注于描写人性

①江户时代,幕府将平安至镰仓时代形成的公娼强制集中到特定区域,著名的有江户的吉原、大阪的新町、京都的岛原等。游郭内形成了独特的游乐风俗,是江户町人最具代表性的交际场所,并成为很多歌舞与音曲的源头。

②(日)重友毅:《日本近世文学史》,东京:岩波书店1950年版,第246页。

③(日)麻生矶次:《江戸小説概論》,东京:山田书院1956年版,第16—17页。

的本能与金钱万能观念,洒落本聚焦于花街柳巷的风流情趣,滑稽本热衷于记录底层町人的滑稽戏谑,这些小说满足了文化水平不高且崇尚自由与享乐的町人的文化需求,但处于德川幕府不断掀起的文化高压政策之下,即使洒落本、人情本等也经常标榜"劝善惩恶""因果报应"等论调,借以强调自身存在的合理性并向正统价值观靠拢。读本堪称小说领域理想主义的代表,读本以宣扬清廉洁白、忠孝义理等儒家道德为宗旨,既顺应了德川幕府的文化要求,又满足了町人惩恶扬善的愿望,而且读本并非一味的道德说教,其中的奇异构思、风雅情趣等也为近世小说增添了浓墨重彩的一笔。

2.近世小说的主要类型及基本特征

由于城市的蓬勃发展,町人阶级经济实力的增长以及出版业的兴旺发达,日本近世诞生了以写实为基调,以义理、人情、好色、粹、通、滑稽等为主题的多姿多彩的文学类型。近世文学以18世纪中叶的享保年间(1716—1735)为界,划分为江户前期和江户后期两个阶段。具体来说,江户前期的上方文学,是以元禄期(1688—1704)为顶点的町人文学。在小说领域,井原西鹤创造出聚焦欲望与金钱,并直指世道人心的浮世草子;在俳谐领域,松尾芭蕉创建了极具艺术性的蕉风俳谐;在戏剧净琉璃领域,近松门左卫门描述了义理与人情难以调和的矛盾纠葛,抒发了由此而生的绝望与哀愁。总之,以元禄时期为顶点的上方文学充满了蓬勃的生命力。

江户后期的文学是从明和、安永年间直至幕末的文学,最繁荣的时期出现在从天明到文政期间。在俳谐领域,与谢芜村(1716—1783)、小林一茶(1763—1827)等俳句诗人创作了风格独特的诸多佳句;在小说领域,曲亭马琴的史传类读本、面向庶民的娱乐读物赤本与青本等备受青睐;在戏剧领域,歌舞伎因鹤屋南北(1755—1829)、河竹默阿弥(1816—1893)等剧本作家的回归而重新焕发了勃勃生机。

近世小说的类型繁多,中村幸彦先生在《近世小说史》中对其名称和出现顺序做过介绍:“近世小说史的前期,按年代顺序先后出现了假名草子、浮世草子、八文字屋本,进入后期,几乎同一时期出现和流行的是初期读本、初期滑稽本(包含谈义本)、洒落本,后来各自发展为后期读本、后期滑稽本、人情本。”①

“假名草子”是江户初期小说类的总称,时间跨度大约从江户开设幕府的 1603 年直到天和年间(1682),被视为由中世文学向近世文学的过渡。假名草子采用简易的拟古假名文体写成,具有启蒙性、娱乐性、教训功能,还残留着较为浓郁的中世“说话”色彩。假名草子反映出从中世佛教到近世儒教或以儒教为中心的三教一致现象,寓意逐渐从佛教的彼岸思想,发展到儒教对人的尊重和对现实的肯定。处于社会形态的转折点,假名草子以解决现实问题为燃眉之急,因此即使是传奇和戏谑性质的作品,也都以现实生活为对象。假名草子的代表作家是浅井了意(？—1691),他的《浮世物语》(1661)在滑稽中体现着一种批判精神,怪异小说集《伽婢子》(1666)受到《剪灯新话》等中国志怪传奇及明清小说的直接启示,也延续了日本传统的万物有灵意识及佛教的因果报应观念,因其趣味性与文学性而被视作近世“怪异”小说真正的开端。

“八文字屋本”是浮世草子的余绪,主要指后来在京都书店八文字屋发行的对于井原西鹤的模仿之作,流行于元禄年间

① (日)中村幸彦:《近世小说史》,东京:中央公论社 1987 年版,第 10 页。

(1688—1704)到明和年间(1764—1772)，代表作是江岛其碛的《倾城色三味弦》(1702)等好色物，江岛其碛借鉴了歌舞伎戏剧表现经验，以巧妙的结构为八文字屋本开创了新局面。除"好色物"外，八文字屋本还包括后来的"气质物"，即将人划分为不同职业和类型的带有滑稽色彩的作品，代表作如《世间子息气质》等。八文字屋本以书店运营为核心，为迎合读者而一味追求娱乐消遣、日渐庸俗化且欠缺新意，更不具备井原西鹤般对于现实深刻而犀利的洞察。

　　"读本"是流行于宽延年间(1748—1751)直到幕末的重要小说类型。读本在日本传统题材的基础上，融入了大量中国稗史的情趣，奉行"劝善惩恶"的教化理念，以"因果报应"观统括全篇，文体雅俗折衷、中日混合。读本的诞生得益于中国白话小说和怪谈的滋养，对《水浒传》的翻改和仿作推动其日趋成熟。前期读本的代表作是上田秋成的短篇怪谈集《雨月物语》(1768)，在梦幻与现实交错的凄惨悲切的叙事氛围中，刻画着某种人性的真实。1787年至1793年间的宽政改革，禁止批判幕府的言论、严禁私娼、严惩色情读物的传播。山东京传、曲亭马琴等小说家纷纷将目光转移到触犯禁令可能性较小的读本领域，假托过去的时代并融会贯通中日两国史实与传说，在虚实演义中贯穿着符合儒家道德规范的伦理教化，受到下至贩夫走卒上至学者公卿的广泛欢迎。

　　"谈义本"是江户中期具有讽刺性质的滑稽教训读物，并成为滑稽本的先驱。作者以讲经说法僧人的口吻，忠实描摹江户风俗，并在滑稽中对庶民进行教化，早期作品包括《田舍庄子》《当代下手谈义》等。后来，平贺源内在《根无草》《风流志道轩传》等作品中，由滑稽教化转为猛烈讽刺，谈义本的风格从此有所改变。

　　"滑稽本"是江户后期的一种小说类型，主要以洋相故事、恶

作剧、食色性故事等为题材,通过插科打诨等方式博人开怀大笑,
具有一定的幽默写实风格。十返舍一九(1965—1831)的《东海道
中膝栗毛》是一部充满滑稽色彩并略显粗俗的游记,确立了滑稽
本的基本地位。式亭三马(1776—1822)是滑稽本的代表作家,其
《浮世澡堂》《浮世理发馆》在日常闲聊中栩栩如生地展现着江户
市井百态,在滑稽逗乐的表象之外,又隐含着对社会伦理的揶揄
与讽刺,如套用"仁义礼智信"来解释澡堂规则,就体现出对儒家
身份等级制度的不满,对"卧冰求鲤"的调侃也表达了对儒家僵化
伦理的嘲讽。当然,滑稽本的讽刺内容不多而且言辞并不激烈,
这是德川幕府文化高压政策之下町人作者的明哲保身之举。

　　"洒落本"是明和到天明年间主要在江户发展起来的小说类
型,采用游戏性质的对话文体,描写青楼男女的风流情怀,通过
"通"(冶游场所的行家)与"半可通"(一知半解的门外汉)的对比,
以及插科打诨或一语道破等方式,对当时风俗进行诙谐的记录。
山东京传(1761—1816)的《通言总篱》对青楼百态进行了详尽记
录,成为洒落本的代表作品。洒落本的缺陷在于人物性格单一且
类型化,没能实现对广阔人生的把握。天明年以后,由于对人物
事件的过度写实以及情色描写等,洒落本作者触犯了幕府禁忌并
最终遭到处罚。总之,洒落本迎合了江户后期市井百姓日渐颓废
的欣赏趣味,是政治与经济均陷入僵化停滞的消极反映。

　　"人情本"是近世小说的最后一个样式,是描写江户市民男女
恋情纠葛的风俗小说,并辅之以大量江户市井风俗的细致描写。
人情本延续了日本文学传统中对于哀感审美的渲染,并被赋予了
热烈、痴情、绮艳等浓郁的江户市井色彩。为永春水(1790—
1843)的《春色梅历》是人情本的代表作,文中的种种痴情缠绵深
深倾倒了以青年女性为主的读者群。为永春水明确提出以"人

情"为创作核心,主张不加嘲弄地如实展现男女常怀的叹息、无常的愁苦、世人的迷惘等,并设身处地去感受蕴含其中的"物哀"心绪。人情本的流行表明江户末期扎根于儒家文化的封建义理对于人情的束缚不再严苛,人的本能欲求受到空前的肯定与关注。人情本不仅在《小说神髓》中受到坪内逍遥的重视,还在情节与心理刻画方面对二叶亭四迷的小说《浮云》(1887)产生过启示,尾崎红叶的砚友社风俗小说也同人情本有着千丝万缕的关联,因此,人情本也被称为"明治文学的母胎"。

三、日本近世小说与中国小说

江户时代是日本小说接受中国影响最为深刻和广泛的时期。伴随着以长崎为口岸的中日贸易日趋频繁,《三国演义》《忠义水浒传》《西游记》"三言二拍"等明清白话小说,得以有机会被大量购入日本。白话小说其实早在庆长(1596—1615)之前就已东渐日本,在宝历(1751—1764)前后达到了全盛时期。由冈岛冠山、荻生徂徕倡导的以学习当代中国语言为宗旨的"唐话学",就选取了明清白话小说作为生动易解的教材。白话小说给日本知识人带来全新的题材和小说理念,并引发了阅读、模仿及改编的热潮。

中村幸彦指出,《源氏物语》等王朝物语年代久远而且过于古雅,近世井原西鹤的浮世草子、江岛其碛的八文字屋本又流于浅薄而且文采匮乏,因此均无法满足近世读者的阅读期待:"中国小说之所以广为流行,想来是因为从之前的年代开始,从学界到一般社会就对中国当代高度关注,中国趣味的延伸、日本创作小说的匮乏等,均是外部原因。一言以蔽之,较之于日本以往时代的任何作品,中国白话小说具有丰富的小说性。"①中村幸彦将其优越性具体归纳为以下四点:第一,作为虚构物语,情节构成非常巧妙;第二,从白话小说中发现了人与社会的关联;第三,以文学的形象化来表现思想;第四,素材极为新奇②。

中村幸彦对中国小说的结构与性格给予特别的关注。日本古代其实缺少真正的长篇小说,即使是《源氏物语》,其实也是诸多短篇的连缀,近世的八文字屋本在情节上也多重复乃至跳跃,很多情节的插入生硬而不自然。与之相对,"《水浒传》《西游记》等长篇白话小说,全体首尾一贯呈大纺锤形,很多插话如小纺锤,参与到整体情节中。而且,前面的插话与后面的插话遥相呼应,关联也很紧密,如同捻成的绳索一般,若果将其视作命运之丝,那么使得全体情节保持一贯的,就是主要人物的性格。据我所见,从中国小说中提炼出'性格'一语,并教授给日本作者的,是金圣叹评《第五才子书水浒传》"③。

的确,较之于丧失写实性并流于类型化的浮世草子及后来的八文字屋本,白话小说具有毋庸置疑的优越性:"首先,它具有明确的主题,而且,主题是通过人物行为描写自然而然地展现出来的,属于作品内在的思想性,截然不同于浮世草子常见的露骨教训。此外,出场人物的性格和心理活动都与事件的展开紧密关联,人物描写也很写实。总之,白话小说不同于末期浮世草子空

①(日)中村幸彦:《近世小説史》,东京:中央公论社1987年版,第167页。
②(日)中村幸彦:《近世小説史》,东京:中央公论社1987年版,第168—170页。
③(日)中村幸彦:《近世小説史》,东京:中央公论社1987年版,第168页。

虚的夸张、刻意的滑稽、好色和道德教训,它注重描写人性的真实。"①

1.唐通事与唐话学

日本人接触明清白话小说的最初动机是学习中国俗语,日本政府为应对频繁的贸易往来,曾专门在长崎、鹿儿岛等地设立"唐通事"(汉语翻译)一职,负责贸易接洽及汉籍验收等事物,明清小说是当时学习中国俗语的最好教材。同中国的情况一样,在日本,小说戏曲类为正统汉学者所不屑一顾。文学以诗赋文章为正宗雅驯,研究小说戏曲者寥寥无几。正德、享保年间,一些徂徕派学者以教训之名假托寓意方便,也曾涉猎汉代、唐代及宋代的文言小说,因为这些汉学者对明清的白话俗语不甚了解,所以只能阅读文言小说。正是由于唐通事的出现,才使得白话小说获得了广泛传播的契机。

冈岛冠山对《水浒传》的翻译很大程度上推动了白话小说的流行。冠山从享保十三年(1728)年开始训点翻刻《忠义水浒传》(1—20回,5册),成为日本翻译中国白话小说最初的尝试。宝历七年(1757)秋,冈岛冠山的《通俗忠义水浒传》上部15卷20册面世,被视为真正意义上的俗语体小说翻译,并直接引发了读本创作领域的"水浒热",建部绫足的《本朝水浒传》、仇鼎山人的《日本水浒传》、振鹭亭的《简本水浒传》、曲亭马琴与高井兰山编译《新编水浒画传》、曲亭马琴的《南总里见八犬传》等水浒系列的小说相继问世。冈岛冠山的弟子冈白驹(1692—1767)还从"三言"和《西湖佳话》等明清小说取材,训点注释了《小说精言》(1743)、《小说奇言》(1753),泽田一斋训点刊行了《小说粹言》(1758),这些翻

①(日)日野龙夫:《近世文学史》,东京:鹈鹕社 2005 年版,第 572—573 页。

译和改编工作极大推动了中国白话以及文言小说的流行。

　　禅宗中的"黄檗宗"传入长崎,也对唐话的普及起到了推动作用。德川时代初期,黄檗宗在德川将军的政策优待下得到弘扬,诸侯纷纷皈依,黄檗宗僧人从中国大陆源源不断地进入长崎,大臣们纷纷学习唐话,以便与黄檗宗僧人展开问答。儒学者荻生徂徕就曾向长崎出身的几个"唐话通"学习,冈岛冠山、学问僧大潮等也是唐话研究与传播的杰出人物。像这样,汉学者以学习唐话为契机,开始将研究的视野拓展到明清白话小说。正如石崎又造所言:"历来局限于西陲一隅的唐话学,得到徂徕这样伟大学者的赞同,再加上长崎出身的冠山及大潮等人的指导,终于获得学界瞩目。后来,白话小说还受到以博学多识而著称的古文辞派的欢迎。从这时开始,日本的俗文学史迈出了坚实的一步。"①

　　2."翻案"与"读本":嫁接移植、另辟蹊径

　　在汉语中,"翻案"一词通常解释为推翻原来的判决、供词,泛指推翻原来的处分、评价等,或者理解为推翻前人的论断、另立新说,在文学领域多指对前人诗文的成句或原意反而为之。

　　但与中国有所不同,"翻案"一词在日语中通常被理解为改编,尤其是文学领域的改写。例如,《广辞苑》对"翻案"的解释如下:"模仿前人所做事情的梗概,改变细节进行重新创作,特别就小说、戏曲等而言。"《世界大百科事典》(第2卷)中对于"翻案"的解释是:"将文学作品的梗概和情节脱胎换骨改写成另外的作品,特别指将外国作品改写为本国风。平安朝的汉诗文,就有很强的夸耀和依赖他处典据的倾向,明治以后日本文学为了繁荣发展,

_____

①（日）石崎又造:《近世日本に於ける中国俗語文学史》,东京:弘文堂书房1940年版,第9页。

进行了很多的翻案尝试,政治小说之类的翻案就很显著。"

日本文学的"翻案"传统最早可追溯至平安时代(794—1192),内容涉及对中国汉诗汉文、志怪传奇以及印度佛教故事等的摄取。明治维新之后,小说戏剧领域流行将西洋作品"翻案"成日本风,例如,尾崎红叶就模仿莫里哀的《吝啬鬼》写下了《夏小袖》(1892)。不过,他过滤掉了原作的批判讽刺意味,将其改写为一篇以会话为主体、富于江户风情的滑稽剧。日本学者常以"adaptation"来对应"翻案"一词,的确,翻案小说家通常会考虑到本国读者的阅读习惯、审美趣味等,进行顺应性的改编。

其实,日本江户时代的"翻案"之风最为盛行,而且起着承上启下的关键作用。江户时代是日本接受中国影响最为深刻和广泛的时期,伴随着以长崎为口岸的中日贸易日趋频繁,《三国演义》《忠义水浒传》《西游记》"三言二拍"等明清白话小说大量传入日本。冈岛冠山、荻生徂徕倡导的以学习当代中国语言为宗旨的"唐话学",极大推动了白话小说的普及,并引发了日本小说家翻译、模仿、改编即"翻案"的热潮。其中,"读本"堪称接受明清小说影响最为显著的小说类型,其重要特征即"翻案"中国小说,"初期读本作家的努力,就是从中国文学中寻求粉本,为陷入停滞的日本文坛注入一股清新的气息"①。

的确,翻案成为读本诞生重要的原动力,日本读者对当时已丧失写实性并陷于类型化的浮世草子倍感厌倦,与之相对,翻案小说汲取了中国小说的诸多优越性,如"雅俗融合的高雅文体、历史背景的考量、起伏跌宕的情节、前后照应的紧密结构、人物性格

---

① (日)麻生矶次:《江戸小説概論》,东京:山田书院1956年版,第158页。

的鲜明塑造、故事展开中融入的思想性"①等,因此迅速赢得了读者的喜爱。同样的,后期读本的代表作如《南总里见八犬传》《椿说弓张月》等,在内容上与八文字屋本、滑稽本、人情本等相区分的最重要条件,也是"以某种形式模仿中国小说"②。

日本近世小说家进行的"翻案"尝试,是在对明清小说进行整体、局部译介的基础上,结合本国风土或阅读习惯加以改编,进而进行跨越多种素材、纵横汉和古今的融会与贯通。值得注意的是,翻案小说对明清小说的改编很多时候并非"暗喻",而是"明言",小说家尝试通过积极的"翻案",激发读者联想从而达到事半功倍的效果。

都贺庭钟的短篇小说集《古今奇谈英草纸》(后文简称《英草纸》,宽延二年,1749),被称为"读本之祖"。《英草纸》受到《古今小说》《警世通言》《初刻拍案惊奇》等短篇白话小说的深刻影响。例如,第一编《后醍醐帝三折藤房之谏》翻案自《警世通言》所收《王安石三难苏学士》、第二编《马场求马沉妻成樋口婿》翻案自《古今小说》和《今古奇观》所收《金玉奴棒打薄情郎》、第三编《丰原兼秋听音知国之盛衰》翻改自《警世通言》及《今古奇观》所收《俞伯牙摔琴谢知音》。这些翻案作品大都替换了国家、朝代、人名与地名,并适当融入了一些来自《太平记》等战记物语的本土情节。总之,《英草纸》通过"对于人的富于洞察力的思想性、人物性格和心理的准确描写、厚重的文言文体、致密的时代考证等等,获

---

① (日)德田武:《読本と中国白話小説》,诹访春雄、日野龙夫编:《江戸文学と中国》,东京:每日新闻社1977年版,第55—56页。
② (日)山口刚:《読本について》,《山口刚著作集》(第二),东京:中央公论社1972年版,第153页。

得了截然不同于末期浮世草子的优越的文学性,同时也开创了读本这一崭新的小说样式"①。

　　嫁接移植、融会贯通是翻案小说家倾力追求的目标。近世小说家不仅从中国的史传或小说中摄取精巧的构思,还积极从日本的传说和战记物语中寻找素材,以实现两种题材之间的有效移植或嫁接,使读者不至于产生隔阂感,仿佛就是自己国家发生的事情一般,从而实现外来新奇构思与本土风俗及审美趣味的有机融合。

　　上田秋成的短篇小说集《雨月物语》被誉为"日本近世怪异小说的顶峰",其作品多从《古今小说》《剪灯新话》《警世通言》等撷取构思。例如,《蛇性之淫》一篇翻案自《警世通言》第二十八卷《白娘子永镇雷峰塔》。主人公丰雄在渔家避雨时结识了美貌的真女儿和使女阿麿,并在姐姐的帮助下与真女儿结成连理,谁知同游古野山时,真女儿被当麻酒人识破蛇精的身份而投入水中。丰雄识破女子的真相后返回故乡,在父母建议下与曾在后宫任职的美女富子成婚,谁知在新婚后不久,丰雄与富子开玩笑:"你常年居住宫中,恐怕常与中将、宰相等共寝吧,现在想来,真令人嫉妒!"②富子马上抬起头说:"海誓山盟抛诸脑后,却宠爱这并无特别之处的女人,我的憎恨之情要更深于你呢!"③话虽然出自富子之口,却分明是真女儿的声音,丰雄吓得汗毛倒竖,呆若木鸡。真

---

① (日)日野龙夫:《近世文学史》,东京:鹈鹕社2005年版,第573页。

② (日)中村幸彦、高田卫、中村博保校注:《英草紙　西山物語　雨月物語　春雨物語》,东京:小学館1973年版,第434页。

③ (日)中村幸彦、高田卫、中村博保校注:《英草紙　西山物語　雨月物語　春雨物語》,东京:小学館1973年版,第434页。

女儿继续恐吓丰雄,而这时从屏风后面走出来劝解的丫头,竟然就是真女儿的使女阿磨。白天,丰雄家请和尚来降妖,但和尚却因不敌蛇精的毒气而死,最终还是道成寺的法海和尚用袈裟将真女儿扣住,装入铁钵内埋在佛殿的前面。

不难看出,这篇小说的梗概模仿自《白娘子永镇雷峰塔》,但中间插入了蛇精附体、借富子之口倾吐怨恨的情节,这很明显延续了生灵或死灵作祟信仰(日语中称为"物の怪")。平安时代的《源氏物语》开创了生魂作祟描写的先河,六条妃子陷于嫉妒与怨恨而难以自拔,夕颜怪异的死亡据说与她有关,正妻葵姬也可能是因其生魂的纠缠难产而死的。葵姬生产时被一个顽强的魂灵附着在身上,附体的生灵还葵姬之口对光源氏倾诉苦衷。生魂游离出窍的主人公几乎都是女性,虽然有令人同情的苦衷,但生魂往往是人们厌恶或谴责的对象,人们往往采取请高僧做法事的形式来镇魂。

像这样,上田秋成在对明清怪异小说进行翻案时,更加倾向于撷取同日本传统信仰相类似的情节(如怨灵作祟、灵魂附体等),注重表现人性中抑郁难平的哀、怨、恨、嫉等情绪,并适当融入一些民俗中的镇祭慰灵信仰,从而使翻案作品更加符合日本的风土人情。上田秋成还是一名在和歌物语方面很有造诣的古典研究者,也是一名致力于通过追溯古典来弘扬本国固有精神的国学者,国学思想中"真""诚""情"等理念潜移默化的影响,古典物语中以"哀"为基调的对于人性的哀悯与探究,共同构成了怪异短篇小说集《雨月物语》的情感底色。

除去通过积极的嫁接移植以激发读者联想、达到事半功倍的效果外,翻案小说家的着力点还在于如何通过"另辟蹊径",使构思更为巧妙和别具一格,并通过这些"同"中之"异",来获得当世乃至后世知音的理解与共鸣。

例如,曲亭马琴在《八犬传》中对明清小说最为典型的仿写与改编,就是结局处"关东大决战"的水战描写,此处情节移植自《三国演义》的"赤壁之战"。同样是两路敌军讨伐正义的一方,同样采用火攻的策略,主君里见与军师摊开手掌时一个相同的"火"字,揭示出关东水战与赤壁之战的深刻渊源。一些战斗场景的描绘和英雄人物的刻画也如出一辙,例如犬饲现八长坂川孤胆退敌,就是对张飞长坂坡吓退百万曹军的仿写,犬田小文吾与敌军两名头号猛将的激战,作者也予以主动的提示:"唐国三国之初,冀州刺史袁绍,手下自负万夫不当之二勇士颜良、文丑,与关云长之战想来也如此般激烈,不可细细名状。"①

尽管"关东大决战"的战略基本蹈袭赤壁之战,但曲亭马琴对决战时的"风火"进行了更为周密的谋划。与赤壁之战最显著的差异是,积极策划火攻的是相当丁敌方曹操的扇谷正定,"赤壁之战"的情景盘旋在双方的脑海中,相当于正义之师的里见义成将计就计,让点大法师扮成"风外道人"接近敌军统帅,并使敌军对自己呼风唤雨的本领深信不疑。按照约定的日期,"风外道人"刮起西北风,敌船乘风大举前来进攻,当敌船已然靠近我方阵营时,风外道人又借助甕袭珠将风向由"西北"改为"东南",敌军阵脚大乱,正义之师反倒借助火攻的方式,一举击溃了扇谷正定的大军。

可见,正义之师派遣"风外道人"等接近并迷惑敌军统帅,通过"反间计"使对方深陷计策而不自知,双方对火攻的可能性都心知肚明,谁能更胜一筹是决胜的关键。可以说,这一战既是对"赤

---

① (日)曲亭马琴著,(日)小池藤五郎校订:《南総里見八犬伝》(九),东京:岩波书店1985年版,第211页。

壁之战"的模仿,也是一种另辟蹊径,似有脱胎换骨之妙。对于阅读过《三国演义》的读者来说,这样的仿写可以引发积极的联想、达到事半功倍的效果;对于不太熟悉《三国演义》情节的读者而言,既可以带给他们新奇的构思,也能起到普及三国知识的启蒙功效。

　　像这样,日本小说家通过上述移植嫁接等"翻案"的方式,汲取了中国小说的诸多养分,如"雅俗融合的高雅文体、历史背景的考量、起伏跌宕的情节、前后照应的紧密结构、人物性格的鲜明塑造、故事展开中融入的思想性"①等,从而极大地加快了自身的发展进程。曲亭马琴等小说家在对明清小说表达钦佩之情的同时,也在努力尝试另辟蹊径,争取实现"笔端波澜,与彼《水浒》《三国演义》拮抗"(《八犬传》第九辑序)②,这同时也反映出后进文化常见的追赶和超越心理。

第二节　日本近世小说观念的中国文学思想渊源

　　小说观念是小说家和评论者对于小说的概念、主题倾向、审美理念、虚实比例、社会功用、写作技法等的见解。具体到日本近世时期,小说观念大都处于不成体系的朦胧状态,或是通过作品流露出的某种创作态度,或是通过序跋、书信等表达的零星见解,

---

① (日)德田武:《読本と中国白話小説》,(日)諏访春雄、日野龙夫编:《江戸文学と中国》,东京:每日新闻社1977年版,第55—56页。
② (日)曲亭马琴著,(日)小池藤五郎校订:《南総里見八犬伝》(六),东京:岩波书店1985年版,第17页。

亟待研究者的提炼与解读。中国文学思想尤其是明清小说理论对日本近世小说观念产生了重要的指导性影响,瞿佑、谢肇淛、金圣叹、毛宗岗等评论家的言论,成为日本小说家创作和评论时重要的理论支撑。当然,由于理论研究先天的薄弱以及"二流文艺""戏作"的尴尬定位,日本近世小说观念一直在较低的水平徘徊,只有少数作家能够融会贯通并有所发展,像曲亭马琴留下的大量中国小说评论文和中日小说比较论,就深刻折射出两国历史及文化背景的同源性与差异性,并为我们了解本国文化内涵提供了很好的"异域视角"。

一、研究现状综述

追溯日本古代小说观念的中国文学思想渊源,属于东方比较诗学一个至关重要的研究领域。较之于日本的汉诗汉文以及和歌理论研究,日本古代小说观念的研究还相对滞后与薄弱。其中,近世是日本古代小说最为繁荣的时期,近世小说观念也更为显著地接受了中国文学思想的影响,但是围绕两者的比较文学及文化研究尚未系统而充分的展开。

当然,近代以来在西方文学理论的启示下,一些日本学者围绕近世小说观念进行了有益的探索。

久松潜一(1894—1976)在《日本文学评论史》(近世近代篇)中,从"劝善惩恶"和"慰藉娱乐"两大视角解读近世小说观念。他指出,小说往往被视为逊色于正统文学的游戏之作、二流文学,而小说家和评论家则试图借助"劝善惩恶"等教化论调,将被视为鄙俗甚至罪恶的小说提升到经史子集的水平,这正是"劝善惩恶"和"慰藉娱乐"的对立统一之处。近世中后期的戏曲小说一直延续着这一模式,只是,洒落本、滑稽本、人情本等标榜的劝善惩恶大多流于形式①。像这样,久松潜一准确概括出近世小说观念对立统一的基本特征,成为评价近世小说观的基调。

原田芳起(1906—1991)的《日本小说评论史序说》(大同馆书店,1932 年),是日本第一部较为系统的小说评论著作,共分三个阶段,对日本小说评论的发展史进行了梳理。首先,追溯了日本古代物语意识的萌芽,并具体分析了《源氏物语》的批评精神;接下来,对中世的物语评论书《无名草子》进行考察,指出《伊势物语》的"讽喻"特质,并分析了歌学和国学研究对于物语批评的渗透。最后,在近世阶段,原田芳起延续了久松潜一的观点,准确指出近世小说观念"理想主义"与"现实主义"相交错的典型特征。他一方面认识到明清小说批评对日本小说作者的深刻影响,一方面也指出日本古典的"狂言绮语"论、"义理人情"说以及戏作精神等,在近世小说评论中依然保有着活力。

> 近世小说批评中已经有小说本质论、小说价值论,甚至出现了曲亭马琴那样理论和主张体系几乎已成形的优秀批评家。他的批评观消化了中国小说批评的知识,以此对中国小说和我朝小说稗史进行评论。另外,近世也出现了完整的扎根于古典研究的文学批评论。从这些近世批评中尝试抽离出"娱乐慰藉"和"劝善惩恶"理念、"义理"和"人情"理念,可以看出近世批评的两个侧面是相互交织的,理想主义与现实主义的纠葛以近世特有的风格铺陈开来。②

---

① (日)久松潜一:《日本文学評論史　近世近代篇》,东京:至文堂 1968 年版,第 283—304 页。

② (日)原田芳起:《日本小説評論史序説》,东京:大同馆书店 1932 年版,第212 页。

《日本小说评论史序说》是日本难得一见的关于小说评论史的专著,作者按照历史发展的顺序,既突出对重点作品的深入解析,又由点及面,兼顾对整个时代思潮的把握。可以说,在相对而言理论研究较为薄弱的日本文学研究界,这是一次非常有价值的尝试。

中村幸彦(1911—1998)是日本近世文艺思潮领域的权威学者,在小说观念方面,其《近世文艺思潮考》《近世小说史》等专著为相关研究奠定了扎实的理论和文献学基础。中村幸彦充分肯定了《水浒传》等中国小说及相关小说批评对日本的影响,例如,他对金圣叹"性格"论的启示十分关注:"在中国的小说评论家特别是金圣叹评点《水浒传》的《读第五才子书法》中,经常使用'水浒传写一百八个人性格,真是一百八样'等'性格'的用语,耗费最多的笔墨对李逵等人物进行评点。"①中村指出,金圣叹的性格论促使上田秋成、曲亭马琴等小说家领悟到性格描写的重要性,例如,"上田秋成的《雨月物语》《春雨物语》,通过作家内省的头脑情感,赋予了出场人物接近于近代小说的性格。虽然身兼国学者的上田秋成,其作品中仍然残留着古代说话的形态和寓意,但与中世作品有很大不同的是,寓意并不是覆盖于故事情节之上,而是蕴含于人物的性格和行动中"②。

中村幸彦对近世小说大家曲亭马琴的小说观进行了全面考察,很多结论都颇具启示意义。他指出在读本创作初期(宽政八年至文化三年,1796—1806),曲亭马琴的小说观可以概括为三大特征,"一是讲述虚诞的故事,二是以通俗的语言来表达,三是具

①(日)中村幸彦:《近世小说史》,东京:中央公论社1987年版,第13页。
②(日)中村幸彦:《近世小说史》,东京:中央公论社1987年版,第13—14页。

有劝惩的目的"①。但这些见解还大都只是对明清小说理论的照搬和模仿，欠缺独到之处。从文化三年(1806)《椿说弓张月》的执笔开始，曲亭马琴的读本创作进入第二阶段，在模仿学习《三国演义》《水浒传》等明清小说的基础上，马琴确立起"演义体"的写作方针，且将演义体小说特征归纳为"历史小说""长篇""雅俗折衷文体"。在第三个阶段，曲亭马琴一直在虚构怪诞特征与劝惩教化功效之间摇摆，并尝试以"寓言"论来合理地解释蕴含劝惩之意的虚诞物语。到了较为成熟的第四个阶段，在天保六年(1835)的《八犬传》第九辑中帙附言中，提出以小说技法论为主的"稗史七法则"(主客、伏线、衬染、照应、反对、省笔、隐微)。

　　中村幸彦是日本近世文学研究的大家，在汉诗汉文、和歌物语等诸多领域都有丰硕成果，既扎根于严密的实证研究，又有理论的探索与升华，同时研究视野非常开阔，在《近世小说史的研究》(枫樱社,1961)、《戏作论》(角川书店,1966)、《近世文艺思潮考》(岩波书店,1975)、《中村幸彦著述集》(全15卷,中央公论社,1984—1989)等系列专著中，中村幸彦将近世文艺作为一个整体加以把握，对于小说观的考察也是在整个时代思潮的大框架内进行的，因此其研究结论非常客观且具有说服力。在中日文学的比较研究方面，中村幸彦是一位开拓型的学者，具体到小说领域，他十分注重对来自中国文学的素材与理念进行追根溯源，同时也致力于对日本小说家独创性的开掘，为中日古代小说观念的比较研究作出了很多具有奠基意义的工作。

　　当然，上述日本学者的研究依然存在一些有待继续完善之处。例如，侧重于对小说家零散言论的搜集整理、侧重于细致绵

①(日)中村幸彦:《近世文芸思潮論》,东京:中央公论社1982年版,第286页。

密的出典考证,较少做理论上的提炼与归纳,较少结合历史及文化背景进行宏观解析;受传统文学观念的影响,对戏作小说(特别是滑稽本、洒落本等)研究不够深入,较难客观地展现日本近世小说观的全貌;对某些小说观念的中国文学思想渊源及异同较少做深入的对比分析,较少做进一步的民俗学和文化学考察。其中,被奉为近世小说批评家巨擘的曲亭马琴,其小说批评如《水浒后传批评半闲窗谈》(1831)、《续西游记国字评》(1833)、《三遂平妖传国字评》(1833)等,都还没有得到翻译、整理和研究,这为研究者留下了巨大的探索空间。

在我国的日本文学和比较文学研究界,围绕日本近世小说理论的研究也早已展开,以下,笔者将按照代表性专著的出版顺序进行介绍。

严绍璗先生在《中日古代文学关系史稿》(湖南文艺出版社,1987)中,考察了中国古汉文小说及唐代传奇等对日本物语文学的深刻影响,探讨了明清俗语文学东渐对江户时代小说繁荣的推进作用,并从"复合形态的变异体文学"的角度,揭示了日本古代小说对中国文化由接受到抗衡再到变异的接受轨迹。

王晓平先生早在《近代中日文学交流史稿》(湖南文艺出版社,1987)中,就考察了明清小说批评对前期读本作者如都贺庭钟、上田秋成、曲亭马琴的影响,深入剖析了两种小说观汇通与碰撞的历史事实。在《中日文学经典的传播与翻译》(中华书局,2014)中,王先生详细描述了中国古典小说在日本的传播历史,并从文化嫁接与传播考量的角度分析了曲亭马琴对《水浒传》的翻译与翻案。在《中外文学交流史:中国—日本卷》(山东教育出版社,2015)中,专辟章节考察了日本前近代小说的勃兴与中国文化的关联,重点从序跋、评论、书信中探讨了江户小说家的小说观念,并从发送者的角度考察中国小说观念传入日本后的变化与影响,在章节的结尾,王先生高屋建瓴地指出日本小说理论的特质与比较研究的重要性:"中日的小说艺术都有自己的审美理想,有各自起支配作用的思想和文化传统,也有各自的理论批评体系。从总体上讲,一部分作家对明清小说批评的摄取,虽然丰富了日本的小说理论,但是并没有从根本上动摇与改变日本小说最基本的特性。不论是对日本的小说理论,还是对中国的小说理论,今天都有重新探讨与研究的必要。而对中日小说交流史的回顾,正是这种研究不可或缺的组成部分。"①

叶渭渠先生在《日本文学思潮史》(经济日报出版社,1997)中,将日本古代小说思潮进行了分类,分别概括为浪漫的物哀文学思潮、性爱主义文学思潮、劝善惩恶主义文学思潮。叶渭渠先生考察了"物哀"与日本传统文学理念的渊源及与儒佛的关联,并探讨了近世本居宣长将其理论化的必然性;以井原西鹤的浮世草子和近松门左卫门的净琉璃为核心,分析了"粹""好色"等审美理念的具体含义及历史源流;探讨了劝善惩恶理念形成的新儒学文化背景,在深入分析从安藤为章到曲亭马琴的劝惩文学论后,对劝惩文学观展开了近现代意义上的批判和反思。

马兴国先生在《中国古典小说与日本文学》(辽宁教育出版社,1993)中,对经典作品在日本的翻译与仿作、小说观念的融合与碰撞等做出了深入解析,勾勒出中国古代小说东传日本并产生影响的基本轨迹。李树果先生在《日本读本小说与明清小说—中日文化交流史的透视》(天津人民出版社,1998)中,着重从"翻案"

---

① 王晓平:《中外文学交流史:中国—日本卷》,济南:山东教育出版社 2015年,第351—352页。

的创作技法角度,对《剪灯新话》、"三言"、《水浒传》等明清小说在近世的影响做出了详尽考察。李树果对于《南总里见八犬传》(南开大学出版社,1992)的翻译,以及在《日本读本小说名著选》(上下编,天津人民出版社,2004)中对代表性读本的翻译工作,也为国内相关研究的展开提供了重要的文献资料。

王向远先生在《日本古代诗学汇译》(昆仑出版社,2014)、《日本古典文论选译》(中央编译出版社,2012)、《日本物哀》(本居宣长著,王向远译,吉林出版社,2016)等系列著作和论文中,对日本古典文论如"物哀""人情""理"等进行了全面译介和深入解读,为日本文论和比较诗学研究奠定了坚实的理论基础、提供了重要的文献资料。

只是,迄今为止还没有一部专著从中日比较文学、中日文化交流史的角度,对日本近世小说观念及其与中国文学理论的关联进行全面而系统的考察,已有的学术著作及学术论文由于篇幅所限或研究重点的不同,往往只能涉及近世小说观念的某些专题,还无法展现日本近世小说观念的全貌,而这也正成为本课题研究的切入点。

二、基本观点与研究意义

日本近世小说观念缺乏系统性和理论性,大都是通过书信、序跋等表达的零星感悟,或者是蕴含在作品中的隐约意识,基本没有专门的小说理论家或者小说评论文。因此,笔者拟从如下方面提炼日本近世小说观念的基本特征,并深入考证其形成过程中的中国文学思想渊源;同时结合近世学者的明清小说评论和中日小说比较论,力求在探明中国古代文学思想指导性影响的同时,发现一些对中国文学理念的取舍、侧重乃至偏离,并进一步探究其历史及文化根源。

1. 基本观点

(1)"劝善惩恶"小说观的主流地位与文化成因

日本近世即江户时代是儒学的全盛时期,德川幕府推行文以载道、劝善惩恶等实用主义文学观,小说家迫于幕府压力也大都通过序跋标榜作品的劝惩教化功效,瞿佑、李渔、冯梦龙、金圣叹等明清小说理论家的劝惩主张成为其直接的理论来源。劝善惩恶小说观在完善日本小说叙事、纠正庸俗艳情倾向、满足民众朴素愿望等方面起到了积极作用,但很多作品过分强调道德教化而忽视艺术审美,情节怪诞荒谬、人物生硬且类型化,因此劝惩小说观自诞生起也一直在遭遇抗衡。

(2)"虚实"论的多重演进及明清小说理论的浸润

近世初期的假名草子等怪异小说,受到《剪灯新话》等中国志怪传奇及明清小说的直接启示,且多与百物语等民俗活动相结合、并时常融入日本传统的生魂作祟情节。读本、合卷等史传类小说在谢肇淛"虚实相半"理论的启示下,逐渐摆脱"史余"问题的缠绕,领悟到只有通过艺术虚构才能抵达"游戏三昧"之境。浮世小说和戏作小说中流露出较强的"写实"倾向,在情爱纠葛、金钱追逐、滑稽戏谑的纷繁表象之外,还揭示出金钱社会人性的复杂与悲哀、义理与人情的冲突与妥协等。

(3)"浮世"小说的世情写实与批判意蕴

井原西鹤的好色类浮世小说主要表现出町人阶级对爱欲的追求与赞美,充满了浓厚的世俗气息和轻松戏谑的情趣,并在一定程度上表达出对束缚人性与自由的封建道德的反抗、对"金钱万能"社会法则的嘲讽、对"好色"的质疑和反思。以经济生活为主体的"町人物"是浮世小说的另一主要类型,讲述了依靠勤劳智慧而发家致富的经验、总结了因奢侈游乐而倾家荡产的教训，对中下层町人的贫困表现出深切同情，对日益悬殊的贫富差距也有了一定的认知，并由最初对金钱万能的热情歌颂，发展到矛盾迷茫，最终加以调侃和质疑。尽管其质疑并未上升到有意识的理论层次，但仍为我们理解那段历史提供了重要启示。

（4）"发愤著书"思想在近世小说领域的传播与变形

日本近世小说家深刻接受了中国古代文论中的"发愤著书"思想，但又扎根于本国文学传统而有所侧重和变形。上田秋成在国学思想中"真""诚"等理念的浸润以及古典物语的熏陶下，着重抒发人性之哀与恨，过滤掉了家国情怀及道德教诫等因素。曲亭马琴受到陈忱等明清小说理论家"泄愤""雪冤"主张的深刻启示，常通过改写历史以发散郁结，这既是劝惩与果报观念的体现，也是对古代物语镇魂传统的继承，德川末期儒家权威的衰落和戏作的鄙俗化趋势，也使得曲亭马琴心有愤激而寄情于史传小说。

（5）"物哀"论在近世的延续及其庶民化特征

"物哀"是近世国学者本居宣长提炼并强调的审美理念，用以概括日本传统和歌与物语的审美特质。"知物哀"论其实与中国的"发愤著书"说等有着千丝万缕的关联，不同点在于发愤的"内核"由"愤"转"哀"。本居宣长认为，"知物哀"与儒佛文学观既对立又统一，他因儒佛的某些道德观念压抑人情而反对讽喻教诫之说，但也注意到儒佛尤其是佛教看似断绝人情，实则深知物哀。在朱子学居于统治地位的德川幕府时代，呼吁物语向"知物哀"的审美传统回归具有一定积极意义，但对于道德及社会属性的完全排斥及对物哀之美的过度强调，则根源于同儒佛等外来文化相抗衡的偏狭心理。还需注意的是，物哀审美在近世表现出浓郁的庶民化特征，且常常伴随着"义理"与"人情"的博弈。

（6）"戏作"心态的盛行与中后期的庸俗化趋势

日本戏作在形成之初受到中国"以文为戏"思想、唐宋年间戏作诗、庄子寓言等的深刻影响。例如，洒落本延续了浮世草子的青楼题材和中国艳情小说的游戏心态，"通""穿ち""遊び"等概念集中体现出其戏作属性，弥漫其间的虚无感成为洒落本最大的戏谑所在。滑稽本借助玩世不恭的嬉笑怒骂等形式，在类似喜剧的氛围中达到揭露愚蠢、谴责邪恶的讽刺效果，对压抑人性的封建幕府进行着消极的反抗。由于充斥着无聊的戏谑玩笑和对情欲的过多渲染，戏作的文学价值经常遭到近现代学者的蔑视乃至遗弃，这主要是因为身为四民之末的町人阶级作者缺乏远大的理想和抱负，早期戏作中较为健康的讽刺精神、反礼教传统渐渐削弱，而消遣娱乐性却呈现出畸形的、疯狂的增长态势。

（7）日本古代小说戏剧的佛学主题及文化成因

日本古代小说大都具有浓郁的佛学色彩，净土、无常、果报是最典型的三个侧面。首先，净土思想是日本佛教的主流且具有明显的现世特征：平安物语的净土信仰成为救赎宫廷贵族脱离苦难的精神支柱；中世战记物语的净土信仰多与死亡紧密相连，成为对战乱中人们渴求来世幸福的终极关怀。其次，无常是日本小说尤其是中世物语中最浓墨重彩的一笔，无常既是对人间永无常住的感性叹息，也是对盛者必衰社会法则的理论解释，更成为武家社会切身感受的"生死观"。第三，因果报应思想贯穿日本小说史的始终，它与宿世、轮回、转生等观念互为表里，成为孕育日本怪异小说流行的土壤之一，并表现出与儒家劝惩观念相结合的世俗化趋势。

（8）日本近世小说家的明清小说评论和中日小说比较论

日本知识分子在阅读欣赏之余，也开始进行模仿创作，并自然而然地将其与日本的小说戏剧进行比较,已经体现出鲜明的比较文学意识,其中既有对中日小说异同较为准确的把握,也有因民族主义情结或个人水平所限而导致的偏颇见解。考察近世小说家对于中国小说的评论,有助于了解明清小说在异域日本最初的被接受情况,有助于更加清晰地认识中日两国小说观念的异同。本章主要以《曲亭马琴对〈水浒传〉的考证与点评》《曲亭马琴对〈金瓶梅〉的批判性摄取及其文化根源》《曲亭马琴对〈水浒后传〉的校勘与解读》《曲亭马琴读本序跋与李渔戏曲小说论》等章节为中心进行考察。

综上所述,日本近世小说观念的发生与发展大都得益于中国古代文学思想潜移默化的滋养。日本近世小说家及评论家有选择地汲取着中国古代文学思想的精髓,并融合本人、本时代、本民族的文化审美需求,逐渐赋予了日本近世小说观念更多特殊的内涵与外延。

日本近世小说在主体上注重娱乐性,例如,沉迷志怪趣味、热衷浮世艳情、重视物哀审美、追求滑稽讽刺等,是新兴市民阶级的娱乐需求在文学领域的典型反映。但在形式上,近世小说都或多或少地受到儒佛劝善惩恶、因果报应等理念的束缚,这既是对明清小说写作模式的仿效,也是近世"戏作者"为避免遭受幕府打压而采取的韬晦之策。

佛教绝大部分时间在日本思想文化史上居于主流,日本古代小说的佛教色彩比中国更为普遍和强烈,王朝物语的净土信仰、战记物语的无常观等在近世小说中均得以延续。佛学思维成为孕育怪异小说流行的文化土壤之一,并表现出与儒家劝善惩恶思想相结合的世俗化趋势。

日本近世小说家或评论家的中国小说评论和中日小说比较

论,为我们了解本国文化的丰富内涵提供了很好的异域视角,但同时也存在一些因文化背景不同、个人水平所限、民族文学意识等而导致的"误读",因此要予以批判地看待并探究其历史文化根源。

2.研究意义

(1)展现日本近世乃至整个古代时期小说观念的全貌。

日本近世小说观既延续了古代和中世以来的小说理念,又在明清小说理论的指导下取得了多方面发展,因此,本研究不仅有助于把握日本近世小说观念的发展脉络,还有助于明确日本整个古代时期小说观念的全貌。

(2)明确中国古代文学思想的深刻影响及影响类型。

课题将深入考察中国古代文学思想对日本近世小说观念广泛而多层次的影响(包括直接影响、间接影响、反影响、超越影响等),研究结论将对我国的中日比较文学研究提供更多新的素材与视角。

(3)揭示日本文学吸收和改造外来文化的兼容性特征。

日本近世小说观念对中国古代文学思想的吸收具有取舍、侧重与变形等特征,它既深深扎根于本民族的文学传统,又紧密贴近时代的文艺思潮及民众的审美选择,同时融会贯通中国文学思想的精髓,从而形成了近世独具特色的小说观念。

(4)有助于深化对其他文学类型及文艺思潮的理解。

日本近世的小说观念与汉诗文、和歌、俳谐、歌舞伎、净琉璃等有着千丝万缕的纵向或横向联系,其发生与发展都不能割裂于文学传统以及当时的文艺思潮。同时,近世小说观念的研究,也非常有助于了解日本近现代文学某些特质的历史渊源。

（5）提供从异域视角重新认识明清文学的全新思路。

日本近世学者的明清小说评论以及中日小说比较论，不仅有助于我们多角度地认识中日两国文学观的异同，而且有助于从异域视角重新认识本国文化的丰富内涵与特质，因此成为研究中国文学在域外被接受情况的宝贵资料。

（6）有助于了解中日两国的某些文化差异及其历史根源。

中日古代小说观念的比较文学和比较文化学研究，能够使我们更加直观地感受到两国文学观念乃至文化传统的一些差异，能够使我们更加深刻地认识到这些差异得以形成的历史及文化渊源。

（7）提供研究方法和研究文献的借鉴。

国内外首次对日本近世散见于作品、序跋、书信的小说观念进行系统梳理和理论概括，并揭示出中国古代文学思想的指导性影响。日本近世小说绝大部分尚未翻译成中文，特别是一些专门的小说评论文字及书信序跋等，几乎都处于原始写本的状态，即使在日本也还有大量原始文献亟待整理与研究，而这些都将成为研究海外中国学的宝贵资料。

第一章 "劝善惩恶"小说观的
主流地位与文化成因

日本近世即江户时代是儒学的全盛时期，德川幕府推行文以载道、劝善惩恶等实用主义文学观，小说家迫于幕府压力也大都通过序跋标榜作品的劝惩教化功效，大量传入日本的明清小说及相关言论成为其直接的理论来源。日本文学理论研究者久松潜一、原田芳起等均以"劝善惩恶"和"なぐさみ"（娱乐慰藉）来概括近世小说的特质。

劝善惩恶小说观自诞生起也一直在遭遇抗衡，像本居宣长就倡导文学应表现未被儒佛浸染的"物哀"之情。1885 年，坪内逍遥在《小说神髓》中对"人情说"的倡导，宣告着劝善惩恶小说观已然走向衰落。日本近现代文学研究界普遍对劝惩教化理念持反感态度，将其视作与日本文学传统相背离的文学观念加以排斥，像滨田启介就认为这类"平凡陈腐"且充满了道德功利色彩的小说与文学毫不搭界①。如此一来，对劝善惩恶小说观研究的客观性便较难保证。中国国内学界也往往笼统地以"劝善惩恶"来概括近世读本小说的本质，对其产生的根源、具体表现、与明清小说及

---

① （日）滨田启介：《近世小说·営為と樣式に関する私見》，京都：京都大学学会出版社 1993 年版，第 397—421 页。

理论的关联等缺乏系统研究。不过,劝善惩恶与"なぐさみ"一起,各自占据了日本近世小说理念的半壁江山,其影响力堪称巨大。劝善惩恶小说观不仅完善了日本小说的叙事模式,还在一定程度上纠正了近世小说流于庸俗艳情的趋势,因此成为研究日本近世小说基本特征、考察明清小说理论指导性影响的重要一环。

第一节　德川幕府对儒学的 推崇以及文化高压政策

儒学早在5、6世纪便已传入日本,但其影响尚未渗透至社会生活领域。进入江户时代,长年战乱终于宣告结束,无论是德川幕府的统治者还是普通民众,都迫切期望重建趋于崩溃的社会体制和道德文化秩序。此时,佛教已经难以适应历史发展的趋势。日本中世时期居于主流地位的净土宗佛教,否定现世与人生,主张厌离秽土、欣求净土。但到了近世时期,经历长期战乱后掌握了和平社会领导权的武士阶级,相信人的力量,讴歌现实与人生,具有一定经济实力的町人阶级亦是如此。早在室町时期开始,对于现世幸福的期盼就已经在一般民众中酝酿开来。

儒学恰恰就是这样一种肯定现世、积极参与现实和社会的学问,因而能够取代佛教登上历史舞台,"能够成为建设指针的思想将引导整个思想界,这一思想必须是肯定人与现实的、能够为人们在现实中指明出路的思想。中世之前一直支配思想界的佛教,将所有现世价值都视为虚妄并寻求解脱,所以不能满足时代的需求"①。

————————

① (日)日野龙夫:《儒学と文学》,《江户文学と中国》,东京:每日新闻社1977年版,第205页。

儒学由此君临近世思想界,对道德、政治思想乃至文化领域都产生了决定性影响。

德川幕府将中国儒学作为主流意识形态加以推广,是历史与现实的必然选择。"中国儒学的君臣、父子、夫妇、兄弟、朋友所谓'五伦'与仁、义、礼、智、信所谓'五常'的伦理体系,中国儒学中的尊卑、贵贱、上下等级观念、'修齐治平'思想、经世致用思想均与德川幕府的时代需要所吻合。"①

(一)为德川幕府统一天下正名。德川家康在主君丰臣秀吉去世后夺取了基业,并弑杀其寡妻弱子以绝后患,还于1615年颁布《禁中并公家诸法度》,旨在剥夺天皇的权力。这些弑君夺位、僭越天皇的行为,都已经严重违背了传统的武士道德,如何说明其正当性,成为德川幕府的燃眉之急。儒家的"天道"观恰好契合统治者的需求,假托作者为藤原惺窝或本多正信的《本佐录》指出,德川家康是"天"选定的可治理天下的主人,天皇保留着来自天照大神的神之后裔的宗教权威,但来自"天"的世俗政务要交予德川家康及其后代。像这样,"天"的选择为德川家康的上述行为提供了合理的解释。

(二)稳定统治秩序、确立尊卑等级。儒学的天道观其实是一把双刃剑,德川家康同样要面临臣下以顺应天道为名起兵叛乱的危险。整顿自战国时代以来的"下克上"风潮,成为德川幕府的当务之急。德川幕府确立了士(武士)、农、工、商四民等级制度,在武士阶级内部也实行严格的大名封国制和世袭制。在思想意识形态领域,德川幕府迫切需要一种肯定现世秩序的统治思想,在

———————
① 陈景彦、王玉强:《江户时代日本对中国儒学的吸收与改造》,北京:社会科学文献出版社2014年,第237页。

儒学诸流派中,由宋代朱熹开创的朱子学以富于思辨性的精致理论形态,论证了现世封建秩序的合理性,因而逐渐掌握了日本近世思想界的领导权。

> 朱熹作为世界本源的"理",又指仁、义、礼、智、忠、孝等封建伦理,是区别是非、善恶的标准。朱熹经常撷拾一些自然现象,利用自然的规律性去论证封建伦理纲常的必然性,用以肯定现世的封建秩序。例如,他把"父之慈,子之孝,君仁臣忠"说成是"一个公共的道理"(《朱子语类》卷75),把"三纲五常"纳入"理"的规范,又把"理"与"天"结合起来,使"三纲五常"上升到至高无上的"天理"的高度,从而使"三纲五常"具有绝对的、永恒的、至上的特性。朱子学虽抛开了宗教外衣,却比宗教更利于维护封建秩序。[①]

(三)经世致用。儒学在本质上具有和平主义的特征,日本在经历了中世以及织丰时代长期的战乱杀伐之后,无论是统治阶级还是平民百姓,都渴望恢复生产、安居乐业。儒学倡导的修身齐家理念,符合复兴自然封建经济的需求;儒学中的经世致用思想,也在理论上指导着德川幕府的经济建设。

像这样,儒学强烈影响着近世人的思想意识,虽然近世中期以后,儒学内外的反对派不断涌现,但儒学直至幕末一直都在思想界发挥着主导作用。除了作为伦理规范存在之外,儒学还影响到社会生活的方方面面。儒学者常常既是思想家,又是文人,像林罗山等儒学者就对文学显示出极大关心。儒学者的文学观念成为各个时期文学思想的核心,其影响在歌人、俳人、戏剧小说家

[①]王家骅:《儒家思想与日本文化》,杭州:浙江人民出版社1990年版,第90页。

乃至国学者的作品中都有所反映。

　　藤原惺窝、林罗山等儒学者的文学评定标准主要体现为三方面，即载道说、劝善惩恶说、玩物丧志说。他们言论依据多为二程、朱熹、袁宏道的典籍。可以说，在整个江户时代，歌坛、俳坛、戏剧和小说界，都或多或少地受到儒学者文学观念的渗透。例如，"假名草子的作者们吸收了江户幕府初期朱子学者们非常明确的劝善惩恶和玩物丧志的文学观"①。戏剧作家近松门左卫门（1654—1724）的"虚实皮膜"论，与古义堂伊藤家的文学观念密不可分，小泽芦庵（1723—1801）的诗歌理论也受到儒学者山本北山（1752—1812）的重要启示。

　　具体到对小说的评价上，《伊势物语》《源氏物语》等围绕优雅恋情展开的古典物语，以及《水浒传》《金瓶梅》等明清小说，均被儒学者视为"诲淫""诲盗"之作加以排斥。儒学者五井兰洲就曾继承中国元代田汝成的观点，认为《水浒传》等作品会破坏读者的心术，有"诲盗"之嫌。还有儒学者从道德教化立场出发，对《源氏物语》进行生硬的曲解，例如，熊泽蕃山（1619—1691）在《源氏外传》序论中，就认为《源氏物语》的作者是以人们所热衷的情色之事为手段，真正目的在于教授风教礼乐，同时指出光源氏富有"仁"心，像他并没有因为末摘花容貌丑陋而遗弃她。熊泽蕃山还指出，《诗经》中也保留有一些大胆的情诗，这是在以情色为媒介，使人更加通达人情。安藤为章在《紫家七论》中，也从儒家立场出发，认为《源氏物语》是借好色和人情风仪来表达讽谏之意，像光源氏的正妻与柏木有染并生下薰君，就是对他早年与继母私通且

①参见（日）中村幸彦：《日本文学和中国（近世）》，收录于（日）尾藤正英著，
　王家骅译：《日中文化比较论》，杭州：浙江人民出版社1992年版，第95页。

生下冷泉帝的报应,总之儒学者总能立足于道德标准对文学进行评判。

近世小说家在序跋文中经常提及的劝惩教化论调,其实也是对幕府势力不得已而采取的一种妥协。特别是江户时代晚期,德川幕府为挽救封建统治的危机,时常对洒落本、人情本、滑稽本等戏作类小说进行严格管制,甚至还曾下令销毁可能败坏风俗的读物。近世后期的宽政改革(1787—1793)明令禁止朱子学以外的异端邪说,要求文艺创作必须严格遵循儒家的劝善惩恶文学观。

作为很大程度上依靠润笔费维持生计的戏作小说家,在德川幕府的文化高压政策下都尽量地明哲保身。山东京传在沉寂多年后开始复出,他在《忠臣水浒传》序言中反复声明作品的劝惩功效:"是虽戏曲,忠孝义贞,示宜鉴之理。是以大行于世,而田客村童亦脍炙其事,庶几乎导善除恶之一助矣。听松堂语镜曰,市井之愚夫愚妇,看杂剧戏本,遇有忠臣孝子义夫节妇,触动良心,至悲伤涕泣不自禁,牵有敦行为善者。诚哉此言也。余栖遑市尘,营生之余读书,最好稗说,尝每检施耐庵《水浒传》,觉有所类夫戏曲者也。遂翻思构意师直之乘权与高贞之获罪,比诸高俅及林冲,作《忠臣水浒传》。固是寓言附会,然示劝善惩恶于儿女,故施国字陈俚言,令儿女易读易解也。使所谓市井之愚夫愚妇敦行为善耳。"①

人情本作家为永春水在《春色辰巳园》序文中也强调作品蕴

---

①(日)山东京传:《忠臣水滸伝》,《山東京伝集》(近代日本文学大系第14卷),东京:国民图书株式会社1926年版,第3页。

含劝惩功效："是以教诫男女之淫乐,乃劝善惩恶之世话狂言。"[①]
尽管如此,为永春水在实施严酷法令以匡正町人阶级风俗的天保改革(1841—1843)中,仍然因破坏风纪而遭受"手锁(即手铐)"的处罚,不久便郁郁而终。

　　还需提及一点,儒家文学观对小说的影响毋庸置疑,佛教教义在小说创作中的渗透同样不可忽视。早在公元 6 世纪前半叶,佛教便已由中国经百济传入日本,作为大陆先进文化的复合型代表,到古代和中世一直居于日本思想文化史的主导地位。佛教本身即含有伦理教化的一面,并且常常借助鬼怪故事向大众普及佛理。

　　到了奉儒学为官方统治思想的江户时代,佛教为了争取更多的生存空间,常常尽力寻找与传统儒家道德的契合点,最典型的是以其"善有善报、恶有恶报"的叙述方式,对普通民众进行"孝道"等伦理教化,可以说,佛教与儒教教义实现了某种意义上的结合。稗史小说中经常能看到佛教概念中的幽灵冥府、鬼怪妖魔等描写,也多宣扬因果报应等观念,但这样做的目的并非全是为了宣扬宗教,它在很大程度上关注的仍然是现实人生,仍然是为了实现儒家所谓的伦理教化。例如,曲亭马琴在《月冰奇缘》自序中就说明了自己借用佛教的神灵怪异,来阐释劝善惩恶之理的良苦用心:"聊借释氏刀山剑树之喻,以寓化人解脱之微意,虽未免捞水弄月之诮,些可以惩恶奖善,读者镜焉,庶几迷津之一筏矣。"[②]

[①]（日）《爲永春水集》（近代日本文学大系第 20 卷）,东京:国民图书株式会社 1928 年版,第 259 页。

[②]（日）《曲亭馬琴集》（近代日本文学大系第 16 卷）,东京:国民图书株式会社 1926 年版,第 3 页。

第二节　明清小说创作理论及
创作模式的直接影响

儒家思想在古代中国长期居于思想界的统治地位,儒家提倡义发劝惩等实用主义文学观,对幻妄无稽的小说稗史类持否定态度。"劝善惩恶"最早见于《春秋左氏传》,即"春秋之称,微而显,志而晦,婉而成章,尽而不污,惩恶而劝善"①。左氏认为,《春秋》中即蕴含着正风教的功利主义文学观。宋明之际发展起来的程朱理学对文学创作的影响尤为深重,朱子学将儒家道德标准强加于文学领域,要求文学的功能应该是劝善惩恶。由于封建统治者对小说戏曲类通俗文艺的严密监控,很多小说家或自觉迎合,或被迫适应统治者的政治意图,纷纷标榜自己作品的劝善惩恶功效。

同处于朱子学文学观居于统治地位的时代氛围下,日本小说家也大多模仿瞿佑、李渔、冯梦龙、金圣叹等明清小说戏曲家,通过序跋文、书信、评点等形式,阐明自己作品的劝惩教化主旨。例如,近世初期假名草子作者浅井了意在怪异小说集《伽婢子》②序文中,就仿效瞿佑《剪灯新话》序言为怪异小说辩白:

> 夫圣人说常教道,施德以整身,明理以修心,天下国家以移风易俗为宗,总不语怪力乱神。然若不得已时,亦著述为

①杨伯峻校注:《春秋左传注》(二),北京:中华书局1981年版,第870页。
②《伽婢子》题材取自明代瞿佑的《剪灯新话》(底本为朝鲜林芑的《剪灯新话句解》)、明代李昌祺的《剪灯余话》、朝鲜金时习的《金鳌新话》以及《说郛》和《五朝小说》所收录的说话等。

则,以是,《易》云龙战于野,《书》志雉鸣于鼎中,《春秋》示乱
贼之事,《诗》载《国风·郑风》之篇,传于后世以为明
鉴。……然此《伽婢子》不取远古,仅载集记述近时传闻之
事,并非为悦有学智者之目、濯其耳,只为惊儿女之闻,以助
其改心赴正道也。[1]

也就是说,儒教伦理道德要求"不语怪力乱神",但由于现实
生活中的确存在神秘莫测的一面,所以在迫不得已谈及这些情况
时,也要像《春秋》《国风》一样具有劝惩教化的功能,这段言论与
《剪灯新话》序一的表述如出一辙:

> 既成,又自以为涉于语怪,近于诲淫,藏之书笥,不欲传
> 出。客闻而求观者众,不能尽却之,则又自解曰:《诗》《书》
> 《易》《春秋》,皆圣笔之所述作,以为万世大经大法者也。然
> 而《易》言龙战于野,《书》载雉雊于鼎,《国风》取淫奔之诗,
> 《春秋》纪乱贼之事,是又不可执一论也。今余此编,虽于世
> 教民彝,莫之或补,而劝善惩恶,哀穷悼屈,其亦庶乎言者无
> 罪,闻者足以戒之一义云尔。[2]

读本创始人都贺庭钟(1718—1794)的短篇小说集《古今奇谈
英草纸》(1749),被称为"读本之祖"。《英草纸》大都翻案自《古今
小说》《警世通言》《初刻拍案惊奇》等明清小说,在序言中作者也
通过与经史典籍相类比的方式,强调小说的教化功能,从中可以
看到很多明清小说创作模式的投影,尤以清代白话短篇小说集

---

[1] (日)松田修、渡边守邦、花田富二夫校注:《伽婢子》,东京:岩波书店 2001
年版,第 9 页。

[2] [明]瞿佑:《剪灯新话》,东京:早稻田大学图书馆公开古籍书(加贺前田家
旧藏),第 1—2 页。

《照世杯》的直接启示最为显著。

《照世杯》作者为徐震,全书共分四卷,"照世杯"的命名本身,说明作者的写作主旨在于描摹人情世态以警喻天下,该书序言也明确表达出劝善惩恶的教化理念:

> 客有语酌元主人者曰:"古人立德立言慎矣哉。胡为而不著藏名山、待后世之书,乃为此游戏神通道也?"余曰:"唯唯,否否。东方朔善诙谐,庄子所言皆怪诞,夫亦托物见志也。余尝见先生长者,正襟敛容而谈,往往有目之为学究,病其迂腐,相率而去者矣。即或受教,亦不终日听之,且听之而欲卧,所谓正言不足悦耳,喻言之可也。今冬过西子湖头,与紫阳道人借三寸管,为大千世界说法。昔有人听妇姑夜语,遂归而悟奕。岂通言微俗,不足当午夜之钟、高僧之棒、屋漏之电光耶!且小说者,史之余也。采闾巷之故事,绘一时之人情,妍媸不爽其报,善恶直剖其隐,使天下败行越检之子惴惴然侧目而视曰,海内尚有若辈存好恶之公,操是非之笔,盍其改志变虑,以无贻身后辱?是则酌元主人之素心也哉。抑即紫阳道人睡乡祭酒之素心焉耳。"吴山谐道人载题于西湖之狎鸥亭中。①

以下是都贺庭钟《英草纸》的序言:

> 邻家方正先生,饮于余之书房,取身旁之《英草子》稿,才过目,复置之曰:"足下虽倦于学问,尚有青云之志,此等游戏之书,不应过目。"余带酒气笑而答曰:"先生之言甚是。余为此书尚有言说。彼释子所说、庄子所言,皆怪诞,然终归于

---

① [清]李渔、酌元亭主人:《无声戏　照世杯》,哈尔滨:黑龙江美术出版社2015年版,第145页。

教。紫式部之《源氏物语》,设言见志,然详尽描摹人情。兼好之《徒然草》,虽若微末之言,然归于遁世之高趣。今世明晓人伦大道者匮乏,隐士君子更为稀少。有志于儒学者,亦以师之人品不圆满,以之为瑕疵而不顾。受教者,亦琢磨之意浅,易生睡意,所谓金玉之言不悦耳欤! 近路、千里二人,自余记事时即夕则同乘竹马,朝则同赴学堂,晨昏更替,去留形影不离。身世亦与余同,皆为一亩之民,晴时忙于耕作,但在雨日之暇,时常作此草子以代同社之茶话,乃其本意。原意本非藏于名山以待后世之物,然此书述义气之所重,昔日问牛喘而知时政、闻马洗之音而悟阿字、听风音而知秋深、闻砧之响而思冬近,鄙言却可儆俗。故基于义而可进于义,半夜钟声有助于告知更深,此乃近路行者、千里浪子之素心哉! 此二人生来不辩滑稽之道,虽闻之不能悦,然而疏于风雅之词,故其文近于俗。草泽之人,不知城市通言,幸而不似歌舞伎之读物。赐览之君子,如不觉言辞朴实无华、与题目"英"字不符,则诚为二生之幸!

宽延己巳初夏,千阁主人执笔于千阁上①

通过对比可以看出,《英草纸》序言在写作模式、辩论方法乃至具体措辞上,都参照了《照世杯》,并在一些具体细节上有所扩展或延伸:

(1)针对客人关于小说乃"游戏"之作的质疑,主人进行辩驳,都贺庭钟摄取了这种"一问一答"的写作手法。

(2)通过攀附经典,强调怪诞诙谐的托物言志功效。都贺庭

---

① (日)中村幸彦、高田卫、中村博保校注:《英草纸　西山物語　雨月物語　春雨物語》,东京:小学馆1973年版,第73—74页。

钟在引用释者说法和庄子寓言之后，还以本国作家及作品为例证，赞赏《徒然草》的高雅遁世内涵和《源氏物语》对"人情"的细腻把握。

（3）金玉之言难以取悦世俗里耳，鄙言却可儆俗。《照世杯》重点强调了小说对于恶人败行的劝惩和警诫功效，《英草纸》则聚焦于小说对时政的反映和参考价值，并且突出了"义"的重要性。同时，都贺庭钟很注重对小说语言的把握，指出虽曰"鄙言"，但并非一味取悦读者的滑稽言辞，也不是晦涩难懂的高雅辞藻，而是更加通俗易懂的接近俗语的文字。

（4）具体措辞上的借鉴痕迹。

1、胡为不著藏名山待后世之书，乃为此游戏神通。

《照世杯》序言

此等游戏之书，不应过目。　　　　《英草纸》序言

原意本非藏于名山以待后世之物。　　《英草纸》序言

2、岂通言儆俗，不足当午夜之钟、高僧之棒，屋漏之电光耶！　　　　　　　　　　　　　　《照世杯》序言

鄙言却可儆俗。……半夜钟声有助于告知更深。

《英草纸》序言

《英草纸》共收录有九个短篇，其中，第三编《丰原兼秋听音知国之盛衰》翻改自《俞伯牙摔琴谢知音》。《俞伯牙摔琴谢知音》收录于《警世通言》及《今古奇观》，俞伯牙琴声如高山流水，樵夫钟子期感叹其琴声巍巍乎若泰山、洋洋乎若江海，俞伯牙在知音钟子期死后便不复鼓琴。都贺庭钟对原作进行了忠实的翻案。元弘之乱中被流放到纪州的藤原兼秋，从凤管之音感知到建武新政的吉兆，于是重新出山辅佐后醍醐帝。一次，在作为宣旨使节途径赞岐的屏风浦时，藤原兼秋邂逅樵夫横尾时阴，时阴是一个通

晓音律、无所不知的奇才,二者互相引为知音并结拜为兄弟,相约明年秋天重逢。可惜,因为钻研琴律过度劳累,时阴不幸早逝,藤原兼秋在祭拜时悲痛地摔碎了自己的琴。从皇帝的音乐嗜好中,藤原兼秋感知到亡国之兆,于是他辞官隐退,代替时阴奉养年迈的老父亲,以尽孝道。

通过对比可知,都贺庭钟在翻改时非常忠实地吸收了原作对义、孝、忠等道德观念的弘扬。藤原兼秋与时阴,因为高山流水遇知音而惺惺相惜,进而结义拜为兄弟;藤原兼秋不远千里准时赴约,是守信之举;兼秋代替时阴奉养其老父,又是义气与孝道的融合。此外,都贺庭钟还增添了听音律而知国之盛衰的构思,体现出藤原兼秋对于帝王与国政的"忠",当兼秋因国事衰微而感到尽忠无望时,选择了代替义弟尽"孝"。

当然,像都贺庭钟等日本近世小说家,在序跋中对劝惩教化的强调,很多时候也只是一种套路,是为小说创作争得一席之地的辩解之词,这一点与明清小说家是一致的。明清小说的怪异情节引发了日本小说家极大的兴趣,对于大陆文明的憧憬和对浓郁异国情调的追求,也使得小说家常常模仿明清小说的序跋模式及其内容。就像上文的《俞伯牙摔琴谢知音》,真正引发读者共鸣的,其实是对于知音情谊的感慨和对奇异构思的叹服。

不过,到了读本创作的中后期,很多侧重于滑稽讽刺、充斥血腥或者艳情描写的小说,也常常在序跋中宣扬劝惩论调,这时的序跋其实与小说内容是脱节的,越是易被儒学者视为涉嫌诲淫诲盗的小说,越需要粉饰以劝惩教化的言辞,此时的劝善惩恶主张,已然沦为一种辩解或开脱的套路。

第三节　劝善惩恶:曲亭马琴的
创作宗旨与评价准则

　　随着明清小说影响的日趋深化,"劝善惩恶"之语开始越来越多地出现在日本小说家的笔端。近世后期的宽政改革更是有力地推动了这股风潮,劝善惩恶逐渐发展为一种固定的写作模式。曲亭马琴是倡导劝善惩恶小说观的代表性作家,他的作品大都通过奇幻怪异或因果报应等方式,使善良最终战胜邪恶,实现大团圆的理想结局。以下笔者将主要围绕曲亭马琴的小说作品及相关评论,具体考察劝善惩恶小说观对日本小说家产生的深刻影响。

　　曲亭马琴出生于江户深川一个身份低微的武士家庭,自幼喜爱绣像通俗小说。24 岁时,曲亭马琴曾恳请拜山东京传为师,虽未得到首肯,但被允许在京传家出入及逗留。山东京传是读本小说领域较早倡导劝惩主义的作家,马琴在创作理念上也深受其影响。曲亭马琴出身于武士家庭,具有较为浓厚的武士道精神和阶级意识,富于正义感。武士道是日本武士阶级的道德规范,最初产生于镰仓时代,江户时代由于得到儒家思想的支持而走向成熟。武士道主张忠孝与绝对服从,信奉忠诚、牺牲、信义、廉耻、礼仪、朴素、简约、尚武、名誉等儒家道德。而且,近年来对马琴的手记、日记及书简进行考察后发现,马琴的性格特点是爱穷究死理,即一旦认准某一信条,便矢志不渝地加以执行。同时他还有不厌其烦地将道理传达给他人的癖好。因此,当马琴认定小说创作应以劝善惩恶为信条后,便义无反顾地在创作中加以实践。

　　的确,曲亭马琴的小说中随处可见这类劝善惩恶的文字。例如在《石言遗响》中，马琴以弟子"魁蕾子"的名义发表过这样一段言论："青钱学士仙窟一篇，文章奇绝，但为君子所不取。紫家才女源语一书，虽乃和文之规范，然有堕狱之悔，共系淫奔玷污也。况后世诲淫浮艳之谈，于视者必有害，作者最应慎之。饭台之曲亭翁，尝耽于著书，每岁所著小说，无不根于劝惩。"①在《三七全传南柯梦》附言中，马琴也不忘强调作品的劝惩功效："皆是寓言，但足可醒蒙昧，(中略)文辞荒唐似惹君子之一噱。然而不借艳曲淫奔之脚色，而于每卷存劝惩之微意。"②

还有一点尚需说明。曲亭马琴虽十分热爱小说，但内心深处却认为小说的地位要远逊于经史典籍等正统学问，"余不贵虚文，所好乃经籍史传旧记实录已矣"，之所以常年写作小说，无非是为了"润笔以购有用之书"③。显然，这些想法的根源仍然在于儒家对于小说稗史的鄙视，曲亭马琴之所以在序跋中总不忘强调小说的教化意义，就是希望藉此说明小说虽不如经史般有益于世，却也能发挥教育市井妇孺的积极功效，以此来为自己从事小说创作进行开脱或辩解。

曲亭马琴的劝善惩恶主义集中体现在长篇史传类读本《南总里见八犬传》中。《八犬传》将历史年代设定为室町时代的嘉吉之役前后，讲述了主君里见义实在八位犬士的辅佐下，平定叛乱、子孙繁荣的故事。曲亭马琴在《八犬传》序言和卷首附录中反复申

---

① (日)江川亭主人选编：《曲亭题跋》(乾)，寿客堂制天保甲辰夏月发行，第35页。
② 李树果译：《日本读本小说名著选》(下编)，天津：天津人民出版社2004年版，第339页。
③ (日)曲亭马琴著，(日)小池藤五郎校订：《南総里見八犬伝》(四)，东京：岩波书店1985年版，第3页。

明"劝善惩恶"的创作主张。例如，他在第三辑序文中说道："余自少，衍事戏墨。然狗才追马尾。老于闾巷。唯于其劝惩，每编不让古人。敢欲使妇幼到奖善之域。"①第九辑序言再次强调："虽是痴人荒唐事，然欲劝善惩恶，以教诫世间愚顽之女子、童蒙、翁媪，以作迷津之一筏，故始握戏墨之笔。"②

　　首先，曲亭马琴通过人物结局的设计来说明善有善报、恶有恶报的道理。例如在小说的开篇，佞臣山下定包杀害主公独揽朝纲，同商纣王一样过着酒池肉林的淫靡生活，但不出百日便被家臣所杀，宠姜玉梓也被处以绞刑。与之相对，八位主人公在完成各自的复仇后，经历种种奇祸与险情，协助实施仁政的里见将军建立功业，不仅得到高官厚禄的赏赐，还于年老后到富山成仙归隐。此外，小说中关于画中之虎的情节也颇耐人寻味，由巨势金刚绘制的老虎点睛后从画中跃出咬人，但他咬死的都是贪婪残暴和不忠不孝之徒，心地良善之人即使夜过深山也安然无恙。

　　其次，按照儒家的道德标准来设计人物性格。例如，里见义实将军与敌军交战迟迟不能取胜，于是玩笑似地对爱犬八房说，你若能咬死敌军首领，我就将爱女伏姬嫁给你。八房果然将对方首级拿下并向伏姬求爱。将军见状欲杀掉八房，但伏姬为兑现父亲的诺言而情愿跟随犬类，来到富山山洞诵读《法华经》，是为守"信"之举。伏姬为表"忠贞洁白"剖腹自尽，腹中飞出一团白气，幼时从行者处得来的八颗分别雕有仁、义、礼、智、忠、信、孝、悌字

---

① (日)曲亭马琴著，(日)小池藤五郎校订：《南総里見八犬伝》(二)，东京：岩波书店1984年版，第3页。
② (日)曲亭马琴著，(日)小池藤五郎校订：《南総里見八犬伝》(九)，东京：岩波书店1985年版，第5页。

样的宝珠,一直佩带于伏姬颈间,在眼看就要为白气所包裹时,八颗宝珠放射出耀眼光芒飞散向四方,成为八犬士出世的征兆。携带宝珠出世的八位英雄,一言一行都十分符合儒家的道德规范,如信乃谨守孝道、庄助最重义气、道节忠诚不二等,堪称儒家八种道德条目的完美代言人,正所谓"仁义礼智,救柔挫刚。忠信孝悌,辅君讨仇"(《八犬传》第九辑序)①。

总之,国主光弘和定包因骄奢淫逸而被推翻,义实则因仁义贤明而使天下归顺。集守信、孝道、贞洁于一身的伏姬,后来成为富山之神受人敬仰;八犬士忠义辅君,最终加官进爵且分别与八位公主成婚。与之相对,搅乱朝纲的淫妇玉梓被枭首示众,贪婪狠毒的蟆六、杀人越货的船虫等也都遭到相应的恶报。

除在自身创作中贯彻劝惩的原则外,曲亭马琴还以此为标准对《水浒传》等明清小说进行评论。《水浒传》是《八犬传》最主要的典据来源,马琴关于《水浒传》的见解主要体现在《译水浒辨》以及随笔《诘金圣叹》中。曲亭马琴虽然衷心热爱《水浒传》,但他也从不隐讳对《水浒传》的不满。马琴指出,《水浒传》在劝惩教化方面存在巨大缺憾:

> 大约小说,若不以劝惩为宗,则不足弄。《水浒传》虽为小说之巨擘,今古无敌手,然今议论最多者,乃距劝惩过远矣。②

> 《水浒传》作者之大意,以草贼为贤,以衣冠为贼,其笔力

---

① (日)曲亭马琴著,(日)小池藤五郎校订:《南総里見八犬伝》(六),东京:岩波书店 1985 年版,第 17 页。
② (日)曲亭马琴、石川雅望:《玄同放言 都の手ぶり》,东京:吉川弘文馆 2003 年版,第 260 页。

如尽人情,诚为小说之巨擘,后世无加之者,但距劝惩过远。①

可见,马琴从小说的社会效果出发,认为《水浒传》虽然是小说中的巅峰之作,但由于表达过于晦涩而无法达到教育妇孺百姓的效果,乍一看只是一部行侠仗义的小说,很难起到警世作用。

然而,在情节构思之妙、人物之活泼生动等方面,曲亭马琴又无法掩饰对《水浒传》的热爱,"予尝读《水浒传》,忘食而不厌,秉烛无倦时"(《译水浒辨》)②。如何给《水浒传》一个圆满的解释,似乎让马琴颇费了一番心思。曲亭马琴最初在《犬夷评判记》中从"文面的假话"与"作者的真面目"的角度,试图对《水浒传》的思想内涵提出较为合理的解释,认为作者通过"盗贼"与官吏的颠倒描写,真正的用意在于讽刺当时佞臣当道的政治现实。随着认识的进一步深化,马琴在《倾城水浒传》第八编序言中提出了"初善·中恶·后忠"三段论,即"彼稗史之宋江,初为循吏,中为反贼,至后为忠臣"③。提出宋江等人虽然有过叛乱的经历,但最终还是通过招安和征讨方腊的方式实现了向忠臣的回归。

到了晚年,曲亭马琴在《八犬传》的创作过程中逐渐总结出较为成熟的"隐微"论。所谓"隐微,乃作者文外有深意,待百年后知音。《水浒传》有诸多隐微。李贽、金瑞等自不待言,唐山文人才子,赏玩水浒者虽多,然无详尽评论、发明隐微者"④。曲亭马琴

---

① (日)曲亭马琴、石川雅望:《玄同放言　都の手ぶり》,东京:吉川弘文馆2003年版,第253页。

② (日)曲亭主人编译,(日)葛饰北斋画:《新编水浒畫傳》,东京:早稻田大学图书馆公开古籍书,第8页(冈田群玉堂出版,年份不明)。

③ (日)曲亭马琴:《傾城水滸伝》,东京:三教书院1935年版,第108页。

④ (日)曲亭马琴著,(日)小池藤五郎校订:《南総里見八犬伝》(六),东京:岩波书店1985年版,第8页。

从劝善惩恶的角度发现了《水浒传》结局的深刻内涵:"百八人义士多阵殁,最后宋江、李逵等也服毒致死。看官虽觉遗憾,然乃劝惩所系,结局如此悲惨,乃作者之用心也。"①也就是说,作为一部描写叛乱的小说,《水浒传》从表面看来显然不符合儒家关于忠义的道德要求,作者为达成善恶有报的教化效果,不得不让宋江等曾经"作乱犯上"的"贼人"死于非命,这就是《水浒传》最大的隐微所在。

尽管曲亭马琴尝试对《水浒传》进行合理的解释,但似乎仍难摆脱内心的纠葛。其实,《水浒传》的结局大致根据的是当时的稗史记载,是在史实基础上进行的加工创作,因此无法套用善恶有报模式进行衡量。或许正是要调和这一矛盾,马琴才立志要写出一部堪与《水浒传》媲美的大作来,其中既要有《水浒传》般曲折的情节和波澜壮阔的场面,又能够以"劝善惩恶"之珠将其完整地贯穿起来,从而使自身的矛盾心情得以调和。

需要强调的一点是,在曲亭马琴弘扬的各种儒家道德中,"忠"占据重要地位,这与他出身武士家庭、自幼深受武士道思想的熏陶有关。德川幕府禁止以当代武士生活为题材进行创作,所以马琴的读本大都选取战乱的中世(镰仓室町时代)为背景,而这正是武士道精神兴起并备受推崇的时代。伴随着天皇中央集权的瓦解和各地武装集团的日益壮大,绝对效忠、勇武、视死如归等武士精神应运而生。到了江户时代,德川幕府借助以朱子学为核心的儒家思想对其加以强化,赋予了武士道以忠诚、牺牲、信义、廉耻、礼仪、朴素、简约、尚武、名誉等儒家道德。曲亭马琴描写的

---

① (日)曲亭马琴著,(日)小池藤五郎校订:《南総里見八犬伝》(九),东京:岩波书店 1985 年版,第 162 页。

几乎都是武家社会尽忠复仇的故事,因此通篇贯穿上述儒家思想和武士道精神也成为必然。

　　总之,尽管近现代学者往往对曲亭马琴有"爱嚼理"、学究气浓等消极评价,但回到奉程朱理学为官学的德川幕府时代,作为武士家庭出身的学者型小说家,曲亭马琴不可能与官方意识形态相脱节。劝善惩恶小说不仅顺应了统治者的要求,而且与追求艳情滑稽趣味的洒落本、滑稽本、人情本相比较,在情节、人物塑造和审美情趣等方面都更胜一筹,曲亭马琴显然赋予了戏作小说更为厚重的存在价值。曲亭马琴的历史小说还顺应了民众惩恶扬善的善良愿望以及本民族尚武的传统,"生动地描写了恶逆残暴背后蠢动的善恶之间激烈的冲突,读者从中感受到欢欣雀跃般的魅力"①。因此,从历史的角度来看,虚构小说与贯穿其中的劝惩理念和儒家道德,并非横山邦治等日本学者所断言的"本音と建前"(真心话与场面话)的关系,而是呈现出一种与那个时代、那些作品相合拍的交融状态。

第四节　劝善惩恶小说观遭遇的
抗衡及其衰落趋势

　　劝善惩恶小说观是封建时代的产物,是统治阶级在文艺领域加强对民众钳制的要求使然。劝善惩恶小说观之所以长期存在,也与读者本身的素质有关。当时的读者多为文化水平不高的市民阶层,对文学艺术的审美功能没有过高要求。人们往往都抱有

---

① (日)井上厚史:《〈南総里見八犬伝〉と〈日本外史〉の歴史認識》,《同志社国文学》2004 年,第 511 页。

惩罚邪恶、褒扬善良的美好愿望,如果善的一方遭受不公平待遇,而恶的一方尽享荣华富贵,那么读者就会产生不满情绪。因此,小说家往往在善的一方受尽苦难和迫害后,赋之以圆满的结局,而恶的一方则最终走向灭亡,总之,劝善惩恶小说能以其善恶有报的结局满足民众朴素的愿望。

儒家重视文学作品的思想性,强调伦理教化功能,不能否认也有其积极影响。文学创作必然要体现作者的道德取向,那些积极的道德观念能够能动地影响读者的道德世界,具有良好的社会教育效果。只是,如果过分强调文学的道德教化功能,忽视以至隐没了文学的审美和娱乐功能,就会丧失作品的艺术美,失去其打动人心的力量。尤其是朱子学以"存天理灭人欲"等主张来抑制人们对喜怒哀乐等情感表达的渴望,某些作者为达成善恶有报的结局,也往往人为地编造一些荒谬或怪异情节,人物形象的设计也过于完美和类型化,以致严重脱离现实生活,无法引起读者的共鸣,正如内田鲁庵在《八犬传余谈》中所言:"八犬士过于完美无缺了。《水浒传》中即使不算因偷鸡而自鸣得意的时迁等混杂鼠辈,也还有黑旋风那样除了狂怒暴行之外别无可取之处的愚人,但八犬士都是具备文才武略、过于智虑超群的人。"①随着读者审美水准的不断提高,劝善惩恶小说观也必将丧失其存在的土壤。

虽然朱子学提倡的劝善惩恶小说观成为近世小说创作的主流模式,但自劝惩之说诞生之日起,思想界就一直存在对其进行批判和改造的动向。其中,与朱子学对抗最为激烈的,要数儒学

① (日)曲亭马琴著,(日)小池藤五郎校订:《南総里見八犬伝》(十),东京:岩波书店 1985 年版,第 371—372 页。

内部兴起的古学派、古文辞派,以及排斥儒佛教理、力主恢复日本传统美的国学派,国学者本居宣长(1730—1801)的"物哀"论,批判的标靶就直指儒佛的劝惩教化文学观。近代以后,坪内逍遥在《小说神髓》中明确反对劝善惩恶主义,在西方文学理论的启示下,日本的小说创作与评论开始更加关注心理写实与艺术价值。

一、本居宣长的"物哀"论

国学派是元禄(1688—1704)以后兴起的古典研究学派,主要采取文献学和实证学的方法来诠释古典,并从中探寻日本固有的文化及精神。国学派重视真情实感而轻视儒佛教理,力主将人类真情从儒佛的劝惩论中解放出来。针对某些儒家学者将《源氏物语》也视作与《春秋》一样的"劝善惩恶"之书的观点,国学派创始人契冲(1640—1701)指出,《春秋》的褒贬,是因为分别记录了善人的善行、恶人的恶行,所以劝善惩恶之意一目了然,而这则物语(《源氏物语》)记录的是一个人身上善恶交相混杂的事实,何以将此与《春秋》等相提并论呢? 契冲之后的另一位代表人物是贺茂真渊(1697—1769),真渊将日本本土文化和儒佛外来文化划分为国意和汉意,认为过于理想化的儒佛之理其实于现实无益,而《万叶集》中自然雄健的歌风反倒具有感化人心的力量。

本居宣长(1730—1801)是江户中期的国学者,被誉为"国学四大家"之一,继承了贺茂真渊古道研究的精髓,在《古事记传》中提倡排斥儒佛、回归古道,在文学理论方面提出著名的"物哀"论,认为和歌及物语的本质是表现"物哀","物"即客观对象,"哀"即主观情感相应萌生的优美、纤细、沉静等情趣。其中,物哀最主要的感觉倾向是悲伤哀怨,物哀最深刻的表现载体是男女恋情,因为"如果不写恋情的事,就难以展现人情的深邃细腻,就难以写出压抑不住的物哀心绪"①。

首先,本居宣长从违背人情的角度指出儒佛劝惩教化文学观的不合理:"因儒佛乃教诫之道,所以夹杂有违背人情、严格劝诫之处,多把按人情行事视作恶,把竭力压抑人情视作善。"(《紫文要领》)②所以,不能从道德评判的角度来阅读物语,小说不应当承担儒佛之书道德评判的功能:"此外自有很多书籍谈论教诫之事,用不着借此关系不大的物语去评论。"③

接着,本居宣长指出日本古典物语是为了解"人情"、知晓"物哀"而作。"和歌、物语,不分善恶、邪正、贤愚,只是详细记录油然而生的真情实感,告诉人们什么是人情,让人们看到作品而了解人情、知晓物哀。"(《紫文要领》)④"这则物语涉及到世间所有的事情,在所见所闻、所思所触中感受到物哀,心有所感,以致难以笼蔽于胸,所以写作物语以发散郁结。将心中郁结讲述于人并作成物语后,郁结自然得以发散。……所以,这部书中无一遗漏地写尽了物哀,而读者自然也会心有所感,意即读者也知晓了物哀。"⑤

像这样,本居宣长从肯定人情的角度出发,指出儒佛某些道德理念是对人性的压抑与扭曲,强调物语以及和歌应如实展现人的种种情思,懂人情、知物哀是评价物语优劣的唯一标准,在近世

①(日)日野龙夫校注:《本居宣長集》,东京:新潮社1983年版,第141—142页。
②(日)日野龙夫校注:《本居宣長集》,东京:新潮社1983年版,第83页。
③(日)日野龙夫校注:《本居宣長集》,东京:新潮社1983年版,第240页。
④(日)日野龙夫校注:《本居宣長集》,东京:新潮社1983年版,第204页。
⑤(日)日野龙夫校注:《本居宣長集》,东京:新潮社1983年版,第235—236页。

中后期浮世草子流于庸俗和色情、假名草子一味说鬼道怪、读本又专以劝惩为宗的文艺氛围下,本居宣长的物哀论无疑具有一定的进步意义。处于封建社会末期资本主义出现萌芽的历史转折时代,本居宣长对于人性的肯定是新兴市民阶级个性觉醒的先兆,促使文学作品更加关注于人的内心世界和艺术审美。

不过,本居宣长对人情与物哀的过度强调、对道德要素的完全淡化处理,既凸显出其文学观念的狭隘性,也并不符合紫式部《源氏物语》的创作初衷,关于儒佛道德观念的解读也带有明显的抵制外来文化的偏激色彩。其实,对于道德伦理的漠视和对"物哀"之恋的过度执着,已成为日本近世小说的一个弊端,浮世草子、洒落本、人情本等都因淫靡猥琐和道德缺陷而备受质疑,很多学者指出其形式上的堕落令人悲哀。所以说,本居宣长出于与劝善惩恶小说观相抗衡的目的而对"物哀"论的过度强调,导致他在对古典物语的解读中存在一些牵强之处。

二、坪内逍遥的"人情"说

明治维新是日本由封建社会走上近现代社会的转折点,日本国内掀起了声势浩大的"改良运动",试图通过引进西欧先进的政治经济制度以及思维方式,对各个领域进行彻底改造,文学领域也受到西方近代文学理论的巨大冲击。1885 年至 1886 年,坪内逍遥的文学理论著作《小说神髓》出版发行,全书共分九册,上卷为文学理论,下卷为方法论。《小说神髓》反对劝善惩恶主义,主张如实地描摹人情,强调应赋予小说独立的艺术价值。

坪内逍遥首先表达了对文坛拙劣稗史泛滥、在劝善惩恶幌子下一味拼凑荒诞情节的不满:

　　近来刊行之小说稗史,若非马琴、种彦之糟粕,则多为一

九、春水之赝物。盖此间戏作者流,专以李笠(翁)之语为师,以义发劝惩为小说、稗史之主脑,造道德之模型。(略)古来我国之习俗,以小说为教育之一手段,频频提倡奖诫劝善为其主眼,然实际场合却又专喜杀伐残酷或颇为猥亵之物语,其他正经情节则瞩目之人稀少。(略)然劝善之名义又难以舍弃,便强加劝善主旨,歪曲人情世态,生硬地夸大其词或添枝加叶。由此趣向愈发拙劣,以大人、学者之眼实难以卒读。此皆因作者只知一味玩弄稗史,而不悟稗史真正之主眼,空然墨守其谬妄旧习之故。①

坪内逍遥希望通过自己多年阅读得来的感悟,再结合西欧先进的小说观念,为陷于混沌的读者指引迷津,由此实现日本小说的改良和进步。在"小说的主眼"中,坪内逍遥指出:"小说之主脑为人情,世态风俗次之。(略)人情即人之情欲,所谓百八烦恼是也。"②人情即人的情欲,也即"一百零八种烦恼",任何人都拥有善与恶等各种品质,无论善人还是恶人都有情欲,所不同的是善人或贤者可以通过道德或良心的力量来抑制情欲,摆脱烦恼的困扰。"看穿此人情之奥妙,贤人君子更是如此,将老少男女、善恶正邪之人心中之内幕,一览无遗地描摹出来,周密精到,人情灼然跃于纸上,乃我等小说家之要务。"③

当然,坪内逍遥并非彻底否定小说蕴含的积极教育意义。在

①(日)《坪内逍遥・二叶亭四迷集》(现代日本文学全集),东京:筑摩书房1956年版,第79—80页。

②(日)《坪内逍遥・二叶亭四迷集》(现代日本文学全集),东京:筑摩书房1956年版,第91页。

③(日)《坪内逍遥・二叶亭四迷集》(现代日本文学全集),东京:筑摩书房1956年版,第91页。

《小说的裨益》一节中,坪内逍遥指出小说最直接最主要的功能是娱乐人心,当然,在使读者感受到审美愉悦的同时,还能带来一些间接的裨益:(一)使人品格高尚,(二)对人劝奖惩诫,(三)为正史补遗,(四)作文学之师表①。只是,切不可颠倒直接目的和间接裨益,否则就将使文学作品沦为道德教化的傀儡。

作为日本近代最早的一部系统的文学理论著作,《小说神髓》被誉为"宣告日本近代文学黎明的钟声,坪内逍遥的名字也因此而不朽"②。的确,尽管还存在一些有待完善之处,但它为日本近代文学的发展指明了新的前进方向。对劝惩主义小说观的批判和对写实主义的提倡,使近代作家开始摆脱近世以来一味追求劝善惩恶,并不惜杜撰虚妄情节的怪圈。文学创作开始着眼于现实社会的普通男女,并着力描绘他们的喜怒哀乐及人生百态,而曲亭马琴则被视为落后和迂腐的典型,逐渐为人们所排斥和疏远。

---

①(日)《坪内逍遥·二葉亭四迷集》(现代日本文学全集),东京:筑摩书房1956年版,第98—103页。
②(日)市古贞次等编:《新编日本文学史》,东京:明治书院1996年版,第109页。

第二章 "虚实"论的多重演进及 明清小说理论的浸润

　　日本近世小说根据虚实比例与性质的不同,大致可以划分为三大类。最早出现的是以假名草子和前期读本为代表的怪异小说,谈鬼道异且夹杂教训启蒙色彩;后来是以读本、合卷为代表的史传类或曰演义类小说,扎根日本史实并大量融合中国历史题材;再有就是浮世草子和以滑稽本、洒落本、人情本等为代表的戏作写实类小说,围绕着艳情、金钱、戏谑等内容,栩栩如生地描绘了江户市井百态。

　　浅井了意的《伽婢子》被视作近世怪异小说真正的开端,既延续了古代和中世以来万物有灵的意识以及佛教的因果观念,又受到《剪灯新话》等中国志怪传奇及明清小说的直接启示。怪异小说家虽然也常在序言中标榜劝惩言辞,但其目的在于躲避德川幕府的文化高压政策,关注的焦点依然在于小说的怪异性、趣味性、文学性。在模仿明清小说进行创时,日本小说家更加倾向于撷取同日本传统信仰相接近的情节,如灵魂作祟或附体题材等,并适当融入镇魂慰灵信仰、武士复仇观念等因素,从而使小说更符合日本近世读者的欣赏习惯。

　　史传类小说体现出虚实交融渗透的创作理念,谢肇淛的"虚实相半"理论促使日本小说家摆脱"史余"问题的缠绕,领悟到通过艺术虚构才能抵达"游戏三昧"之境。日本小说家在摄取明清小说理论的基础上,还有所质疑和发展,如曲亭马琴就对谢肇淛"三国演义过实"观点提出反驳,并结合自身创作提出不能脱离现实肆意虚设、主人公善恶属性不能与史实相违背、要符合劝善惩恶之理等原则。

浮世草子和戏作小说中流露出较强的"写实"倾向。浮世草子在情色纠葛与金钱万能的纷繁表象之外,还揭示了义理与人情的冲突和人性的复杂与悲哀;洒落本、滑稽本、人情本倾向于展现浮世艳情和滑稽趣味,体现出政治经济陷入僵化期后日渐颓废的世风,即使偶有讽刺意味也常因畏惧幕府的镇压而隐约其辞。

第一节　"怪异趣味"的历史文化溯源及本土化特征

在日本近世的假名草子和读本等小说样式中,荒诞诡异情节占据很大比重。对于怪异文学的特殊嗜好,可以追溯到日本民族长期以来形成的审美心理,即万物有灵意识与佛教影响下对于怪异叙事的热衷。在具体题材方面,奈良平安时代对于六朝至唐宋志怪传奇的摄取,为后世人接受此类作品奠定了文化土壤;到了江户时代,《剪灯新话》以及"三言二拍"等明清小说的东传,直接引发了怪异小说流行的热潮,趣味性、文学性、蕴含劝惩意味以及对中国文化的神秘憧憬,是中国怪异题材小说在日本长盛不衰的主要原因。"百物语"的娱乐形式对怪谈流行起到了推波助澜的作用,平安时代"物怪"信仰中的生魂作祟或附体题材延续到近世,并适当融入了镇祭慰灵思维及武士复仇观念等,从而使翻案作品更加符合日本读者的阅读习惯。

日本学者侧重于对怪异小说的中国文学典据进行考证,但对其深层的思想文化背景以及与奈良平安时代文学的连续性却较少探究。中国学者对日本崇尚怪异的小说观念也缺少整体的、理论上的提炼与把握,只是常以"怪异"来泛泛概括近世假名草子或读本的特质,虽然注意到了独特的"物怪"信仰,但还较少将其作为日本怪异小说重要的一环加以考证。有鉴于此,笔者拟从怪异审美的宗教和思想背景、明清小说题材的直接影响、与日本传统"物怪"信仰的共鸣等全方位视角,对怪异题材小说产生的根源、特质、与中国文学的关联等做一系统考察。

一、日本近世小说怪奇趣味的历史文化土壤

中国自西汉末年直至魏晋南北朝时期,谶纬迷信思想和传统巫术随着佛教的流入而日趋盛行,妖妄神怪的谶纬与虚幻诡异的佛教相结合,再加上道家对于神仙思想和鬼怪变化的宣扬,人们的思想意识受到巨大影响,为弘扬教义而广泛传播的精灵变化的世界、奇谲瑰丽的想象,为怪异小说的流行奠定了素材的基础。除去宗教信仰的因素外,怪奇小说的盛行还根源于人们对客观世界认识的局限性,某些难以理解的客观现象被涂上变幻莫测的色彩,进而演化为虚无缥缈的荒诞故事。日本之所以迅速吸纳了中国的怪奇小说,主要原因就在于自古以来相近的信仰背景。

首先,原始信仰和神话对日本人的精神生活产生了巨大影响。日本是一个四面环海且自然资源匮乏的岛国,时常面对来自地震、海啸、火山喷发等大自然不可抗力的威胁,因此对自然万物充满敬畏、信奉万物有灵,并时常怀有悲观无常的消极心理。

其次,佛教文学的影响。佛教在公元5、6世纪便已传播到日本,并且绝大部分时间在日本思想文化史上都占据重要地位,甚

至有学者提出日本文化是由日中佛教徒之手创造的。而且,正如王晓平先生在《佛典　志怪　物语》中指出的:"日本对佛教的接受,并非'直餐梵响',而是通过汉译佛典的媒介进行间接接受或二次接受。"①即日本人所接受的是经中国人译介和诠释后的佛教。佛家大多通过虚诞怪异的故事向民众宣扬生死轮回、因果报应、修行解脱等观念,佛教故事中冥府幽灵、神仙鬼魅的描写激发了日本民众强烈的阅读兴趣,佛教故事也成为后世怪异题材的重要源泉。

佛教在传入日本之初虽然遭受过较为激烈的抵抗,但最终还是在统治者的扶植下实现了与神道教的融合。日本主要信仰大乘佛教,大乘佛教认为佛拥有众多的分身,佛为普度众生而降临到日本列岛,成为日本的神灵,这就是所谓的"本地垂迹"。佛是神的本体,而神是佛的化身,如天照大神是如来的垂迹,八幡神是阿弥陀佛的垂迹。由此,以日本固有的"万物有灵"意识为根基,日本人迅速接纳了佛经故事中的神异鬼怪,并与本国民间传说或怪异故事融为一体,从而形成一股绵延不绝的怪异审美潮流。日本人长久以来对于《搜神记》《剪灯新话》等中国怪奇小说的巨大热情,就酝酿自这样的文化土壤。

其实早在近世,一些小说家就已经意识到了儒佛道三家对于怪异小说的影响。被称为"怪异小说之祖"的浅井了意在《伽婢子》开篇,就模仿瞿佑《剪灯新话》序言,指出儒教伦理道德的要求是"不语怪力乱神",但由于现实生活中的确存在神秘莫测的一面,所以在迫不得已谈及这些情况时,也要像《春秋》《国风》等经典一样,旨在实现劝善惩恶的教化目的。

---

① 王晓平:《佛典　志怪　物语》,南昌:江西人民出版社1990年版,第6页。

之后,浅井了意结合日本的实际情况,补充了佛教和神道的内容:"况佛经教三世因果之理,戒四生流转之业,或说神通,或说变化,又神道幽微,至于草木土石,皆记其神灵之事,现不可思议之妙理。三教各教其灵理、奇特、怪异、感应之不虚,以为弘扬其道之媒。"①的确,怪异情节是儒、佛、神三教宣扬本家教义不可或缺的重要媒介,同时也奠定了怪异小说得以流行的思想文化基础。

　　近世初期,长年的战乱宣告结束,人们迎来了久违的太平之世,一种名为"百物语"的娱乐活动普及开来,并对江户时代怪谈的流行起到了推波助澜的作用。根据宽文六年(1666)浅井了意的《伽婢子》记载,百物语的方法如下:新月之夜,人们聚集在一起,选择三个房间相连且最好呈"L"型的场所,周围漆黑一片,只有最里面的房间放置着点有一百根灯芯的行灯,行灯被纸糊成幽暗的蓝色。人们穿上蓝衣服,每讲完一个怪谈后,便摸索着穿过旁边的房间,来到点有行灯的屋子,拔掉一根灯芯,在镜子里看一下自己的脸后返回。除了幽灵和妖怪的故事之外,种种不可思议之事、姻缘故事等都可以讲述,当讲完一百个故事,灯芯全部被拔完后,真正的怪物就会出现。实际上,在讲完第九十九个故事后,人们一般就会等待黎明的降临,而不是真的期待见到鬼怪灵异现身。

　　百物语起源于日本古已有之的"语怪则怪至"理念,曾在武士社会十分盛行,据说目的在于验证古代物语或传说中的怪异是否真实存在,尽管人们营造的氛围倍觉恐怖,不过当然不会真有妖

---

① (日)松田修、渡边守邦、花田富二夫校注:《伽婢子》,东京:岩波书店 2001 年版,第 9 页。

怪出现，所以后来的百物语逐渐演变成一种游戏。百物语对推动怪谈在民间的流行产生了很大的影响，很多怪谈如《诸国百物语》《御伽百物语》《怪谈百物语》等，就直接以"百物语"来命名。百物语是都市文化的产物，正如高田卫所言："是以近世町人点燃的开化之火，去克服黑暗中的自然灵的仪式。"①

二、趣味性与文学性的合二为一：兼论中国小说怪异题材的启示

中国怪异题材小说（包括传奇、志怪、白话小说等）对日本的影响主要体现在江户时代。宽永年间（1624—1644），日本的一些儒者文人开始表现出对怪谈的浓厚兴趣，德川第三代将军家光（1623—1651）患感冒卧床休养期间，儒臣林罗山（1583—1657）就呈上几本自己精选和注释的中国奇谈，为其消愁解闷。到了四代将军德川家康统治的宽文年间（1661—1673），怪异小说迅速流行开来，这种流行很大程度上起源于当时的"中国热"。当时的日本人对中国文化充满了憧憬和崇拜之情，悠远辽阔的中国大陆本来就是神秘而未知的世界，来自那里的奇异故事更能激发他们梦幻般的奇妙感受。

日本小说家之所以更加青睐中国小说的奇异情节，一个重要原因是他们对中国实际情况知之甚少，对于写实情节的理解较为吃力，与之相对，虚幻怪诞情节更加通俗易解、富有趣味性。"中国小说是中国社会生活的反映，特别是被京传、马琴等视作范本的诨词小说，更是如实地描绘了中国民众的生活。他们对于中国的实际情况知之甚少，因此大多聚焦于文辞，只追求事件之奇和

---

① （日）高田卫：《江戶幻想文学誌》，东京：平凡社 1987 年版，第 19 页。

趣味之妙,抛弃实际情形,追求虚幻之影。将其虚化转移至日本时,虽然仍是以早已丧失存在根基的武士生活为对象,但将年代假托到更为久远的过去。因为这对借鉴其趣味、包蕴劝惩意味都非常适合。像这样书写的武士生活,是武士道与儒学相辅相成的理想、而且是作者尚不成熟的头脑所坚信的东西。于是,读本便有了两重乃至三重空虚的幻影。"①

浅井了意的《伽婢子》被视作江户怪异小说真正的开端。以前的怪异大多为因果谈、忏悔谈,怪异只是诱导出因果之理的手段而已,正如山口刚所言:"直到《伽婢子》的出现,才摆脱了因果报应的羁绊,怪异获得了作为怪异本身的独立性。"②虽然作者的兴趣点在于怪异性、趣味性、文学性,而非儒佛的因果教化之理,但处于一切均以教训为第一的启蒙时期,小说家通常都会在卷头标榜劝惩教训的言辞,这既是躲避幕府文化高压政策的韬晦之计,也起源于对明清小说家序跋文字的模仿。

江户时代初期,看似迎来了久违的和平,但是幕府与诸大名的斗争依然激烈、新兴町人阶级崛起并日渐分化、佛教与儒教时有反目等,社会状况依然较为复杂。具体到《伽婢子》的作者浅井了意,他实际上是一名生活困窘的寒寺主持,对自身的怀才不遇抱有深深的愤懑,这种愤懑超越了自身的际遇,推而广之发展到为农民以及下层庶民鸣不平,他在《伽婢子》中就曾对加在农民身上的苛捐杂税进行严厉批判。所以说,《伽婢子》表面上看似怪异

---

① (日) 山口刚:《読本について》,《山口刚著作集》(第二),东京:中央公论社 1972 年版,第 159 页。

② (日) 山口刚:《怪異小説研究》,《山口刚著作集》(第二),东京:中央公论社 1972 年版,第 272 页。

奇谈或远古无稽之谈,实际上是一种韬晦之策,也是为了在舆论高压之下免除罪责。

日本近世小说家大多模仿瞿佑、李渔、冯梦龙、金圣叹等明清小说戏曲作家或评论家,通过序跋文、书信、评点等,阐明自己作品的劝惩教化主旨。浅井了意在《伽婢子》序文中,就仿效瞿佑《剪灯新话》的序言,通过与经典相比附的方式,为怪异小说争得一席之地。

> 夫圣人说常教道,施德以整身,明理以修心,天下国家以移风易俗为宗,总不语怪力乱神。然若不得已时,亦著述为则,以是,《易》云龙战于野,《书》志雉鸣于鼎中,《春秋》示乱贼之事,《诗》载《国风·郑风》之篇,传于后世以为明鉴。……然此《伽婢子》不取远古,仅载集记述近时传闻之事,并非为悦有学智者之目、濯其耳,只为惊儿女之闻,以助其改心赴正道也。(《伽婢子》序)①

也就是说,儒教伦理道德要求"不语怪力乱神",但由于现实生活中的确存在神秘莫测的一面,所以在迫不得已谈及这些情况时,也要像《春秋》《国风》一样具有劝惩教化功效,如前所述,这段表述受到瞿佑《剪灯新话》序一的重要启示。

上田秋成的《雨月物语》也流露出明显的模仿《剪灯新话》的痕迹。"雨月物语"的命名来源于《剪灯新话》卷二的《牡丹灯记》,作者认为妖怪出现的时刻一般都在"天阴雨湿之夜,月落参横之辰",上田秋成在《雨月物语》序言中也有"雨霁月朦胧之夜"的表述,并直接以"雨月"为题,蕴含谈鬼说怪之意,以下为《雨月物语》

---

① (日)松田修、渡边守邦、花田富二夫校注:《伽婢子》,东京:岩波书店2001年版,第9页。

的序言。

> 罗子撰水浒，而三世生哑儿。紫媛著源语，而一旦堕恶趣者，盖为业所逼耳。然而观其文，各各奋奇态，唪哗逼真，低昂宛转，令读者心气洞越也，可见鉴事实于千古。余适有鼓腹之闲话，冲口突出。雉雏龙战，自以为杜撰，则摘读之者，固当不谓信也。岂可求丑唇平鼻之报哉？明和戊子晚春，雨霁月朦胧之夜，窗下编成，以畀梓氏。题曰雨月物语。云，剪枝畸人书。子虚后人·游戏三昧（印章）①

通过对比可知，上田秋成借鉴了瞿佑在《剪灯新话》序文中的论证方式，强调自己的小说如同《易》言龙战于野、《书》载雉雏于鼎一样，纯属饱暖之余的虚构杜撰。不过，如同中国的《水浒传》以及日本的《源氏物语》一样，因为取材别致新颖、叙事生动逼真、情节跌宕起伏，所以能令读者心情激荡、感慨万端，并且还能有所受益或借鉴，所有这些都起源于艺术虚构的巨大感染力。

曲亭马琴在翻案中国小说时也摄取了很多怪异奇幻情节，并且模仿明清小说家，在序跋中为自身的创作辩护。曲亭马琴从"劝善惩恶"和"隐微"的角度强调怪谈的必要性，在第九辑卷之二十九"简端或说赘辩"中，马琴这样强调："怪谈有雅俗之差别，余虽不才，所撰之怪谈，无不事关劝惩。"②针对一些读者对于怪谈鬼话的非议，曲亭马琴据理力争："鬼话怪谈之多，非独《西游记》，譬如《水浒传》，亦是以怪谈立趣向。请看，始以石碣误走百十个

---

① （日）上田秋成著，（日）高田卫、中村博保校注译：《雨月物語　春雨物語》，东京：小学馆 1983 年版，第 12 页。

② （日）曲亭马琴著，（日）小池藤五郎校订：《南総里見八犬伝》（八），东京：岩波书店 1985 年版，第 222 页。

魔君之事,终以石碣制一百零八个魔君,遂成宋朝忠义之士。彼一部之主旨、作者之隐微,皆在于此。(略)且罗真人公孙胜之仙术、戴宗之神行、樊瑞高廉之幻术,及九天玄女之灵验冥助,皆是多涉怪谈。"①

在《八犬传》的开篇,里见义实的女儿伏姬为了替父亲履行承诺,甘愿与立下战功的家犬八房结为夫妇并隐遁于深山,后因物类相感而怀孕,伏姬为表明清白自杀时八颗宝珠飞散到四面八方,成为八位主人公出世的征兆。这段人与异类成婚的构思,很明显来自东晋干宝《搜神记》卷十四《盘瓠》的启示,马琴在本段之后还特意对典故出处做出说明。同时,曲亭马琴还借助伏姬的思绪,引导读者联想《搜神记》中《女化蚕》的故事。女子对自家马儿许诺,如果能将常年外出的父亲驮回来,自己就许配与它,但后来父女二人不仅未能履行诺言,还杀马剥皮并对其痴心妄想加以嘲讽,谁知马皮竟突然将女子紧紧地裹了起来,次日人们在桑树上发现了悬挂的尸体。伏姬一边联想着这个故事,一边下定了跟随八房的决心:"我若乘一时之怒,亦杀八房,岂非同于《搜神记》所载上古之人?"②像这样,曲亭马琴通过对中国怪谈的直接引用,不仅推动了情节的发展、增添了浓郁的怪奇趣味,同时还向读者表明"信"即遵守诺言的重要性。

当然,怪异小说尽管有所寓意、有所愤激,但对于普通读者而言,最具魅力的还是怪异本身的趣味性和文学性。江户时代的人

---

① (日)曲亭马琴著,(日)小池藤五郎校订:《南総里見八犬伝》(八),东京:岩波书店 1985 年版,第 221 页。

② (日)曲亭马琴著,(日)小池藤五郎校订:《南総里見八犬伝》(一),东京:岩波书店 1984 年版,第 168 页。

们对于遥远的中国大陆怀有深深的憧憬，未知的世界、幽远的乡土，很容易使人产生神秘而又绚烂的联想。志怪、传奇、白话小说等源源不断地东传至日本后，受到上至将军儒者下至市井百姓的广泛喜爱，既有因观念碰撞而迸发的新奇火花，也有因情节异曲同工而引发的共鸣与慨叹。

三、日本传统"物の怪"信仰在近世的延续

在日本的怪谈史上，"物の怪"（もののけ）常常是小说家浓墨重彩的一笔。"物の怪"可理解为死灵或生灵作祟，既包括死后仍纠缠在人们周围的鬼魂，也包括生灵（或曰生魂）作祟，均是幽怨和愤激等情绪被掩饰和压抑得太久之后，以极端方式爆发的产物。

1. "物怪"信仰的起源、特征及本质

平安时代早期出现了"御灵"信仰，人们认为在政治上蒙受冤屈而不幸没落或惨死之人，死后将化作怨灵掀起报复的狂潮，诡异天象、疫病流行、社会动荡等均与此相关，必须通过祭祀等方式使怨灵得到安抚，总之，"各种灾害都是荒魂捣鬼，直接安慰恶灵，或认可威力更大的统治神，通过其神德来除却恶灵的危害，并祭祀统治神的行为，被称为御灵信仰"[①]。

平安时代中期开始，御灵信仰渐趋衰落，"物の怪"信仰流行开来。"物の怪"即生灵或死灵作祟，主要表现为附着人体诱发疾病，人们认为难产的原因也在于恶灵附身。《紫氏部日记》就描述

[①]（日）川田稔著，郭连友等译：《柳田国男描绘的日本——民俗学与社会构想》，北京：外语教学与研究出版社 2008 年版，第 22 页。

了中宫临产时的情景,"众怨灵愤恨不已,叫嚷咒骂声令人毛骨悚然"①。可见,在医学知识匮乏的年代,人们将疾病归咎于物怪作祟,并尝试让僧侣以祈祷的方式来镇抚物怪,将物怪暂时转移到女仆、小童或偶人的身上,或者将其升格为守护神。《枕草子》《紫式部日记》都详细记述了当时的场景,《续日本后纪》也有聘请六十余名僧侣来皇宫以念经的方式镇抚物怪的描写。

平安时代统治者引进佛教的目的之一,就是镇压御灵、为亡灵追福。当然,怨灵作祟只是科学知识匮乏的特定历史年代的一种想象,这一观念得以产生的真正根源,还在于摄关政治下外戚对于政权的垄断,围绕王位等进行的激烈权力纷争导致了很多非正常死亡。贵族长期生活在闭锁的宫廷社会,阴郁的精神状态助长了怨灵信仰的盛行。

平安中期的菅原道真(845—903)堪称日本御灵信仰中最著名的怨灵神。道真因左大臣藤原时平的诬告被流放到遥远的九州,家人离散不知生死,延喜三年(903),道真在愤恨与绝望中惨死于大宰府。道真死后,京城接连不断地出现皇家成员夭亡、雷击伤人、疫病流行等事件,参与诬告的人也都纷纷惨遭横祸,人们忧虑这是菅原道真的怨灵返京复仇所致,怨灵作祟信仰由此蔓延开来。

崇德上皇(1119—1164)是另一个很具代表性的怨灵神。根据《保元物语》的记载,鸟羽法皇离世后,两个皇子崇德上皇和后白河天皇展开激烈的霸权争夺。保元元年(1156),战火蔓延到皇城,被迫退位的崇德上皇联合左大臣藤原赖长和源为朝发动了著名的保元之乱,但最终败北、被流放到荒凉的赞岐。被软禁的的

①(日)小谷野纯译注:《紫式部日记》,东京:笠间书院2007年版,第25页。

崇德上皇以血书抄写了五部大乘佛经晋献京都,然而,后白河天皇视血书为诅咒而将其退回。崇德上皇对此恨之入骨,发愿要化为魔王扰乱天下。一语成谶,崇德上皇悲愤惨死后,朝廷遭遇灭顶之灾,生灵涂炭,世人均坚信这是崇德上皇怨灵作祟所致。当然,崇德上皇的诅咒只是机缘巧合才与历史现实一致,但统治者恰好以此来解释天下大乱的原因,民众也因其灵异而深信不疑,怨灵作祟由此演变成根深蒂固的信念,崇德上皇也化身为平安朝末期最大的恶灵。

中国古代文学作品中常见死后灵魂作祟的描述,日本近世小说也引进了大量死后灵魂作恶的题材。相比较而言,日本古典小说似乎更热衷于描写"生魂作祟"。在女性地位低下及一夫多妻的时代背景下,女性常因遭遇背叛或欺骗而陷入难以自拔的痛苦,一些幽怨心理或嫉妒行为往往遭到人们的责难,一些离奇诡异事件也常常被归咎于女性的生灵作祟。这表明在封建的男权社会,女性不仅在事实上承受着被遗弃的痛苦,在社会舆论中也处于非常被动的地位,一旦情之所至而离魂出窍,便会招致周遭环境的一致谴责。

平安时代紫氏部的《源氏物语》开启了生魂描写的先河。《源氏物语》典型地展现了六条妃子生灵作恶的情景。首先是夕颜怪异的死亡,光源氏与夕颜同床共寝,这时枕边突然出现一个美女,一边恨恨地说着"我心里难受啊",一边要摇醒夕颜。夕颜则浑身颤抖、汗流浃背,精神陷入错乱状态并很快死去。据说,这里作祟的"物怪",就是陷于嫉妒心理而难以自拔的六条妃子的生灵。光源氏正妻葵姬在生产时,也被一个顽强的魂灵附着在身上,痛苦不堪。源氏公子守在葵姬身旁亲切照料之时,附体的生灵突然借葵姬之口说话,神情与声音仿佛就是六条妃子:"我绝非有意来此相扰,只因忧思郁结,魂灵不能守舍,浮游飘荡,偶尔至此也。"①
六条妃子本人也听到了世间的谣传,她推想:"我只痛惜自身,并
不怨恨他人。但闻过于忧郁,灵魂自会脱却身体而浮游出外,为
人作怪。此事庸或有之。"②自从禊被那天为争夺车位而被人蔑
视、深受奇耻大辱以来,她沉浸在忧伤悔恨中,时常精神恍惚:
"唉,惭愧! 难道我的灵魂真会出窍,往葵姬那里去么?"③她"历
历回思自己的魂灵不知不觉出游时种种情状,便觉自己的衣衫薰
透了葵姬枕边所焚的芥子香。她很诧异,便洗净头发,更换衣服,
试看是否真有其事。岂知洗头换衣之后,香气依旧不散!"④

　　在《源氏物语》之前的文献中,很少出现过生灵附体的例子,
所以现在学界通常认为,六条妃子的生灵在很大程度上是紫氏部
文学想象力的产物。关于其本质,藤本胜义的分析最具说服力,
其推论的根据是《紫氏部集》中的记述:"画中,在鬼魂附体的丑陋
女人的背后,小法师捆绑着变成鬼的亡妻,男人在念经斥责鬼魂。
对死者做这种事并烦恼不已,不是自己疑心生暗鬼吗?"⑤男人是
因为做了负心事所以才好似看到了亡妻的鬼魂,其实这只是疑心

---

① (日)紫氏部著,丰子恺译:《源氏物语》(上),北京:人民文学出版社 2003
　　年版,第 165 页。
② (日)紫氏部著,丰子恺译:《源氏物语》(上),北京:人民文学出版社 2003
　　年版,第 163 页。
③ (日)紫氏部著,丰子恺译:《源氏物语》(上),北京:人民文学出版社 2003
　　年版,第 164 页。
④ (日)紫氏部著,丰子恺译:《源氏物语》(上),北京:人民文学出版社 2003
　　年版,第 166 页。
⑤ 北京日本学研究中心文学研究室编:《世界语境中的〈源氏物語〉》,北京:
　　人民文学出版社 2004 年版,第 163—164 页。

生暗鬼而导致的幻觉。由此推论,六条妃子是因为嫉妒和屈辱感才认定自己就是迫害葵姬的生魂;身为正妻的葵姬在生产之际害怕情敌前来纠缠而产生了被害幻想;光源氏也是听到世间传闻并对六条妃子的嫉妒本性抱有成见,所以才将六条妃子与作祟的生魂对号入座。总而言之,三个人都是因为良心谴责或心灵暗示而感到了生魂的存在,这才是紫氏部"物怪"描写的真正用意。

2.怨灵描写在近世的延续及其镇祭特征

生魂作祟或附体题材描写延续到江户时代,在浮世草子、读本等怪异小说中都有淋漓尽致的展现,因为它在某种程度上契合了日本近世读者思想深处的怨灵信仰。如前所述,日本人自古以来信奉万物有灵,相信无辜受害者会化为怨灵复仇,这些信仰成为近世人迅速吸纳中国怪异小说的思想基础,正如日本学者高田卫所指出的:"一方面,这是'人亦是妖,世上无奇不有'(《西鹤诸国咄》序)传统认识的延续,一方面,这是'无罪被杀者化为怨灵'(《因果物语》片假名本上之目录)这一存在理念的逻辑所在,近世怪谈二极并存,是所谓光与影的关系。"①

上田秋成的《雨月物语》堪称近世怪异小说的巅峰之作,很多情节都涉及到怨灵作祟。上田秋成不幸的身世对他后来执着于怪异世界的探索有重要影响,秋成的母亲据说是艺妓,不知生父,四岁时又被母亲抛弃。他对不曾谋面或早已仙逝的父母怀有难以名状的复杂感情,幼年时罹患痘疮并留下手指的残疾后,他的性格愈发孤僻忧郁,常常沉浸于个人内心世界的虚幻遐想,而且对幽灵鬼神的世界有着深深的憧憬。成年后的火灾、破产等遭遇,使秋成对于世态炎凉有了更为深切的感触。所以,《雨月物

---

① (日)高田卫:《江户幻想文学誌》,东京:平凡社1987年版,第19页。

语》所展现的怪异情节多是幽灵和梦幻，作者借助这一形式倾诉和发泄着人类内心的悲哀、愤怒与无奈。

《蛇性之淫》翻案自《警世通言》第二十八卷《白娘子永镇雷峰塔》。主人公丰雄在渔家避雨时结识了美貌的真女儿和使女阿麿，并在姐姐的帮助下与真女儿结成连理，谁知同游吉野山时，真女儿被当麻酒人识破蛇精的身份而投入水中。丰雄识破女子的真身后返回故乡，在父母建议下与曾在后宫任职的美女富子成婚，谁知在新婚后不久，丰雄与富子开玩笑："长年在宫中，恐怕常与中将、宰相等人共寝吧，现在想来，真令人嫉妒！"富子马上抬起头说："从前的海誓山盟抛诸脑后，却来宠爱这并无特别之处的女人，我对此人的怨恨之情比你还要深呢。"①话虽然出自富子之口，却分明是真女儿的声音，丰雄吓得汗毛倒竖，呆若木鸡。真女儿继续恐吓丰雄，而这时从屏风后面走出来劝解的丫头，竟然就是真女儿的使女阿麿。白天，丰雄家请和尚来降妖，但和尚却因不敌蛇精的毒气而死，最终还是道成寺的法海和尚用袈裟将真女儿扣住，装入铁钵内埋在佛殿的前面。不难看出，这篇小说的基本情节模仿自《白娘子永镇雷峰塔》，但却渲染出一片凄厉恐怖的叙事氛围，表现出真女儿强烈的怨恨和嫉妒之情，这一情节显然起源于《源氏物语》以来的怨灵作祟传说。

需要注意的是，日本小说家在模仿中国的怪异小说时，常将镇魂慰灵的思维模式融合进来，并适当融入武士复仇观念等，从而使小说更加符合日本读者的阅读习惯。

上田秋成的《菊花之约》就融入了武士复仇的理念。播磨国

① （日）上田秋成著，（日）高田卫、中村博保校注译：《雨月物语　春雨物语》，东京：小学馆1983年版，第194页。

的儒生丈部左门,偶遇身染重病的落难武士赤穴宗右卫门,为其延医诊治、精心照料,情投意合的二人结为异姓兄弟。赤穴病愈后暂时返乡,二人相约来年重阳节菊花盛开之时再聚首。不料返乡后的赤穴被已然叛变的弟弟丹治软禁起来,直到翌年重阳节依然无法脱身。赤穴想起"人不能行千里、魂魄能行千里"的说法,剖腹自尽千里赴约,此时丈部左门正在苦苦地等待,"银河星影黯淡,月色仿佛只照着孤寂的自己,不知何处传来家犬的叫声异常清晰,海岸波涛阵阵,仿佛就要席卷到跟前。月光隐入山端,天色转暗,丈部灰心地想着,今天就等到这里吧,正打算关门进屋时,却朦朦胧胧中看到有个人影,仿佛随风而至一般,他感觉不可思议,定睛一看竟然就是赤穴宗右卫门"[1]。

丈部左门被赤穴的信义之举深深感动,他辞别母亲前往京城为赤穴复仇,在当面谴责了丹治的不义后将其刺杀。小说的结尾至关重要,上田秋成在结尾处添加了原作所没有的"复仇"情节,这与日本江户时代武士为忠义复仇的理念十分契合。

浅井了意的《深红腰带》同样体现出防止怨灵作祟的镇魂意图,该则短篇收录于《伽婢子》卷二之二,翻改自《金凤钗记》,是一篇借尸还魂以了却生前哀怨的奇谈。越前敦贺之滨有一位德高望重的老者滨田长八,他的长女与青梅竹马的邻居之子平次订婚,平次赠她一条红色腰带。天正三年,平次一家在战乱中为免受株连而举家逃难,久无音讯,长女思念成疾郁郁而终。平次归来,得知真相后悲伤异常,然而就在七七之忌上坟归来的那天,平次发现老者次女身上掉落了当年那条红色腰带。次女晚间来找

---

①(日)上田秋成著,(日)高田卫、中村博保校注译:《雨月物語 春雨物語》,东京:小学館 1983 年版,第 149—150 页。

平次，要挟平次与之欢好，且自此夜夜欢会。次女以防止恋情败露为由与平次远走异地，一年后又担心父母忧虑而返回故乡。平次拜见二老说明原委恳请原谅，二老惊讶异常，因为二女儿一年多来卧病在床并未外出。此时，次女幽幽醒转来道明原委，其说话的神情语气与当年的长女无异，原来她是借助妹妹的身体还魂，以弥补与平次这段未了的情缘，嘱咐完后事后长女抽搐而亡。

大家悲痛异常，举办了种种法式悼念长女，而苏醒过来的次女则对一切茫然无知。在长女的入葬仪式中，母亲将未婚夫赠与长女的深红腰带系在其腰间，祈祷他们能在黄泉婚配，在最终得知长女鬼魂附体的真相后，家人也举办种种法事进行悼念，这其中就蕴含着防止怨灵作祟的镇祭抚慰意图。

第二节　"正史之余"到"虚实相半"：史传小说的虚实之辩

一、古代和中世物语的形成与中国史传作品的影响

在古代日本，"物语"作为单独的文学样式确立起来，与中国历史典籍的深刻影响密不可分。日本模仿中国的《史记》《汉书》《三国志》等历史典籍，先后撰写了六部国史（《日本书纪》《续日本纪》《日本后纪》《续日本后纪》《文德实录》《三代实录》），"正史之外的《竹取物语》《伊势物语》及之后的王朝物语群、残余物语、幻想故事、恋爱故事等，则以草书假名为媒介逐渐成为一种新的文

学样式问世"①。同样,受到中国将这类文字视为稗官野史、难登大雅之街谈巷语等观念的影响,日本早期物语的地位也远远低于正史,"或成为宴席的余兴,或沦为下级神人乃至乞丐等人赖以求生的技艺"②。人们对物语普遍怀有瞎编乱造的误解,物语也注定将一直在与史书的比较中和攀附中,为自身的价值作辩护。

平安时代的紫式部最早对物语与日本史书的优劣进行了比较。她在《源氏物语》的《萤》卷中借光源氏与玉蔓的讨论,指出物语能够比史书更加全面地记录历史和反映社会:"其实,这些故事小说中,有记载着神代以来事件真实情况的。像《日本纪》等书,只是其中之一部分。这里面详细记录着世间的重要事情呢。"③需要注意的是,这里的比较对象是六部国史的代表《日本纪》(即《日本书纪》),国史大多记录国家统一的由来、天皇的血统延续、寺院缘起、氏族传说及英雄神话等,皇权色彩浓郁,涉及题材较为单·且欠缺文学性。

紫式部十分推崇以《史记》为代表的中国史书,除在编年体、历史观、典故等方面加以模仿外,紫式部还意识到《史记》卓越的文学性,她深刻领会了司马迁的历史实录精神,并将关切的目光锁定在宫廷内部,以女性的视角完成了一部平安朝的宫廷贵族史,"《史记》《春秋》《汉书》《后汉书》这类中国史书,记录了先祖到子孙代代相传的历史轨迹,以及一国一族一门的血统延续,观察

---

① (日)原田芳起:《日本小説評論史序説》,东京:大同馆书院 1932 年版,第34 页。

② (日)原田芳起:《日本小説評論史序説》,东京:大同馆书院 1932 年版,第34 页。

③ (日)紫氏部著,丰子恺译:《源氏物語》(中),北京:人民文学出版社 2003年版,第 438 页。

及判断其兴亡的历史视角,是紫式部主要学自《史记》的结果"①。

平安中期以后问世的"历史物语"是一种历史性与文学性相融合的小说类型,常被称为"物语风"史书,代表作为《荣华物语》《大镜》《今镜》《水镜》等。历史物语有意识地继承了朝廷编选六国史的传统,例如,《荣华物语》以编年体记录了从宇多天皇直到堀河天皇15代约200年间以宫廷为中心的贵族社会史,继承六国史中最后一部《三代实录》的意图非常明显。不过,作者在后半部融入了大量宫廷女官间流行的传说和普通男女的恋情等,并"深入探究了历史波澜中个人内心世界的浮沉,政治帷幕之后的女子、强权斗争中败北的失意之人自不待言,就连强权者,也常常将其作为一个人,来展现其一喜一忧"②。可以说,历史物语有从历史实录向文学性逐渐倾斜的倾向,几乎都是以善意的历史观在缅怀藤原道长执政时的荣华盛世,而且侧重于对人类各种情绪尤其是哀感的渲染。

历史物语对史实的改写和舍弃很常见,虚构性渐浓使它更接近于物语这一体裁。历史物语的作者几乎都是宫廷贵族出身,非官方性质、和文文体使他们较少受到史实的束缚。贵族阶级逐渐没落的历史趋势使作者对昔日荣华倍感缅怀,物语具有浓郁的佛教无常色彩,较少批判意味。其中,《大镜》是唯一一部具有批判性的物语,它采用了以《史记》为规范的"纪传体",在赞美藤原道长荣华生涯的同时,还深刻而辛辣地揭示出背后潜藏的丑恶与阴

①（日）目加田さくを:《物語の先行文芸としての漢籍》,《和漢比較文学研究の構想》,东京:汲古书院1986年版,第106页。

②（日）久松潜一等编:《増補新版日本文学史2　中古》,东京:至文堂1975年版,第662页。

谋,从题名也可以看出,《大镜》在一定程度上贯彻了"以史为鉴"
的讽喻精神。

镰仓时代问世的"战记物语"是一种以战争为主题展现时代
变迁的历史文学,延续了历史物语实录的性质,重在展现恢弘的
战争以及惨烈的衰亡,主要作品包括《保元物语》《平家物语》《源
平盛衰记》等。战记物语大量引用汉籍典故以深化主题和塑造人
物性格,但与中国史传类小说不同的是,战记物语对于历史兴衰
的解释,虽然也有儒家是否实施"仁政"的准则,但更多的是以佛
教的无常观来统一概括,对于兴亡变迁表现出一种消极而无奈的
历史观,这是佛教居于中世思想界主流的一种直接反映。此外,
作者虽然以大量笔墨描写举兵叛乱等战争场面,但类似中国小说
的运筹帷幄描写并不多,更多是展现武士悲壮的死亡及其与家人
生离死别时的哀愁,这既是动荡不安的中世人切身的感受,也是
对古代物语"物哀"传统的延续,浓郁的佛教无常色彩和生死离别
的哀愁,使战记物语作为小说在艺术特色上得到了很大的提升。

二、"正史之余"说在异域的翻版

日本近世即江户时代是明清小说深刻影响日本文学的另一
个高峰期。《三国演义》《水浒传》《平妖传》等通俗小说在江户初
期大量传播,引起上至公卿贵族下至市井百姓的广泛阅读兴趣,
并兴起一股模仿创作即"翻案"的热潮。明清小说理论家散见于
序跋及评点的种种理论及论争,也对日本小说家的创作理念产生
了重要的启蒙作用。日本小说家对于史传类小说"虚实"关系的
见解,几乎就是明清小说虚实论在异域的翻版。

古代小说与史传文学有着千丝万缕的联系,古代小说批评也
渗透了浓厚的史学意识,小说评论家往往从史学实录的精神出

发,规定小说的功能在于为正史拾遗补阙,并要求其兼具正史弘扬伦理道德的社会功能。明代《三国演义》等历史小说的繁盛,推动着人们再次围绕演史小说与经史的关系展开争论,但评论的标准仍然难脱"稗官史余"或"载道教化"的藩篱。日本小说家或评论家很多自幼也接受四书五经的儒家传统熏陶,再加上明清小说序跋及评点的深刻影响,因此亦多以"正史之余""正史之助"的标准来评判俗文学。

清田儋叟(1719－1785)就是这样一位在小说鉴赏与评论方面具有很深造诣的儒学者,他在赴任福井期间曾向友人皆川淇园借阅《水浒传》,从宝历三年(1751)到宝历八年(1758)完成了对《水浒传》的评论,其观点体现了近世初期中国小说爱好者的基本共识,因此被中村幸彦喻为日本"水浒传评价第一人"。随笔《孔雀楼文集》卷之五的《题水浒传图》代表了清田儋叟的水浒观,弟子高田润根据讲义整理而成的《清君锦先生水浒传批评解》(收录于《唐话辞书类集第》第三集),对其言论进行了详细阐释。

清田儋叟将《水浒传》视作不能与经史子集相提并论的稗官琐言,尽管其构思精巧引人入胜,但屡见不鲜的诈伪机谋毕竟与儒家的教化主旨不符。当然,清田儋叟并非完全否定小说的存在意义,还是从"正史之助"的角度对稗史小说进行了肯定,认为其可以作为对史实的补充,例如《水浒传》的英雄好汉大都有真实的历史原型,如此便可帮助读者增长见识并加深理解,但需要加以辨别、切忌一味模仿。

清田儋叟阅读的正是金圣叹评点的贯华堂本《水浒传》,不过在对待史书与小说的价值评判上,清田儋叟表现出与金圣叹很大的不同。清田儋叟更为推崇史书的价值,认为小说始终是正史之"助"或正史之"补"而已;金圣叹则将稗史小说与《庄子》《离骚》

《史记》《杜诗》相提并论,将《水浒传》《西厢记》赞誉为第五才子书、第六才子书,指出小说"因文生事"的虚构特点并倍加推崇。

正因如此,清田儋叟对金圣叹将《水浒传》与《史记》等相提并论的作法深感不满。在《水浒传》三十三回中,金圣叹赞道:"全用史公章法",清田儋叟对此评语激烈反对:"史公家奴婢亦不作此轻薄俳佻浅俗鄙俚之语,何狗章法,圣叹水浒评中最大谬误。"①再如,《水浒传》第四十三回金圣叹论道:"作史记非难事。"清田儋叟更是激烈反驳:"当拔其舌,史记宇宙只一部书,文章法式,妙处在左传之上。"②

清代白话短篇小说集《照世杯》中的"正史之余"等主张,对清田儋叟产生了最为直接的启示。《照世杯》作者为徐震,在署名为"谐野道人"的序文中,作者明确提出小说为正史之余:"且小说者,史之余也。采闾巷之故事,绘一时之人情,妍媸不爽其报,善恶直剖其隐,使天下败行越检之子惴惴然侧目而视曰,海内尚有若辈存好恶之公,操是非之笔,盍其改志变虑,以无贻身后辱。"③从"照世杯"这一命名可以看出,该书的宗旨在于描绘人情世态以警喻天下,序言中更是明确揭示出劝善惩恶的教化理念。清田儋叟曾经训译《照世杯》,对序言中表述的小说理念相当熟悉并直接引用。

具体而言,清田儋叟认为《水浒传》将"赵宋三百年君臣之事

① (日)长泽规矩也编:《唐話辞書類集》第3集,东京:汲古书院1971年版,第474页。
② (日)长泽规矩也编:《唐話辞書類集》第3集,东京:汲古书院1971年版,第521页。
③ [清]李渔、酌元亭主人:《无声戏　照世杯》,哈尔滨:黑龙江美术出版社2015年版,第145页。

迹收集无遗",可谓是对史书的补充、对历史的暗喻。通过与《宋史》《宋元通鉴》《宣和遗事》等一一对照,清田儋叟指出《水浒传》其实是对宋朝太祖与太宗年间政治的影射,并指出晁盖、宋江等均有真实的历史原型,即使是地煞星的七十二人,也并非完全杜撰。

> 水浒传者,通俗之书,且专说诈伪机谋,不可以为训。顾其立意奥妙,亡论其三十六人,名在史乘者,其它亦非漫然撰出者。盖世有某事某人,而后以斯事斯人充之。其人也虚,其事实者有焉。其人也实,其事虚者有焉。通一部论之,晁盖之为大祖,宋江之为大宗,吴用之为赵普,关胜之为魏胜,张横、张顺之为张贵、张顺,一丈青之为杨妙真,以至石秀之柴,暗摸吕文德,李逵之怕,全系陈靖宝,可以类推其他。余故曰:有某事某人,而后以斯事斯人充之。或先或后,夹杂错综,那移转换,而全无痕迹。金人瑞作之评,号称精详,然而桃花村失诸眉睫,浔阳楼还道村失诸正鹄,柴进贵人,下之井底,李逵鄙夫,入之云中,亦不辨,阙漏多矣。胡元瑞、谢在航亦颇言及水浒传,元瑞又曰,近时一名公书几,又南萃,左水浒,黄参玄曰,清太祖常读水浒,是且置而不论,其篇章字法极精密,注意于斯,可以长才识。若夫作文,藉其字句语势,为害还多,能读水浒者自能辩之。(《孔雀楼文集》卷之五《题水浒传图》)①

当然,既然认定稗史小说为正史之"余"或"补",就表明清田儋叟承认小说不同于史书,是存在虚构的,如上所述,"夹杂错综"

---

① (日)清田儋叟:《孔雀楼文集》卷之五"题水浒传图",东京:早稻田大学图书馆公开古籍书 1774 年版,第 55—56 页。

"挪移转换"所表明的正是小说虚构的技巧。清田儋叟认为，小说在基本尊重事实的基础上，可以进行适当的补充。可能人物不存在，但却真有其事；可能人物存在，但事情却是虚构的。小说家凭借高超的叙事技巧，将史实与虚构天衣无缝地拼接在一起。的确，据《宋史·侯蒙传》《宣和遗事》以及郎瑛《七修类稿》等记载，与宋江一同起事的好汉及起义军大小首领为三十六人，小说家在编写《水浒传》时，以三十六为天罡，又增添了地煞七十二人，于是才有了文学作品中的梁山一百零八位好汉。

总之，以清田儋叟为代表的近世小说家和评论家，总是立足于儒家与史家的评判标准，将小说视作为正史拾遗补阙的稗官琐言，尽管也对小说的情节之妙、性格之生动等表示赞赏，但思维深处始终难以摆脱传统儒家思想的束缚。

三、"虚实相半"理论对日本近世小说家的启示

不过，随着小说创作的进一步繁荣和小说类型的多样化，一些进步批评家认识到历史小说与一般小说的区别，他们开始摆脱史余思想的桎梏，逐渐认识到艺术虚构的重要性。以明代谢肇淛为代表的中国批评家对于虚构的肯定和提倡，对日本小说家产生了重要的启示。

谢肇淛在《五杂俎》卷十五事部三中提出"虚实相半"的观点，为日本小说家廓清史传与小说的界限提供了理论依据，促使日本小说家开始摆脱"史余"问题的缠绕，更多地从审美角度对作品进行关照。这是小说理论的一个重要里程碑，它强调不能以史传实录的标准来要求小说，小说作为一种独立的文体，应该而且必须虚构。在反对以史传衡量小说的基础上，谢肇淛还充分肯定了艺术虚构的重要性，认为不必拘泥于是否真有其事，要虚中有实、实

中有虚,虚实交融渗透,才能达到趣味与情境都登峰造极的"游戏三昧"境界。

> 凡为小说及杂剧戏文,须是虚实相半,方为游戏三昧之笔。亦要情景造极而止,不必问其有无也。古今小说家,如《西京杂记》《飞燕外传》《天宝遗事》诸书,虬髯、红线、隐娘、白猿诸传,杂剧家如琵琶、西厢、荆钗、蒙正等词,岂必真有是事哉?近来作小说,稍涉怪诞,人便笑其不经,而新出杂剧,若浣纱、青衫、义乳、孤儿等作,必事事考之正史,年月不合,姓字不同,不敢作也,如此则看史传足矣,何名为戏?①

读本小说家曲亭马琴就非常赞同谢肇淛的观点,曲亭马琴曾耗时 28 年创作史传类长篇小说《南总里见八犬传》,基于常年的创作体验,他反复强调不应以正史的标准来衡量小说:"倘由正史以评稗史,乃圆器方底而已。"(《八犬传》第二辑自序)②针对某些人对《八犬传》多与史实不符的指责,曲亭马琴在第九辑卷三十三《简端附录作者总自评》讽刺道:"又思之,稗史故意不具其岁月,是作者之用心,示之与正史不同也。(略)然有胶柱鼓瑟者,不知游于虚实之间,以之为诬世惑俗,可憎论调,庶几腐烂。毛鹤山评《琵琶记》,评传奇之蔡邕,谓此蔡邕既是后汉之蔡邕、又非后汉之蔡邕,自当视作他人,此言足可解妇幼之疑。"③他以谢肇淛的虚

---

①[明]谢肇淛:《五杂俎》,东京:早稻田大学图书馆公开古籍书,第 36—37 页(中川藤四郎等刊行,1795 年)。

②(日)曲亭马琴著,(日)小池藤五郎校订:《南総里見八犬伝》(一),东京:岩波书店 1984 年版,第 181 页。

③(日)曲亭马琴著,(日)小池藤五郎校订:《南総里見八犬伝》(九),东京:岩波书店 1985 年版,第 4 页。

实理论为佐证,明确提出不能以史传来衡量小说的道理:"明之谢肇淛云,今人见稗史小说,若其年纪事实不合正史,便有云云者,若非如此,则不如读正史。其言过其实处,只为悦闾巷小儿,不足为士君子道。此诚为卮言也。"①

曲亭马琴还运用"虚实相半"理论,对"三国演义过实"等观点提出批评。曲亭马琴认为,"虚实相半"涉及到了写实与虚构的尺度问题,这里的"半",并非绝对的虚实各占一半,而是强调虚实互现、真假交融,即使是被很多人认为实大于虚、七实三虚的《三国演义》等历史小说,曲亭马琴也从虚实兼容的角度指出其乃"虚实相半"之作:"但三国演义过实云云,余难以感服。彼书,所谓虚实相半之作也。"②他举例说明《三国演义》也存在很多虚构情节:"孔明抚琴击退司马懿。又,攻南蛮孟获时,以假师子走恶象。此类虚谈多矣。"③

金圣叹在《第五才子书施耐庵水浒传》卷之三的《读第五才子书法》中,也从小说虚构的角度出发,认为《三国演义》过分拘泥于史实,不敢增删一字:"《三国》人物事体说话太多了,笔下拖不动,蹑不转,分明如官府传话奴才,只是把小人声口,替得这句出来,其实何曾自敢添减一字?"④但他在《三国演义序》中,又从史传文学的角度出发,赞扬《三国演义》的成就高于六才子书,"近又取《三国志》读之,见其据实指陈,非属臆造,堪与经史相表里,由是

①(日)曲亭马琴著,(日)小池藤五郎校订:《南総里見八犬伝》(九),东京:岩波书店1985年版,第4—5页。
②(日)《曲亭馬琴》(日本古典文学大系),东京:筑摩书房1967年版,第325页。
③(日)《曲亭馬琴》(日本古典文学大系),东京:筑摩书房1967年版,第325页。
④林乾主编:《金圣叹评点才子全集》(第三卷),北京:光明日报出版社1997年版,第18—19页。

观之,奇又莫奇于《三国》矣"①。之所以会出现两种看似矛盾的观点,是因为《三国演义》属于典型的史传向小说的过渡形态,围绕其虚实一直存在两套评价标准。

　　曲亭马琴发现了金圣叹的"自相矛盾"之处,并对其贬低《三国志》、褒扬《水浒》的观点表示不满。曲亭马琴在后来的《诘金圣叹》中评论道:"虽如此评论,圣叹又于外书三国志演义云,吾谓,才子书之目,宜以三国演义为第一。呜呼,是何等之乱说也。其评三国演义之日,称此为第一,又评水浒传之日,深讥三国演义。如此两舌,媒婆犹羞。"②金圣叹评点的自相抵牾之处,既是狂傲不羁性格的写照,也起源于内心深处的矛盾纠葛,还与史传既是小说源头又与小说相区别的复杂性密切相关。曲亭马琴只看到了表面上的"矛盾"之处,但没有从史传类小说的特殊评价标准去思考其根源,因此其批判内容略显表面化和情绪化,这也说明日本近世小说批评还处于模仿与起步的初级阶段。

　　总之,曲亭马琴坚持谢肇淛"虚实相半"的观点,主张在基本遵循史实基础上作适当虚构,以达到艺术三昧之境。此处的适当虚构,包括两重含义。首先,不能脱离现实肆意虚设情节:"《西游记》尤妙作,其事过于怪诞,毫无写情致处,其书难出《水浒》《三国演义》之右,皆因此故矣。"③其次,主人公的善恶属性不能与史实

----

① 朱一玄、刘毓忱:《三国演义资料汇编》,天津:南开大学出版社2003年版,第252页。
② (日)曲亭马琴、石川雅望:《玄同放言　都の手ぶり》,东京:吉川弘文馆2003年版,第253页。
③ (日)曲亭马琴、石川雅望:《玄同放言　都の手ぶり》,东京:吉川弘文馆2003年版,第261页。

相违背,要符合劝善惩恶的原则。马琴在评论《三遂平妖传》时就提出,将宋代妖贼王则、明代妖妇唐赛儿改写为忠臣,这很容易导致读者的困惑,劝善惩恶的教化功效也将大打折扣:"宋妖贼王则、明妖妇唐赛儿之事迹,元罗贯中、清逸田叟编次于稗史,传于后世。想来逸民之女仙外史,憎永乐天子之不义,以妖为仙,为建文帝所作,意匠本诸春秋诛心笔法,明顺逆之理,讨伐不义,以雪缺陷之恨。然赛儿乃明代妖贼也,纵以劝惩之笔,然改写为建文帝之忠臣,与实录对照,乃令人不快之处。"①

第三节　曲亭马琴对《三国演义》的移植与虚实考辩

西晋陈寿正史《三国志》早在平安时代就已流传到日本,日本最早的敕撰正史《日本书纪》(720)中,就"有多处运用《三国演义》的文章进行润色"②,藤原佐世奉宇多天皇之命编纂的《日本国见在书目录》(891)中,也有"三国志六十五卷"③的记载。不过,《三国志》作为史书的受众主要局限在贵族和知识阶层,真正使三国故事家喻户晓还要等到近世即江户时代(1603—1867)。

据日本学者中村幸彦考证,早在庆长九年(1604),儒学者林罗山(1583—1657)的已读书目(《罗山林先生集》附录卷)中,就出

①(日)曲亭马琴:《三遂平妖伝国字評》,《馬琴評答集》(天理图书馆善本丛书),东京:八木书店1973年版,第588—589页。

②(日)杂喉润:《三国志と日本人》,东京:讲谈社2002年版,第35页。

③(日)藤原佐世:《日本国見在書目録》,东京国立国会图书馆数据库1835年版,画像第16[2018—05—16].http://dl.ndl.go.jp/info:ndljp/pid/2540620。

现了"通俗演义三国志"的记录。天海僧正(1536—1643)的藏书中也存有《新锓全像大字通俗演义三国志传》(明福建刘龙田乔山堂刊本)和《李卓吾先生批评三国志》(明刊本),其藏书目录中还发现有"三国志演记　十三卷"的字样①。

"摘译"是日本近世知识分子对《三国演义》早期的接触模式。中江藤树(1608—1648)的《为人钞》(宽文二年,1662)是目前已知最早的摘译作品,据德田武考证,《为人钞》"选取了以连环计为代表的有趣章节,以及孔明的谋略谭等武士所喜闻乐见的内容,(略)成为激发《通俗三国志》等正式翻译问世的先驱之一"②。

日本近世最为正式的《三国演义》译本,当属湖南文山(京都天龙寺的僧人义彻、月堂兄弟)的《通俗三国志》(五十卷五十一册,1689—1692)。《通俗三国志》的底本是"《李卓吾先生批评三国志》百二十回不分卷(明建阳吴观明刊本,蓬左文库所藏与此相同),开篇的治乱兴亡论依据的是毛宗岗批评本,译者似乎还参照了多种不同的版本"③。《通俗三国志》很好地传达了原著宏大的构思,文体表现出"和汉混淆"的硬朗气息,出版后引发了通俗军谈的热潮,更成为《三国演义》直到近现代依然长盛不衰的源泉。

---

①(日)中村幸彦:《近世比较文学考》,东京:中央公论社1984年版,第28页。
②(日)德田武:《近世近代小说と中国白话文学》,东京:汲古书院2004年版,第63页。
③(日)市古贞次等监修:《日本古典文学大辞典(简约版)》,东京:岩波书店1986年版,第1250页。

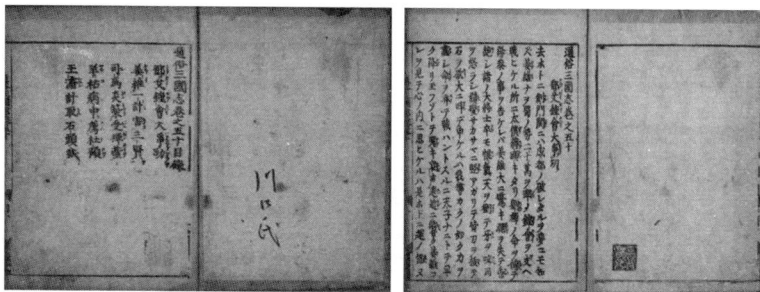

（早稻田大学藏《通俗三国志》卷之 50，湖南文山译）

　　曲亭马琴堪称江户时代对《三国演义》了解最为透彻的小说家，他在思想层面找到了同罗贯中等明清小说家的共鸣："或又有良知心正、博学奇才者，却命凶而不得用，且不趋炎附势、不慕富贵，志同道合之友稀，但以古之圣贤为师为友，隐居放言，不觉春日秋夜之长，常著书以显其智。元之罗贯中、清之李笠翁近于是也！"①曲亭马琴的史传长篇《椿说弓张月》（1807—1811）、《南总里见八犬传》（1814—1842）摄取了很多《三国演义》的情节。在《椿说弓张月》后编卷之六的序文中，曲亭马琴曾以弟子"魁蕾子"的名义，明确表达出《三国演义》等中国小说是构思的源泉与宝库，其中的"变化之奇""虚实相半""补史之阙文"等表述，表明马琴已然领会了明清小说理论的精髓：

　　　　余尝阅罗氏三国志，及十二朝、武王、汉楚、隋史遗文、玄宗、五代史、岳飞、元明、国姓爷等诸演义。变化之奇，婉转之妙，虚实相半。或云其言荒唐，然亦不无补史之阙文。作者之意，唯使稚蒙早知日月之代谢往古之兴废。（略）此书，述

---

① （日）曲亭马琴著，（日）小池藤五郎校订：《南総里見八犬伝》（九），东京：岩波书店 1985 年版，第 339—340 页。

古添新,流风文采,自是一奇。亦是虚实相半,似唐山演义之趣。①

一、情节"翻案"与主题移植:《八犬传》对《三国演义》的摄取

"翻案"即在模仿原作情节的基础上,替换以日本的地名、人名、风俗、人情等,翻案的蓝本多为《剪灯新话》《水浒传》《三国演义》等中国小说,正如麻生矶次在《江户小说概论》中所指出的,"如果对中国文学的影响视而不见,那么,读本的繁荣也就无从谈起。初期读本作家的努力,就是从中国文学中寻求粉本,为陷入停滞的日本文坛注入一股清新的气息"②。

《八犬传》既扎根于日本的史书、传说、战记物语等,又摄取了大量中国史传、志怪、演义的构思,堪称典型的融会"汉和古今"之作。《八犬传》前半部分借鉴了《水浒传》的故事梗概,后期尤其是"关东大决战"部分则明显受到《三国演义》的重要启示,如对"赤壁之战"的移植、以云中之龙暗喻霸业兴衰、以蜀魏结局来阐释天命观及仁政等。需要注意的是,这些借鉴和模仿并非"暗喻",而是"明言",这表明近世后期的读者对三国故事已相当熟悉,曲亭马琴尝试通过积极的"翻案",激发读者丰富的联想,从而达到事半功倍的效果。总之,作者的着力点在于如何另辟蹊径,从而使构思更为巧妙和别具一格,并希望通过这些"大同"中的"小异",获得当世乃至后世知音的理解与共鸣。

---

① (日)曲亭马琴著,(日)后藤丹治校注:《椿说弓张月》,东京:岩波书店1965年版,第411页。
② (日)麻生矶次:《江户小说概论》,东京:山田书院1956年版,第158页。

1."赤壁之战"的仿写、英雄人物的再现

《八犬传》结尾处的关东大决战部分（153 回—174 回），很大程度上模仿自《三国演义》的赤壁之战。主人公里见义实在结城之战中落败逃亡，经历种种波澜曲折后，最终巩固了从安房到上总的领土。义实与义成两代主君实施仁政，在八犬士的辅佐下势力如日中天。对于这样一股新兴力量，关东霸主扇谷正定与山内显定均感不安，他们动员各路大军，从海陆两个方向兴兵讨伐。

面对扇谷正定率领的敌军，主君里见义成和军师犬阪毛野不约而同地联想到"火攻"。军师计划让点大法师借助妙椿的甕袭玉，召唤风火以误导敌军。12 月 4 日，扇谷正定"偶遇"名叫百中的占卜师，百中建议利用西北风袭击东南方的里见大军，并带领他们去见师傅风外道人，风外道人答应于 12 月 8 日召唤西北风，协助扇谷大军袭击里见大营，百中被带走作为随从或曰人质。8日早晨，风外道人如约唤来"西北风"，扇谷正定的两三千艘军船一齐向洲崎进发，然而就在此时，风外道人突然调转了风向，吹起了"东南风"，敌军惊慌失措。里见阵营乘机驶出快船，将备好的柴草点燃后，悉数投向敌船，如此里应外合，扇谷正定的战船全部惨遭焚毁。

上述水军的战略基本上是对赤壁之战的模仿，但值得一提的是，曲亭马琴做了很多详细周密的铺垫，从而使其运筹帷幄又表现出很大的不同。"赤壁之战"的情景盘旋在双方脑海中，但与赤壁之战最显著的差异是，积极策划火攻的是相当于敌方曹操的扇谷正定。相当于正义之师的里见义成将计就计，让点大法师乔装改扮成"风外道人"接近敌军统帅，并使敌军对自己呼风唤雨的本领深信不疑。按照约定的日期，"风外道人"刮起西北风，敌船乘风大举前来进攻，当敌船已然靠近我方阵营时，风外道人又借助甕袭珠将风向由"西北"改为"东南"，敌军阵脚大乱，正义之师反倒借助火攻的方式一举击溃敌军。

显然，与《三国演义》诸葛亮借东风不同，曲亭马琴对决战时的"风火"进行了别出心裁的谋划，通过"风外道人"迷惑敌军统帅的"反间计"，使对方深陷计策而不自知。双方对火攻的可能性都心知肚明，谁能更胜一筹是决胜的关键。可以说，这一战既是对"赤壁之战"的模仿，也是一种另辟蹊径，似有脱胎换骨之妙。

除在整体战略上模仿赤壁之战外，关东大决战的很多人物和事迹也仿写自《三国演义》。例如，在《八犬传》第 164 回中，犬田小文吾与敌军头号猛将上水、束三展开激烈对决，双方士兵都看得如醉如痴，小文吾虽然腹背受敌但依然斗志昂扬，最终大获全胜，敌我双方无不为战斗之激烈而惊心动魄。这场酣畅淋漓的大战让人联想到关云长大战颜良、文丑的情景，曲亭马琴在此也有明确提及："譬如唐山三国之初，冀州刺史袁绍，手下自负万夫不当的二勇士颜良、文丑，与关云长大战，想来也如此般激烈，不可细细名状。"[1]

再如，在《八犬传》第 165 回中，曲亭马琴仿照仿张飞长坂坡吓退百万曹军，仿写了犬饲现八长坂川孤胆退敌的故事。勇士犬饲现八带领为数很少的士兵在长坂川迎敌，面对追击而来的四万多大军，犬饲现八威风凛凛、单人独骑驻守桥边，敌军担心有诈而踌躇不前。现八嘲笑对方怯懦，意在激怒对方，敌军果然按捺不住怒火，摇旗呐喊欲上前进攻，此时现八命令潜伏在草丛中的二三十杆火枪一齐开火，敌人刹那间如惊弓之鸟般逃散，为防止敌

---

[1]（日）曲亭马琴著，（日）小池藤五郎校订：《南総里見八犬伝》（九），东京：岩波书店 1985 年版，第 211 页。

人追击,现八还命士兵将长坂桥彻底拆毁,这与张飞撤退时拆毁当阳桥的举动如出一辙。曲亭马琴在此评论道:"昔汉末,三国方始,刘皇叔玄德战败荆州,曹操百万大军逐之,刘备之勇将燕人张飞,身只一骑,驻马于长阪桥上,骂退其百万敌兵。其勇猛如出一辙,甚至桥名亦相似,事势尽显快意,和汉今昔均不多见。"[①]

　　笔者认为,对于阅读过《三国演义》的读者来说,上述仿写可以引发积极的联想、达到事半功倍的叙事效果;对于不太熟悉《三国演义》情节的读者而言,既可以带给他们新奇的构思,也能起到普及三国知识的启蒙功效。不难看出,日本读者对运筹帷幄和酣战场面很是青睐,因为日本古典小说不太擅长描写战争的恢弘及两军对垒时的斗智斗勇,即使是战记物语,笔墨也大都用来讲述盛者必衰的历史趋势并抒发无常的感伤,真正关于战斗场景的描写反倒较为简略和仓促。可以说,对于《三国演义》《水浒传》等明清小说情节的摄取,弥补了日本小说在激战场景及谋略运用方面的缺憾,对于英雄人物的仿写,也反映出在武士阶级居于统治地位的江户时代,人们心目中依然残留有尚武之风。

　　2.天命观与仁政理念:主题思想的移植

　　《三国演义》的天命观根源于中国古代"天人感应"的神秘学说,小说家罗贯中、评论者毛宗岗父子都受到天命观的深刻影响,他们常以天命、天运等解释历史演变、国家存亡乃至个人命运,天命观往往伴随着祥瑞灾异、梦境童谣、天文星象等具体表象。具体到蜀国,也未能逃脱盛极而衰的天命循环,刘备被东吴陆逊火烧七百里连营之后,遭受重创,此后便始终笼罩天命难违的阴影

---

① (日)曲亭马琴著,(日)小池藤五郎校订:《南総里見八犬伝》(九),东京:岩波书店1985年版,第268页。

中，蜀汉走向衰败的转折点是后主刘禅梦见"成都锦屏山崩"，预示着国之栋梁诸葛亮将死于北伐。在 119 回中，姜维试图力挽狂澜却屡遭败北，自刎之际发出"吾计不成，乃天命也！"①的感叹，这里所谓的天命，即三国先后衰亡、三家最终归晋的历史结局，《三国演义》借后人之诗"魏吞汉室晋吞曹，天运循环不可逃"②所表达的，正是这样一种国家存亡皆系于天数的"天命观"。

　　曲亭马琴接受了《三国演义》天命观的启示，并通过类比的方式，对里见义实偏居一隅的现象进行解释。在《八犬传》第一回中，主君里见义实最初逃亡安房时，曾在云海中亲眼目睹了象征王者的白龙。在八犬士的辅助下，里见义实讨伐逆臣、平定疆土，在民间享有贤君的美誉，其子义成更是青出于蓝而胜于蓝，因施行善政而声望日高，良臣猛将及百姓甚至将其尊崇为尧舜。然而，如此深受爱戴的贤明主君却只能偏安东南一隅，而未能取代足利氏一统天下，吉兆与仁政皆未带来人们预期的效果，武田信隆等臣下对此深感困惑，并向博学多才的政木孝嗣请教。政木孝嗣运用《三国演义》中的"天命观"对此进行解读：

　　　　那时泷田的老国主，只见龙腹，未见龙头。因思之，老侯爷父子虽为仁义贤明之君，然德政未能施于全国，反是得到如八犬士般贤佐心腹良臣之吉兆。③

　　的确，里见义实主仆二人在海边惊涛骇浪的翻卷中，隐约看

---

① ［明］罗贯中著，［清］毛宗岗评点：《三国演义》（下），长沙：岳麓书社 2018 年版，第 930 页。
② ［明］罗贯中著，［清］毛宗岗评点：《三国演义》（下），长沙：岳麓书社 2018 年版，第 933 页。
③ （日）曲亭马琴著，（日）小池藤五郎校订：《南総里見八犬伝》（十），东京：岩波书店 1985 年版，第 249—250 页。

到一条白龙在乌云中大放光芒,但遗憾的是并未看到全身,而只看到了龙尾和龙脚。里见义实对仆从讲述了龙能大能小、能升能隐、龙有天子之威等知识,这不免令人联想到《三国演义》第一回"曹操煮酒论英雄"。曹操设宴款待刘备,酒至半酣时,阴云漠漠、骤雨初至,天外出现龙挂,曹操以龙能大能小、能升能隐来暗指世间英雄。

笔者认为,未能见到龙的全身这一构思,还可能受到《三国演义》第113回吴国国主孙休梦境的启示,孙休曾"在虎林夜梦乘龙上天,回顾不见龙尾,失惊而觉"①,预示其统治不能长久延续。曲亭马琴在这里反其意而用之,以只看到龙的局部,暗示里见义实将获得股肱之臣的辅佐,未能见到龙头,则隐喻着日后不能得到全部天下。

像这样,曲亭马琴借用政木孝嗣之口进行解惑,首尾呼应,说明上天的预兆是灵验的,里见义实最终只领有东南一隅,正是天命所在,就如同《三国演义》中刘备只能偏安西蜀一样。像这样,曲亭马琴运用类比的方式,重申了安于天命的重要性:

> 然君贤臣亦贤,只领有偏小之国,不能执掌兵马连帅大权者,和汉多矣,是则天也、命也。请以唐山汉末三国之成败譬之。那昭烈乃贤君,当时虽有十八诸侯,但无人能及其仁义忠信。且辅佐之人,如诸葛亮、庞统、法正、费祎、蒋琬、马良、姜维等,皆贤良忠诚之臣。又五虎上将如关羽、张飞、赵云、马超、黄忠者亦不少。然未能讨夷吴魏、再兴汉室,拥巴

---

① [明]罗贯中著,[清]毛宗岗评点:《三国演义》(下),长沙:岳麓书社2018年版,第888页。

蜀偏小之地,仅称帝号,是则天也、命也,非人力所能及。①

当然,小说家将蜀汉失败的原因归结于天命,也是无奈之举。"仁政"无疑是《三国演义》着力褒扬的政治理念,刘备正是因为体恤民意、广施仁政而深受拥戴。然而,在王室衰微、诸侯争霸、民不聊生的动荡年代,忠义诚信与成就霸业往往是难以兼容的,刘备的失败也有因仁慈信义而错失战机的重要原因,当然,更为深刻的根源在于汉王室已处于不可挽回的颓势,很难再与兵强马壮的曹操大军抗衡,小说家以"天命观"来解释蜀汉的最终覆灭,其实也是一种对于历史大潮的无能为力。不过,尽管刘备没有实现恢复汉室的宏图伟业,但仍然以广施仁政、养民爱民而获得了世人的赞誉。

> 由是观之,以成败论人者,不知天命也。又不修德政,自负祥瑞,若自身不允,则成世之笑柄。请恕某冒昧,老国主所见之白龙祥瑞,亦老国主之善政,并非为屠城掠地、扩展封疆,仅是以为民父母之心,思安邦治国而已。人不知分,则贪婪无度,贪婪无度,则灾祸接踵而至。非如我君,守房总两国,虽未扩展领地,然良将之名流芳后世、子孙久长,此乃仁义善政之大益,仁君贤者谨慎勤勉,祈愿者唯此而已,何言毫无裨益?②

不难看出,曲亭马琴明显接受了毛宗岗"尊刘抑曹"的思想倾向,并对忠君爱民、广施德政的贤明君主持嘉许态度。曲亭马琴

---

① (日)曲亭马琴著,(日)小池藤五郎校订:《南総里見八犬伝》(十),东京:岩波书店1985年版,第250页。

② (日)曲亭马琴著,(日)小池藤五郎校订:《南総里見八犬伝》(十),东京:岩波书店1985年版,第251页。

通过小说人物之口强调,里见义实父子的政治理想并非攻城略地、实现天下霸业,而是安邦治国、为百姓造福,也正因如此,父子二人能够得到忠臣良将辅佐、万民爱戴,可以说实现了一种道义层面的流芳百世。

二、典据考证:关照史传、探寻隐微

曲亭马琴堪称"学者型"小说家,他在《八犬传》写作过程中翻阅了大量汉和古今的典籍,凭借渊博的学识与敏锐的视角,常常会有新发现或独到见解。例如,曲亭马琴将《三国演义》与《三国志》《资治通鉴》《唐书》等史书相对照,借《八犬传》人物之口进行了细致的出典考证,指出"草船借箭""空城计"均起源于《唐书》,"诸葛亮借东风"未见于陈寿《三国志》等,很多结论即使在现代都颇具启示意义。

在《八犬传》中,犬川庄助告诉大家罗贯中笔下的"草船借箭"实属虚构,部下对此深感不解:"元人东都罗贯中于《三国志演义》云,那魏公曹操欲攻伐东吴孙权,赤壁之战以前,东吴都督周瑜心胸狭窄,嫉妒刘玄德军师诸葛孔明之才,突然索要数万之箭,若箭于规定日期无法造出,则罪当问斩。(略)然今犬川大人却说此乃仿效唐张巡之手段,深感疑惑,恳请教诲。"①庄助对此进行了引经据典的解释,指出"草船借箭"其实出自《唐书》中"张巡"的故事,而非诸葛亮的谋略。

> 罗贯中《三国志演义》一书,虚实相半,作设之事亦不少。
> 譬如方才登桐所说,孔明设计借敌箭数万,此事于陈寿《三国

---

① (日)曲亭马琴著,(日)小池藤五郎校订:《南総里見八犬伝》(九),东京:岩波书店1985年版,第148页。

志》、宋司马光《资治通鉴》素无记载。因按《唐书》,方知乃罗
贯中撮合唐之张巡故事。那张巡乃唐之忠臣,玄宗帝时,安
禄山作乱,唐之诸臣位高者多投降乱贼,唯张巡至死不屈、坚
守孤城,终至箭矢耗尽。张巡缚草人千余,使着黑衣,夜间吊
下城去,潮兵(安禄山一方的贼兵)争相射之,牵返草人后,得
潮兵箭十万。其后复放草人,贼徒笑而不备,乃以死士五百,
杀进敌营大乱潮兵,烧毁其营寨,追杀数十里(以下略),此事
见《唐书》第一百九十二回《忠义列传·张巡传》。①

曲亭马琴通过庄助的解释意在表明,罗贯中的《三国志演义》
并不完全等同于史书,而是小说家和评论家所提倡"虚实相半"之
作,里面包含了很多虚构。罗贯中从《唐书》中摄取"草船借箭"的
构思,意在塑造诸葛亮足智多谋的艺术形象。

的确,三国时期"以船受箭"的故事最早见于孙权,据《三国
志·吴书·吴主传》记载,魏吴对垒,"权乘大船来观军,公使弓弩
乱发,箭着其船,船偏重将覆,权因回船,复以一面受箭,箭均船
平,乃还"②。当然,此时孙权并非主动谋划借箭,而是被动的自
保之举。

相比较而言,"草船借箭"与唐代张巡的"草人借箭"更为类
似。据《新唐书·张巡传》记载,天宝十五年(756),张巡奉命讨伐
安史之乱叛军,被令狐潮四万大军围困在雍丘达半年之久,"城中
矢尽,巡缚藁为人千余,被黑衣,夜缒城下,潮兵争射之,久,乃藁
人。还,得箭数十万。其后复夜缒人,贼笑,不设备,乃以死士五

百斫潮营,军大乱,焚垒幕,追奔十余里"①。可见,张巡主动谋划以草人借箭,以缓解兵器匮乏的窘境,而且更胜一筹的是,张巡再次伪装草人夜袭,乘对方不以为意之际重创敌营。

自三国时代之后,以草或船借箭的故事在唐代传奇中未见记载,直到《新唐书》中张巡故事的出现。可以说,"'草船借箭'的故事应是受孙权以船受箭事的启发,结合唐代张巡'草人借箭'的史实,并将地点转移到大江之上,以此为历史蓝本而形成"②。张巡乃忠义之士,在文臣武将纷纷投降安禄山的危急存亡时刻,依然忠君卫国、讨伐叛乱,且具备卓越的军事才能,这与为主君鞠躬尽瘁、死而后已的军事天才诸葛亮何其类似!正是基于这些共通之处,罗贯中在编撰《三国演义》时才撷取了张巡草人借箭的题材,借以烘托诸葛亮的足智多谋。

不仅如此,曲亭马琴还指出"空城计"也并非出自诸葛亮,而是赵云或是《唐书》中的李谨行:

> 此外那演义中汉中之战,孔明大开城门反退曹操,实则亦非孔明,而是赵云。赵云之外,开城门退敌者,唐时亦有之,便是李谨行,此事详见《唐书》第一百一十回《李谨行传》。又孔明攻南蛮时做假狮子,使孟获驱遣之猛兽落荒而逃,此事之出处,乃源自另外之寓言,此类情节甚多。③

的确,裴松之注《赵云传》之《赵云别传》中有记载,曹操怀疑有伏兵而欲撤退之际,赵云命人击鼓放箭,曹操大军陷入混乱。

---

①《新唐书》,北京:中华书局 1975 年版,第 5536 页。

②卫永锋:《"草船借箭"与张巡》,《四川文物》2002 年第 6 期,第 86 页。

③(日)曲亭马琴著,(日)小池藤五郎校订:《南総里見八犬伝》(九),东京:岩波书店 1985 年版,第 149 页。

刘备后来听闻此事,感叹子龙浑身是胆。唐代功勋卓著的名将"燕国公"李谨行(619—683)也曾使用"空城计"退敌,李谨行骁勇善战、雄踞边关,曾镇压高句丽反叛并征讨新罗,后转战吐蕃战场迎敌。一次,吐蕃军队十万人进攻湟中,李谨行手下兵士大都外出樵采,李谨行命令打开城门静候敌军,吐蕃怀疑有伏兵未敢贸然进攻。

同样的,诸葛亮七擒孟获的故事在《三国志·蜀书·诸葛亮传》也没有明确记载,仅有"亮率众南征,其秋悉平"①寥寥数语的记录,裴松之注引《汉晋春秋》中发现有相关描述,但也极为简明扼要。学界普遍认为,"七擒七纵"的故事很大程度上是虚构的,是《三国演义》在民间传说基础上进行的加工与渲染,尤其是六擒六纵中的"驱巨兽六破蛮兵",更显荒诞不经,曲亭马琴也敏锐地察觉到这一点。

像这样,曲亭马琴潜心研读《三国演义》,并将其与史书相对照,借以甄别哪些情节是扎根于史实的,哪些情节是作者的虚构,进而发现作者的隐微之意:"盖士君子好稗史小说,只是学问之余乐,如不先放眼史传,则所见不广博,焉能分辨虚实,发现作者隐微。"②隐微是曲亭马琴总结的重要小说理念之一,隐微"即作者文外有深意,待百年后知音悟之"③。总之,作为一名异域异代的小说家,曲亭马琴关于《三国演义》的诸多典据考证应该说是很有说服力的,尽管没有兼顾到更为全面的典故来源,但已显示出深

①《三国志》,北京:中华书局1982年版,第919页。
②(日)曲亭马琴著,(日)小池藤五郎校订:《南総里見八犬伝》(九),东京:岩波书店1985年版,第150页。
③(日)曲亭马琴著,(日)小池藤五郎校订:《南総里見八犬伝》(六),东京:岩波书店1985年版,第8页。

厚的学术积淀和敏锐的学术洞察力。

三、对明清小说理论家虚实观念的接受与批判

　　古代小说评论家往往从史学实录的精神出发,规定小说的功能在于为正史拾遗补阙。不过,《三国演义》等历史小说的繁盛,推动着人们开始摆脱"稗官史余"或"载道教化"的藩篱,逐渐认识到艺术虚构的重要性。谢肇淛在《五杂俎》中提出的"虚实相半""艺术三昧"等论点,使日本近世小说家认识到小说要虚中有实、实中有虚,虚实交融渗透,才能达到趣味与情境都登峰造极的审美境界。当然,曲亭马琴等近世小说家对明清小说评论家的虚实观念也并非全盘接受,而是有所侧重、取舍甚至反驳,从而也更加清晰地揭示出中日小说家在文化理念上的某些异同。

　　1. 对谢肇淛、金圣叹《三国演义》"过实"论的反驳

　　谢肇淛(1567—1624)在《五杂俎》中,曾以《三国演义》《钱塘记》《宣和遗事》《杨六郎》为反面例证,认为其过于接近史实,不免迂腐且俚而无味。金圣叹(1608—1661)在《第五才子书施耐庵水浒传》中,也认为《三国演义》过分拘泥于史实,不敢增删一字,分明如官府传话奴才。

　　曲亭马琴反对此类关于《三国演义》"过实"的批判,并从虚实兼容的角度,指出《三国演义》亦为"虚实相半"之作:

　　　　但三国演义过实云云,余难以感服。彼书,所谓虚实相半之作也。孔明抚琴击退司马懿。又,攻南蛮孟获时,以假师子走恶象。此类虚谈多矣。①

---

① (日)曲亭马琴、石川雅望:《玄同放言　都の手ぶり》,东京:吉川弘文馆2003年版,第261页。

　　在曲亭马琴看来,"虚实相半"的"半",并非绝对的虚实各占一半,而是强调虚实互现、真假交融,在基本遵循史实基础上作适当虚构,以达到艺术三昧之境。正因如此,即使是被很多人看作实大于虚、七实三虚的《三国演义》,曲亭马琴也坚持认为其中"虚谈多矣",这里的虚谈,既包括借用其他历史人物及事件的"移花接木",也包括一些虚幻怪诞情节。

　　曲亭马琴反复强调,"虚构"是《三国演义》等稗史小说的特质,衡量的标准不在于是否符合史实,而在于新颖的构思与精致的文字,"盖稗史小说,皆架空之言,何必问其事实。只需玩味创作之新奇、文字之精巧。譬如吴蜀之人,有因三国之事以我国为基本,不必看他乡人之作,便不读《三国志演义》之人吗? 实为笑谈。(略)《三国志演义》之落凤坡、《水浒传》之史家庄等,皆为作者不得不虚构之地名"①。像这样,曲亭马琴以《三国演义》的吴蜀之地为例,强调小说家并非原样地照搬历史,而是融入了很多的虚构成分,就如同落凤坡、史家庄一样,因此切不可将稗史小说与史书划等号。

　　笔者认为,曲亭马琴对谢肇淛的虚实观念既有吸收、也有批判。具体到《三国演义》,曲亭马琴正是以谢肇淛的"虚实相半"论为支撑,反驳了谢肇淛的《三国演义》"过实"论,可谓"以子之矛攻子之盾"。的确,谢肇淛对于虚构的肯定,促使近世小说家逐渐挣脱了"稗官史余"或"载道教化"的藩篱,曲亭马琴对此深感共鸣并加以援引:"明之谢肇淛云,今人见稗史小说,若其年纪事实不合

①(日)曲亭马琴著,(日)小池藤五郎校订:《南総里見八犬伝》(十),东京:岩波书店1985年版,第340—341页。

正史,便有云云者,若非如此,则不如读正史。"①

　　只是,曲亭马琴在《三国演义》的"虚实"问题上与谢肇淛出现了分歧。谢肇淛在反对以史传标准衡量小说的基础上,还非常重视艺术虚构及审美的重要性,认为只有虚实交融渗透,才能达到趣味与情境都登峰造极的"游戏三昧"境界,"凡为小说及杂剧戏文,须是虚实相半,方为游戏三昧之笔。亦要情景造极而止,不必问其有无也"②。也正因如此,谢肇淛非常推崇《西京杂记》《飞燕外传》《聂隐娘》《西厢记》等小说及杂剧,可以说,这是当时一些进步的小说理论家努力摆脱史余思想束缚的倾向使然。

　　《三国演义》属于典型的史传向小说的过渡形态,围绕其虚实一直存在两套评价标准,金圣叹在《三国演义》的虚实评价中也曾有过前后矛盾,这根源于史传既是小说源头又不同于小说的复杂性。曲亭马琴在与史书相对照的阅读过程中,敏锐地察觉到《三国演义》作者在虚构方面的诸多苦心,因此充分肯定了其"虚实相半"的属性,同时也流露出同为稗史小说家的苦辣共鸣。

　　2. 对毛宗岗《三国演义》评点的接受与共鸣

　　在众多明清小说家及评论家中,曲亭马琴对毛声山、毛宗岗父子深感钦敬,尤其是将毛声山引为异域知音。曲亭马琴晚年患有眼疾并最终双目失明,《八犬传》后面很大一部分是自己口授、儿媳阿路代笔完成的,毛声山同样在中年以后双目失明,《琵琶记》《三国演义》的评注也是自己口授、其子毛宗岗整理与校定的。

---

①（日）曲亭马琴著,（日）小池藤五郎校订:《南総里見八犬伝》（九）,东京:岩波书店 1985 年版,第 4—5 页。

②［明］谢肇淛:《五杂俎》,东京:早稻田大学图书馆公开古籍书,第 36 页（中川藤四郎等刊行,1795 年）。

联想到世人对于小说家因"狂言绮语"而导致恶疾恶报等污蔑,曲亭马琴心中感慨无限:"昔清人毛声山好小说传奇,尝评注《三国志演义》,其妙在金圣叹《水浒传》评注之上。然不幸老年失明,然难弃所好,又评注《琵琶记》,相传为口授、一二弟子代写完稿。昔曾读《琵琶记》,故知之。他与吾是同好,且眼患相似,其评注之精妙,如同亲自握笔一般。"①

在历史小说的虚实问题上,毛宗岗认为在基本尊重史实的前提下,可以适当杜撰人物或情节,以增加可读性和趣味性。他虽然赞赏《三国演义》"叙帝王之事真而可考",但也意识到很多虚构情节并加以肯定,并在48回回评中指出史实与虚构的辩证关系:"可见事之幻、文之变者,出人意外,未尝不在人意中。"②在63回回评中更是明确提出:"文字有虚实相生之法。"③

曲亭马琴延续了毛氏父子的观点,对《三国演义》基于史实并适当虚构的写法也深表赞同。曲亭马琴在《八犬传》中反复强调不应以正史的标准来衡量小说,针对某些人对《八犬传》多与史实不符的指责,曲亭马琴强调此乃虚实之间的游戏,读者切不可过于迂腐:"集虚假之词,而缀虚假之文,事之于文,素所无也。(略)胸中有物,则求之于内;胸中无物,则求之于外。内外撮合,然后

---

①（日）曲亭马琴著,（日）小池藤五郎校订:《南総里見八犬伝》(十),东京:岩波书店1985年版,第328页。

②[明]罗贯中著,[清]毛宗岗评点:《三国演义》(上),长沙:岳麓书社2018年版,第379页。

③[明]罗贯中著,[清]毛宗岗评点:《三国演义》(下),长沙:岳麓书社2018年版,第495页。

许多脚色出焉。"①"悬思虚构""无中生有"这些词汇集中体现出曲亭马琴的虚实观念,马琴自身在从事创作时,也多跨越汉和古今,从史书或者战记物语中寻找素材,像《八犬传》中的八位忠义之士,"其名粗见军记,本贯始终不审,实乃憾事。故仿唐山高辛氏之皇女嫁盘瓠故事,作设此小说,推因说果,以醒妇幼"②。

当然,虽然肯定虚构的重要性和必要性,但曲亭马琴主张不能过分脱离现实、肆意虚设情节,要蕴含劝惩等隐微之意,或细致描摹人情,像《西游记》就过于荒诞不经,而且"毫无写情致处",因此以"虚实相半"的标准来衡量,只有"虚"而没有"实"。

> 《西游记》尤妙作,其事过于怪诞,毫无写情致处,其书难出《水浒》《三国演义》之右,皆因此故矣。③

这一观点显然受到毛宗岗《读三国志法》的影响。毛宗岗认为《三国演义》既有历史叙事,又有适度虚构,因此其价值远胜于《西游记》:"读《三国》胜读《西游记》。《西游》捏造妖魔之事,诞而不经。不若《三国》实叙帝王之事,真而可考也。且《西游》好处《三国》已皆有之。(略)只一卷《汉相南征记》便抵得一部《西游记》矣。"④可以说,无论是核心观点还是遣词用句,曲亭马琴都明显受到毛宗岗小说理论的重要启示。

---

① (日)曲亭马琴著,(日)小池藤五郎校订:《南総里見八犬伝》(四),东京:岩波书店1985年版,第250页。

② (日)曲亭马琴著,(日)小池藤五郎校订:《南総里見八犬伝》(一),东京:岩波书店1984年版,第5页。

③ (日)曲亭马琴、石川雅望:《玄同放言　都の手ぶり》,东京:吉川弘文馆2003年版,第261页。

④ [明]罗贯中著,[清]毛宗岗评点:《三国演义》(上),长沙:岳麓书社2018年版,第11页。

结　语

综上所述,曲亭马琴对《三国演义》的借鉴并非"天衣无缝"般地不露痕迹,而是刻意表明出处以激发读者的联想,并尝试在细节处另辟蹊径,通过"大同"中的"小异"来获得知音的欣赏与共鸣。在草船借箭、空城计等典据的考证以及天命观等隐微的探寻方面,曲亭马琴显示出深厚的史学素养和敏锐的学术洞察力,因此也被誉为"学者型"小说家。在对明清小说理论的摄取方面,曲亭马琴并非全盘接受而是有所甄别或偏重,如他不赞同谢肇淛、金圣叹等对于《三国演义》"过实"的批判,而是倾向于毛宗岗文字有"虚实相生之法"的主张,曲亭马琴在模仿改编、融会贯通、取舍甄别等方面的尝试与努力,也为我们研究中国文学在域外的影响提供了宝贵的资料。

第四节　现世"写实":质疑与反思、调侃与回避

日本近世除了读本、合卷等史传类小说外,还包括浮世草子以及洒落本、滑稽本、人情本等"写实"性很强的戏作类小说,栩栩如生地描绘出江户市井的人生百态。江户初期的浮世草子在情色纠葛、金钱追逐的表象之外,还揭示了义理与人情难以调和的冲突、金钱万能社会中人性的复杂与悲哀,蕴含着较为深刻的质疑与反思内涵。江户中后期的洒落本、滑稽本、人情本等则多向描摹浮世艳情、专攻滑稽戏谑的方向倾斜,体现出政治经济陷入僵化期后日渐颓废的世风,滑稽本偶尔以调侃的形式表达隐约的讽刺,但整体而言讽喻色彩趋于淡薄。

一、浮世草子：对现实的凝视、质疑与反思

浮世草子指以"好色物""町人物"为代表的流行于京阪地区百余年的"写实性风俗小说"，井原西鹤的《好色一代男》（1682）揭开了对町人（城市中的商人和手工业者）生活进行写实的序幕。好色类浮世草子主要通过对游里、剧场等场所风俗人情的描写，表现町人阶级的现世享乐主义倾向。经济类浮世草子则通过描写经济社会的致富法则以及金钱操控下的一幕幕人生悲喜剧，如实展现商业资本主义所必然导致的一些弊端。

江户初期，伴随着城下町（以封建领主的城郭为中心发展起来的城市）的不断发展以及幕府对工商业者特殊的优惠政策，町人阶级不断积累资本并迅速成长为一支举足轻重的经济力量，江户中期甚至出现"大阪町人一怒、天下诸侯皆惊"的说法。尽管如此，在江户时代"士农工商"身份制度的制约下，町人的社会地位低下且被剥夺了参与社会及改变命运的可能，因此，町人阶级在充分发挥聪明才智积累财富的同时，大都信奉现世享乐主义，主张将金钱与精力投入到豪奢的物质享受和颓废的感官享乐中，"期待生活的实质性解放，他们不想怀抱愚蠢的伟大理想，希望在有限的现世中，尽可能地追求财富与长寿。……可谓一种重视人类本能的自然主义立场"①。正因如此，江户时期游里和剧场呈现出空前繁荣，《好色一代男》就以其写实性描写很好地反映并迎合了这一倾向，一经问世便获得了读者的热烈追捧，西鹤又陆续发表了《好色二代男》《好色五人女》《好色一代女》等好色系列小说，从而开创了近世町人小说"写实主义"的先河。

---

① （日）麻生矶次：《江户小说概论》，东京：山田书院1956年版，第17页。

井原西鹤的好色类浮世草子在享乐描写的表象之外,已经蕴含了较为深刻的批判意识。首先,对于好色题材进行渲染本身,就是对思想界居于统治地位的儒家思想的反驳。德川幕府出于维护封建统治的需要而将儒学(主要是朱子学)奉为官方统治思想,町人阶级的人性解放思潮受到儒学者的强烈否定与排斥,井原西鹤发表《好色一代男》之前与之后都遭受到很大的阻力,尽管如此,他仍然坚持以好色题材为突破口,同压抑人性与自由的儒家思想进行抗争。其次,作为町人阶级的代言人,井原西鹤间接表达了对士农工商四民等级制度的不满。大町人虽然掌握巨额财富,但最底层的身份始终无法改变,只有在青楼这个唯以金钱为标准的舞台,大町人才能以一掷千金的方式获得与武士一样的平等和尊严。此外,作者对青楼中很多因为生计所迫而卖身的女子持同情态度,中上层町人发财致富的背后,是更多底层町人艰辛的劳动乃至贫困与破产,作者隐约意识到了资本主义性质工商业发展所必然导致的一些社会问题。

井原西鹤写实的笔触并未局限在青楼,而是逐渐延伸至普通的市井百姓家庭。与风月场所不同,市井百姓所受到的道德和法律约束要强大得多,要想超越身份界限和道德藩篱去追求自由的爱情,必将导致"义理"与"人情"的冲突,结局也会非常悲惨。以元禄(1688—1704)初期为界,商业资本主义的发展逐渐趋于停滞,町人阶级的思想也日趋保守,社会各阶层都非常重视人际关系中的义理,义理起源于"义"这一儒家道德规范。

例如,《好色五人女》(1686)就以非常写实的笔触记录了町人家庭男女的恋爱悲剧,该短篇小说集的五个故事均有真实的原型,有些甚至连人物的名字都未作改动,几个主人公身上大都具备有资本主义上升时期积极的、热烈的、不计一切的性格特征。

例如,第一卷的阿夏与伙计清十郎私奔途中被捕,在得知清十郎被杀后发疯,阿夏自杀未果出家为尼,这个故事发生在宽文初年,可以看出店堂伙计若要超越身份藩篱与主家小姐恋爱,将会受到严厉的制裁。再如,第三卷的阿珊由于偶然的失误与伙计茂右卫门有染,两人逃离家乡隐匿起来,但最终还是被逮捕并处以死刑,故事的原型发生在 1683 年,可见当时幕府对于私通男女的处罚非常严厉。井原西鹤虽然在以一种旁观者的姿态进行写实,但在描述青年男女死亡或殉情的场景时,仍然难掩同情及感叹,这也间接表达出对于严苛的封建义理的不满。

　　井原西鹤浮世草子的另一重要类型"町人物",大都是对町人经济生活的写实性记录,代表作包括《日本永代藏》(1688)和《世间胸算用》(1692)等。商人或手工业者最大的追求莫过于金钱,只有以金钱为后盾才能实现奢侈与享乐。出身于商家且有从商经历的井原西鹤,逐渐将写实的笔触指向了自己最为熟悉的经济生活,聚焦于金钱至上社会中无奈地四处奔忙的町人的悲喜。

　　近世初期以来上方町人的经济实力虽然实现了飞跃性发展,但到了 17 世纪后半期,经济活动开始出现停滞,一般的商人或手工业者赚钱日趋困难,研究如何获取利润成为最迫切的需求,《日本永代藏》便是这样一部介绍致富方法和总结失败教训的书。在全书的共计三十个章节中,作者选取的几乎都是真实存在的人物和事件,有些甚至直接使用真实姓名,或者稍加改动而已。作者栩栩如生地记录了一些成功的大商人如何通过发挥聪明才智,发明新产品、设计新的结算方案、勤俭致富等经历。同时还列举了很多引以为鉴的失败案例,例如有人因流连青楼而最终倾家荡产,有人靠一时的小聪明致富但很快就走向了没落等。作者通过一个个真实的案例,对商业资本主义时代的现状进行了写实性记录,同时还暴露出很多经济机构的内幕,并揭示出金钱面前人性的复杂多变。正如野间光辰所言:"《日本永代藏》不单单讲述了町人致富之道的教训与心得。(略)西鹤主要的努力和兴趣点毋宁说在于描写勤俭、储蓄、投资、开发、分散等贯穿于町人经济生活各方面的社会万象,以及围绕着金钱的人心的微妙波动。"①

　　到了创作心态日趋成熟的晚年,西鹤开始将关注的目光投向中下层的町人,《世间胸算用》便是这样一部描写底层市民悲哀的写实主义杰作。正如副标题"除夕日一日千金"所显示的,作者选取了一年账目都要结算清楚的大年除夕作为背景,非常集中而充分地展现了町人经济生活的种种阴暗面,有钱人为讨债而万分苦恼,底层町人则为偿还或躲避债务而叹息。西鹤似乎看透了商业资本主义社会的弊端,他通过作品对町人进行谆谆教诲,千万要精心地打好算盘,否则很容易陷入朝不保夕的破产境地,小说中就记录了很多这样悲哀又可笑的实例。例如在卷五中,三个男子忏悔着自己来寺庙参拜的真正原因:第一个男子预先将老母送到寺庙,等讨债的人到来时便吵嚷要去寻找母亲,从而得以脱身;第二个男子是因为没能带银钱回家,所以饭没吃完就被驱逐出来无家可归;第三个男子称若待在家里讨账的人绝不会善罢甘休,因此想到寺庙偷窃一些雪靴等以偿还酒债。可见,发财致富的大商人毕竟只是少数,大多数町人都生活艰难。作者以非常现实主义的目光,看穿了经济社会金银超越一切的力量,并以略带戏谑的口吻真实地记录着除夕夜的众生相,深刻地揭示了金钱面前人性的复杂、执着与悲哀。

---

① 参见(日)白仓一由:《西鹤文芸の研究》,东京:明治书院1994年版,第534页。

二、洒落本·滑稽本·人情本:戏作对现实的调侃与回避

以享保时代(1716—1735)为界,作为政治中心的江户(今东京)逐渐发展为日本经济最发达的都市,18世纪中叶以后,江户文化逐渐超越了以京都和大阪为中心的上方文化,这一趋势史称"文运东渐"。以江户为中心发展起来的"戏作"类小说,也体现出鲜明的写实性特征(最为典型的是洒落本、滑稽本、人情本)。戏作小说主要以具有浓厚生活气息的白话语体来展开内容,透过这些活灵活现的俚言俗语,现代人不必凭借注释也能感受到几百年前江户人栩栩如生的生活姿态。

"洒落本"延续了井原西鹤浮世草子以来对于青楼题材的热衷,而且逐渐将写实的笔触延伸至市井百姓。洒落本经常通过"通"(冶游场所的行家)与"半可通"(一知半解的门外汉)的言行对比,制造出滑稽可笑的叙事氛围。代表作家山东京传(1761—1816)充分运用自己身兼画家的天赋,在《通言总篱》《倾城买四十八手》等作品中,对青楼万象进行了细致观察和精准写生,不仅展现了青楼内部的情景以及游女的气质、习惯等,还通过对话透露出很多当时社交界的信息,因此被视为洒落本写实创作的顶峰。

不过,洒落本中人物的性格都非常单一且类型化,而且正如水野稔所指出的:"虽然细枝末节的写实进行得很彻底,但却没能实现对广阔人生的把握,洒落本的弱点暴露无遗。"[1]天明年(1781—1789)以后,由于对人物及事件过于逼真的写实,以及一

---

[1](日)久松潜一等编:《增补新版日本文学史5 近世》,东京:至文堂1975年版,第903页。

些关于情色的暴露描写,洒落本作者触犯了幕府的禁忌并最终遭到处罚。总之,洒落本迎合了江户后期市井百姓日渐颓废的欣赏趣味,也是那个时代政治与经济均陷入僵化停滞的消极反映。

"滑稽本"在题材上更加贴近底层町人的生活,经常通过插科打诨等方式博人开怀大笑。代表作家式亭三马(1776—1822)的《浮世澡堂》《浮世理发馆》就通过市井杂事的闲聊,全面而生动地展现了江户市民的生活百态。例如,掌柜的正在泡澡也不忘宣传自家产品、医生倾诉着行医的辛苦、偏瘫的豚七因浸泡时间过长而中了热气,女澡堂里则谈论着婚嫁产子、婆媳关系、流行发式乃至油盐酱醋等家常话题。可以说,滑稽本的写实风格充满了幽默色彩,为后世人了解江户普通市民的生活留下了宝贵的资料。

很多人认为滑稽本"只不过是重复一些无聊的揶揄和笑料而已"①,不过,滑稽本背后其实蕴含着一定程度的讽刺意味。例如,落魄儒者及蛮横自负的武士都成为滑稽本嘲讽的对象,作者似乎在以调侃的方式表达着对于儒家文化的不满和费解,其中很多笑料都源于"近代商人现实主义的眼睛来看儒家理想主义幻想形成的滑稽与荒诞"②。当然,滑稽本的讽刺内容不多且言辞并不激烈,还够不上批判现实政治的危险级别,毋庸置疑,这是小说家出于保护自身的需要而对幕府势力与儒家思想做出的一种妥协。

---

① (日)西乡信纲等著,佩珊译:《日本文学史——日本文学的传统和创造》,北京:人民文学出版社1978年版,第215页。
② 王晓平:《唐土的种粒——日本传衍的敦煌故事》,银川:宁夏人民出版社2005年版,第125页。

　　"人情本"是江户后期最为典型的写实性小说,与之前注重讽刺调笑的洒落本和滑稽本不同,人情本主要描写市井男女的多角恋爱纠葛,同时非常注重对哀伤缠绵情绪的渲染,并伴有对江户市井风俗细致的写实描写。人情本最接近现代意义上的写实小说,因为它非常注重对人物心理的细腻刻画,所谓的"人情",其实就是包括恋情在内的一切真情实感,因此,出场人物不像之前戏作那般极端理想化或简单化,作者描写的"都是一些富有风情的凡人。在被命运摆布的人生中,时而被感情所牵绊,时而被道理所左右……。即使进入明治时期,人情本仍然受到高度评价,就是因为这些人的姿态的描写最为接近近代小说"①。的确,近代以后,坪内逍遥的小说《当代书生气质》、二叶亭四迷的小说《浮云》等,都很显然保留有人情本的痕迹。

　　综上所述,以洒落本、滑稽本、人情本为代表的戏作小说,确实具备了很多写实性要素,为向近现代意义上的小说过渡做出了很好的铺垫。当然,戏作小说固有的局限性也显而易见,即大多停留在对社会风俗的简单描摹、大多追求滑稽或煽情趣味、缺乏对社会本质问题的关注与批判,即使偶有涉及也蜻蜓点水般地一掠而过,正如中村幸彦所指出的:"与近代文学相比较,戏作所欠缺的,是与人生的认真的对决。"②

　　批判现实的精神之所以匮乏,直接原因就是担心幕府对戏作文学的镇压。江户后期的宽政改革(1787—1793)明确要求文艺创作必须严格遵循儒家的劝惩主义文学观,恋川春町、山东京传等戏作者曾因触犯禁令遭到"手锁"等处罚。半世纪之后,德川幕

---

① (日)中村幸彦:《近世小说史》,东京:中央公论社1987年版,第484页。
② (日)中村幸彦:《戏作论》,东京:中央公论社1982年版,第132页。

府又出台了更为严厉的天保改革(1841—1843)，实施严酷法令以匡正町人阶级的风俗，柳亭种彦、为永春水等也都受到当权者的迫害。为免遭惩罚，戏作者大都尽量避免批判社会的色彩，并逐渐向单纯的滑稽戏谑或劝惩教化两个极端倾斜。

第三章 "浮世"小说的世情
写实与批判意蕴

在日本文学史上,从天和二年(1682)井原西鹤(1642—1693)的小说《好色一代男》开始,到安永、天明年间大约一百年左右,主要在京阪地区流行的町人现世主义娱乐小说,统称为浮世草子。以游里和町人情爱为主题的"好色物"是浮世草子的先驱和主体,此外还包括以经济生活为主题的"町人物"、以武士生活为题材的"武家物"等。本章主要以井原西鹤的"好色物""町人物"为主体,重点考察近世初期浮世小说的写实特征与讽喻内涵。

好色类浮世小说主要体现为町人阶级对于爱欲的追求与赞美,充满了浓厚的世俗气息和轻松戏谑的情趣,并在一定程度上表现出对束缚人性与自由的封建道德的反抗,对金钱万能社会法则的嘲讽,以及对"好色"的质疑和反思。町人物即经济小说讲述了依靠勤劳智慧而发家致富的经验,总结了因奢侈游乐而倾家荡产的教训,对中下层町人的贫困表现出深切同情,对日益悬殊的贫富差距也有了一定的认知,并由最初对金钱社会的热情歌颂,发展到矛盾迷茫,最终加以调侃和质疑。尽管其质疑并未上升到明确的理论层次,但仍为我们理解那段历史提供了重要启示。

第一节　"好色"类浮世草子的
表象与内涵

　　浮世草子中的"好色物"延续了日本自古以来注重恋爱情趣的文学传统,以轻松戏谑的笔触描绘了江户市井的婚恋与情爱,体现出町人阶级注重人性本能、金钱享乐的现世主义精神。不过,井原西鹤在浮世草子中并未局限于对情色的渲染,他在现世享乐主义的表象之外,还以隐约的笔触寄托了对于浮世的批判、嘲讽和反思。例如,他揭示出封建宗法伦理与町人爱情之间不可调和的对立、即"义理"与"人情"的严重冲突,女性要摆脱束缚追求自由的爱情,就必然会招致悲剧的命运。他同时还对金钱万能的社会法则提出质疑,认为上层町人的恣意挥霍其实建立在下层町人贫困或破产的基础上,被无奈卖往青楼的女性就是最直接的受害者。当然,浮世小说展现的终究是男权社会扭曲而颓废的情感历程,井原西鹤最终选择让主人公世之介驾船出海、永不返航,这是处于士农工商四民等级制度最底层的町人阶级的绝望和逃离,也是在看透了金钱与情色的本质后对于浮世人生的质疑和反思。

　　围绕好色类浮世草子,相关研究多聚焦于对井原西鹤好色物的具体分析以及对"好色"概念的溯源与解释上,较少深入剖析现世享乐主义背后深刻的批判内涵,而这将是本节即将深入探讨的重点。

一、"浮世"的含义、"色好み"的文学传统、"粹"的精神

　　日本近世初期,上方地区(京都及其周边地区)带有资本主义性质的工商业迅速发展,町人阶级逐渐成长为一支举足轻重的经

济力量。然而,在德川幕府封建道德的桎梏和士农工商四民等级制度的压迫下,町人阶级丧失了积极的精神动力,积累的巨额财富没有正当的使用途径,只得将其挥霍于奢华的物质享受和无节制的感官享乐上,游里(花街柳巷)和剧场由此呈现出空前的繁荣。尽管町人阶级的生活态度和价值观为统治阶级所蔑视和镇压,但伴随着町人经济力量的日益增强,这股奢华淫靡之风逐渐蔓延到整个社会,并渗透到文学作品中。

以游里和町人的爱欲为主题的"好色物"是浮世草子的先驱和主要类型,井原西鹤的《好色一代男》《好色一代女》《好色五人女》等被视为好色类浮世草子的代表作。需要说明的是,浮世草子是明治以后才在文学史上出现的新术语,"浮世"在近现代通常被理解为"现世""当代"之意。所以,除上述好色类小说之外,当时风行一时的以经济生活为主题的町人小说、以武士生活为题材的武家小说、收集各国怪谈故事的说话文学、翻改自古典和戏剧的传奇小说、收录饶有趣味的街谈巷议的口语小说、刻画类型化人物的"气质物"等,也都被统统纳入浮世草子的范畴。

然而,"浮世"一词在近世的涵义要比近现代窄得多,它在当时只是"好色"之意。好色类小说本来称为"好色本"或"色草纸",由于享保年(1716—1736)以后对于淫乱风俗的取缔政策日趋严厉,所以才以"浮世草子"的称谓取而代之。井原西鹤在世时日本还没有出现浮世草子的概念,像元禄七年刊《西鹤织留》(《西鹤遗文》)序文中,西鹤的门人北条团水写道:"西鹤生涯中所述作之假名草子,汗牛充栋。"①可见,当时人们仍将西鹤的小说称为假名

①(日)久松潜一等编:《增补新版日本文学史4 近世》,东京:至文堂1975年版,第43页。

草子。"浮世草子"出现在西鹤去世十几年之后,元禄十六年以前出版的《色里迦陵频》所收录的《小町待宵之段》中,最早使用了"浮世草子"的称谓。

关于"浮世"的概念,假名草子作者浅井了意早在宽文年间(1661—1673)的《浮世物语》序文中就有过解释,所谓"浮世",就是"行乐在当前,浮薄放荡以求慰藉"①。在《浮世之事》一章中,浅井了意更加详尽地阐释了浮世的内涵:"留恋过去是心病,眼前及时行乐,欣赏月雪花红叶,唱歌饮酒,心情无比快活,纵然游乐的金钱用光了也不觉得苦,永不消沉的气质,就像顺水漂流的瓢箪一样,是名为浮世也。"②这表明在近世初期,享乐乃至好色的人生态度已然风靡一时,就连僧侣出身的浅井了意也不能视而不见。

"浮世"的日语发音与"忧世"相同(均为"うきよ")。中世(12世纪末镰仓幕府成立到16世纪末室町幕府灭亡)的日本社会动荡不安,再加上佛教无常观的影响,所以人们常将现实世界称为"忧世"。到了近世,以上方和江户(今东京)为中心的地区经济先后取得了显著发展,人性日益得到解放,注重现实享乐与官能刺激的町人阶级,有意将"忧世"改写为轻浮戏谑的"浮世"。具体到文艺领域,浮世主要指好色类作品,像井原西鹤的很多小说就冠之以"浮世"的字样,此外,浮世绘是以当代游里为题材的绘画作品,浮世女、浮世比丘尼、浮世寺等词语中的"浮世",也是享乐乃

①(日)市古贞次等监修:《日本古典文学大辞典(简约版)》,东京:岩波书店1986年版,第148页。
②(日)谷胁理史、冈雅彦校注:《浮世草子集》,东京:小学馆1999年版,第89页。

至好色之意。

如前所述,近世的"浮世"一词等同于"色好み",因此,这里有必要解释一下"色好み"的内涵,并对日本文学好色的审美传统作一回顾。众所周知,日本自古以来便对人类的性与爱持积极肯定的态度。在最古老的史传文学《古事记》和《日本书纪》中,就记载了伊邪那岐和伊邪那美兄妹奉天神敕令结成神婚,并产下日本诸岛、山川草木以及诸神的故事,性与爱可谓世界与人类起源的原动力。这些传说深深根植于日本国民的心目中,因此日本人对性与爱表现得较为宽容。日本虽然引进了中国的儒家思想,但其影响主要局限于政治制度和统治思想层面,普通民众受儒家男女授受不亲等观念的束缚很小,同时也没有基督教那样视性爱为罪恶的宗教观念的影响,所以自然体现出不同于中国和西方国家的文化特征。美国著名人类学家本尼迪克特就曾对日本的这一现象感到十分不解,她在《菊与刀》中最终得出结论:"'性'和其他'人的情感'一样平常……。性的享受是人的本性需要,并没有什么罪恶可言,所以没有必要去强调什么伦理与道德。"①

日本人的伦理观折射到文学作品中,便形成了颇具日本特色的"好色"审美传统。例如,最古老的和歌总集《万叶集》收录的绝大部分都是火辣或缠绵的"恋歌";平安时代的《伊势物语》和《源氏物语》等小说连篇累牍记载的,全是以贵族男女情事为中心的风流生活;中世武家时代的谣曲狂言等文学样式也大都以性爱情死为主题;到了近世的江户时代,井原西鹤的浮世草子和近松门左卫门的戏剧更是将"好色"的审美意识渲染到了极致。

---

① (美)本尼迪克特:《菊与刀》,载《日本四书》,北京:线装书局2006年版,第117页。

"色好み"在日本《广辞苑》中被解释为两层含义:(一)领悟恋爱的情绪,喜爱高雅的情趣;(二)热衷于色情之事。第二种含义显然更加接近于现代汉语的理解,但在日本文学史上,"好色"往往体现为第一种内涵。具体而言,"好色"以男女间的情爱为内容,其中贯穿着种种细腻哀婉的情思,而且,男女双方还通过和歌唱酬、以樱花枫叶点缀、着华美衣饰、薰醉人奇香等方式,赋予恋情风流高雅的韵味。可见,好色在日本文学史上是一种受人推崇的关于情爱的审美理念,而并非单纯的追逐情色的行为。

通常认为,诞生于近世初期并开创了浮世草子先河的《好色一代男》,其整体构思模仿《源氏物语》,日本文学研究者浅野晃曾指出,作者把世之介"作为'俗源氏',将古典的雅的世界,大胆地置换为近世庶民的俗的世界"①。的确,将世之介好色的一生设计为五十四年,一年一章共计五十四章的写法,模仿自《源氏物语》的五十四帖,从各章构思以及用词方面,也有很多模仿《源氏物语》的痕迹。但也有学者指出,西鹤并不是为了模仿而拼凑素材,而是要将町人眼中新的好色题材写成小说,于是借用了《源氏物语》的外壳而已。

的确,《好色一代男》等浮世草子作品充满了浓厚的世俗气息和轻松戏谑的情趣,截然不同于《源氏物语》以来含蓄典雅的审美传统。它是属于江户时代町人阶级的文学,淋漓尽致地展现的是町人的婚恋与情爱,舞台是近世商业社会蓬勃发展起来的商家或游里,主人公是受传统道德束缚较少而更加注重现实享乐的町人,以及活跃在游里或美艳或高雅或粗俗的艺伎。可以说,浮世

---

① (日)大曾根章介等编:《日本古典文学研究资料第四卷　近世小说》,东京:明治书院1983年,第72页。

草子栩栩如生地再现了江户时代普通市民的婚恋生活,对了解那个时代的历史风俗具有非常重要的认识意义。

浮世草子的代表作家井原西鹤出生于大阪富裕的商人家庭,但他后来的家庭生活其实非常不幸。父母早逝,由祖父抚养成人,妻子在25岁时便撒手人寰,三个儿女中盲眼的女儿,也早于西鹤离开人世。尽管人生经历了诸多磨难,但井原西鹤还是创作出许多反映町人阶级乐观进取精神,且不乏幽默风趣意味的作品,这既体现出西鹤本人达观的精神境界,也映射出经济上升期町人积极的人生态度。

井原西鹤最初从事俳谐(带有滑稽趣味的和歌)创作,作为谈林派俳人曾非常活跃。但天和年以后凶荒饥馑横行,新任将军德川纲吉推行勤俭政策并遏制富裕的町人,由此导致了严重的经济恐慌,扎根于繁华都市的近世风物诗——谈林俳谐因而陷入了严重的停滞状态。为挽救文学上的颓势,西鹤在41岁时通过友人出版了自己之前写下的小说《转和书》("转和"即戏谑玩笑之意,即后来的《好色一代男》),该书刊行后出乎意料地备受欢迎,一版再版。

《好色一代男》描写了主人公世之介一生对于爱情和女人的追逐历程。出生在大富商家庭的世之介异常地早熟,七岁时便已经懂得恋爱的情趣,他拉着侍女让她靠近自己说:"难道你不知道恋爱是在暗中进行的事情吗?"[①]他从少年时代起就对各类女性萌生爱慕之情,成年后游历全国各地的青楼妓馆,过着风流自在、纵情享乐的生活,即使穷困潦倒时仍不断传出艳闻。这期间,他

---

①(日)井原西鹤著,王启元、李正伦译:《好色一代男 好色一代女 好色五人女》,济南:山东文艺出版社1994年版,第5页。

也了解到落魄的青楼艺妓或贫家女子种种悲惨的命运。六十岁时，身体虚弱且对浮世再无留恋的世之介等人，搭乘"好色丸"前往女护岛继续享受好色之旅，从此音讯全无。

正如"好色"一词所示，这篇小说截然不同于古代的贵族文学和中世的隐逸文学，是属于近世町人自己的独特的文学形式。小说中充满了对人性本能的大胆肯定，以及女性美的热烈崇拜，显示了新兴市民阶级乐观的精神和旺盛的生命力。《好色一代男》出版后受到很多非难，井原西鹤对此早有预料但仍坚持出版，这表明他与僵化的封建道德进行对抗的坚定决心，也正是《好色一代男》最大的价值所在。

日本自中世尤其是近世以来，封建社会一直存在着两种对立的文学思潮。以儒家文化为背景的儒者和武士阶级奉行理想主义，处于上升时期并注重金钱与享乐的町人阶级奉行现世主义。儒学者将以爱欲为主题的小说视为诲淫导欲之书加以排斥，而町人阶级则变本加厉地追求着自我满足与享乐。即使武士阶级依靠政府的力量对町人文学加以镇压，但町人文学往往以更强的势头迅速回流，町人阶级的现世享乐主义已经成长为一股不可遏制的时代潮流。

井原西鹤在一系列冠之以"好色"二字的小说中，淋漓尽致地展现着町人"粹"的世界。"粹"是江户时代前期诞生于游里的文学和美学观念，是现世主义享乐文化的集中体现。"粹"最早出现在江户初期的假名草子，尤其是艺妓品评类作品中，在井原西鹤的小说和近松门左卫门的戏剧中体现得最为典型。"粹"由"纯粹""拔萃""生粹"等词语演变而来，指通晓人情尤其是花柳界和艺人社会的情事，能够敏锐领会男女间人情的微妙，举止行动合乎规范。较之于纯粹的感官享乐，"粹"更加注重与此相伴而生的精神上的审美愉悦。

井原西鹤在《好色一代男》中就以赞赏的笔触描写了温柔美丽、善解风情并且多情体贴的艺妓,同时以调笑的口吻讽刺了那些着装土气、举止庸俗、贪得无厌的女人。在《多情艺妓的品格》一章中,世之介有幸结识到一位颇富生活情趣的艺妓,在与她交往的过程中领略了粹的美好境界。"女人让一位侍女把许多一直活到秋天的萤火虫包在纸里拿了过来,让它们在蚊帐中飞舞,并且把插着荷花、水桔梗、睡莲的桶也放进蚊帐里,让世之介觉得凉爽。她说:'这里大概可以看做都城人的乡野吧?'"[1]世之介非常愉悦地与她共度良宵,并将全部金币都给了她,然而她无心触摸,当一位云游的僧人请求布施时,女人便将袖中的这包钱原封不动地给了僧人。世之介为此女的气度惊叹不已,经询问才知她是某知名人士的女儿,便立刻为此女赎了身,并将她送回家乡。这就是町人心目中"粹"的最高境界,纯粹的情欲与金钱都退居其次,取而代之的是两情相悦的风流雅趣,以及视金钱如粪土的高洁情怀。

浮世草子之所以选择青楼妓馆作为世俗男女活动的主要舞台,是因为世之介等人的好色行为"除非在金钱万能的世界——青楼里,否则便无法尽情展现其神采"[2]。在江户时代,德川幕府将分散的艺妓集中到特定地区,并称之为"廓"或"游廓"。艺妓按照才貌划分为分为太夫、天神等级别,这些等级独立于她们的家

---

[1]（日）井原西鹤著,王启元、李正伦译:《好色一代男　好色一代女　好色五人女》,济南:山东文艺出版社1994年版,第128页。

[2]叶渭渠、唐月梅:《日本文学史　近古卷》(下册),北京:昆仑出版社2004年版,第481页。

庭出身之外,所以即使出身贫寒的女子,在这里也有机会凭借才色赢得很高的地位。《好色一代女》中主人公就曾自述道:"我称太夫的时候,还以祖先的高贵而自豪过。当然,这已经是在这花街柳巷里公卿之家的千金也罢,捡废纸的女儿也罢,谁都概不计较的历史往事。"①同样,衡量客人的标准也大多诉诸金钱,只要有钱便能在这个世界里得到尊重。加藤周一在《日本文学史序说》中精辟地指出:"在武士的独裁政权企图强制推行身份制的社会里,'廓'是另一种天地。……对于有钱的町人来说,'廓'的内侧比'廓'的外侧要自由得多。……'廓'及在那里发达起来的享乐文化,给以町人为对象的德川时代的小说和戏剧提供了丰富的题材。"②

　　不过,尽管青楼妓馆集中体现了町人阶级对于爱欲和自由的追求,但它毕竟只是一个略带扭曲的社会局部。就像日本历代文学作品大都隶属于某一社会集团一样,以《好色一代男》为代表的浮世小说是隶属于町人尤其是富有的町人阶级的文学,它适应了受教育不多但消遣娱乐需求旺盛的市民的阅读需要。可是,它很少去观照下层町人或穷苦农民的痛苦,即使偶有提及,也多是将其作为调侃的对象。虽然不能以现代的道德标准对其进行评判,但过分强调其文学和审美价值亦不可取。好色过程中所谓的审美意识,其实只是对古代物语的一种继承与模仿,是富裕起来的町人阶级附庸风雅的表象,而非浮世小说的本质。

①(日)井原西鹤著,王启元、李正伦译:《好色一代男　好色一代女　好色五
　　人女》,济南:山东文艺出版社1994年版,第267页。
②(日)加藤周一著,王启元、李正伦译:《日本文学史序说》(上),北京:开明
　　出版社1995年版,第335页。

二、批判、嘲讽、反思:浮世表象下的深层思索

井原西鹤在初期浮世草子创作中局限于对情色的渲染,随着内心阅历的不断增长以及创作思路的日益展开,作者逐渐将笔触延伸至普通的市井百姓,在绘声绘色描绘他们的恋爱与婚姻的同时,也敏锐地捕捉到了现实生活中种种不和谐的音符,并对压抑自由与人性的封建道德提出了一定的质疑,对金钱万能的价值观念进行了辛辣的嘲讽,同时对情爱生活进行了一定程度的反思。虽然作者还不具备明确的反封建意识,但他在客观上确实揭露了种种社会弊端,从而赋予了浮世草子更为积极的内涵。

(一)对封建道德和幕府专制的批判

《好色五人女》不再重复对青楼男女的情爱描写,而是将写实的笔触指向了普通人家的女子。作者深刻地揭示出,处于身份制度与封建道德重压下的女性,要想摆脱一切束缚去追求真实的爱情,必定会招致悲剧的命运。这就是所谓"义理"与"人情"的冲突,是封建宗法伦理与町人婚姻爱情不可调和的对立。

在《好色五人女》第一卷中,商铺老板的妹妹阿夏与年轻俊秀的伙计清十郎暗生情愫,两人在私奔途中不幸被捕,清十郎以偷盗老板银锞子的罪名被处死,阿夏得知消息后发了疯,在试图自杀被人阻止后,出家为尼为爱人祈祷冥福。后来,在另一处地方找到银锞子的商铺老板,只是表情深沉地说了一句:"存放东西可不能马虎。"①第二卷中,阿泉是一个幸福的妻子,她经历种种波折终于和桶匠喜结连理,并生下两个孩子。可是,邻居长左卫门

①(日)井原西鹤著,王启元、李正伦译:《好色一代男 好色一代女 好色五人女》,济南:山东文艺出版社1994年版,第403页。

的妻子因为嫉妒而诬陷她与人私通,阿泉陷入了极度的愤怒,为了报复,她决定和长左卫门发生不正当关系,但被丈夫发现后无奈自杀而死。卷三中的阿珊嫁给了对她一见钟情的大经师,丈夫不在家的时候,偶然的一次失误使她与伙计茂右卫门有染,两人只好逃离家乡隐匿起来,但后来还是被逮捕并处以死刑。卷四中阿七因火灾到吉祥寺避难时,与寄居在寺中的流浪武士吉三郎坠入爱河。阿七回家后仍然对吉三郎念念不忘,心想如果再次发生火灾就能重逢,于是便在自家放火,最后被处以火刑。在最后一卷中,源五兵卫是个有名的同性恋,与他相爱的两个少年相继死去后,他伤心地隐居深山,作品开篇充满了浓重的虚无感和死亡的阴影。琉球屋的阿万化为男装进入深山找他,并与他结为夫妇,可是两人很快便陷入了无米下锅的穷困境地,幸好后来阿万的父母承认了他们的关系并赠予巨额财产,这是五卷中唯一的喜剧结局。

这五个女子明知面临的结局凶险异常,仍然飞蛾扑火般义无反顾,这正体现出经济鼎盛期町人女性的勇气和热情。作者生动刻画了那些为爱痴狂、为罪恶而战栗的女性心理,虽然进行了一定程度的道德说教,但字里行间还是流露出对其悲剧命运的同情,像阿七被处以火刑时,人们都觉得"非常可惜,年仅十七的青春之花即将惨然凋谢,连杜鹃都为之悲鸣不已。""人世上这极其短暂的生命,就在晚钟声中,于品川古镇之旁的刑场上,被处以世上罕见的火刑,如花似玉之身终于化作一片轻烟。人不论走的什么道路终不免化作荼毗之烟,然而人人见怜的却是这阿七的临终。"①

---

①(日)井原西鹤著,王启元、李正伦译:《好色一代男　好色一代女　好色五人女》,济南:山东文艺出版社1994年版,第473—474页。

《好色五人女》同时还揭示出德川幕府法律的严酷。德川幕府奉行以武家法典为准的法律体系,稍有不轨行为或非法言论便可能招致杀身之祸,就连下级武士对市井百姓也拥有生杀予夺的大权,普通人的生命宛如草芥一般飘忽不定。当时的幕府将军纲吉信奉儒家礼治,他曾下达严酷的命令,如果主家的妻子无视身份地位的制约与伙计等人私通,超越阶级差别或违背父兄意志和他人私定终身,双方都将遭受严厉惩罚,被执行火刑或曝尸荒野的人亦不在少数。

（二）对金钱万能的嘲讽

江户初期的京阪地区经济贸易蓬勃发展,这一时期诞生的浮世草子承认并赞美金钱的力量,绘声绘色地记录了为聚敛钱财而奔波忙碌的众生相。不过,井原西鹤等作家已经意识到了金钱万能的负面效果,像《世间胸算用》就描写了下层町人在除夕之夜四处躲债的凄凉景象,作者对日趋扩大的贫富差距表示感叹,并告诫下层町人要时刻精心打好算盘,千万不能疏忽大意。即使在以男女情爱为主题的好色类浮世草子中,其实也贯穿着对金钱万能的辛辣嘲讽。

井原西鹤的《好色一代男》就描写了为生计所迫而沦落风尘的妓女,她们因为没钱养家糊口而无奈地四处飘零。但"她们的心毕竟有温和善良的一面,干这种营生纯粹是为生活所迫。小姑娘是为了赡养父母,有夫之妇是为了丈夫、孩子。（略）人们为了死又死不了、活着又不如意的生活才干起这种事。说起来,这真是一个悲惨的世界。在仿佛是老天因为同情她们而流泪的雨夜里,从木屐到雨伞她们都必须付租金去租。这就是所谓的人世无情,即使租一间陋巷内的破房子,因为被人逼讨房租或为躲避人的耳目,很难在此居住三十天,多是今天藏在这里,明天又搬到那里"①。

虽然都属于町人阶级,但成为有钱人并能够恣意挥霍的毕竟只是少数,而且他们的发家也大多建立在下层町人贫困或破产的基础上。在男性家庭成员缺失或无力维持生计的时候,女性便成为直接的受害者,像《好色一代女》的主人公就是为偿还债款而被父亲以五十两黄金押到上林妓院的,《好色一代男》中世之介早年曾结识过一位落魄的下级武士的女儿,她的父母也已经沦落到贫病交加、靠乞讨为生的地步,这位女子坦然道出了苦难人生的本质:"总而言之就是因为穷,所以就会不知不觉地萌生一些欲望。"②

作者所着力赞赏的女性,也是那些藐视金钱而重视情义的。像岛原的名妓三笠太夫,并不以金钱为标准来衡量人,她对"随从或轿夫也关照得很周到,每逢寒风凛冽的夜晚,她总会出于至诚而决无造作地让他们喝上一杯酒"③。还有上文提到过的那位颇富生活情趣的艺妓,世之介将全部金币都赠与了她,但她却并不为所动,而是不假思索地将钱布施给了一位云游僧人。似乎在她的心目中,两情相悦的缘分要远胜于庸俗的金钱。

同样,没有金钱作支撑的男人,也照样会遭到被妓院驱逐的命运。《好色五人女》第一卷中,当颇受妓院欢迎的清十郎被父亲

①(日)井原西鹤著,王启元、李正伦译:《好色一代男　好色一代女　好色五人女》,济南:山东文艺出版社1994年版,第83—84页。

②(日)井原西鹤著,王启元、李正伦译:《好色一代男　好色一代女　好色五人女》,济南:山东文艺出版社1994年版,第21页。

③(日)井原西鹤著,王启元、李正伦译:《好色一代男　好色一代女　好色五人女》,济南:山东文艺出版社1994年版,第147—148页。

赶出家门后,妓院很快便得知了消息。"所以清十郎再拍手叫人,妓院的人一概装聋作哑,该上汤的时候也不给端来,餐桌上显得冷冷清清。(略)一切随着金钱而变化,这是妓馆的老规矩。人情之有无和受人尊敬与否,全看有没有钱。"①

　　像这样,作者井原西鹤虽然为町人阶级出身,但他对金钱万能的社会法则也表示出强烈不满。西鹤所着力塑造的《好色一代男》的主人公世之介,本身就是一个町人阶级价值观的叛逆者。町人阶级无疑以金钱和利润为最大目标,奉行现实主义的经济观和生存哲学,而世之介虽然出身于商家,却始终没有为谋取钱财而费尽心机。他任意挥霍金钱来谋取快乐,即使穷困潦倒到三餐都难以为继的地步,也从未想过经商赚钱或回家继承家业,正因如此,他一度被父亲剥夺继承权并逐出家门。

　　(三)对好色的质疑和反思

　　浮世小说观虽然惟妙惟肖地展现町人对于爱欲的热烈追求,并且对僵化的社会道德表现出一定程度的反抗,但青楼妓馆毕竟只是社会的一个特殊方面,作者所展现的也只是男权社会扭曲变质的感情,其中充满了视女性为玩物的歧视色彩,并且散发出一种无所事事的颓废气息,就连作者本人也对好色之旅表现出一定程度的质疑和反思。

　　《好色一代男》的主人公世之介"无一遗漏地逛遍了日本所有的青楼,但身体却在不知不觉中逐渐羸弱。(略)明年,世之介将逾花甲之年,年老体弱,腿脚不灵,眼花耳沉,如无桑木拐杖便觉身体摇晃,他渐渐地变成了一个老态龙钟的人。不仅他本人如

————————

① (日)井原西鹤著,王启元、李正伦译:《好色一代男　好色一代女　好色五人女》,济南:山东文艺出版社 1994 年版,第 388 页。

此,就连他以前认识的女人们也已霜染两鬓、头发花白,额头上出现许多细碎的皱纹。她们没有一天不为自己的身体状况感到恼火"①。人生毕竟短暂,旺盛的生命力也终将枯竭,世之介等人看似繁花似锦的享乐生活,到头来留下的也只是羸弱不堪的身躯和懊恼无比的心情。

最后,世之介等人决定前往传说中只有女人的女护岛,那里男人去了就不能活着回来,人们将再也听不到他们的音讯。"即便是阴虚肾亏而死在那里,说不定也能再生出一代既无妻室又无儿女的男儿来。这就是我的本意。"②这一结局暗含深意,有学者将世之介永无休止地追求新的性爱之旅,理解为人类不断探寻新世界的象征性行为,认为世之介的远航"不正象征着一个永不知足的杰出的民族从中世纪驶向近代的航程的开始吗?!"③但也有学者认为世之介等人的出海远行是对町人阶级价值观的超越和背叛,因为他们并不是为了做越洋贸易等脚踏实地的目标,而只是为了寻觅传说中虚无缥缈的女护岛,这显然是对商家固守本业价值观的挑战。

笔者认为,较之于探索新世界和挑战商家价值观的积极意义,世之介的出海远航更像是对现实世界的绝望和逃离。作者之所以设计了前往女护岛继续好色之旅的人生结局,其实是想说明

①(日)井原西鹤著,王启元、李正伦译:《好色一代男　好色一代女　好色五人女》,济南:山东文艺出版社1994年版,第228—229页。

②(日)井原西鹤著,王启元、李正伦译:《好色一代男　好色一代女　好色五人女》,济南:山东文艺出版社1994年版,第231页。

③王若茜、齐秀丽:《〈浮世草子〉的婚恋世界》,银川:宁夏人民出版社2005年版,第127—129页。

现实社会没有流连的价值,以世之介为代表的町人阶级找不到更有意义的人生定位。日本近世奉行严格的士农工商四民身份等级制度,町人阶级无论怎样努力也只能处于社会的底层,头上永远横亘着武士阶级特权的利剑。于是,町人阶级只能将旺盛的生命力和巨额的财富转移到青楼妓馆等娱乐场所,唯一的追求便是金钱和建立在金钱基础上的情色。但是,当看透了金钱与情色的本质并深感厌倦的时候,内心便充满了空虚和颓废的色彩,于是,世之介等人选择了逃离浮世。

世之介等人的选择代表着男性对于好色的质疑和反思,同样,以好色一代女为代表的女子对于情色的一生也深感痛悔和无奈。而这无奈的背后,其实蕴含着对于男权社会不公的控诉,以及对女性悲惨命运的深切同情。好色一代女在痛感生活迷茫之后曾打算自尽了此一生,被人救起后皈依佛门过起了晨昏忏悔的生活。作者对青楼女子的殉情曾有这样画龙点睛般的评价:"这类殉情,既非义理,也非人情,而是出于不自由。……这类殉情无一例外的都是青楼女子,身为官宦巨贾的男人,即使迷于恋情,难道他们也会去殉情吗?"[1]的确,女性是封建男权社会的附属品乃至牺牲品,她们往往被剥夺了选择自己正常人生的权利,为了生计而随波逐流,一些最底层女子更是经历了饱受侮辱和摧残的生涯。所以,即使是当年名噪一时色艺双绝的头牌名妓葛城,最终也落得一个衣衫褴褛街头卖唱的凄凉下场。

---

[1] 叶渭渠、唐月梅:《日本文学史 近古卷》(下册),北京:昆仑出版社 2004年版,第 483 页。

第二节　经济类浮世草子的内涵及其认知的深化

　　井原西鹤在上述好色类浮世草子中讴歌了町人阶级对于情爱的追求,在一定程度上表达了对德川幕府高压统治的不满,以及与儒家禁欲思想相抗衡的倾向。随着阅历逐年增长和思考日渐深入,井原西鹤开始将关注焦点转向町人的经济生活和金钱观,并陆续出版了《日本永代藏》(1688)、《世间胸算用》(1692)等"町人物"即经济类小说。井原西鹤从积极的方面讲述了依靠才智与勤劳发家致富的经验,从消极方面指出很多因奢侈与游乐而倾家荡产的教训,写实地描绘出金钱万能的炎凉世态,并细致入微地刻画了人心的种种波动与挣扎。

　　需要注意的是,井原西鹤不仅通过作品展现出世态人心的种种波动,同时还流露出自身的困惑与迷茫,他对金钱万能的社会法则有一个认识逐渐深化的过程,由最初的热情歌颂、发展到感觉矛盾与迷茫,最终表达出调侃和质疑。当然,由于町人阶级出身的历史局限性使然,井原西鹤的这些迷茫与质疑大都没有上升到明确的理论层次,他还不能深刻意识到德川幕府对于町人资本的随意操控、大富商与幕府相互勾结是导致贫富差距的主因,也体会不到町人不具备实业、对幕藩体制具有强烈寄生性等原因,导致其无力与幕府相抗衡。尽管如此,这些经济小说仍然为理解德川初期经济社会提供了生动而富有启示意义的例证。

一、《日本永代藏》:对致富伦理的弘扬、隐约的危机意识

　　《日本永代藏》被视为井原西鹤"町人物"的杰作,讲述了依靠

才能和勤奋就能发家致富的道理,同时告诫人们不要误入奢侈与风流的歧途。元禄时期是充满机会的资本经济上升时期,商人和手工业者都洋溢着积极进取的精神,金钱成为人们孜孜以求的目标。尽管在士农工商政治体系中处于最底层,但町人可以凭借金钱获得敬仰,很多大富商甚至可以在精神上藐视武士阶级,以至于有"大阪町人一怒,天下武士皆惊"的说法。作者在开篇就强调了金钱的无所不能,认为金银乃生身父母之外的衣食父母。

(一)才干、勤奋、信用、运气:上升时期的町人伦理

元禄时期,人们相信只要拥有才干、勤奋守信、把握机遇,就能够发家致富。"《日本永代藏》给人整体的印象是町人阶级的繁荣,他们拥有几乎与武家和农民完全隔绝的独立世界,只要不因疏忽而丧失家产,就能随心所欲地品尝到繁荣的果实,这是町人阶级的自负,只要有才干,世界就能提供无限的可能性。"①

《日本永代藏》的第一个故事就是依靠聪明才智发家致富的例子。一个开办漕运的人向寺院借了一大笔款项,他宣称向寺院借来的钱很灵验,之后将钱转借给出海的渔民以赚取利息。渔民果然都交了好运,借贷的人纷至沓来,到了第十三年的时候,此人已经积累了八千一百九十二贯的巨额财富,不仅还清了寺院的贷款,还因为富有而受人敬仰。井原西鹤对他白手起家、依靠放贷而获利的商业头脑深表赞赏:"凡是不靠祖上遗产,仅凭一己的聪明才智挣起来的家财,够上五百贯银子的叫做财主,够到一千贯

---

① (日)唐纳德·基恩:《日本文学の歴史·近世篇2》,东京:中央公论社1995年版,第79页。

以上的叫做富翁。"①

　　再看第三篇一个孤身女子带着儿子勤劳发家的故事。女子在码头上打扫散落的米粒勉强糊口,随着大米贸易的繁荣,女子动了牟利之心,将富余的大米积存起来拿去卖钱,并将捡到的草包等拆开来做成钱串子出售。当积攒下一定的散碎银两后,母子俩开始向熟人进行小额的短期放贷,按日计算利息,不久又干起兑换零钱的生意,最终发展成当地首屈一指的富豪,曾经低微的出身也无人再提起。富豪将母亲当年拿过的扫米笤帚高高地供奉起来,视作传家之宝。

　　可以看出,女子最初的资本积累与大米贸易的繁荣息息相关。女子通过贩卖大米、编织草绳获得最初的资金后,也开始放贷来赚取利息,并发展成为富甲一方的商人。作者在这里强调了金钱的力量,只要有钱便能获得尊敬和仰仗,这为町人摆脱身份等级制的束缚、获得精神上的优越感提供了有力支撑,也成为新兴町人社会得到普遍认可的价值观:"商人不论出身,唯金银以为世系。即便是大织冠的后裔,身居市井而贫穷,还不如耍猴儿的流辈。必须生财有道,做得富翁,方是道理。"②

　　(二)节俭本分、远离享乐:谆谆教诲

　　井原西鹤在《日本永代藏》中苦口婆心地劝说町人要安守"本分"。所谓的本分,就是勤奋、节俭、能干等发家致富和保值财富的品质,是町人阶级摸索出来的一套行之有效的价值观念。相对

---

① (日)井原西鹤著,钱稻孙译:《井原西鹤选集》,上海:上海书店出版社 2011年版,第 6 页。

② (日)井原西鹤著,钱稻孙译:《井原西鹤选集》,上海:上海书店出版社 2011年版,第 111 页。

应的,过分追求奢华、流连于青楼,则必将招致破产的厄运。

　　"节俭"是井原西鹤重点强调的町人伦理,他描写了很多节俭乃至悭吝的例子。作者批判很多町人家庭逾越身份,过分追求奢华,凡事不讲究分寸,尤其在女子的衣着方面耗费过多资财。身为町人家的女子,无须学习贵族或武士阶层的琴棋书画等风雅爱好,应该踏踏实实地操持家计才对。还有的人家大兴土木、建造豪宅,目的却是为了钓得女方丰厚的陪嫁,这样动机不纯的奢侈之举,最有可能导致身败名裂的悲惨结局。

　　江户时代的"游郭"(烟花柳巷)异常繁荣,德川幕府为削弱各路诸侯的斗志而刻意扶植了一些享乐场所,因"参觐交代"制度而隔年居住在江户的藩主们,果然大都沉迷于此。很多富裕的町人也常常流连于此,由于身份制度的限制和封建道德的重压,蓄积的巨额资本没有正当的使用途径,所以他们常将旺盛的生命力挥霍到无节制的感官享乐上。当然,在烟花柳巷的尽情挥霍必然要耗费大量金银,因为玩物丧志而陷入破产境地的町人层出不穷。因此,远离烟花柳巷成为町人世界的共识。井原西鹤从破坏家庭生计、妨碍资本积累的角度,进一步对风流享乐的弊端进行了警诫。例如,有一个父亲,一辈子勤俭节约到了悭吝的地步,继承家业的儿子却热衷于结交青楼名妓,把风流子弟的一套打扮举止全都学了来,"可是呀,毕竟世事无常。眼看他就这四五年来,把个两千贯银子的家财,挥霍得纤尘不剩,灰烬无余,连糊口的能力也没有了"①。

　　总之,井原西鹤通过大量失败破产的例子似乎在告诉人们,

---

①(日)井原西鹤著,钱稻孙译:《井原西鹤选集》,上海:上海书店出版社2011年版,第10页。

依靠才华和幸运而致富的人毕竟还是少数,多数人还是通过极度的吝啬或者投机来使财产增值,而且稍有不慎便有破产的可能,这其实也流露出一种隐约的不安。因为这些聚集在城下町的商人和手工业者,主要任务就是为领主们的城市建设提供技术、经办年贡米和特产、贩卖领主使用的非自给性商品,他们对于幕藩体制具有很强的依附性,"德川时代的町人无论如何炫耀自己的财富,其财富也不过是他们通过寄生在幕藩体制上所获得的。同样称作町人,但他们与通过海外贸易而获得财富和实力的安土、桃山的堺或博多的町人不同"①。的确,一旦幕府颁布"弃捐令"(幕府以及诸藩为了救济家臣的财政困难而要求债权人放弃债权的法令),町人们就必须得忍气吞声。所以,他们必须学会节约乃至悭吝,必须积攒有限的钱财来保障未知的生活,必须时刻具有危机意识。

在《日本永代藏》写作的天和、贞享年间,其实并不是经济发展的上升时期,而是呈现出下降趋势的萧条期。幕府将军德川纲吉施行恐怖政治、颁布节俭令、衣裳法度等,町人的生产经营遭到很大打击。井原西鹤在小说中传达的乐观向上的态度,其实也是幕府高压政治下的一种明哲保身之举,同时,通过对以前经济欣欣向荣时期的赞美,也在一定程度上表达出对于当今萧条世态的失望,当然,这种表达是非常隐晦和耐人寻味的。

其实在《日本永代藏》之后,井原西鹤还写过续篇《本朝町人鉴》,里面不仅收录了依靠商业头脑、节俭精神而发迹致富的例子,也有许多因奢侈而败光家财的教训。虽然名为町人借鉴,但

①(日)源了圆著,郭连友译:《德川思想小史》,北京:外语教学与研究出版社2009年版,第78页。

很多例子其实并不值得嘉许。例如,有一个人夜晚在化街柳巷留宿,偶尔听到隔壁有人说某商品明天行情要大涨,他赶紧起身跑去囤货,果然发了大财,这并非正面教材,只是靠小道消息投机取巧而已。井原西鹤如实记录下了这一事例,也从侧面揭示出唯利是图的混乱的价值观念。

总之,《本朝町人鉴》对经济社会的消极面有了更多的揭露,字里行间劝善惩恶、因果报应的色彩也更强烈一些,通过和从前对比的方式,井原西鹤还隐约讽刺了现在虚假的繁荣,同时对于金钱、资本的力量有了更为深入的思考。井原西鹤通过作品指出,一个人如果没有本钱,那么无论他如何努力,也只是为富有者做奉献而已,尽管也有人因为慈悲而获得了意想不到的好运气,但这仅仅是偶然的个案而已,更多的人即使拥有才华和抱负,也很难翻身发迹。不难看出,井原西鹤从早期积极地弘扬町人发家致富的伦理,逐渐意识到很多金钱万能的阴暗面。

二、《世间胸算用》:对贫富差距的认知、进步性和局限性

《世间胸算用》(1692 年刊,5 卷)是由 20 个故事构成的短篇小说集,副标题为"除夕日一日千金",井原西鹤选择了除夕夜这样一个特殊的时刻,重点描写了中下层贫苦町人的生活。除夕是对赊账和赊购进行总决算的一天,赊账的人为了明年的资金运转必须收回欠款;赊购的人因无力偿还而东躲西藏。彼此都在为跨越这一天而绞尽脑汁甚至不择手段,这时,所谓的"义理""人情"已被抛诸脑后,极端的利己主义显露无遗。不过,虽然聚焦于这样一个最能体现世态炎凉的日子,但井原西鹤并没有采用特别阴郁的叙事口吻,而是以轻松且略带戏谑的笔触,绘声绘色地展现了贫苦町人笑中带泪的生活百态。

（一）对底层町人的深切同情

在小说的开篇,井原西鹤将赊欠账款、年关难过的原因,归结为平时不懂精打细算、量入为出。"世人过活,大抵漫不经心,错打每年一度的算盘,以致年关难过,不知所措,都由于胸无成竹之故,须知这是千金难买的一天,冬春之间的分水岭,没有钱是翻不过去的。"①这也是井原西鹤一贯的观点,他认为町人在创造财富的同时,还要善于保值财富,要学会勤俭节约,杜绝奢侈浪费,否则终将陷入朝不保夕的悲惨境地。

例如,井原西鹤这样劝谏一个曾经拥有巨额遗产却最终破落、终日做着发财梦的男子,提醒他无论何时都不能疏忽生计,努力赚钱才是最要紧的事:"梦里毋忘营生计,乃是富翁的金言。心有所思,必见于梦。(略)而今之世,再也无遗可拾,人皆视钱如命,各自小心得紧呢。"②作者接着以同情的笔触描写了这家人的除夕,眼看着要过年了,妻子无奈去给有钱人家做奶妈贴补家用,自家的孩子哭闹不休,邻居大嫂赶来帮忙熬米粥,又议论起孩子母亲与那家雇主的亡妻模样相似,男子听后将钱原封不动地退还给雇主,宁可饿死也要带妻子回家,一家人就这样泪眼蒙眬地过了年。

像这样,井原西鹤对中下层町人的困苦生活进行了写实的描述,他深切感受到贫富差距的存在,并对贫苦人家的艰辛生活表现出深深的同情。日本学者冈一男指出,该小说"精致描写了以

---

① (日)井原西鹤著,钱稻孙译:《井原西鹤选集》,上海:上海书店出版社 2011 年版,第 116 页。

② (日)井原西鹤著,钱稻孙译:《井原西鹤选集》,上海:上海书店出版社 2011 年版,第 155 页。

银生银的世态,以及人们为金钱所奴役的惨状"①。的确,与前一部作品《日本永代藏》的积极乐观相对照,这部小说深刻展现了严峻经济形势下人生的绝望面。

(二)对世道人心的感慨无奈

在江户时代,被置于士农工商最底层的町人,孜孜以求的唯有金银,只有发财致富、在经济上处于优势地位,才能获得尊重和存在感。可是,一些人为了追求金钱而采取种种不正当的手段,导致信任感和亲情渐趋淡薄,欺骗和投机等行为也屡见不鲜。"日本人的心灵都被金钱所污染了,这就是近世,而顶点就是西鹤所生活的元禄时代。"②的确,井原西鹤还有一部未完成的町人小说集《世上人心》③,就透视了货币经济下人们种种复杂的心态。

《世上人心》描写了各种职业地位的人微妙的心理波动,整体色彩较为阴郁,很多章节记录了对于疾病、残疾、妻子早逝等的感慨,仿佛是西鹤本人晚年的心情流露。晚年西鹤笔下的世上人心,大都是无情、可怕、变幻无常、不可麻痹大意对待的人心,当顿悟到世上人心是如此这般时,绝望感、虚无感、甚至看破世事的感觉支配了西鹤。因此,文中的教训性与以前相比性质也有所不同,失去了人生的可能性和积极性,变得更具日常性和消极色彩。

在《世间胸算用》中,有些人为了获得不当收益而投机取巧,

①(日)冈一男:《日本文学思潮論》,东京:笠间书院1973年版,第206页。
②(日)晖峻康隆:《西鹤・晚年のテーマと方法》,收录于大东急纪念文库《西鹤》,东京:勉诚社1980年版,第5页。
③井原西鹤于1693年去世,他本来计划完成町人小说三部曲,即《日本永代藏》《本朝町人鉴》和《世上人心》。后面两部属于未完成的草稿,门人团水将它们集合起来,编成《西鹤织留》。《西鹤织留》共分五卷,前两卷来自《本朝町人鉴》,后三卷来自《世上人心》。

还有很多人为了逃避债务而绞尽脑汁,其中一些手段绝对谈不上正当。例如,一群人在除夕夜到寺院来听和尚讲经,大家都各怀心事。一个老奶奶听到一半便忏悔道,儿子因为担心债主上门,所以才将自己送进庙里暂时躲避,而他则四下嚷嚷说家里的老人走失了,央求邻居们敲锣打鼓地帮忙寻找,试图以此来蒙混过关。一个上门女婿,因为没钱没本事而遭到老婆的嫌弃,被赶出家门只得暂时借宿在寺庙。更有甚者,还有一个四处躲债并打算在寺庙顺手拿点东西的小偷儿。讲经的和尚听完大家的倾诉后,一语道破真谛:"种种恶念都起于贫。你们原秉佛心,却奈何不得这俗世啊。"①

对于因金钱而变质的世态人心,井原西鹤所表现出来的,与其说是谴责,不如说是感慨和无奈。其实,如何坚韧地、笑中带泪地生存下去,才是井原西鹤关注的焦点。例如,作者描写了一个即使采用不正当手段、也要顽强地生存下去的人。面对债主,他装疯卖傻、磨刀霍霍,扬言自己火性发作起来,说不定要剖腹自尽,这时偶然飞过一只长鸣鸡,他便一挥刀砍断了鸡的脖子,成群的讨债人早就吓破了胆,纷纷退避三舍不予追究,这也是年关逃债的常用手法。作者以一种略带调侃的口吻描写了町人生存的潜能,字里行间流露出深切的同情。

(三)对金钱万能及贫富差距的迷茫心态

虽然对穷苦町人的生活深表同情,但另一方面,井原西鹤对有钱人也并不反感,甚至对金钱的力量持一种赞赏态度,他这样描绘述了町人理想的人生蓝图:"世上最可喜的莫如金银有余,万

---

① (日)井原西鹤著,钱稻孙译:《井原西鹤选集》,上海:上海书店出版社2011年版,第187页。

事顺利,这须是从年轻有为的二十五岁就孜孜不懈,在年富力强的三十五岁经营积攒,在通情达理的五十岁上规模大定,六十岁之前万事付诸后嗣,抽身退闲纳福,正可出入寺院,养尊处优。"①在这个时代,出身高贵与否不再特别重要,只要能够发迹,就能享受到现世的荣华。

对穷苦人的同情和对发迹之人的艳羡,其实就折射出当时日渐悬殊的贫富差距。在《世间胸算用》中,井原西鹤通过对比的方式,揭示出贫富差距的悬殊,并指出在"以银生银"的社会里,资本只能越来越集中,富者愈富,穷者愈穷。例如,环山京都的人还吃着鲜鲣鱼,此地靠海却只能吃小杂鱼。与囊中羞涩、艰难度日的底层市民不同,有钱人日进斗金:"你道世上缺少的是金银,其实是你没有见到大场面罢了。世上有的是钱。这话怎么说呢?但看近三十年来,诸国都眼看着市面越发繁华,便可知了。"②可见,金钱给富人带来令人艳羡的富足生活,穷人却因为琐碎花销的超支而年关难过,这无疑就是金钱令人矛盾的地方。

不过,从文中夹杂的明显的戏谑口吻可以看出,尽管井原西鹤已经意识到了贫富差距,但他并未尝试对贫富分化的深层原因进行思索,从而提出具有建设性的主张,而是始终以一种"旁观者"的姿态,来打量和调侃现实,这与他出身于富裕的町人家庭、早期从事滑稽戏谑的俳谐创作不无关系,正如日本学者冈一男所指出的:"他洞悉了所有人类的罪恶和祸害都根源于社会环境,但

①（日）井原西鹤著,钱稻孙译:《井原西鹤选集》,上海:上海书店出版社 2011 年版,第 132 页。

②（日）井原西鹤著,钱稻孙译:《井原西鹤选集》,上海:上海书店出版社 2011 年版,第 177 页。

却没有尝试从政治上或道德上对社会环境进行改造,从而将人们从不幸中拯救出来。他只是将其视作人类被赋予的命运而加以放弃,想通过对命运的达观心态,来获得洒脱的心境,或者与闲云野鹤相伴、鸟瞰浮世,或者为倏忽的本能之火所侵袭、忘我于巫山之戏,他始终只是将本应真挚对待的人生俳谐化了,这虽说是时代的影响,但也甚为可惜。"①

在近世早期资本主义阶段,町人阶级并不是依靠实际产业发家,而主要通过商业资本和高利贷获利,因此具有不稳定性。在政治方面,町人阶级始终没有摆脱幕府将军和地方诸侯的制约,辛苦积累的资金可能会因武士阶级"切舍御免"的特权而被拖欠甚至注销。于是,一些善于投机取巧的富商为寻求保护而与幕府诸侯相勾结,从而实现对大米等重要物资的垄断,这也使得资本愈发集中少数人手中,很多中小商人难逃被吞并的厄运,富者愈富,穷者愈穷。这些导致贫富差距日渐加大的深层社会原因,是出身于富有町人家庭的小说家很难意识到的。

井原西鹤之所以是一个伟大的作家,是因为他没有停留在对浮世艳情与享乐一味的赞美阶段,伴随着对社会现象和世道人心的不断观察,他开始感受到很多浮华背后的阴暗面。尽管由于历史条件及阶级局限性的原因,井原西鹤还不能完全地揭示出金钱万能的弊端、贫富差距的根源等,但他通过作品向我们提供了很多栩栩如生的例子,尽管不能将其完全等同于现实,很多事例也存在自相矛盾之处,但这正是他不断地思索、迷茫和质疑的创作历程,对于今天的我们了解那个时代很具有启示意义。

———————————

① (日)冈一男:《日本文学思潮論》,东京:笠间书院1973年版,第212页。

第四章 "发愤著书"思想在
近世小说领域的传播与变形

日本近世小说家深刻接受了中国古代文论的"发愤著书"思想,但又扎根于本国文学传统而有所侧重和变形。上田秋成在国学思想中"真""诚"等理念的浸润以及古典物语的熏陶下,着重抒发人性之哀与恨,过滤掉了家国情怀及道德教诫等因素。曲亭马琴受到陈忱等明清小说理论家"泄愤""雪冤"主张的深刻启示,常通过改写历史以发散郁结,这既是劝惩与果报观念的体现,也是对古代物语镇魂传统的继承,德川末期儒家权威的衰落和戏作的鄙俗化趋势,也使得曲亭马琴心有愤激而寄情于史传小说。

"发愤著书"说是中国古代文学批评的一个重要概念,作家意有所郁结而著书立说以发散,并藉以恢复心理平衡,同时彰显出穷且益坚、逆境中永不消沉的品质。发愤著书思想对日本近世文人产生了深刻影响,享保(1716—1736)年以来,以老庄研究、寓言论的流行为基础,日本文人普遍将老庄诙谐怪诞又蕴涵深意的寓言理解为"愤世矫俗"之书。李贽、金圣叹、陈忱、毛声山等小说家和评论家将发愤理论引进小说领域后,也进一步引发了曲亭马琴、上田秋成等日本小说家的深切共鸣。

日本小说家在自身的创作与评论中深刻接受了发愤著书理念,但又扎根于本民族文化传统而有所侧重和变形,这就更加清晰地揭示出文学影响发生时特殊的接受屏幕。例如,上田秋成(1734—1809)因不遇薄命而对发愤理论深表赞同,但他的愤激之情集中在对世事无常的感叹、对人性之"哀"的探究方面,身为国学者的上田秋成,以国学思想中的"真""诚""情"等理念为基础,过滤掉了家国情怀,从而使自身的创作风格更加接近于日本古典物语。另一位小说家曲亭马琴(1767—1848)受到陈忱、毛声山等明清小说家及评论家的启示,将发愤理论由个人遭际拓展到反思命运成败、朝代兴亡的层次,常用"泄愤""雪冤"等词语,通过虚构圆满结局来弥补历史的不公正,借以发散作者及读者心中之郁结,德川末期儒家权威性的衰落、戏作的鄙俗化倾向、劝惩教化理念的要求等,是曲亭马琴发愤理念得以形成的社会学及历史学根源。

第一节　发愤著书思想在日本近世的传播:兼论"寓言说"的流行

在日本,"发愤"思想的传播与《庄子》"寓言说"的流行有着千丝万缕的联系。"寓言"即假托他事以表达某种深意或教诲的表现方法,为了将主旨更为强烈地传达给读者,假托的方式要尽量浪漫离奇,像九万里的鲲鹏、与路边骷髅的对话、梦中化蝶等,达到令人耳目一新的功效,《庄子·杂篇·寓言》中就有"寓言十九,藉外论之"的表述。《庄子》是日本知识分子自古以来的必读之书,"寓言"一词也随之为日本文人所品味和接受。

特别是近世享保(1716—1735)年间以来,以老庄研究和寓言说的盛行为基础,日本文人普遍将老庄诙谐怪诞又蕴涵深意的寓言理解为"愤世矫俗"之书。最具代表性的当属佚斋樗山在《田舍庄子》中的一段言论："庄子愤当时儒者,不知圣人之真,徒拘其礼乐仁义之迹,贵圣人之糟粕以为道,故欲打破礼乐仁义圣人,论道之无极。"①儒学者太宰春台认为老子著述也是为了排遣愤激之情:"老聃之著五千言,愤激之为耳。"(《老子特解》序)②总之,老庄著作是典型的愤世矫俗之寓言,已成为当时日本文坛的通论。

　　寓言愤世的思想同样延伸到小说领域,读本作家上田秋成明确表达出借助寓言以抒发悲叹的理念,他在题为《射干玉卷》的《源氏物语》评论文中说,即使在中国,小说这一文体也往往假托古代之事朦胧地构思情节,但其中寄托的却是对当今世态的忧惧和感叹。"思物语为何物。彼之唐土,此类文体亦专以寓言为务。虽无其实,必寓作者所思。或悲世相之妖艳,或叹国之靡费,或思时事之不济,或恐位高者作恶。假托古事,嵌之以今之现实,朦胧写出之物也。"③近世后期小说家曲亭马琴也常借助寓言的形式来弘扬儒家伦理,同时也非常重视其"医郁遣闷"的发愤功效,他在《近世说美少年录》第一辑序文中说道:"皆是寓言以劝惩,意匠类似唐山小说,然可医郁遣闷,是书亦然。君子以此破独坐之睡魔,蒙昧者以此为迷津之一筏。"④

　　接下来重点考察"发愤著书"思想在日本近世小说领域的传播情况。在中国,发愤理念最早可追溯到孔子"诗可以怨"(《论语·阳货》)的诗文主张,此后,屈原在《九章·惜颂》中明确提出

①转引自(日)中村幸彦:《秋成·馬琴》,东京:角川书店1977年版,第399页。
②转引自(日)中野三敏:《寓言論の展開》,收录于《日本文学研究資料叢書·秋成》,东京:有精堂1984年,第286页。
③(日)《上田秋成》(日本的古典17),东京:集英社1981年版,第301页。
④(日)曲亭马琴著,(日)内田广保校订:《近世説美少年録》,东京:国书刊行会1993年版,第10页。

"发愤以抒情"。到了汉代，因李陵之祸而遭受宫刑的司马迁，在《史记》的《太史公自序》中，总结了历史上许多伟人困顿受辱而发愤著书的史实，将发愤著书说提炼为诗文及史著的普遍规律："昔西伯拘羑里，演《周易》；孔子厄陈蔡，作《春秋》；屈原放逐，著《离骚》；左丘失明，厥有《国语》；孙子膑脚，而论兵法；不韦迁蜀，世传《吕览》；韩非囚秦，《说难》《孤愤》；《诗》三百篇，大抵贤圣发愤之所为作也。"[1]的确，充满苦难的生涯和深广的忧愤是推动作家创作的原动力，唐代韩愈的"不平则鸣"说、宋代欧阳修的"诗穷而后工"说等，都受到过司马迁"发愤著书"说的深刻启示。

到了明代，李贽（1527—1602）将"发愤著书"说正式引进小说批评领域。李贽既是思想家，也是中国演义小说最大的批评家，他极为推崇阳明学"心即理""致良知"的口号，并提出"童心说"，提倡赤子真情的流露。他在《读忠义水浒传序》中将个人遭际拓展到忧伤国势、反思兴亡的层次，对"发愤著书"理念进行了扩展与升华。李贽认为，施耐庵、罗贯中虽生在元朝，但却愤恨当年宋王朝衰败无能，导致江山为异族所占领。他们将无法实现的理想寄托在《水浒传》中，借以发泄内心的愤懑。通过梁山英雄大败辽军情节，来雪除二帝被劫往辽国的耻辱；通过剿灭方腊的描写，来表达对宋朝南渡苟且偷安的愤慨。

> 太史公曰："《说难》《孤愤》，贤圣发愤之所作也。"由此观之，古之贤圣，不愤则不作矣。不愤而作，譬如不寒而颤，不病而呻吟也，虽作何观乎？《水浒传》者，发愤之所作也。盖自宋室不竞，冠屦倒施，大贤处下，不肖处上。驯致夷狄处上，中原处下，一时君相犹然处堂燕鹊，纳币称臣，甘心屈膝

---

[1]《史记》，北京：中华书局 2015 年版，第 2858 页。

于犬羊已矣。施罗二公身在元,心在宋;虽生元日,实愤宋事。是故愤二帝之北狩,则称大破辽以泄其愤;愤南渡之苟安,则称灭方腊以泄其愤。①

李贽评点的《水浒传》百回本经冈岛冠山(1674—1728)翻译为日文后,揭开了日本文坛《水浒传》流行的序幕,《读忠义水浒传序》中"水浒传者,发愤之所作也"的论断,使日本近世小说家受到强烈震撼。冈岛冠山的《通俗忠义水浒传》百回本,就是根据芥子园本《李卓吾先生批评忠义水浒传》翻译而成的,且在栏外附有李贽的评点。作为日本近世第一本《水浒传》译著,《通俗忠义水浒传》对"水浒热"和读本的诞生起到了巨大的推动作用。

金圣叹(1608—1661)进一步继承和发展了李贽的发愤著书理论,他在《第五才子书施耐庵水浒传》卷之五的"楔子"总评中指出:"为此书者,吾则不知其胸中有何等冤苦而为如此设言。然以贤如孟子,犹未免于大醇小疵之讥,其何责于稗官?后之君子,亦读其书,哀其心可也。"②在《水浒传》第六回中,林冲说自己空有一身本事而不遇明主,金圣叹批曰:"发愤作书之故,其号耐庵不虚也。"(第六回夹批)③《水浒传》第十八回金圣叹又指出:"此回前半幅借阮氏口痛骂官吏,后半幅借林冲口痛骂秀才,其言愤激,殊伤雅道。然怨毒著书,史迁不免,于稗官又奚责焉?"(《十八回

---

① 张建业译注:《焚书》(上),北京:中华书局2018年版,第637页。
② 林乾主编:《金圣叹评点才子全集》(第三卷),北京:光明日报出版社1997年版,第30页。
③ 林乾主编:《金圣叹评点才子全集》(第三卷),北京:光明日报出版社1997年版,第158页。

总批》)①

金圣叹批评《第五才子书施耐庵古本水浒传》对日本近世小说产生了至关重要的影响。儒学者兼小说批评家清田儋叟(1719—1785)就曾模仿金圣叹,出版了加入个人评点的贯华堂初刻本,以及对《贯华堂本水浒传》全文进行批评的《题水浒传图》(《孔雀楼文集》卷之五)。另外,曲亭马琴也于文化初年出版了《水浒传》编译本《新编水浒画传》,并在金圣叹启示下删除题目"忠义"二字。当然,随着阅读与思索的逐渐推进,曲亭马琴没有停留在初期的简单摄取阶段,而是对金圣叹的某些观点有所质疑乃至批判,例如,在卷头的《译水浒辩》以及随笔《玄同放言》的《诘金圣叹》一章中,曲亭马琴详细列举了金圣叹评点的缺陷,如"宿怨"说与"心闲"说前后矛盾:"谓《史记》与《水浒传》不同,施耐庵无一肚皮宿怨,然至后又言之,为此书者之胸中,不知有何等冤苦,必设言百八人也,如此辩论无定,又及百八人物,论其贤愚时,过于弄假成真。"②

张竹坡(1670—1698)对金圣叹的发愤理论深有同感,他在《竹坡闲话》中以"泄愤"来解释《金瓶梅》的创作动机,并将愤激之情提升到批判腐朽社会的高度:"《金瓶梅》,何为而有此书也哉?曰:此仁人志士,孝子悌弟,不得于时,上不能问诸天,下不能告诸人,悲愤呜悒,而作秽言而泄其愤也。"③

张竹坡评点的第一奇书本《金瓶梅》大约在正德三年(1713)

---

① 林乾主编:《金圣叹评点才子全集》(第三卷),北京:光明日报出版社1997年版,第334页。
② (日)曲亭马琴:《新编水浒画传》,东京:三教书院1935年版,第16页。
③ 黄霖:《金瓶梅资料汇编》,北京:中华书局1987年版,第56页。

既已传入日本,曲亭马琴曾模仿《金瓶梅》作有《新编金瓶梅》,他在对西门庆正妻吴月娘的批判以及"人误《金瓶梅》"等观点上,受到张竹坡的直接启示。张竹坡在《批评第一奇书〈金瓶梅〉读法》八十二条中指出,对《金瓶梅》加以海淫海盗罪名的根本原因在于"人误《金瓶》",即读者本身视角和动机存在问题。曲亭马琴在《新编金瓶梅》第二集序言中直接引用了张竹坡的观点:"故张竹坡《金瓶梅》读法曰,《金瓶梅》不是误人,是人自误之。"①对于"读者"水平的格外关注,折射出曲亭马琴身为以润笔费为生的"戏作者"的愤懑、"隐微"之意无人参透的寂寞和对百年后知音的期待。

　　像这样,"发愤著书"说自明代以后经李贽、金圣叹、张竹坡、陈忱等评论家的阐发,对日本近世小说家和评论家产生了重要的指导性影响,这些影响最为典型地体现在上田秋成和曲亭马琴的作品中。

第二节　上田秋成的"解闷发愤"说:重人性之愤激、反儒佛之教化

　　上田秋成深受源自中国的发愤著书理论影响,这与他坎坷不幸的人生经历密切相关。不过,秋成的"愤"主要体现为对世事"无常"的感叹和对人性之"哀"的探究上,重在抒发因思念、绝望、嫉妒等引发的个人情感层面的幽愤,而非通常意义上根源于家国情怀或道德伦理的愤激。上田秋成是一名长期致力于研究日本古典和歌物语的国学者,国学思想中"真""诚""情"等理念对其产

---

① (日)曲亭马琴撰,(日)渡部白鸥纂辑:《曲亭馬琴戯作序文集》,东京:早稻田大学图书馆公开古籍书 1831 年版,第 33 页。

生了潜移默化的影响,古典物语中以"哀"为基调的对于人性的哀
悯与探究,成为上田秋成短篇小说集《雨月物语》的情感底色。

一、不遇薄命、解闷发愤

上田秋成之所以深刻接受了发愤著书的理念,并将其渗透至
创作与评论的根本,主要根源于坎坷的人生经历。上田秋成于享
保十九年(1734)生于大阪,据说生母为青楼女子,不知生父,四岁
时遭生母遗弃后,被商人上田茂助认为养子,但在五岁时又不幸
染上恶性痘疮,虽经养父在神社参拜祈祷而保全了性命,却落下
了右手中指和左手第二指的残疾。秋成在三十八岁又突然遭遇
火灾,家产尽毁,从而也丧失了继续做学问的物质条件。老年以
后,左眼患病近于失明,他在病痛中仍然潜心于学问,然而妻子的
突然去世又对他造成致命打击。于是,秋成常以"不遇薄命"一词
来回顾自己的生涯。

在上田秋成心目中,"不遇薄命"是驱动人潜心于学问的关
键,门前冷落、亲友断绝、闭门枯坐,只好通过笔墨来发散寂寥、排
解郁结。在随笔文《藤篓册子》(1806—1807)自序中,上田秋成详
尽地阐述了自己对发愤著书的理解:

> 古人云,文章穷而后工。非穷之能工也。穷则门庭冷
> 落,无车尘马足之飐;事物简约,无簿书酬应之繁;亲友断绝,
> 无征逐游宴之忙;生计羞涩,无求田问舍之劳;终日闭门,兀
> 坐与书为仇;欲其不工不可得也。不独此也,贫文胜富,贱文
> 胜贵,冷曹之文胜于要津,失路之文胜于登第,不过以本领省
> 而心计间耳。到圣人拘囚演易,穷厄作经,常变如一,又不当
> 一例论也。适有此语,聊足以畅闲情焉。
> 顷一夜梦垢面短须之老翁来云:兄也薄命不遇,去乡土

离六亲，无居无产，自恣为狂荡，而乘闲作文，然句句皆寒酸忧愁，世途之人谁不以蔽目哉！夫前人慷慨之言，各自爱才舞文、解闷发愤者矣。兄也不然，居常读书有感，将以安不遇乎？抑亦遇不遇，共天地间之动物、人禀之性，不可以为如此矣，固来慰问云。

觉后思之，冷落失路，为之穷厄，则不可乐；为之命禄，则何以忧耶？余之薄命，及耄而无居无产，惟是愚盲浅识之叹，终日闭门，兀坐乘笔，虽不胜富胜贵之文，聊以为消闲之策耳。

享和任戌晚春，鸭塘头乞丐翁鹑无常居士，拭盲眼书之。

浪速竹窗森世黄书①

需要注意的是，尽管同为发散胸中郁结，但上田秋成坦承自己的创作远不能与司马迁笔下圣人的解闷发愤相提并论，圣人之作大都慷慨激昂、文采卓然，是关注国家凋敝、民族危亡、伦理哲思的经典；与之相对，自己的小说更接近于"消闲"之作，只是倾吐一些因命运多舛而郁积于胸的愤懑与感伤，并不打算做殊死的抗争，很多时候毋宁说将其视作宿命加以接受。

从这个意义上可以说，日本文坛直到上田秋成才实现了从"公愤"到"私愤"的转型，即明显挣脱了伦理道德层面愤激之情的束缚。众所周知，日本近世以来的发愤著书观念，基本上都继承了中国的文学传统，重在抒发因统治黑暗或道德沦陷而起的愤懑，"全部是现世真圣人之道、仁义礼智未能执行时产生的愤激，换言之，是因为拥护儒教道德而产生的、伦理性质的愤激。……

---

① （日）《上田秋成集》（日本古典文学大系 56），东京：岩波书店 1971 年版，第 417—418 页。

秋成所展示的'愤',则有极为明显的不同。可以说,那是恣意汪洋的个人内心感情的极为强烈的迸发"①。正因如此,日本学者高田卫将其定义为"私愤",私愤是与伦理道德方面的"公愤"相对而言的,是指根植于人类内心的纯粹的情感怨愤。

围绕上田秋成"私愤"理念得以产生的根源,很多学者做过多方面论述。中村幸彦在《上田秋成的物语观》中指出,元禄以来古学派学者伊藤仁斋对程朱理学"存天理灭人欲"口号的否定以及"人情"说的提倡,促使近世文人逐渐挣脱儒家僵化伦理的束缚,更多地关注于人的内心世界②。中野三敏在《寓言论的展开》中,从与当代文学思潮的关联入手,认为近世日本对阳明学左派"心即理"的认同,以及徂徕学对于"私"这一领域的肯定,是促使秋成转向抒发情感怨愤的重要因素。中村博保在《秋成的物语论》中认为,上田秋成之所以更加有意识地摆脱儒佛僵化道德的桎梏,"将物语从附会天台教理、比拟春秋笔法的传统思维中解放出来,将物语视作物语本身对待,这是自从契冲《源注拾遗》以来,贺茂真渊与本居宣长等积极提倡的观点。秋成的主张也受到契冲的源氏物语观、贺茂真渊《伊势物语古意》中物语观的启发"③。上述观点对于了解上田秋成愤激之情的渊源,都很有启示意义。

与上述学者的研究视角稍有不同,笔者将主要结合上田秋成的物语评论书《射干玉卷》和《善耶恶耶》,重点考察上田秋成愤激

----

①(日)中野三敏:《寓言論の展開》,《日本文学研究資料叢書·秋成》,东京:有精堂1984年版,第290页。
②(日)中村幸彦:《近世文芸思潮論》,东京:中央公论社1982年版,第248—265页。
③(日)中村博保:《秋成の物語論》,《日本文学研究資料叢書·秋成》,东京:有精堂1984年版,第295页。

的内容是什么？是否延续了日本古典物语的审美传统？并结合
几乎同时代的国学者本居宣长的"知物哀"论，考察二者的相似性
及其根源。

二、既哀且恨：发愤的内涵及对古典物语的传承

"物哀"或"知物哀"是日本文学传统中很重要的审美理念。
古典王朝物语中对于哀感的渲染，潜移默化地影响了上田秋成的
审美倾向。《雨月物语》中很多篇章在展现哀感这一点上，就延续
了以《源氏物语》为代表的日本古典物语的精髓。"雨月物语"中
的"物语"一词本身，就蕴含着向日本古典靠拢的初衷。其中的
《浅茅之宿》一篇，很多措辞和场景描写就借鉴自《源氏物语》，例
如通过对《蓬生》卷中莫摘花居所景致的仿写，渲染出更加凄清寂
寥的氛围和哀伤幽怨的心境。

《浅茅之宿》翻改自中国明代瞿佑文言小说集《剪灯新话》中
的《爱卿传》。通过对比可以发现，《爱卿传》是一篇充满了封建说
教口吻的小说，赞颂了前身虽为娼妓，但后因守节尽孝而得以转
世超生为男子的罗爱爱；上田秋成参考《爱卿传》塑造出"宫木"这
样一个柔弱的女性形象，但他彻底摒弃了原典中关于孝道、贞洁、
投胎转世的描写，以无限同情的笔触刻画了宫木对爱情的执着，
以及与丈夫再难相逢时的"恨"与"哀"。

《浅茅之宿》中出现了三处"哀"字的表述：

　　1. 墓碑上法名和死去年月也没有记载，只有三十一字和
歌讲述着临终之哀。[1]

---

[1]（日）中村幸彦、高田卫、中村博保校注：《英草紙　西山物語　雨月物語
春雨物語》，东京：小学館1973年版，第370页。

2.听闻实在可哀! 我在此居住也只有一年,可能在那之前很早就亡故了。①

3.世人深感其哀,自古以来就以和歌相传颂。老夫幼时听母亲讲述,心中甚哀。②

上田秋成的人性之愤,不仅体现在"哀"感上,而且融合着更为激烈的"恨"。《浅茅之宿》中多处出现了"恨"字的表述,准确传达出宫木对于丈夫执意远行的无奈、不能如期归来的幽怨、漫漫等待中的孤寂与怨恨等心绪。

1.已至深秋,依然毫无音讯。想到那乱世般无法托付的人心,感到既恨且悲。③

2.现今得以倾诉长年之恨,甚为喜悦。若在漫漫等待中相思而死,那才是不为人知的恨呢!④

3.必是那烈妇的魂魄前来,倾吐旧恨吧!⑤

像这样,上田秋成常以"恨""怨""哀""悲"等文字,抒发郁积于心难以发散的幽怨与悲哀。例如,《吉津备之釜》《蛇性之淫》《青头巾》表现了对爱欲的执着以及惨遭遗弃后所爆发出来的嫉妒、愤恨

---

① (日)中村幸彦、高田卫、中村博保校注:《英草紙　西山物語　雨月物語　春雨物語》,东京:小学馆 1973 年版,第 371 页。

② (日)中村幸彦、高田卫、中村博保校注:《英草紙　西山物語　雨月物語　春雨物語》,东京:小学馆 1973 年版,第 374 页。

③ (日)中村幸彦、高田卫、中村博保校注:《英草紙　西山物語　雨月物語　春雨物語》,东京:小学馆 1973 年版,第 362 页。

④ (日)中村幸彦、高田卫、中村博保校注:《英草紙　西山物語　雨月物語　春雨物語》,东京:小学馆 1973 年版,第 368 页。

⑤ (日)中村幸彦、高田卫、中村博保校注:《英草紙　西山物語　雨月物語　春雨物語》,东京:小学馆 1973 年版,第 373 页。

等本性;《菊花之约》表达了对兄弟之间信与义的感叹和对不义之徒的愤慨、《浅茅之宿》以赞赏的笔触描写了主人公对于诺言的坚贞,表达了对于缺乏信义的幽怨以及孤寂等待中的悲哀。

除去对"物哀"审美的着重渲染之外,上田秋成还借助古典物语常见的生魂附体或死灵作祟情节,并适当融入镇魂慰灵信仰、武士复仇观念等,更为淋漓尽致地展现出那些源自本性的愤激。例如,《雨月物语》的开篇之作《白峰》,就替崇德上皇抒发了以"恨"为代表的愤激之情。

  1.唆使四皇弟雅仁篡夺了皇位,这怎能不令人深深怨恨![①]

  2.然少纳言信西心怀叵测,上奏手抄经文似有诅咒之意,被原封退回,令人愤恨![②]

  3.此乃旧仇,索性将这经文奉回魔道,以销心中之恨。[③]

西行法师在深山邂逅了未能成佛而化为怨灵的旧主崇德上皇,对其劝谏并展开争论。西行法师引用《日本书纪·仁德纪》中大鹪鹩之王、菟道稚郎子互相谦让皇位的典故,从王道的观点出发,与崇德上皇的易姓革命论展开论辩。西行指出,《孟子》一书因主张易姓革命而未能流传到日本,并援引《诗经·小雅》中"兄弟阋于墙,外御其侮"一句,指出崇德上皇的所作所为皆出于私怨。崇德上皇悲叹道,自从亲手抄写的经文被误解乃至退回之

①（日）中村幸彦、高田卫、中村博保校注:《英草纸　西山物语　雨月物語　春雨物語》,东京:小学馆 1973 年版,第 335 页。
②（日）中村幸彦、高田卫、中村博保校注:《英草纸　西山物语　雨月物語　春雨物語》,东京:小学馆 1973 年版,第 340 页。
③（日）中村幸彦、高田卫、中村博保校注:《英草纸　西山物语　雨月物語　春雨物語》,东京:小学馆 1973 年版,第 340 页。

后,自己对保元之乱中的敌手深感怨恨,因此又操纵发动了平治
之乱,并预言了平氏的灭亡。此刻大风骤起,崇德上皇化为阴森
恐怖的魔王渐渐远去,西行法师叹息不已。

三、重人性之愤激、反儒佛之教化:"国学"思想底蕴

的确,上田秋成的"愤"主要体现为对世事无常的感叹和对人
性之哀的探究上,重在抒发因思念、绝望、嫉妒等引发的个人情感
的愤懑与哀伤,而非伦理道德意义上的愤激,他在《善耶恶耶》中
强调:"或云书乃发愤而作,大和唐土人心无异也。彼土称之为演
义小说,此地称之为物语。作者之心,慨叹身之不幸,由此愤世并
追恋往昔,或见今世繁花般荣华,而思其转瞬即逝。或暗自嘲笑
得势之人之最终结局。又祈愿长生不老,终悟玉手匣之虚幻。四
处找寻难得之宝物,深以己痴为愧。然恐为今世所闻,乃借远古
无稽之言,写作无罪之物语,此乃此种文体之谨慎用心。"①

上田秋成是一名力主从古典中探求日本民族固有精神的"国
学者"。国学派主张文学作品应该吐露那些不加矫饰的真情实
感,排斥儒佛教理对于文学的渗透。具体到物语小说,针对儒学
者将《源氏物语》也视作《春秋》般"劝善惩恶"之书的观点,国学派
创始人契冲指出,《春秋》的褒贬,是因为分别记录了善人的善行、
恶人的恶行,所以劝善惩恶之意一目了然;而《源氏物语》则记录
了一个人善恶交相混杂的事实,是不能与《春秋》等进行比较的。
虚构的物语就像玩丝竹、踢蹴鞠一样,是公事之外的游戏,应该从
佛家教义和春秋笔法中将其解放出来。另一位重要代表人物贺
茂真渊将儒佛等外来文化和日本本土文化划分为汉意和国意,认

---

① (日)《上田秋成》(日本的古典 17),东京:集英社 1981 年版,第 16 页。

为外来文化使日本的大和魂受到了蒙蔽,他强调应该提倡根植于天地自然的"古道",认为"直くたけく明らけき"(率直、勇猛、明朗)的心才是人类最理想的精神。上田秋成于明和三、四年间拜加藤宇万伎为师,通过加藤宇万伎接触到贺茂真渊国学思想的精髓并为之倾倒,重视真情实感、排斥儒佛劝惩教理的国学派主张,构成了其小说创作与评论的思想底蕴。

国学者出身的上田秋成笔触集中在描摹人性之哀上,同时还以"玩赏词花言叶"的游戏之说,来对抗儒佛的讽喻说和劝惩论调。在《源氏物语》评论书《射干玉卷》(安永八年)中,上田秋成就借助宗椿与柿本人麿梦境问答的形式,指出不应以讽喻与劝惩的教化理念来评价《源氏物语》。人麿谈到,物语其实只是没什么实际用途的"空言""徒言"而已,应该以"玩赏词花言叶"的心态来阅读。宗椿对此感觉疑惑,并引用讽喻说和劝惩说加以反驳,人麿进一步提出"空言"即"寓言"论,强调物语只是虚幻徒然的游戏之作而已,"彼土之物语,诚然如实映射出人情世态,情节极为有趣,技巧娴熟悦世人之目。然其实皆为无任何益处之空言,此类书籍,如京极中纳言所言,玩赏词花言叶而已,诚为此理。将此类徒然之物,赞誉为世人之教诲,甚愚!"

需要关注的一点是,上田秋成对于人性之哀的愤激与发散,与几乎同时代的本居宣长的"知物哀"论有异曲同工之处。众所周知,本居宣长认为"知物哀"是解读《源氏物语》的第一要义,作者写作物语的初衷是为了驱散郁积于心的种种物哀感受。"物哀"一语并非本居宣长的独创,它在近世已成为一种得到普遍认同的文艺审美和生活理念,而且,本居宣长"知物哀"论的提出,其实也与司马迁"发愤著书"理论有着内在关联。本居宣长在《紫文要领》的开头曾明确提及,有些学者依据司马迁的发愤理论来解读《源氏物语》,在通过著述来发散郁结这一点上,本居宣长表示基本赞同①。

> 有说法云:"如同中国有司马迁等,因穷愁而发愤著书、成一家之言,世部也因与生父死别、丈夫宣孝早于自己离世、养育二女子等,深感孤苦无依、世事辛苦,于是作此物语,写出世间万般之事,记录讽刺教诫,舒缓愤懑之情。"这一说法的确把握了作者的初衷,听起来似乎言之有理,但仍有可商榷之处,见后文详述。②

通过这段文字可以看出,本居宣长的观点很明显融入了发愤著述说的精髓,他借鉴了通过写作来发散心中郁结的发愤"方式",当然,具体到发愤的"内核",则是由"愤"转"哀",即由多扎根于家国情怀的愤激之情,转化为因世间万事万物而生发的细腻的物哀之情,尤其是恋情中的哀伤愁怨等复杂情绪。像这样,尽管上田秋成与本居宣长在儒佛观念上存在论争,但同为以发扬传统文学精髓为己任的国学者,二人在对古典物语中物哀审美的继承上表现出一致性。

第三节　曲亭马琴对"泄愤"观念的摄取: 兼论其历史和社会根源

　　曲亭马琴作为日本近世后期最著名的小说家与评论家,其小

---

① 尽管在后来的《源氏物语玉小栉》(二)中,本居宣长认为这一观点只是儒者的推测,而非物语本意,但其批判的焦点在于有待商榷的"讽刺教诫",而非基于忧愁困苦的"舒缓愤懑"。
② (日)日野龙夫校注:《本居宣长集》,东京:新潮社1983年版,第17页。

说创作与评论集中体现出明清小说观念的指导性影响。曲亭马琴经常借用"泄愤""雪冤""销恨"等词语表达发愤著书的动机,其史传类小说大都借助虚构的优势来改写历史,为历史长河中遭遇不公的悲剧英雄翻案或洗冤,客观上取得了发散历史人物、作者、读者胸中郁结的功效。

　　不难发现,尽管上田秋成与曲亭马琴都受到中国"发愤著书"理念的启示,但具体的接受状况却不尽相同。上田秋成延续了日本古典物语哀怨唯美的传统,重在抒发人性之哀、无常之恨;曲亭马琴则清晰无误地表达出与明清小说家泄愤主张的共鸣,在为悲剧人物雪冤镇魂的同时,实施劝惩教诫。这表明一国文学跨越国境在另一国产生影响时,也会由于接受者的特质而产生不同角度的折射,或者说接受者一方也会有意或无意地进行选择与取舍。

一、泄愤雪恨:对明清小说及续书理念的摄取

　　曲亭马琴曾参照《平妖传》和《女仙外史》,写作有读本《开卷惊奇侠客传》(1832—1835 年),描述了在南北朝合体后的室町时代,小六丸和姑摩姬作为遗臣竭尽全力为南朝尽忠的故事。作品中"侠客"的概念,起源于司马迁的《游侠列传》,曲亭马琴在《开卷惊奇侠客传》序言中明确提及这一点,并点出"有愤激而言之"的写作动机:

　　　　司马迁及传游侠,其序援韩子。且曰,季次原宪闾巷人也。读书怀独行君子之德,不苟合当世,当世亦笑之。又曰,今游侠,其行虽不轨于正义,然其言必信,其行必果,已诺必诚。不爱其躯,赴士之阸困。既已存亡死生矣。而不矜其能,羞伐其德。盖亦有足多者。此有愤激而言之,是以其语

厚,而意深也。①

在第二集序言中,针对新田、楠木二公忠义讨逆却不得天时地利而屡战屡败的史实,曲亭马琴又援引毛声山评点《琵琶记》的例子,指出小说创作弥补史实缺憾、雪恨销恨的创作初衷:

> 声山又于《琵琶记总评》中,录雪恨传奇,数种题目,以为补天石。……诸如此类,宜补古来人事之欠陷云。今余所编次,正与彼意暗合。前集自序已云,若新田楠木二公,至忠至义,以顺讨逆。理必当诛灭足利氏,奏恢复之功。哀哉! 当人胜天之时,筹策不行,百战为画饼。古来人事,大可恨者,莫复甚于此。每叹今昔才子之笔,本之于春秋心诛之文法,而作雪恨之稗史者,未之有也。是予所以有此举,自今而后,看是书者,不以予为谬,则知古来人事之欠陷,销其恨之为一大快编。②

在读本《月冰奇缘》中,曲亭马琴曾赋诗一首,明确表达了为落难英雄洗雪冤屈的愿望:"诚忠赔浊世,巨孝奉家难。锐志雪冤日,史生记莫删。"③在评论文《三遂平妖传国字评》中,马琴也强调了弥补史实缺陷的写作意图:"宋妖贼王则、明妖妇唐赛儿之事迹,元罗贯中、清逸田叟编次于稗史,传于后世。想来逸民之女仙外史,憎永乐天子之不义,以妖为仙,为建文帝所作,意匠本诸春

---

① (日)曲亭马琴著,(日)横山邦治、大高洋司校注:《開卷驚奇侠客伝》,东京:岩波书店1998年版,第5页。

② (日)曲亭马琴著,(日)横山邦治、大高洋司校注:《開卷驚奇侠客伝》,东京:岩波书店1998年版,第146页。

③ (日)《曲亭馬琴集》(日本文学大系第16卷),东京:国民图书株式会社1926年版,第104页。

秋诛心笔法,明顺逆之理,讨伐不义,以雪缺陷之恨。"①

　　明末清初小说家陈忱(1615—约 1670)深受李贽《水浒传》发愤理论的影响,在《水浒后传》(1664 年)中,陈忱借助水浒故事残局,寄寓明亡之痛,将《水浒后传》写成一部"泄愤"之书。在《水浒后传论略》中,陈忱就自己如何浇愁解愤进行了具体剖白:

　　　　嗟乎! 我知古宋遗民之心矣。穷愁潦倒,满腹牢骚,胸中块磊,无酒可浇,故借此残局而著成之也。(《水浒后传序》)②

　　　　《后传》为泄愤之书:愤宋江之忠义,而见鸩于奸党,故复聚众人,而救驾立功,开基创业;愤六贼之误国,而加之以流贬诛戮;愤诸贵幸之全身远害,而特表草野孤臣,重围冒险;愤官宦之嚼民饱壑,而故使其倾倒宦囊,倍偿民利;愤释道之淫奢诳诞,而有万庆寺之烧,还道村之斩也。(《水浒后传论略》)③

《水浒后传》(1664 年)大约在初版发行大约 30 年之后,即元禄十六年(1703)左右流传到日本,曲亭马琴在天宝元年(1830)得到该书,并在天保二年写作有长篇评论文《水浒后传批评半闲窗谈》,这被视作曲亭马琴第一篇正式且公允的小说评论文。

　　陈忱的"泄愤"说对曲亭马琴产生了非常直接的触动。例如,在《半闲窗谈》评三中,曲亭马琴指出以宋安平为《水浒后传》众豪

---

① (日)曲亭马琴:《三遂平妖伝国字評》,《馬琴評答集》(天理图书馆善本丛书),东京:八木书店 1973 年版,第 588—589 页。
② [清]陈忱:《水浒后传》,南昌:江西美术出版社 2018 年版,序。
③ 朱一玄、刘毓忱:《水浒传资料汇编》,天津:南开大学出版社 2002 年版,第 489 页。

杰的首领更为恰当,宋安平作为宋江的侄子,如果将其塑造成文武双全且兼具异邦天子之风的形象,无疑将是替"为奸臣所药鸩、半世忠义化为泡影的宋江伸冤"的"一大手段",如此情节才更能"让读者拍手称快,实乃和汉一致之快事也。"遗憾的是,《水浒后传》作者没有思虑到这一层,只是按照《水浒传》宋江之弟宋清的性格特点,将宋安平设计为文弱之人。"伸冤""拍手称快""快事"等词语,集中体现了曲亭马琴作为小说家和评论家,对于借助小说以抒发愤懑、谴责不公等"发愤"功能的重视。

在《半闲窗谈》评四十四中,曲亭马琴同样以"泄愤""书成于愤"的视角对《水浒后传》的创作动机进行解读。《水浒后传》第三十五回"日本国借兵生衅,青霓岛煽乱兴师",有涉及日本的情节,倭王派遣"关白"统帅一万倭兵与李俊大军对决,倭兵虽然勇敢彪悍,却畏惧严寒,公孙胜运用法术祈来连夜大雪,关白及倭兵皆冻死于风雪和海冰之中。曲亭马琴留意到这一情节,并指出其与明代倭寇入侵边境的史实有关,作者旨在借此发散遭受倭兵进犯的愤慨:

> 稗史作俘虏和兵的情节,旨在泄愤也。(略)得以此心阅读,其情自然明了。所谓书成于愤,也指此类事件。一笑千笑。

可见,在陈忱、毛声山等明清小说家及理论家的启示下,曲亭马琴小说翻改和创作的一个重要初衷,就是纠正历史的偏颇,替悲剧化的历史人物倾吐胸中的郁愤不平。的确,历史进程的复杂多变毕竟无法用善恶有报的规则来简单衡量,奸佞小人永享荣华的事例不在少数,盖世英雄也常因惨遭陷害而令人扼腕叹息,小说家则可以充分发挥虚构的优势,以虚设的圆满结局来弥补历史的不完美。

当然,曲亭马琴在翻案作品中寄寓的愤与恨,是远远不能同陈忱等明清知识分子的家国之愤相提并论的。明清两代的封建专制十分严苛,尤其是清王朝以异族入主中原后,更是以文字狱等形式强化了对士人的钳制,一些文人只得以通俗小说和续书的艺术形式,假托古人旧事,曲折地表达对于山河破碎、异族入侵、高压统治等的不满情绪,如陈忱在《水浒后传》中借助水浒残局寄寓明亡之痛、静啸斋主人在《西游补》中暗含对明末统治者昏庸的讽刺、对奸佞当道的谴责。与之相对,曲亭马琴生活在长期处于相对稳定状态的江户时代,虽然自幼受到一些武士价值观念的熏陶,但毕竟仍属于依靠润笔费维持生计的戏作者,常年隐居书斋埋头写作,其发愤理念大都出于意识层面对大陆文明的想象与憧憬,实则很难达到明清知识分子的高度和深度。

二、翻案与镇祭:中日两国小说观念的交织融合

(一)翻薄命之旧案:对明清小说续书传统的借鉴

"翻案"是日本近世小说家摄取明清小说素材及创作理念的重要方式,日本小说家通过译介仿写、嫁接移植、融会贯通等手法积极摄取了明清小说的精髓,并尝试以独具匠心的改编来另辟蹊径,使之更加符合本民族的风土及自身创作理念。

其实,翻案不仅仅局限于对外国文艺作品的适应性改编,尤其是在曲亭马琴等小说家的笔下,翻案同时也蕴含着"翻薄命之旧案"的意味,此时的翻案一词更接近推翻定论的本意,在某种程度上也暗合了明清续书弥补遗恨的创作动机。的确,历史的复杂多变无法用善恶有报的规则来简单衡量,盖世英雄也常因惨遭陷害而令人扼腕叹息,小说家常常发挥虚构的优势来弥补历史的缺憾,替悲剧人物倾吐内心抑郁不平之气。

　　陈忱《水浒后传》是《水浒传》续书中较为成功的一部,作者以幸存的李俊等三十二名梁山好汉和英雄后代为中心,讲述他们深感报国无门,最终远赴海外暹罗国建基立业的故事。曲亭马琴对《水浒后传》有着深入的研究,并借鉴其梗概写作有长篇小说《椿说弓张月》(1807—1811),其中,第68回题目"祭神奏乐大团圆",就直接起源于蔡昊本《水浒后传》第40回"赋诗演戏大团圆"。正如后藤丹治在校注《椿说弓张月》时所总结的:"在中国典籍中,首先应该指出的就是古宋遗民著《水浒后传》。(中略)曲亭马琴迅速将这部刚刚输入日本、阅读之人还极为稀少的珍稀小说题材引进《弓张月》(依田学海也指出,《弓张月》中琉球的情节全部根据《水浒后传》翻案而来)。"[1]

　　在《椿说弓张月》中,曲亭马琴选择了"保元之乱"中惨遭败北、流放并最终遭到讨伐而自杀的"源为朝"为主人公,为其重新改写了命运的轨迹,小说中的源为朝并没有自杀而是漂泊到琉球,平定内乱、安抚诸岛,其子被尊奉为琉球王,文中蕴含了作者为悲剧英雄翻案的愿望。

　　源为朝是日本平安时代后期著名的悲剧化英雄,据《保元物语》记载,源为朝臂力过人、善使弓箭、信奉佛法,拥有慈悲心怀。源为朝在保元之乱中跟随崇德上皇,与后白河天皇展开激烈的王位争夺,虽然骁勇善战,但最终依然惨遭败北,几经逃亡后被流放到荒凉的伊豆大岛,并于嘉应二年因遭受讨伐而选择了自杀,时年32岁。但是,很多民间传说甚至史书都认为源为朝并未惨死于伊豆,而是逃亡到琉球诸岛,他的孩子就是琉球王国的初代君

---

[1]（日）曲亭马琴著,（日）后藤丹治校注:《椿说弓张月》(上),东京:岩波书店1965年版,第10页。

主舜天。

　　像这样，曲亭马琴在翻案写作时，将《水浒后传》的梗概嫁接到本国的"源为朝"故事，并吸纳中日古今诸多史实与传说，使多种素材达到天衣无缝般的有机融合。在《椿说弓张月》序文中，曲亭马琴也明确表示："此书述保元猛将八郎为朝之事迹。其谈多仿唐山演义小说，成凭空结构之笔。阅者可游于理外之幻境。"[①]的确，通过模仿、改编与融合等方式，小说家可以充分发挥虚构的优势，摆脱历史事实的束缚，实现为悲剧英雄翻薄命之旧案的创作初衷。

　　（二）抚慰镇祭：对中世军记物语创作动机的传承

　　改写历史以雪冤销恨，还与日本中世军记物语以来为不遇英雄改写命运的传统密切相关。日本自平安时期起就开始盛行御灵信仰，认为政治或内战中败北者的怨灵，会给对方乃至整个社会带来天灾、饥馑或疫病。到了政治激烈动荡的镰仓室町时代，御灵信仰又融入了诸行无常、盛者必衰等佛教要素，人们将南北朝动乱、源平之战等归结为怨灵作祟，并将怨灵作祟理解为因为眷恋或仇恨而难以极乐成佛。近世小说家无论在素材还是在写法上都继承了军记物语的传统，在创作动机方面，也明显沿袭了雪冤销恨、镇魂慰灵的写作意图。

　　如前所述，保元之乱中的崇德上皇是日本一个很具代表性的怨灵神。崇德上皇被软禁时曾以血书抄写了五部大乘佛经晋献京都，然而，后白河天皇视血书为诅咒而将其退回。崇德上皇对此恨之入骨，发愿要化为魔王扰乱天下。一语成谶，崇德上皇悲

---

① （日）曲亭马琴著，（日）后藤丹治校注：《椿说弓张月》（上），东京：岩波书店
　1965 年版，第 73 页。

愤惨死后,朝廷遭遇灭顶之灾,生灵涂炭,世人均坚信这是崇德上皇怨灵作祟所致。当然,崇德上皇的诅咒只是机缘巧合才与历史现实一致,但统治者恰好以此来解释天下大乱的原因,民众也因其灵异而深信不疑,怨灵作祟由此演变成根深蒂固的信念,崇德上皇也化身为平安朝末期最大的恶灵。

源为朝作为辅佐崇德上皇举足轻重的大将,也成为很多文艺作品的主人公,曲亭马琴在《椿说弓张月》中,充分发挥虚构的优势、摆脱历史事实的束缚,实现为悲剧英雄翻薄命之旧案的创作初衷,可谓是对中世军记物语以来雪冤镇祭写作传统的延续和传承。

不同于原作《保元物语》中略显简单化的猛士形象,曲亭马琴在《椿说弓张月》中将源为朝塑造成一名兼具仁义礼智、忠信孝悌美德的武将:"善使强弓,其勇猛举世无双,且所到之处,移风易俗,其德不逊于泰伯。(略)弃富贵而上京,孝也;保元之役,射义朝而不杀,义也、悌也;沉沦孤岛,其志不移,忠也;放酷吏忠重,仁也;托其子于义康,慈也、信也;避官军,栖身琉球,智也、礼也。如此俊德之大将,和汉夫有几?"[①]

不仅如此,源为朝虽然平定了琉球,但并未居功称王,而是返回日本本土,来到崇德上皇位于白峰的陵前,以剖腹自尽的方式完成了对主君尽忠的夙愿。其实,源为朝早已在崇德上皇御灵的引领下,生而为神,在了却尽忠的夙愿后,脱离凡人之躯,成为福禄寿仙,徜徉于天地之间,以救济万民为己任。这样的情节设计,主观上满足了为作者为心仪的悲剧英雄发散郁结的创作动机,客

---

① (日)曲亭马琴著,(日)后藤丹治校注:《椿说弓张月》(上),东京:岩波书店1965年版,第235页。

观上也非常符合读者对善恶有报和大团圆结局的期待视野。

　　历史进程的演进不会以人的意志为转移，一国一城的衰亡、英雄猛士的落难，常常令人扼腕叹息，曲亭马琴在充分翻阅日本以及中国史书和历史物语、战记物语等的基础上，发挥了历史小说"虚实相半"的创作优势，借用佛家式的"因果报应"之理，使历史的不公允得到了某种意义上的"修正"，既代替落难的英雄发散了胸中郁结，也使读者倍感欢欣雀跃。像这样，曲亭马琴在《俊宽僧都岛物语》《朝夷巡岛记》《侠客传》等小说中，均延续了战记物语以来的写作传统，抚慰镇祭成为中世及近世史传小说一以贯之的创作动机。

第五章 "物哀"论在近世的
延续及庶民化特征

　　"物哀"主要是由日本近世国学者本居宣长提炼而成的审美理念,用以概括平安时代和歌与物语的审美特质。物哀在本质上是一种因男女恋情或自然风物引起的和谐而优雅的审美情趣,并偏重于幽怨和感伤。本居宣长认为,与以教诫为目的的儒佛之书不同,《伊势物语》《源氏物语》等日本古典小说都是在描写"物哀",其创作主旨都是为了让人"知物哀"。同以往注重就《源氏物语》进行解读的研究方法不同,本章将在评析《源氏物语》中物哀表现及形成根源的基础上,将研究重点扩展到近世,并聚焦于本居宣长,深入分析其物哀论的本质以及进步性和局限性。

　　"知物哀"论还与中国的"发愤著书"说等有着千丝万缕的联系,不同点在于发愤的"内核"由"愤"转"哀"。本居宣长认为,"知物哀"与儒佛文学观既对立又统一,他因儒佛的某些道德观念压抑人情而反对讽喻教诫之说,但也注意到儒佛尤其是佛教看似断绝人情,实则深知物哀。在朱子学居于统治地位的德川幕府时代,呼吁物语向"知物哀"的审美传统回归具有一定积极意义,但对于道德及社会属性的完全排斥及对物哀之美的过度强调,则根源于同儒佛等外来文化相抗衡的偏狭心理。还需注意的是,物哀审美在近世表现出浓郁的庶民化特征,且常常伴随着"义理"与

"人情"的博弈。

第一节　"物哀"论的起源、《源氏物语》中的"物哀"

一、"物哀"的起源

　　"物の哀れ"由"物"与"哀れ"两部分构成。"哀れ"作为一种美学理念,其源流可以追溯到日本古代的神话、传说、歌谣等。有文字记载以后诞生的历史文学《古事记》《日本书纪》以及最早的和歌总集《万叶集》中,已经出现了"哀れ"的萌芽。这时的"あわれ"还仅是一个感叹词,用于表达对被杀者的哀悼与怜惜、对情人热烈的爱与哀怜、对事物的赞赏或亲近感等,也就是说,"あはれ"是出于对被歌颂者由衷的热爱之情而发出的咏叹,而且在热烈的爱恋之情中,还融合着某种同情和哀怜的味道,这就是"物哀"精神的雏形。《古事记》和《日本书纪》中大多是对太阳神或自然神产生的原始而率真的感动,带有国家、民族和集团的性质,到了《万叶集》以后,这种感动逐渐过渡到个人的性质,大多用来抒发热恋中的相思与忧伤,或对花鸟风月等自然景物的热爱和怜惜,具有比上代(指奈良时代及其前后)更为明显的文学意识。

　　"物"与"哀"相对应,指令人不知不觉产生"哀"感的对象,这些对象可以是人,也可以是社会世相和自然景物。具体而言,就是人生的离别哀苦等难以逃避的宿命,特别是恋人或父母子女之间深切的情感,以及四季流转中感受到的悲春伤秋的情怀等,经这些因素触发而产生的感情称为"物哀"。简言之,"物哀"就是建立在客观现实基础上的喜怒哀乐等各种感情,是客观事物与主观情感相融为一的优雅境界。

"物哀"一词最早出现在平安朝和歌诗人纪贯之(868—946)的《土佐日记》中。纪贯之于承平五年(935)写下了日本最早的日记文学《土佐日记》。在承平四年12月27日的日记中,纪贯之最早提到了"物哀",即"那船家,竟然不懂得物哀,独自一人饮起酒来"①。此处的"物哀",可以理解为依依惜别之情,人们在临别之际互赠和歌进行祝福,而旁边的船家却体会不到离别的悲伤,也不懂得这风雅的情趣,竟然自顾自地饮起酒来,真可谓不知"物哀"。《后撰集》杂四中也保存有一首纪贯之的和歌,是听到一个女子对自己的评价后有所感触而作的,那女子说:"奇怪,看起来好象是个知物哀的老翁呢。"②可见,"物哀"一词在平安时代已经发展为贵族生活的常用语,吟咏和歌就意味着知晓物哀,知晓物哀表明一个人富有知识教养,懂得生活的美好情趣,了解人世间的情理。

二、《源氏物语》中的"物哀"

"物哀"文学观在平安时代的物语、随笔、和歌中都有所流露,但将"物哀"精神体现为贯穿整部作品的审美理念,还是经紫氏部之手在《源氏物语》中完成的。紫氏部以和谐优雅的笔触,描写了平安朝贵族女性对自身命运的哀愁与绝望,以及主人公源氏历尽荣华后的负罪感与幻灭感,《源氏物语》通篇弥漫着因人生无常或

① (日)市古贞次等监修:《日本古典文学大辞典(简约版)》,东京:岩波书店1986年第1版,第1823页。
② (日)市古贞次等监修:《日本古典文学大辞典(简约版)》,东京:岩波书店1986年第1版,第1823页。

恋情不幸而产生的淡淡的哀愁。

《源氏物语》的基本内容大致可分为三部分。第一部分是丰富多彩、优雅感伤的恋情世界（"桐壶"卷至"藤花末叶"卷），记录了主人公光源氏与藤壶女御、葵姬、六条妃子、夕颜、空蝉、末摘花、紫姬、明石姬等多名女性的恋情。光源氏虽曾因与皇帝宠妃胧月夜的私情败露而谪居须磨，但很快便因冷泉帝的继位而返京并获得了至高荣华。第二部分是一个苦恼日渐袭来、逐渐走向幻灭的世界（"新菜"卷至"云隐"卷），光源氏后来迎娶的正妻三公主与柏木私通生子，最爱的紫姬也因心情抑郁而过早辞世，光源氏的精神世界最终崩溃。第三部分是光源氏子孙所面对的充满苦恼的世界（"匂皇子"卷至"梦浮桥"卷），薰大将、匂皇子与美女浮舟之间展开了痛苦的恋情纠葛。

《源氏物语》的"物哀"感受最集中地体现在男女恋情中，尤其以女性的忧伤恋情最令人感慨。光源氏的一生中邂逅了众多女性，她们的结局大都十分凄楚，仿佛是平安朝贵族女子不幸命运的缩影。出身平凡、与源氏交往并不十分深厚的女子自不待言，即使是桐壶更衣、藤壶皇后、葵姬和紫上等地位显赫的女性，也难以摆脱忧郁哀伤的宿命。例如，桐壶更衣在众多妃嫔中独享桐壶帝的宠爱，但她常因皇后和其他妃子的嫉妒而心情抑郁，再加上出身低微没有后援，以致在生下光源氏的三年后便郁郁而终。藤壶女御因容貌酷似桐壶更衣而受到恩宠，但她因与光源氏发生了不合礼法的关系而终日生活在愧悔之中，最终因不堪重负而毅然选择在人生的盛年落发出家。

紫姬是《源氏物语》中最为重要的一个女性，光源氏对她的宠爱是其他女子所望尘莫及的，她实际上享有正妻的尊荣。然而，表面上风光无限的紫姬，内心的苦恼其实同样深重。她忍受着光源氏不断传出风流韵事的精神折磨，但自幼来自光源氏的教导又使她要表现得隐忍顺从。紫姬的另外一个伤心之处是不能生育，但后来又在光源氏的要求下抚育他与明石姬的女儿。紫姬掌管着光源氏在六条院的豪华宅邸，在度过了一些年的平静时光后，光源氏受朱雀帝之托正式迎娶了他的女儿三公主，紫姬自此在心理上开始疏远光源氏，她痛感人间盛衰无常，屡次请求出家却得不到光源氏的允许，后来因为心情抑郁而盛年辞世。紫姬的一生表明，在一夫多妻的社会背景下，女性很难获得真正的爱情和幸福，只能在真实情感与伦理枷锁的冲突中饱尝痛苦。

六条妃子是《源氏物语》中很特殊的一个女性，她生前及死后数次发生的"怨灵作祟"传闻，彰显了当时女性的极端嫉妒与苦恼。六条妃子是先朝东宫的太子妃，与光源氏结合后却又遭到冷遇，她终日担心自己成为世人的笑柄，不仅死后折磨源氏最爱的紫姬，而且在活着的时候就化为生魂导致夕颜和葵姬离奇的死亡，这使得光源氏更加地厌弃和疏远于她，世间四起的流言也使得六条妃子最终选择了出家遁世。作者似乎意在表明，这些女子的悲哀之情其实总是处于无可发散的困境。

浮舟是《源氏物语》第三部分（又称宇治十帖）的女主角，一个充满悲情色彩的女子。她最早曾因出身低微而遭到退婚，后来薰大将之所以钟情于她，也是因为她的容貌与逝去的姐姐大君相似，匀皇子也是出于同薰竞争的念头而设法接近她。夹在两个男人看似真挚实则虚无的爱情之间，浮舟终于因为难以选择的苦恼和背叛的负罪感而投河自尽，获救后依然不顾众人劝阻以及薰的挽留，毅然地舍弃凡尘出家为尼。浮舟的结局仿佛在暗示，这是一个无法获得救赎的黑暗的世界，唯有专心念佛以求来世的解脱。

其实,主人公光源氏的一生也时常为各种忧伤情绪所侵袭。虽然他拥有令日月星辰都黯然失色的美好容貌,一生得到无数女性的倾心爱慕,而且最后位极人臣,但是,如此光辉灿烂的一生,其实也是苦恼与彷徨的一生。幼年丧母的光源氏似乎一生都在寻觅容貌酷似母亲的女性,这一点在与他关系最为紧密的藤壶女御、紫姬、女三宫身上可以得到印证。光源氏最早恋慕的对象是年长自己五岁的继母藤壶女御,藤壶女御就是因为容貌肖似当年的更衣才入选进宫的。成年后,光源氏邂逅了藤壶女御的侄女、当时年仅十岁的紫姬,于是设法将她抚育成自己理想中的恋人,藉以弥补难以与藤壶接近的寂寥之情,晚年迎娶的正妻恰恰也是藤壶女御的侄女。可以说,对于生母的眷恋以及由此衍生的对于继母藤壶的爱慕,成为贯穿光源氏婚恋故事的一条基本线索。

"因果报应"的佛教式观念成为笼罩光源氏一生的阴影。他时常担心早年与继母藤壶私通生子的真相败露,也为自己给藤壶带来的伤害而遭受着良心的谴责。在胧月夜事件中,他坦然接受了被贬至边鄙之地的惩罚,就是希望以此来为当年的轻狂之举赎罪。晚年时期,正妻三公主与自己的侄子柏木有染并怀孕,光源氏深知缘由却不敢声张,当看到婴儿的那一刻,他深刻感受到这就是自己早年劣迹的恶报,并由此逐渐步入忧伤与幻灭的深渊。

《源氏物语》的物哀精神不仅体现在恋情上,生离死别的痛苦、宦海沉浮的伤感、世态炎凉的感叹,都渗透着一股难以排解的感伤情怀。例如,桐壶更衣去世后,她的母亲终日沉浸在悲伤中,桐壶帝派命妇前去探问时,"但见景象异常萧条。……加之此时寒风萧瑟,更显得冷落凄凉"①。庭院内萧条荒芜的景象越发衬托出主人失去女儿后凄凉的心境。再如"须磨"卷中,光源氏决定自行谪居到遥远的须磨,侍女们聚集在各处悲叹时势,府邸内外一片荒凉的景象:"本来门前车马云集,几无隙地;如今冷冷清清,无人上门了。"②

综上所述,《源氏物语》对物哀精神进行了充分的诠释。但需要注意的是,紫式部本人对物哀的认识并没有上升到有意识的理论层次,她是在不自觉的状态下诠释着物哀的内涵。紫式部甚至很少使用"物哀"一词,据日本学者上村菊子、及川富子、大川芳芝统计,"哀れ"一词在《源氏物语》中出现过 1044 次,但"物の哀れ"一词仅出现过 13 次③。《源氏物语》中的感伤情怀一直潜移默化地影响着后世的文学作品,但直到江户时代中期,才经本居宣长之手,被提升到日本传统审美渊源的高度。

第二节　本居宣长"知物哀"论解析: 进步性和局限性

本居宣长(1730—1801)是江户时代伊势(今三重县)人,与荷田春满、贺茂真渊、本居宣长、平田笃胤并称为国学四大家。近世的国学试图通过对日本古典的文献学研究,追溯和弘扬儒佛传入

①(日)紫氏部著,丰子恺译:《源氏物語》(上),北京:人民文学出版社 2003 年第 2 版,第 6 页。

②(日)紫氏部著,丰子恺译:《源氏物語》(上),北京:人民文学出版社 2003 年第 2 版,第 220 页。

③(日)久松潜一:《日本文学評論史(総論　歌論篇)》,东京:至文堂 1986 年版,第 191—192 页。

之前日本文化固有的精髓。本居宣长的学术体系由文学论、语学论和古道论三部分组成,继承了中世以来将《源氏物语》作为歌书来欣赏的传统,同时也受到荻生徂徕和堀景山的诗论以及契冲歌论的启示。

具体到文学论,本居宣长指出无论和歌还是物语,其本质都在于"知物哀",知物哀是以恋情为主体的人生感受,物语应该从儒佛的劝善惩恶式批评中解放出来。本居宣长的"物哀论"在《源氏物语》评论书《紫文要领》中表达得最为充分,此外,《石上私淑言》《源氏物语玉石小栉》也保存有相关论述。

一、"发愤著书"说的影响、"知物哀"论的局限性

在《紫文要领》中,本居宣长指出"物语"是日本文学独有的样式,与儒佛等百家之书迥异其趣:"物语就是将世上种种的好事、坏事、稀奇之事、有趣之事、可笑之事、哀伤之事,用无拘无束的假名文字记录下来,再配上图画,用作无聊时的慰藉,心情忧郁或愁闷时的排解消遣。"①

1."知物哀"论与"发愤著书"说

本居宣长强调,"知物哀"是解读《源氏物语》的第一要义。"《源氏物语》五十四帖,一言以蔽之,即'知物哀'。(略)具体而言,世间万事万物形形色色,目之所及、耳之所闻、身之所触,皆品味于心,于内心感受万事万物之心,此即知事之心、知物之心,也即知物哀。"②感知"物之心",即看到美丽的樱花而心生感叹,看到脆弱无依的草木鸟兽而倍感怜惜;感知"事之心",即看到别人

①(日)日野龙夫校注:《本居宣长集》,东京:新潮社1983年版,第40页。
②(日)日野龙夫校注:《本居宣长集》,东京:新潮社1983年版,第124—125页。

的忧伤而能感同身受，并不由得产生哀怜的心绪。对于作者而言，在亲身经历中知晓了物哀，写作物语的初衷就是为了驱散郁积于心的种种物哀感受，而读者也能够由此感受到物哀的情趣。可以说，知物哀在本质上是一种"情感共鸣"。

　　值得注意的一点是，本居宣长"知物哀"理论的提出，并非无源之水，而是与感物兴叹、缘事抒愤、物动心摇等中国古代文学思想有着深刻的关联，最为典型的就是受到司马迁"发愤著书"说的启示。在《紫文要领》的开头部分，本居宣长提到有些学者依据司马迁的发愤理论来解读《源氏物语》，在通过著述来发散郁结这一点上，本居宣长基本表示赞同。尽管在后来的《源氏物语玉小栉》（二）中，本居宣长认为这一观点只是儒者的推测，而非物语本意，但其批判的焦点在于有待商榷的"讽刺教诫"，而非基于忧愁困苦的"舒缓愤懑"。

　　　　有说法云："如同中国有司马迁等，因穷愁而发愤著书、成一家之言，世部也因与生父死别、丈夫宣孝早于自己离世、养育二女子等，深感孤苦无依、世事艰辛，于是作此物语，写出世间万般事，记录讽刺教诫，舒缓愤懑之情。"这一说法的确把握了作者的初衷，听起来似乎言之有理，但仍有可商榷之处，见后文详述。①

在下面这段关于物语及其创作初衷的总结中，本居宣长的观点很明显融入了发愤著述说的精髓，他借鉴了通过写作来发散心中郁结的发愤"方式"，当然，具体到发愤的"内核"，则是由"愤"转"哀"，即由多扎根于家国情怀的愤激之情，转化为因世间万事万物而生发的细腻的物哀之情，尤其是恋情中的哀伤愁怨等复杂情

---

① （日）日野龙夫校注：《本居宣長集》，东京：新潮社 1983 年版，第 17 页。

绪;由注重发泄愤懑并融入讽喻因素,转化为期待倾诉与共鸣,并过滤掉了具有明显儒佛特征的讽喻教诫色彩。

> 这则物语首先面对世间万事,感受所见、所闻、所思、所触之物哀,难以笼蔽于胸,所以写作物语,以发散郁结。将心中所思忧郁之事全部倾诉于人,写成故事,其心中郁结之处便会得以发散。①

"发愤著书"说是中国古代文学批评中一个重要概念,作家意有所郁结而著书立说以发散,藉以恢复心理平衡。日本近世享保(1716~1736)年以来,以老庄研究和寓言论的流行为基础,日本文人普遍将老庄诙谐怪诞又蕴涵深意的寓言理解为"愤世矫俗"之书,司马迁"诗三百篇,大抵贤圣发愤之所为作也"的论断,更是对近世文人和思想家产生了重要启示。例如,与本居宣长几乎同时代的国学者兼小说家上田秋成就对发愤理论深感共鸣,基于薄命不遇的人生经历,再加上国学思想中"真""诚""情"等理念潜移默化的影响,上田秋成的"愤"集中在对世事无常的感叹、对人性之"哀"的探究方面,过滤掉了明显的道德教化因素。

同为国学者的本居宣长,其物哀理论的核心也是哀伤愁怨之恋情。本居宣长认为,唯有"恋爱"最能表现物哀。《紫文要领》引用了桐壶天皇和更衣女御、源氏与紫上等人的爱恋故事,说明恋爱最能令人品味人生各种复杂的情绪,最能令人产生深切的震撼与共鸣,通过对恋爱中男女心情的描述,能让读者感受热恋的甜蜜、相思的煎熬、等待的迷惘、离别的幻灭等细腻而深邃的情绪。"在深深发挥人情这一点上,再没有胜于恋爱的了。因此,恋爱最

---

① (日)日野龙夫校注:《本居宣长集》,东京:新潮社 1983 年版,第 235—236 页。

能让人跟随情节深切地感知人心、感知物哀。所以从神代直到今天，吟咏和歌唯有恋歌最多，优秀的和歌也多为恋歌，因为其中的物哀极深。物语详尽地描写物哀，读者也能深切地感受物哀。如果不写恋情，就难以写出人情的深切细腻、物哀之情的难以抑制，难以深刻细致地展现人心。"①

2."知物哀"论的局限性

本居宣长的"知物哀"理论其实是在对"发愤著书"说的借鉴、讽喻教诫说的抗衡中逐渐成型的，但是，完全排斥积极意义的道德标准，以恋情的悲美与感伤、倾诉与共鸣为唯一审美追求的文学观，无疑是存在严重缺失的，而且也有违于紫世部《源氏物语》的创作初衷。

本居宣长认为，物语以如实描摹人情为己任，但儒佛的某些道德条目往往与人情背道而驰，《源氏物语》中的人物经常有违背伦理的行为，但紫世部并没有用儒家的道德标尺进行指责，而是设身处地地感受那份情不自禁的物哀之情。例如，光源氏私通继母藤壶皇后、钟情于有夫之妇空蝉、对辈分相当于女儿的玉蔓产生非分之想等，但他对每个女子都是真情流露难以自抑，所以不能指责为见异思迁，像末摘花容貌并不美丽而且行为幼稚，但光源氏因为同情她的处境而始终没有抛弃她，花散里容貌丑陋但心地善良，光源氏也一直对她庇护有加，这一切都源于物哀之情的自然流露。

像这样，本居宣长主张将文学与伦理道德严格分离开来，认为文学不应当承担道德评判的功能，这一观念对于将文学从近世

---

①（日）日野龙夫校注：《本居宣長集》，东京：新潮社 1983 年版，第 141—142 页。

劝善惩恶式小说观中解脱出来具有一定的积极意义。但是,对于道德的彻底淡化处理其实存在严重不足,只关注对个人内心尤其是恋情世界的感伤与感叹,而完全忽略道德要素的积极意义,这非但不是理想的纯粹的文学,反倒是存在缺失的狭隘的文学。所以说,本居宣长对"知物哀"的过度强调,也导致他在对《源氏物语》的解读中存在诸多不足。

本居宣长从《源氏物语》中得出的这一结论,其实也有违于作者紫氏部的创作初衷,紫氏部以间接的方式隐约表达了对不伦行为的谴责,如让光源氏和藤壶皇后终日生活在愧悔和担忧之中,对空蝉的理智与洁身自好表示嘉许等,因此不能说完全没有道德评判的因素。宫廷贵族社会之所以弥漫着悲哀而颓废的气息,归根结底也是因为对于感情泛滥的过度宽容,对于自身命运无力掌控的女性所受伤害无疑最深,与光源氏一生荣华并获得太上皇的至高荣耀相对照,藤壶皇后出家、六条妃子深陷抑郁、紫上过早病逝,众多女性的命运使人哀怜。

再看作者紫式部本人的经历,她在长德四年(998年)遵从父命嫁给年长20多岁、已有多房妻妾的藤原宣孝,翌年育有一女,走婚制下只能盼到丈夫偶尔的来访,婚后三年丈夫即离开人世。像这样,一夫多妻制度下不幸的婚姻体验,再加上入宫后对宫廷女性种种遭遇的耳闻目睹,铸就了《源氏物语》哀伤的情感基调。当然,作为依附于宫廷的女官,紫世部只能在字里行间寄托一些幽怨的感受和批判的内涵(这里的"批判"也很可能是无意识的情感流露),更多时候则是对自身命运浮沉无奈的接受,物哀感受的根源也在于此。

二、"知物哀"论与儒佛文学观:对立·统一·误读

日本自奈良时代起,就在政治经济文化等各个方面接受中国的影响,平安时代初期,嵯峨天皇更是把魏文帝的"文章经国"思想奉为至尊,以至于曾经有过"国风暗黑时代"的焦虑。江户时代,朱子学因十分契合封建统治的需要而被德川幕府定为官学,由此,忠孝节义等道德观念逐渐成为封建社会的伦理基础。朱子学不仅作为伦理道德规范而存在,它在文学创作和评论领域也发挥着主导作用,文以载道、劝善惩恶等儒家文学观逐渐成为小说戏曲创作的主流。在这样的时代背景下,本居宣长提出"物哀"文学理念,其目的就在于批判儒佛伦理道德对文学的桎梏,倡导向日本传统的文艺审美回归。

本居宣长身为国学者的思想背景,促使他终身致力于对日本固有文化精神的探寻。如前所述,国学伴随着近世学术研究的复苏和国家意识的萌发而兴起,国学主张排斥儒佛教理的束缚,抒发人类内心的真情实感。本居宣长的"古道"论以神道为中心,具有强烈的宗教色彩。他的神道既与复古思想结合,又以自然主义思想为根基。神道通过记载在记纪神话和古代传说中的故事而流传下来,是日本自古以来就自然具备的精神。本居宣长认为,古道是基于"与生俱来的真心"而生发的神道,是天地间的"诚道",而不是源自儒教和佛教等人为的教理,所以不能用被儒佛之意所浸染过的自以为是的观念来理解古道,必须拭去心灵的尘翳,用真实纯净的心态面对古典。

1."知物哀"与儒佛文学观的对立与统一

本居宣长认为,儒佛的某些道德观念往往有压抑人情之处,所谓的善恶也常与人性的真实背道而驰,是一种虚伪矫饰的行

为。与之相对,日本的和歌物语就是要倾诉种种柔弱无助的真实情感:"因为儒佛乃教诫之道,所以夹杂有违背人情、严格劝诫之处,多将按情行事看作恶,将竭力压抑人情视作善。物语并非教诫之书,与儒佛善恶无关。物语的善与恶,也只是是否合乎人情的差别而已。"①

针对后世很多注释书将《源氏物语》与《春秋》《史记》、庄子寓言、佛学典籍等相比附,将其视作教诫之书的作法,本居宣长坚决予以否定,认为这是理解《源氏物语》"物哀"感受的魔障,也违背了作者紫世部的初衷:"我国的'物语'是一种特殊的文学形式,与来自外国的儒佛之书大异其趣,拿外国的书与《源氏物语》加以比附,岂不是张冠李戴的愚蠢之举吗?"他举例说,《源氏物语》始终将风流好色的光源氏当作好人描写,虽然有私通等行为却子孙昌盛,一生极尽富贵荣华,因此不能说《源氏物语》是《春秋》般的劝善惩恶之书。

在这里,本居宣长提出小说评价的标准在于是否合乎人情、是否能让人感知物哀,而非儒佛的道德教化标准。虽然使用了"善""恶"等措辞,但评判标准为是否深知物哀:"物语不是儒佛教诫之书,与儒佛的善恶全然无关。善与恶的评价标准,只是是否合乎人情而已。(略)看到别人哀伤而哀伤,听到别人喜悦而喜悦,这就是合乎人情、知物哀,不顺乎人情、不知晓物哀的人,看到别人悲伤也无动于衷,听到别人忧虑也毫不担心,这样的人就是恶,知晓物哀就是善。"②本居宣长举例道,《源氏物语》中柏木与源氏正妻三公主的私情感人至深,柏木因恋慕和愧疚而病倒,临

①（日）日野龙夫校注:《本居宣长集》,东京:新潮社1983年版,第83页。
②（日）日野龙夫校注:《本居宣长集》,东京:新潮社1983年版,第83—84页。

终所作和歌催人泪下，柏木吟道："我已成灰烬，烟消入暮天。思君心不死，时刻在尊前。"①身为三公主之夫的光源氏并没有过度记恨柏木，而是深感同情与哀怜，本居宣长指出，可见光源氏是一个真正"知物哀"的好人。

需要注意的是，本居宣长虽然对儒佛持否定态度，但他也注意到儒佛尤其是佛教与物哀的关联，并尝试将佛教朝着"知物哀"的方向进行解释。他认为，佛教看似断绝人情，实际上却深知物哀，二者在某种程意义上也存在着统一。《源氏物语》中有很多佛教出家的描写，厌离尘世、割断亲情，看似不知物哀，其实，出家法师要克制那些难以克制的人情，而这本身就是知物哀。的确，因世事无常而不堪其苦、断绝尘世，出家之人往往是深知物哀之人。

> 其实佛心也深知物哀，众生为现世恩爱所牵绊、不能摆脱生死轮回，佛心对此深感哀怜，因此成为暂时不知现世物哀的人，实则深知物哀。儒道的理念也与此相同。因此，不能将其一概而论为通常的不知物哀之人，虽然儒佛之教义看似不知物哀，但其毕竟起源于深知物哀。②

《源氏物语》中很多出家皈依佛门的情节，但不能就此认为作者在宣扬佛家教理，这是当时世态人情的如实反映。平安时代很多人皈依佛门，主要是期待通过念佛修行来驱除病魔、降服怨灵、追思亲人等，总之佛教成为超脱人间痛苦、祈祷现世幸福的重要途径。所以本居宣长指出："须知这是不分古今贵贱不变的风仪

---

① （日）紫氏部著，丰子恺译：《源氏物语》（中），北京：人民文学出版社 2003 年版，第 641—642 页。

② （日）日野龙夫校注：《本居宣长集》，东京：新潮社 1983 年版，第 135—136 页。

人情,并非紫世部为宣扬自己的主张而偏向于佛教。"①

像这样,本居宣长从肯定人情的角度出发,指出儒佛某些道德理念是对人性的压抑与扭曲,强调物语以及和歌应如实展现人的种种情思,懂人情、知物哀是评价物语优劣的唯一标准,并尝试以"知物哀"来解释儒佛教义,这在朱子学居于统治地位的德川幕府时期,具有一定的积极意义。处于封建社会末期资本主义出现萌芽的历史转折时代,本居宣长对于人性的肯定是新兴市民阶级个性觉醒的先兆,促使文学作品更加关注于人的内心世界和艺术审美。

2.误读:与中国文化相抗衡的偏颇心态

本居宣长基于弘扬日本文学传统的动机而彻底否定中国文化,是在排外情绪主导下以偏概全的结论,缺乏严谨性和说服力,应予以批判地看待。

> 异朝之书籍与这里的物语,其趣味完全不同,有天壤之别。外国之书,无论是何种书籍,动辄严厉辩论善恶、辨白道理,争谓自身贤明。至于风雅之诗文,也与我国之和歌不同,从不表露人情,看起来贤德而聪慧。我国之物语,总觉得虚幻含糊而漫无边际,毫不故作贤明聪颖,总之是细致入微地写出原原本本的人情。

> 所有的心,其实无论任何人都是愚蠢而不成熟的,将其隐藏起来,看似贤德,但深入挖掘其内心,其实无论是谁,都像一个孩童或女子般惹人怜惜。②

> 中国的书,就如同涂抹红粉、修整发型、临镜自照一般。

---

① (日)日野龙夫校注:《本居宣长集》,东京:新潮社1983年版,第201页。
② (日)日野龙夫校注:《本居宣长集》,东京:新潮社1983年版,第67页。

看起来美丽,却是虚假的修饰,难以展现真实的美丑。此外,描写武士在战场英勇赴死之际,写其表面行为,听起来如勇士般豪迈,其实如果不加修饰如实描写他的内心,必定是留恋故乡的父母、想与妻子儿女再见上一面! 生命也有些难以舍弃吧! 这些肯定是人情所难免之处,无论是谁都会产生这样的心情。若无此情,则劣于岩石草木。如实地描写这些情感,多如同女童般幼稚和愚蠢。中国的书对这些真实情感隐而不表,嗜好修饰之后的言辞,只记录为君王为国家舍命捐躯的情节。①

在中国浩如烟海、博大精深的古代文学宝库中,既有舍身取义、守疆卫土的慷慨悲歌,也有优雅感伤、缠绵深情的抒怀之作,就以本居宣长武士奔赴战场的例子来说,唐代的边塞诗就将驻守边塞的豪迈之情与思乡、思妇、惜别等细腻情怀很好地融合了起来,例如,岑参在《逢入京使》中感叹,"故园东望路漫漫,双袖龙钟泪不干。马上相逢无纸笔,凭君传语报平安",替远在边塞的将士抒发了对故乡妻儿的相思与眷恋,读来感人至深。

所以说,本居宣长关于中国文学和文化的结论存在"误读"。中国文化自奈良平安时代起便对日本产生深刻影响,不仅孕育出假名文字,还促进了史书的编纂、汉诗的吟诵、物语的繁荣等,这一绵延不绝的影响大潮在江户时代迎来第二次高峰期。汉诗汉文自不待言,志怪、传奇、明清小说也倾倒了上至公卿贵族下至市井百姓的广泛读者,并引发模仿创作的热潮。作为江户时代的著名学者,本居宣长对于中国文学的博大精深不可能不了解,只能说是刻意回避或有意为之。

---

① (日)日野龙夫校注:《本居宣长集》,东京:新潮社 1983 年版,第 203 页。

　　其实,本居宣长其人江户后期影响力并不是很大,其所倡导的"知物哀"论因近现代以来国粹主义的需要,才被提升为民族审美传统的层次。而且,本居宣长对"物哀""知物哀"的定义时常是含糊不清的,论著缺乏清晰的叙述逻辑,重复之处极多,误读随处可见,有为宣扬自身主张而抹杀中国一切优秀文学传统的倾向,因此其结论缺乏严谨性和客观性。

　　总而言之,本居宣长力主将物语从中世以来佛教的劝惩主义、儒教的道德主义文学观中解放出来,呼吁文学向"知物哀"的日本固有传统回归,这在近世中后期浮世草子流于庸俗色情、假名草子一味谈鬼说怪、读本又专以劝惩为宗的文艺氛围中,具有一定的积极意义。当然,对于人情与物哀的过度强调、对于道德因素和社会属性的完全淡化处理,既凸显出其文学评价标准的狭隘性,也不符合紫式部的创作初衷,关于儒佛道德观念的解读也带有明显的抵制外来文化的偏激色彩。所以说,"知物哀"论是了解日本文学传统的重要切入点,但却并非唯一和绝对的视角。

第三节　物哀审美的近世色彩：义理与人情的博弈

　　日本近世的"物哀"审美往往同"义理"与"人情"的博弈相伴而生。近世前期和中期,义理较之于人情占据显著优势,为忠义主动赴死、受义理桎梏而无奈殉情的例子俯拾皆是,渗透着无常色彩的物哀之情油然而生。到了近世后期,义理的影响力渐趋弱化,义理与人情的冲突不再激烈到难以调和,物哀心绪变得缠绵而幽艳。从物哀审美在近世的演变轨迹可以看出,源自生命本真需求的人情,在与以儒家思想为代表的封建义理的抗衡中,逐渐取得了优势地位。

如前所述,"物哀"是日本近世国学者本居宣长提倡的审美理念,用以概括平安时代和歌、物语的审美特质。"物"即客观对象,"哀"即与之相对应的和谐、优雅、纤细的主观情感世界。本居宣长指出,与以道德教诫为宗旨的儒佛之书不同,《伊势物语》《源氏物语》等日本古典小说都是在描写"物哀",其创作主旨都是为了让人"知物哀"。"物哀"起源于喜怒哀乐等真情实感:"无论歌、物语,不择其善恶、邪正、贤愚,唯如实写出自然所思之真情实感。……阅读之人感知到人之真情,便是'知物哀'。"(《紫文要领》)①

"恋情"最能深刻地体现物哀:"如果不写恋情的事,就难以深邃细腻地表现人情,就难以写出那种令人压抑不住的、深深萦绕于心灵的物哀感觉。"(《紫文要领》)②"哀"无疑是物哀审美的核心情感,"因为在人的各种情感中,滑稽、喜悦等感受较浅,而悲伤、恋慕等则感受深刻"(《石上私淑言》)③。的确,在喜怒哀乐等诸多情绪中,哀伤是最为痛切且令人难以释怀的,除去恋情的哀愁外,武士悲壮赴死时对父母妻儿的牵挂与不舍、白发人送黑发人的彻骨哀恸等,都是"物哀"的体现。

本居宣长是在评论和歌及古典物语的基础上对"物哀"加以倡导的,通常认为,紫氏部的《源氏物语》对物哀审美做出了淋漓尽致的展现,并成为日本传统审美情趣的重要渊源。其实,在本居宣长生活的近世即江户时代,"物哀"的审美传统依然极具生命

---

① (日)日野龙夫校注:《本居宣長集》,东京:新潮社1983年版,第204—205页。
② (日)日野龙夫校注:《本居宣長集》,东京:新潮社1983年版,第141—142页。
③ (日)日野龙夫校注:《本居宣長集》,东京:新潮社1983年版,第298页。

力,"物哀"甚至成为人们日常生活中经常提及的概念。一个显著特点是,近世的"物哀"往往同"义理"与"人情"的纠葛相伴而生。井原西鹤(1642—1693)的武士小说、近松门左卫门(1653—1724)的净琉璃、曲亭马琴(1767—1848)的读本、为永春水(1790—1843)的人情本等,都从不同的侧面对物哀之情进行了细致展现。

所谓"义理",是指人在社会生活中必须遵循的道德和习惯。义理本来是中国古代道德哲学的一个概念,原意为正确的道路,儒家往往将义理视作治国齐家的规范。"义理"一词早在平安时代(794—1185)就已伴随着儒教传入日本,并成为武士社会的道德规范。到了江户时代,义理逐渐发展成为一种与人情相对立的社会性道义。

所谓"人情",是指人天然具备的感情乃至欲求。义理与人情并非完全排斥,而是微妙地结合在一起。没有人可以绝对地遵循义理或服从人情,义理与人情维持着一种动态的平衡。但是,"不断提升的人类情感需求,总会与社会道义等产生纠葛,这便是义理与人情的冲突,由这些悲剧性纠葛而引发的忧虑与哀伤,便成为近世小说与戏剧常见的主题"①。

在江户时代的前期和中期,义理较之于人情占据显著优势,为忠义主动赴死、受义理桎梏而无奈殉情的例子比比皆是,弥漫着无常色彩的"物哀"之情也油然而生。到了江户后期尤其是人情本阶段,义理的影响力逐渐被削弱,义理与人情的冲突不再难以调和,物哀情绪变得缠绵而幽艳。从物哀审美在近世的演变轨迹可以看出,源自生命本真需求的人情,在与以儒家思想为代表的义理的抗衡中,逐渐取得了优势地位。

---

① (日)苅田敏夫:《近松世話物の世界》,东京:真珠书院2009年版,第21页。

义理与人情是解读近世小说与戏剧的两个关键词,日本学者源了圆在《义理与人情——日本式心情的一个考察》中,从近世封建社会的结构和变化出发,探讨了义理、人情形成的根源及其深刻内涵,并结合井原西鹤、近松门左卫门、人情本、曲亭马琴等人的文学作品,考察了义理与人情相结合的具体样态,其研究方法和研究结论极具启示意义。本文将在先行研究的基础上转换视角,着重探讨义理与人情博弈中塑造出的独特"物哀"之美,并揭示物哀内涵不断演变的历史趋势。

日本文学关于"物哀"的研究大多围绕《源氏物语》等古代物语展开,具体到近世,又多聚焦于本居宣长"物哀论"的诞生及内涵进行解析,从被视作"俗文学""二流文艺"的近世小说中探寻物哀之美,类似研究还非常少见。重友毅、信多纯一、山口刚等日本学者对井原西鹤、近松门左卫门、为永春水等作家作品进行过深入的个案研究,但同样较少从博弈角度对物哀内涵的发展趋势进行整体把握,而这正成为本文的切入点。

一、井原西鹤武士小说的无常哀感:重义理而轻人情

德川家康(1542—1616)在关原之战(1600)取得胜利后,开设幕府,确立了以君臣主从关系为基础的统治体系和以"士农工商"为基础的四民等级制度。在道德体系方面,德川幕府将儒学(主要是程朱理学)确立为官方统治哲学,朱子学者林罗山(1583—1657)将武士阶级的道德规范统称为"义理",其中,君臣之义即"忠"被抬升到至高无上的地位,同时,勇武、诚信等战乱年代武士必备的美德,作为武士区别于町人的标志依然备受推崇。

尽管町人阶级的经济实力蓬勃发展,在意识形态领域对于自由与人性的呼声也日趋强烈,但在江户时代中前期,义理并没有

受到彻底的否定,而是在与人情的不断冲突与协调中,维持着相对稳定的生活秩序。只是,当冲突异常激烈且无力保持平衡时,主人公往往会采用决绝的方式进行了断,无常哀感也由此产生。

井原西鹤(1642—1693)是近世初期町人阶级的代表作家,其好色类小说、町人类小说生动展现了町人阶级蓬勃的生命力和对自由平等的追求。不过,井原西鹤也写过"武家物"即武士题材小说,耐人寻味的是,他并没有对武士世界的忠孝节义等"义理"进行否定,而是如实记录了武士的言行,有时还流露出浓郁的无常哀感。正如日本学者重友毅所言:"西鹤对于武士阶级并没有强烈的反感,他曾对武士阶级传统的美风表达溢美之词。他还有过'武士是人之镜鉴''不愧为武士之女'等言论,也许只是信笔写下的一些老套言辞,而非深思熟虑,但至少可以确定,他还没有发展到对武士阶级怀有反抗情绪的地步。"①

短篇小说集《武家义理物语》是井原西鹤"武家物"的代表作,其中的《我子替代》一篇就体现出作者对于武士阶级忠诚、信义的赞赏。主君传三郎的儿子传之介,与家臣久八郎的儿子八十郎一起去文殊堂参拜,在偶然的争执中,八十郎失手杀死了传之介。八十郎回家向父亲禀明原委,父亲命令儿子做好必死的精神准备,附上一封听凭发落的书信,将其遣送到主君官邸。死者的父亲感受到家臣久八郎诚挚的歉意,他阻止了极力欲替儿子报仇的妻子,并将八十郎释放回家。八十郎后来拜他们为义父母加以奉养,继承其门户并最终建功立业。

井原西鹤在这则短篇中赞颂了家臣对于主君的忠诚、主君对于家臣的信任。这种由忠诚、信任、孝道等构建的美德,是武家社

---

① (日)重友毅:《西鹤の研究》,东京:文理书院1974年版,第42页。

会所推崇的义理。这种义理具有"互动性"的特征,正如源了圆所指出的:"所谓义理,是指我们从亲子、夫妇、恋人等特定亲密关系(这时,自他之间没有裂痕是一个重要条件。一旦开始感觉到裂痕,那么无论亲子关系还是夫妇关系,都将吹入义理之风)以外的他人那里获得某种好意时,尝试以某种方式进行回报,义理就起源于人类这种自然的感情。"[①]义理范畴内的付出与回馈循环往复,奠定了武士社会一切言行的基础,与之相对应的人情则退居其次,人们总是会竭力抑制人情而去成就某种义理。

再看卷一第五篇《若死同浪枕》。家臣神崎式部奉命护送城主的次子村丸远行,同行的还有儿子胜太郎以及同僚丹后的儿子丹三郎。然而,由于村丸的错误指令,众人在风暴中强渡大井川,丹三郎不幸溺死。式部想到丹后临行前将儿子托付给自己,十分内疚,于是命令自己的胜太郎陪同赴死,胜太郎毫不胆怯地投身于滚滚浪涛。式部后来出家为僧,听闻一切的丹后也步其后尘,一同修行佛道、度过残生。

这则短篇中有两点需要特别留意。首先,导致不幸的根源在于主君之子的错误指示,但身为家臣对此却毫无怨言,这体现出一种无条件的尽忠。其次,命令自己的儿子一同赴死,这是为了实践武士之间的信义。对他人过失的谴责、对亲生骨肉的疼惜等人之常情,在武家义理面前都变得微不足道,作者在字里行间流露出对武家义理的某种敬畏与欣赏。值得一提的是,《若死同浪枕》的结局流露出浓郁的佛教式无常哀感,被义理所遏制的人情,终究是心中难以磨灭的伤痛,主人公纷纷选择以出家的方式为溺

───────────────

[①](日)源了圆:《義理と人情——日本的心情の一考察》,东京:中央公论新社 1999 年版,第 27 页。

亡的儿子祈祷冥福,这种带有佛教色彩的无常哀感,正出自武家社会特有的、被压抑的人情。

在武士世界的生离死别中,同样有起源于男女恋情的物哀之美,源了圆曾指出其"既哀且美"的特征:"自己浑然不觉时被卖作烟花女,获知实情后绝食、不喝别人推荐的药物并最终自杀的浪人的女儿(《丝棉帽子下的虚假世道》)、拼命保护已故主君之女的老武士(《表面上夫妇的隔阂》)、……为了找人替父亲复仇而不断拒绝与有钱人的婚姻,却心甘情愿嫁给贫穷浪人的美女(《果然是桩轻易的婚事》)……。西鹤在武家物中描写的人物,既哀,且美。西鹤为那些逐渐退出历史舞台、为情而生、为情而死的仿佛是战国时代的武士们唱了一首挽歌。"①

卷五第三篇《最好看到最后一句话》就记述了这样一出殉情的悲剧。细田梅丸是深受城主宠爱的侍童,他决心在城主百年之后剖腹追随。梅丸成人后迎娶了美丽的小吟为妻,小吟的父亲因为梅丸当年的承诺曾反复阻止这门婚事。城主很快便不久人世,梅丸将剖腹的原委向妻子道明,小吟并没有表现出丝毫的悲伤,反而鼓励丈夫实践这高洁的死亡。可令人意外的是,在饮完诀别酒后,小吟告知丈夫自己未来将另择夫婿,梅丸听后痛感女人的薄情寡义。到了下葬那天,梅丸追随主君剖腹自尽,消息传来,小吟也选择以切腹的方式为丈夫殉情。读完遗言后人们才终于明白,小吟之所以表现得那样冷酷,是不想让丈夫满怀牵挂地离开。

剖腹追随主君,是为尽忠、守信;作为武士的妻子,小吟同样

① (日)源了圆:《義理と人情——日本的心情の一考察》,东京:中央公论新社 1999 年版,第 92 页。

遵循并身体力行了忠贞的美德。此刻,义理与人情产生了的冲突:小吟的父亲反对将女儿嫁给有剖腹承诺的梅丸,这是出于血浓于水的骨肉亲情;小吟既要维护丈夫的忠义之举,又深爱着新婚不久的丈夫,这是深切哀婉的夫妻之爱。但是,作为武士家庭的一员,小吟毅然选择了服从义理而舍弃人情,二人双双离世,人们恍然大悟之后的哀伤和叹息,营造出一片浓郁的"物哀"氛围。可以说,在人们理想中的武士世界,义理顺理成章地凌驾于人情之上,虽然也会以细腻的笔触点缀一些哀婉之情,但很大程度上都是为了烘托武士阶级道德规范的崇高。

二、近松戏剧的殉情哀感:义理与人情的冲突与解决

武士阶级的义理不仅是维护统治秩序的道德规范,也是町人阶级所景仰的为人处世的美德。忠孝仁义等道德准绳渗透到町人社会的日常生活,并逐渐发展成一套颇具庶民色彩的伦理观念,如对东家要忠诚、生意往来中要守信、对他人的好意要涌泉相报、女子要忠贞不二等。通常状况下,义理与人情保持着一定的平衡,人们的日常生活得以正常运转。但是,当町人日益高涨的情感需求与趋于僵化的道德规范产生矛盾时,悲剧便由此产生,最终以殉情来解决问题的例子层出不穷。与武士阶级基于信仰无怨无悔的尽忠自杀不同,町人阶级的殉情多了一些无奈和抗争的意味,物哀之情也因此更加强烈。

近松门左卫门(1653—1724)被誉为近世专写"义理与人情的作家",其世态剧的主题就是抒发与慰藉庶民的物哀之情。由于义理与人情的激烈冲突,无奈的有情人最终选择情死,凄切的唱腔久久萦绕在观众心间。近松经常从元禄时期的新兴町人中寻找真实案例,例如,1703 年阴历四月,大阪天满屋的伙计德兵卫和青楼女阿初殉情而死,引起人们广泛的关注,近松以此为素材创作了世态剧《殉情曾根崎》。由于在金钱上蒙受不白之冤以及情感的难容于世,两人无奈地选择在曾根崎的森林中殉情,行进途中,两人悲凉凄切的唱腔渲染出浓郁的物哀氛围。

《殉情天网岛》(1720)也是一部双双殉情的悲剧,其根源同样在于义理与人情的复杂纠葛。纸店老板治兵卫深爱贤惠的妻子阿珊,同时又迷恋上了青楼女子小春,他在两人间痛苦地摇摆不定。很快,治兵卫由于无心经营而陷入破产的窘境,小春也将被有钱人买走,走投无路的二人决定殉情。妻子阿珊很想挽回丈夫的心,但得知小春即将自尽的消息时,她出于内心的善良而决定变卖家产为小春赎身。不过,阿珊的父亲断然阻止了女儿的行动并将她带回娘家,由此,小春和治兵卫已经别无选择。两人决定在网岛殉情,但又出于内心的道义而挂念着阿珊,为了在义理上不辜负阿珊,两人临死前剃发出家,并且选择在河流的两岸分别自尽。

可以看出,此刻的义理不仅来自社会外部的道德规范,也是出于自己内心的道德准绳或曰良心发现,三位主人公都在义理与人情的漩涡中挣扎。社会舆论对婚外恋情的谴责,是源自外部社会的义理。同时,治兵卫因为背叛妻子、阿春因为伤害阿珊而产生的负罪感,则是一种源自内心世界的良知,这也是义理的一个重要内容。

近松戏剧中强烈的哀感根源何在? 义理与人情难以两全的症结又在哪里? 这就要追溯到元禄时期社会发展的不均衡。元禄时期,商品经济蓬勃发展,主体为商人和手工业者的町人阶级经济实力显著增强。但另一方面,经济发展的背后,大都存在着一些因制度缺陷、道德迫害而形成的弱势群体,青楼女子就是一个典型的例子。她们因家境贫困而被迫卖身于青楼,要想获得爱情与人身自由就要付出极大的代价,并且常常导致三败俱伤的结局。正如日本学者苅田敏夫所指出的:"作为社会道义的义理,一方面在维持社会秩序、确立庶民生活规范方面是必要的,但另一方面,它很容易束缚和限制庶民的生活方式以及与新时代相呼应的高扬的情感。试图维持秩序的义理,不具备与新时代相对应的灵活性,依然故我地保持着守旧的姿态,无法与经济力量膨胀大潮中町人阶级全新的生活方式相调和,两者之间逐渐产生摩擦和对抗。"①的确,因经济水平提高而日益高涨的情感需求,遭遇到社会道义、经济法则等外力的束缚和压迫时,便会产生诸多难以调和的冲突与纠葛,由此产生的物哀之情,便成为近松戏剧的主题。

与平安时代哀婉幽怨的物哀表现不同,近松戏剧中哀怨的表达更为惨烈。在政治地位和经济实力上都居于底层的民众,缺乏抵御外部压力的能力,或者深受内心良知的谴责。他们知的道造成的伤害已经无法挽回,完全遵从个人情感又必将伤及他人,可是,他们又不想屈服于义理而卑微地活着,因此只有选择以死亡来贯彻人情。毋宁说,这是庶民特有的反抗或曰解决之道:"通过自己主动选择死亡,来获得义理和人情的两全,成就做人的尊严。这样一来,即使他的肉体毁灭了,但却在精神上获得了优势地位。当时的观众也主要是因为对主人公的敬仰而深受感动,而不是因为主人公所遭遇的封建压迫而留下悲愤的泪水。"②

---

① (日)苅田敏夫:《近松世話物の世界》,东京:真珠书院 2009 年版,第 33 页。
② (日)重友毅:《近松の研究》,东京:文理书院 1972 年版,第 455 页。

三、人情本的缠绵物哀:人情的蓬勃发展与义理的淡化

近世后期尤其是 18 世纪初以后,德川幕府以及各藩财政日趋困难,武士的生活逐渐陷入贫困的窘境,有时甚至迫不得已向富商借贷度日。尽管在社会等级上仍然居于士农工商四民制度的顶端,但经济地位已明显衰落,一些下级武士甚至放弃武士身份转做町人的生意。与之相对,町人阶级对武士阶级的特权越来越反感,对与武士阶级义理密切相关的道德准则也愈发漠视。町人阶级更加注重人性的自然流露,滑稽、戏谑、艳情等成为近世中后期举足轻重的文艺思潮。在各种文学类型中,"人情本"很好地体现出义理与人情此消彼长的历史趋势。

人情本是文政(1818)初年到明治(1868)初年流行的写实性恋爱小说,主要以哀婉的笔触描写市井男子与多个女子的痴情缠绵。在人情本中,义理的内容已经发生了较大改变,不再是趋于僵化、禁锢人情的封建道德,而表现为维系町人社会婚恋关系的一些新准则,如对心爱男子的忠贞不二、对情敌的适当接纳、对多角恋爱关系的默许、侠义的心肠等等,具有典型的江户市井特征。与井原西鹤、近松门左卫门等人的作品不同,人情本中义理与人情的矛盾并没有激烈到不可调和的地步,也无须用殉情等极端的方式加以解决。当义理与人情的平衡被打破后,双方通过不断的调节和妥协而逐渐创造新的平衡,从而实现一种近似大团圆的结局。

《春色梅历》是为永春水的代表作,四编十二册的篇幅详细记述了主人公复杂的多角恋爱。青楼唐琴屋的养子夏目丹次郎,与唐琴屋的艺妓米八相恋。唐琴屋的主人去世后,奸诈的掌柜设计将患有重病的丹次郎赶出家门,并使其背负了巨额债务。米八靠

做艺妓的收入供养丹次郎,唐琴屋主人的女儿阿长是丹次郎的未婚妻,她在寻觅丹次郎的途中遭到恶人侵害,幸亏被侠义女子小由救下,阿长后来也尽心竭力地赚钱帮助丹次郎脱离困境。丹次郎还和一个名叫仇吉的艺妓相恋,三个女性历尽艰辛、拒绝诱惑无怨无悔地辅助丹次郎。最终,丹次郎与阿长结为夫妇,纳米八为妾,奸恶之人也都遭到了严惩。

　　为永春水在《春色梅历》四编序中,较早使用了"人情"的概念:"此草子专述米八、阿长等的人情,不洞穿青楼的微妙。予原本疏远妓院,故只略述其趣。切勿与洒落本等同评论。"①作者重点强调人情本与之前流行的洒落本不同,指出其中虽然有花柳界的情事,但作品的焦点在于普通人的真实性情,即使涉及青楼女子,也清澈无浊,针对一部分人的非难,作者辩驳道:"然即使淫行之女子,也只出于贞操节义之深情。一妇结交数夫,苟为金钱发欲情,亦无邪道之言行,不记录欠缺妇道之事。卷中虽多艳语,但展现了男女情志的清澈无浊。此系、蝶吉、阿由、米八四位女流,虽风姿各异,然贞烈洁净、不逊色于大丈夫。"②不久,为永春水开始自称为"江户人情本的元祖"。

　　为永春水明确指出,文艺作品应该通过人情来感知"物哀"。"所谓人情,不是只谈恋情,而是写出男女常怀的叹息、无常的心苦、世人皆有的迷惘,对这些情绪不是加以嘲弄,而是设身处地、真心实意地感知其哀,这才称得上是真正了解人情的人,若以此

---

①（日）为永春水著,（日）舟桥圣一译:《春色梅曆》,东京:河出书房新社 1965 年版,第 82 页。

②（日）为永春水著,（日）舟桥圣一译:《春色梅曆》,东京:河出书房新社 1965 年版,第 61 页。

心阅读,就不会说拙作无可取之处了。"(《春晓八幡佳年》初编卷二末)①在为永春水看来,人情的主体是恋情,同时也包含其他各种复杂的情绪,要设身处地地感悟这些情绪背后蕴含的物哀心绪。不难看出,这和本居宣长的物哀论几乎如出一辙。本居宣长立足于古典物语对物哀进行了阐释,为永春水则通过人情本的创作对物哀论进行了实践。

"物哀"的确是人情本惯常流露的情绪,并且逐步升华为一种审美理念。人情本早期也被称为"泣本","物哀""哀""可怜""忧郁"等词语随处可见,男女主人公常常因为厄运、病痛、离别、嫉妒等愁叹哭泣,就像丹次郎与情人米八依依不舍的告别:"真心爱恋的两个人,真的是愚痴极了,但对他们而言,这却是旁人无法理解的恋爱苦恼。若剥去假面,其实大家都在为相同的男女之情而烦忧,这便是浮世之姿了。人常说情色总是出乎意料,唯有情爱无道理可讲,'物哀'也正是由此而生。"②

与《源氏物语》等平安时期小说的委婉含蓄不同,人情本表达的"物哀"情绪更为直接、热烈和绮艳。男女的爱恋表达都很坦率,哀恸的哭泣与蚀骨的嫉妒,都明明白白地展现出来,文中还穿插着很多缠绵悱恻的描写,这就赋予了人情本更为浓烈的江户庶民色彩。我们知道,《源氏物语》的主人公几乎都是皇室或者贵族,因此讲究朦胧的含蓄之美。与之相对,人情本面向的大多是普通的市民阶层特别是女性读者,因此干脆而热烈的爱恋表达,

① 转引自(日)源了圆:《義理と人情——日本的心情の一考察》,东京:中央公论新社 1999 年版,第 172 页。

② (日)为永春水著,(日)舟桥圣一译:《春色梅暦》,东京:河出书房新社 1965 年版,第 13 页。

毋宁说更符合其欣赏需求。

　　总而言之,人情本中的物哀既继承了日本文学的物哀审美传统,又与町人阶级的欣赏趣味相结合,从而被赋予了痴情、绮艳等浓郁的江户市井色彩。此刻,传统意义上的封建义理对人情的束缚不再严苛,人的本能欲求受到空前的肯定与关注。由本居宣长倡导的物哀审美理念,对当时以及后来的知识分子产生了潜移默化的影响,尤其是江户末期,扎根于儒家文化的封建义理影响力日渐减弱,人们对于恢复日本古典传统、发掘本民族特质的愿望更加强烈,为永春川水独具江户物哀情调的人情本,其出现可以说正是顺应了这一历史潮流。

第六章 "戏作"心态的盛行与中后期的庸俗化趋势

　　"戏作"指日本近世中后期诞生于江户的通俗小说,以山东京传的黄表纸、洒落本以及式亭三马、十返舍一九的滑稽本为主,还包括曲亭马琴的读本、为永春水的人情本。戏作散发出独特的江户市井气息,在日本近世文学中是一个特殊的存在,全方位地考察近世戏作者的创作理念,更加有助于了解日本古代小说的多元性特征。

　　日本戏作在形成之初受到中国"以文为戏"思想、唐宋年间戏作诗、庄子寓言等的深刻影响。其中,洒落本延续了浮世草子的青楼题材和中国艳情小说的游戏心态,"通""穿ち""遊び"等概念集中体现出其戏作属性,弥漫其间的虚无感成为洒落本最大的戏谑所在。滑稽本借助玩世不恭的嬉笑怒骂等形式,在类似喜剧的氛围中达到揭露愚蠢、谴责邪恶的讽刺效果,对压抑人性的封建幕府进行着消极的反抗。由于充斥着无聊的戏谑玩笑和对情欲的过多渲染,戏作的文学价值经常遭到近现代学者的蔑视乃至遗弃,这主要是因为身为四民之末的町人阶级作者缺乏远大的理想和抱负,早期戏作中较为健康的讽刺精神、反礼教传统渐渐削弱,而消遣娱乐性却呈现出畸形的、疯狂的增长态势。

第一节　初期戏作的中国文学
思想渊源及时代特征

德川幕府施行严格的身份等级制度和世袭制度,一般的儒者文人很难获得施展才华的上升空间,但内心深处又难以摆脱对于现实社会的参与感和责任感,所以只得寄情于文艺创作,借以缓解内心的压抑并找到才华的突破口,因此即使是戏作,也始终蕴含着对于现实的不平与愤慨,平贺源内、太田南亩、建部绫足、上田秋成等学者便是前期戏作者的代表。

一、早期戏作的中国文学思想渊源

1. 戏作诗的启示

日本戏作在形成之初受到中国"以文为戏"等文学思想的浸润。《古文苑》所载汉代辞赋家扬雄的《逐贫赋》,自序中就有"此赋以文为戏耳"的表述,作者以戏谑的口吻记录了与贫儿的幽默问答,庄谐相生又寓意隽永,这可能是"以文为戏"说的最早出处。中唐时期,韩愈以游戏笔墨的方式写下《毛颖传》《送穷文》等,在普遍的争议与讥评中明确了"以文为戏"的艺术价值。

唐宋年间兴起的戏作诗也对日本知识分子产生了直接的启示。戏作诗的基本特征是亦庄亦谐,在幽默戏谑之中又蕴含一定的讽刺意味。杜甫、白居易、韩愈、苏轼等在戏作诗领域都有很多作品存世,这些诗歌或是诗人的自我解嘲、或是对友人的思念与同情,总之都表达了诗人诙谐风趣的生活态度。

江户时代的汉诗人也积极学习唐宋诗人的游戏心态,在模仿创作时常常采用"戏作"的称谓,如《垂加文集》卷六《江府会于加藤氏散步庭上戏作》、《鸠巢先生文集》前编卷七《新年戏作仿白乐天体》、《南郭先生文集》初编卷三《云梦怀仙阁集同用深字戏作》等。很多汉诗人也从事小说、戏剧或俳谐的写作或评论，"戏作"一词由此渗透到汉诗以外的和文领域。例如，享保十六年，多田南岭在《败帚添尘》中就以"戏作"一词指代近松门左卫门的净琉璃①："近松某戏作之书，至甚，引《开卷一笑》之类，彼一笑乃成无稽之戏作。"②《开卷一笑》是中国的笑话集，多田南岭认为净琉璃与中国的笑话一样，都是引人一笑的滑稽游戏之作。

后来，"戏作"开始成为知识分子涉足通俗文学的遁词或免责之词，都贺庭钟和上田秋成等作家频繁地在序跋中使用"戏"或"戏作"。例如，"近路行者三十年前，戏作国字小说数十种以代茶话"（《繁野话》序文）③，"八文字屋之草纸，以其碛自笑之戏作为多"（《世间妾形气》序文）④。安永（1772—1781）年间以后，"戏作"约定俗成为黄表纸、洒落本及滑稽本的泛称，如同"《金金先生荣华梦》恋川春町戏作""《亲敌讨也腹鼓》喜三二戏作"一样，此类小说在出版之际都会附之以某某人戏作的字样。

2.庄子寓言的影响

从创作实践来看，早在《庄子》一书中就带有大量以文为戏的成分，《庄子》是日本知识分子自古以来的必读之书，江户时代自

---

① 净琉璃起源于室町时代琵琶法师讲授的净琉璃姬的传说，室町后期辅之以三味弦伴奏和木偶人的表演，逐渐发展成一种舞台艺术。

② 转引自（日）中村幸彦：《戯作論》，东京：中央公论社 1982 年版，第 20 页。

③ （日）德田武、横山邦治校注：《繁野話　曲亭伝奇花釵児　催馬楽奇談　鳥辺山調線》，东京：岩波书店 1998 年版，第 3 页。

④ （日）《上田秋成集》（日本古典文学大系 56），东京：岩波书店 1971 年版，第 117 页。

享保(1716—1736)年间起开始流行老庄思想，人们普遍将《庄子》理解为愤世矫俗之书，也非常欣赏"寓言"的表现方式，甚至有将虚构杜撰的稗史小说类统统称为寓言的倾向。人们从寓言中发现了滑稽、可笑、虚诞等艺术魅力，认为要将议论的主旨更为强烈地传达给读者，就要尽量采用离奇的、令人耳目一新的虚构方式。

　　享保中期，江户幕府第八代将军德川吉宗推行文教政策，佚齐樗山等学者开创了面向庶民的教训谈义本，吸收老庄思想中超越现实的精神和阳明心学，利用庄子的寓言、重言、卮言作为传播手段，以令人解颐的有趣戏言，试图说服人们安于死生祸福等天命。从最初雀与蝶的对话、蚁与鲸的议论等原始的寓言方式，到通夜物语和地狱咄等借神佛与阎王之口展开的重言，以及随处可见的类似酒肆戏言的卮言等，佚齐樗山的作品中越来越多近似游戏的表现手法，戏作的风格由此确立下来。最具代表性的当属佚斋樗山在《田舍庄子》中的一段言论："庄子愤当时儒者，不知圣人之真，徒拘其礼乐仁义之迹，贵圣人之糟粕以为道，故欲打破礼乐仁义圣人，论道之无极。"①

　　江户中期的谈义本就是假托他事以表达某种深意或教诲的读物，作者以讲经说法僧人的口吻描摹江户风俗，并在滑稽中对庶民进行教化，早期作品名也暗示着与庄子寓言的关联，如《田舍庄子》《当代下手谈义》等，平贺源内的《根无草》《风流志道轩传》等作品更是由滑稽教化转为激烈讽刺。

　　寓言思想同样延伸到读本小说领域，上田秋成就明确表达出借助寓言以抒发悲叹的理念，他在题为《射干玉卷》的《源氏物语》评论文中说，即使在中国，小说这一文体也往往假托古代之事朦

①转引自（日）中村幸彦：《秋成·馬琴》，东京：角川书店1977年版，第399页。

胧地构思情节,但其中寄托的却是对当今世态的忧惧和感叹。"思物语为何物。彼之唐土,此类文体亦专以寓言为务。虽无其实,必寓作者所思。或悲世相之妖艳,或叹国之糜费,或思时事之不济,或恐位高者作恶。假托古事,嵌之以今之现实,朦胧写出之物也。"①

二、后期戏作者对明清小说劝惩主张的套用

以宽政(1789—1801)末年为界,戏作者分为前后两个阶段。宽政年间,松平定信在思想界推行宽政肃学运动,改变了知识分子放纵议论和流于文弱的风气,促使其对现实人生进行积极思考并付诸行动。幕府施行全新的人才选拔制度,使一度边缘化的知识分子能够有机会参与到文化教育以及藩政事业中。

当正统文人退出戏作领域后,那些本不属于文人阶层的下层知识分子聚拢起来,开始了新一轮的戏作创作。虽然对于前期戏作者而言,戏作仅仅是作为消遣的余技,但由他们开创的戏作在文学性上要远远优越于以往的文学作品,因此还有潜力获得越来越广阔的生存空间。与前期戏作者不同,身为低级知识分子的新一轮作家以从事戏作为荣,戏作者的称谓满足了他们的自尊心和表现欲,因此在创作过程中满怀热忱,很多戏作者都煞费苦心地营造复杂奇绝的结构,追求精彩绝伦的词藻,而且非常重视古今和汉知识的融会贯通等,从而使戏作达到了雅俗交融的完美境界,"黄表纸的飘逸,洒落本的纤细,滑稽本的洒脱,读本的气概"②,大都由此而来。

---

① (日)《上田秋成》(日本的古典 17),东京:集英社 1981 年版,第 301 页。
② (日)中村幸彦:《戯作論》,东京:中央公论社 1982 年版,第 78 页。

在后期戏作者中,读本小说家山东京传、曲亭马琴等受到中国明清小说观念的影响尤为深刻。我们知道,处于文化优势地位的儒学者将小说视为难登大雅之作,小说家常会招致幻妄不稽或诲淫诲盗的批判。很多小说家自幼接受的也是四书五经传统教育,因此内心深处很难摆脱儒家正统思想的桎梏,常常呈现出一种略显矛盾的心态。例如,在《英草纸》序言中,邻居方正先生看到《英草纸》的文稿便略带批判地说:"足下虽倦于学问之道,犹有青云之志,窃以为于此类游戏之书当置之不览。"①这是当时正统文人对戏作者的普遍偏见。对此,都贺庭钟通过攀附释者说法和庄子寓言,强调怪诞诙谐的托物言志功效,并指出金玉之言难以取悦世俗里耳,"鄙言却可儆俗"②的道理。

可见,都贺庭钟等日本近世小说家,纷纷模仿明清小说的思路,在序跋中对劝惩教化功效予以强调,旨在为小说创作争得一席之地,并借以调和自身矛盾的心情。例如,山东京传在《忠臣水浒传》自序中指出了小说戏曲对市井百姓的教化功效:"是虽戏曲,忠孝义贞,示宜鉴之理。是以大行于世,而田客村童亦脍炙其事,庶几乎导善除恶之一助矣。听松堂语镜曰,市井之愚夫愚妇,看杂剧戏本,遇有忠臣孝子义夫节妇,触动良心,至悲伤涕泣不自禁,牵有敦行为善者。"③曲亭马琴也曾不无骄矜地道出戏作的优越之处:"是吾所以作《八犬传》也。然今之所传,非古之八犬士事

①(日)中村幸彦、高田卫、中村博保校注:《英草纸　西山物語　雨月物語　春雨物語》,东京:小学馆 1973 年版,第 73 页。

②(日)中村幸彦、高田卫、中村博保校注:《英草紙　西山物語　雨月物語　春雨物語》,东京:小学馆 1973 年版,第 73 页。

③(日)《山東京伝集》(近代日本文學大系第 14 卷),东京:国民图书株式会社 1926 年版,第 3 页。

也。非古之八犬士事，犹且曰里见八犬士，其何故也？野史用心，假彼名而新其事，于是乎，善可以劝，恶足以惩。果乎，君子寻文外隐微，而解悟奖导深意。妇幼代一日观场，而不觉春日秋夜之长云。"①

　　像这样，日本近世小说家强调自己的作品能够及时地反映事态变迁，深刻地洞察人情世故，让读者跟随自己的思路或喜或忧、或啼或泣，并在这一过程中向妇孺百姓潜移默化地宣扬惩恶扬善的道理，其效果甚至要远胜于儒家的经史典籍，这仿佛是明清小说家言论在异域的翻版。

　　不过，到了江户时代中后期，洒落本、滑稽本、人情本等戏作小说呈现出严重的庸俗化趋势。戏作者水平良莠不齐，或是对前期戏作风雅情趣行进蹩脚的模仿，或是为生计而一味取悦读者的低级趣味，很多作品由此而卑俗不堪。滑稽本作家十返舍一九在读本《深窗奇谈》跋文中就坦率直言："余连年著虚诞之戏作，得众人之辱久矣。"②身兼书商的式亭三马更是坦率地道出了戏作的本质："吾党之戏作者，雅中之俗，俗中之雅，故专以猥亵为宗，常作戏谑之书，为人解颐而已。"③这些侧重于滑稽讽刺、充斥血腥或者艳情描写的小说，也大都牵强附会地冠之以"教训"的美名，此时的序跋其实与小说内容已严重脱节。显然，越是易被儒学者视为涉嫌海淫海盗的小说，越需要粉饰以劝惩教化的言辞，此时

---

①（日）曲亭马琴著，（日）小池藤五郎校订：《南総里见八犬伝》（五），东京：岩波书店1985年版，第195页。

②（日）《十返舍一九集》（近代日本文学大系第18卷），东京：国民图书株式会社1926年版，第575页。

③（日）《式亭三馬集》（近代日本文学大系第17卷），东京：国民图书株式会社1926年版，第10页。

的劝善惩恶主张已然沦为一种辩解或开脱的套路。

　　江户时代晚期,德川幕府为挽救封建统治的危机,时常对洒落本、人情本、滑稽本等戏作类小说进行严格管制,甚至还曾下令销毁可能败坏风俗的读物。宽政改革在思想领域规定禁止朱子学以外的一切"异学",要求文艺创作必须严格遵循儒家的劝善惩恶文学观。洒落本作家山东京传当时就因《娼妓娟篶》等三部洒落本而遭受笔祸,被处以手铐 50 天的刑罚。山东京传在沉寂多年后开始复出,他在《忠臣水浒传》序言中反复声明作品具有劝善惩恶的社会功效。人情本作家为永春水在《春色辰巳园》序文中也强调作品蕴含劝惩深意:"是以教诫男女之淫乐,乃劝善惩恶之世话狂言。"①尽管如此,为永春水在实施严酷法令以匡正町人阶级风俗的天保改革(1841—1843)中,仍然因破坏风纪而遭受手铐的处罚,不久便郁郁而终。

第二节　洒落本的戏谑与虚无:
兼论浮世草子的影响

　　江户中后期的洒落本延续了浮世草子对于青楼题材的热衷,吸收了中国艳情小说的游戏心态,着力表现"通"的美学理念,借助"穿ち"(一语道破)的写作手法,巧妙揭穿人情世态的微妙之处,追求滑稽戏谑的效果。洒落本体现出政治经济陷入僵化期后日渐颓废的世风,缺乏对人生与社会的思考与对决,弥漫其间的虚无感,成为洒落本最大的戏谑所在。

――――――――――

① (日)《爲永春水集》(近代日本文学大系第 20 卷),东京:国民图书株式会社 1928 年版,第 259 页。

一、浮世草子:俳谐化与批判性

浮世草子指以好色物、町人物为代表的流行于京阪地区百余年的"写实性风俗小说",井原西鹤的《好色一代男》揭开了对町人生活进行写实的序幕。好色类浮世草子主要通过对游里、剧场等场所风俗人情的描写,来表现町人阶级的现世享乐主义倾向。

江户初期,伴随着城下町(以封建领主的城郭为中心发展起来的城市)的不断发展以及幕府对工商业者特殊的优惠政策,町人阶级不断积累资本并迅速成长为一支举足轻重的经济力量,江户中期甚至出现"大阪町人一怒,天下诸侯皆惊"的说法。然而,在"士农工商"身份制度的制约下,町人的社会地位低下且丧失了参与社会及改变命运的可能,因此,町人阶级在充分发挥聪明才智积累财富的同时,大都信奉现世享乐主义,主张将金钱与精力投入到豪奢的物质享受和颓废的感官享乐中,"期待生活的实质性解放,他们不想怀抱愚蠢的伟大理想,希望在有限的现世中,尽可能地追求财富与长寿……可谓一种重视人类本能的自然主义立场"①。

正因如此,江户时期游里和剧场呈现出空前繁荣,《好色一代男》就以其写实性描写很好地反映并迎合了这一倾向,"在武士的独裁政权企图强制推行身份制的社会里,'廓'是另一种天地。……对于有钱的町人来说,'廓'的内侧比'廓'的外侧要自由得多。……'廓'及在那里发达起来的享乐文化,给以町人为对象

---

① (日)麻生矶次:《江戸小説概論》,东京:山田书院1956年版,第17页。

的德川时代的小说和戏剧提供了丰富的题材"①。继《好色一代男》之后,井原西鹤又陆续发表了《好色二代男》《好色五人女》《好色一代女》等系列小说,从而开创了近世小说"写实主义"的先河。

在一系列冠之以"好色"二字的小说中,井原西鹤淋漓尽致地展现着町人"粹"的世界。"粹"是江户时代前期诞生于游里的文学和美学观念,是现世主义享乐文化的集中体现。"粹"最早出现在江户初期的假名草子尤其是艺妓品评类作品中,在井原西鹤的小说和近松门左卫门的戏剧中体现得最为典型。"粹"由"纯粹""拔萃"等词语演变而来,指通晓人情尤其是花柳界和艺人社会的情事,能够敏锐领会男女间人情的微妙,举止行动合乎规范。较之于纯粹的感官享乐,"粹"更加注重与此相伴而生的精神上的审美愉悦,纯粹的情欲与金钱都退居其次,取而代之的是两情相悦的风流雅趣,以及视金钱如粪土的高洁情怀。

井原西鹤的好色类浮世草子在享乐描写的表象之外,已经蕴含了较为深刻的批判意识。首先,对于好色题材进行渲染本身,就是对思想界居于统治地位的儒家思想的反驳。德川幕府出于维护封建统治的需要而将儒学(主要是朱子学)奉为官方统治思想,町人阶级的人性解放思潮受到儒学者的强烈否定与排斥,井原西鹤发表《好色一代男》之前与之后都遭受到很大的阻力,尽管如此,他仍然坚持以好色题材为突破口,同压抑人性与自由的儒家思想进行抗争。其次,作为町人阶级的代言人,井原西鹤间接表达了对士农工商四民等级制度的不满。富有的町人虽然掌握

---

①(日)加藤周一著,唐月梅、叶渭渠译:《日本文学史序说》(上),北京:开明出版社1995年版,第335页。

巨额财富,但最底层的身份始终无法改变,唯有在青楼这个只以金钱为标准的舞台,町人才能以一掷千金的方式获得与武士一样的平等和尊严。此外,作者对青楼中很多因为生计而被迫卖身的女子持同情态度,中上层町人发财致富的背后,是更多底层町人艰辛的劳动乃至贫困与破产,作者隐约意识到了资本主义性质工商业发展所必然导致的一些社会问题。

而且,井原西鹤写实的笔触并未局限在青楼,而是逐渐延伸至普通的市井百姓家庭。例如,《好色五人女》(1686)就以非常写实的笔触记录下了町人家庭男女的恋爱悲剧,该短篇小说集的五个故事均有真实的原型,有些甚至连人物的名字都未作改动,几个主人公身上大都具备有资本主义上升时期的积极的、热烈的、不计一切的性格特征。与风月场所不同,市井百姓所受到的道德和法律约束要强大得多,要想超越身份界限和道德藩篱去追求自由的爱情,必将导致"义理"与"人情"的冲突,结局也就会非常悲惨。以元禄(1688—1704)初期为界,商业资本主义的发展逐渐趋于停滞,町人阶级的思想也日趋保守,社会各阶层都非常重视人际关系中的义理,义理起源于"义"这一儒家道德规范。

井原西鹤虽然在以一种旁观者的姿态进行写实,但在描述青年男女死亡或殉情的场景时,仍然难掩同情及感叹。井原西鹤也间接表达出对于严苛的封建义理的不满。德川幕府奉行以武家法典为准的法律体系,稍有不轨行为或非法言论便可能招致杀身之祸,就连下级武士对市井百姓也拥有生杀予夺的大权,普通人的生命宛如草芥一般飘忽不定。当时的幕府将军德川纲吉信奉儒家礼治,他曾下达严酷的命令,如果主家的妻子无视身份地位的制约与伙计等人私通,超越阶级差别或违背父兄意志和他人私定终身,双方都将遭受严厉惩罚,被执行火刑或曝尸于荒野的人亦不在少数。

尽管井原西鹤已经意识到了贫富差距,看出了义理与人情难以调和的矛盾,但从文中夹杂的明显的戏谑口吻可以看出,他并未尝试对其深层原因进行思索,从而提出具有建设性的主张,而是始终以一种"旁观者"的姿态,来打量和调侃现实,这与他出身于富裕的町人家庭,早期从事滑稽戏谑的俳谐创作不无关系,正如日本学者冈一男所指出的:

> 他洞悉了所有人类的罪恶和祸害都根源于社会环境,但却没有尝试从政治上或道德上对社会环境进行改造,从而将人们从不幸中拯救出来。他只是将其视作人类被赋予的命运而加以放弃,想通过对命运的达观心态,来获得洒脱的心境,或者与闲云野鹤相伴、鸟瞰浮世,或者为倏忽的本能之火所侵袭、忘我于巫山之戏,他始终只是将本应真挚对待的人生俳谐化了,这虽说是时代的影响,但也甚为可惜。①

在近世早期资本主义阶段,町人阶级并不是依靠实际产业发家,而主要通过商业资本和高利贷获利,因此具有不稳定性。在政治方面,町人阶级始终没有摆脱幕府将军和地方诸侯的制约,辛苦积累的资金可能会因武士阶级"切舍御免"的特权而被拖欠甚至注销。于是,一些善于投机取巧的富商为寻求保护而与幕府诸侯相勾结,从而实现对大米等重要物资的垄断,这也使得资本愈发集中少数人手中,很多中小商人难逃被吞并的厄运,富者愈富,穷者愈穷。这些导致贫富差距日渐加大的深层社会原因,是出身于富有町人家庭的小说家很难意识到的。

---

① (日)冈一男:《日本文学思潮論》,东京:笠间书院 1973 年版,第 212 页。

二、洒落本的"表"与"里"：戏谑与虚无

日本在近世享保（1716—1736）年间开始流行"中国趣味"，知识分子的衣食住行都受到中国大陆先进文化的熏陶，艳史小说也属于其中的一个部分。中国艳史小说的源流可以追溯到唐代，如《北里志》《教坊记》等用优美的文字介绍长安的花街，宋元时期收录于《说郛》的《丽情集》《汴都平康记》《青楼记》等，以及明代收录于《续说郛》的《燕都妓品》《秦淮士女表》等小说，也都很早便流传到日本。其中，《开卷一笑》在宝历五年（1755）由巢居主人翻刻出版，并施以旁训和释义，明和九年（1772），书商山崎兰斋推出了清代《板桥杂记》的训译本。像这样，很多具有汉学素养的文人开始接触中国传来的《开卷一笑》《北里志》《平安记》《秦淮士女表》《燕都妓品》等艳情小说，并尝试模仿创造以消遣心怀，他们将自己熟知的青楼常识与汉学素养结合起来，实现了游荡与文学的奇妙结合。宽政年间出版的洒落本《意妓之口》前言中，作者振鹭亭主人明确表示该书模仿自清朝艳史："以明人之《北里志》《平康记》之流烟花书为本义，效清曼翁之《板桥记》，作斯土桥记。"①

日本学者对洒落本受到的中国文学影响进行过细致考证，像藤井乙男就指出《异素六帖》《圣游郭》及《月花余情》的原典可能是《开卷一笑》及《板桥杂记》。此外，麻生矶次还将影响的源头追溯到唐宋时期的《北里志》和《平康记》："这些唐宋时代的《北里志》《平康记》之流，在中国不断发展出很多模仿之作，其影响亦延及我国，刺激了享保宝历年间的汉学者，最终促成了汉文体游里小说的发生。（略）如果说洒落本和中国游里文学之间一脉相通

①（日）振鹭亭主人：《意妓の口》，东京：早稻田大学图书馆公开古籍书，第3页。

的话，那就是具有汉学素养的当时的'通人'们，在《板桥杂记》等小说的启发下，开始涉足游里文学。"①

　　1. 洒落本的戏作属性：通、穿ち、遊び

　　洒落本在近世中晚期的江户庶民社会广为流行，曲亭马琴在《近世物之本江户作者部类》中曾进行描述："明和年初，以青楼之趣为主旨，写嫖客情态之小册子。（略）至安永天明，仿照此猥亵诲淫小册子多有出版，世人称之为洒落本，无论贤与不肖、雅客与素人，不爱玩者稀少。"曲亭马琴的好友木村默老在《小说通》（嘉永二年）中也印证了曲亭马琴的说法："所谓洒落本，即安永天明年间，大通之事流行之时，作北郭花街之趣，多有出版，京摄亦效仿之，出此类书。虽叙游里放荡之事，然唯以滑稽为宗旨，非一味诲淫导欲之书，仅供一时笑话而已。与当时人情本比较，可谓无毒之物，其书名大抵为《游子方言》《船头新话》《娼妃地理记》《通言总篱》等，宽政年间遭遇官禁，被命绝版。"②

　　洒落本延续了井原西鹤浮世草子以来对青楼题材的热衷，人物及事件具有类型化的特点，因此与浮世草子中的"气质物"一脉相承。洒落本在形成之初也是文人的"余技"，其源流可追溯到《两巴卮言》（1728）及《月花余情》（1746）等模仿中国青楼文学，以戏谑为主体的汉文作品。洒落本有些像青楼指南或手册之类，致力于将青楼内部不为人知的信息详细展现出来，记录一夜冶游亦喜亦忧的心理感受，通过其窘迫或失败的经历来获取滑稽趣味。

---

① （日）麻生矶次：《江戸文学と支那文学》，东京：三省堂1946年版，第312页。
② （日）木村通明撰，（日）漆山天童抄写：《小说通》，早稻田大学图书馆公开古籍书写本，第18页（撰写年份为嘉永二年，抄写年份不明，漆山天童旧藏资料，国书总目录中为《国字小说通》）。

洒落本十分注重写实性,对青楼女子的服饰物品、动作礼仪等刻画得细致入微,描述的女性也大都美丽优雅、富有慈悲的情怀。

"通"是洒落本着力展现的美学理念,指通晓人情或者花柳界的情事,如服饰是否时尚新潮,是否真正了解书画、古董、俳谐、茶道、古典等,总之指那些会玩会逛的人。洒落本一般不是正面地展现"通"(冶游场所的行家),而多是描写"半可通"(一知半解的人)和"野暮"(不解世故人情的人)的言行,以其庸俗土气来衬托"通"的高雅脱俗。

"穿ち"是洒落本重要的写作手法,意即揭穿或一语道破。人们通常将一些意识不到的世态风俗、一些癖好或缺陷称为"穴",通俗文艺中的"穿ち"指的就是巧妙揭穿人情世态中不易察觉的微妙之处。虽然也有一些讽刺和教训的味道,但是比较淡薄,毕竟属于戏作的表现手法,因此更倾向于出乎意料性、夸张色彩和滑稽感觉,戏作者也无须担负多大的责任,大都采取一笑了之的姿态。

例如,《游子方言》就以对比的方式,嘲弄了一个自诩为"通人"的中年男子。该男子谎称去吉原观赏红叶,将未谙世事但谦和礼貌的商家之子带到了青楼,主人公在途中不断地向船家、茶馆的人卖弄着学识,如流行的发型、和服的长短以及在哪里购买香烟等,结果却弄巧成拙,假面具被层层剥开,最后还受到女郎们的冷遇和嘲笑,反倒是忠厚温顺的年轻人让人情有独钟,一直被挽留到天亮,自以为是冶游场所行家的男子则颜面扫地、败兴而归。

"遊び"是洒落本着力追求的效果。早期的洒落本代表作《两巴卮言》采用古板的汉文体讲述着卑俗的内容,其强烈的反差造就了一种滑稽的感觉,作者"击钲先生"的笔名就是"游戏堂主人",此外,《月花余情》(1746)的作者笔名为"献笑阁主人",《瓢金窟》(1747)附有"乌有主人"的序言,作者据推测也是献笑阁主人。不难看出,洒落本作者都是以游戏的心态在从事写作。

2.洒落本的本质:虚无

洒落本在日本文学史上一向评价不高,近代学者普遍认为洒落本是"无思想的文学"。像《游子方言》《通言总篱》等洒落本的代表作,既没有一丝对于人生的怀疑或批判,也没有歌颂生的欢喜、倾注对现实的热情。总之,洒落本似乎并没有认真地审视过人生与社会,只是在一个封建道德规范较为松弛的缓冲地带,执着地追求所谓感性之美。

的确,洒落本的写实具有很大的局限性。舞台在青楼,题材单一且人物性格类型化,而且正如水野稔所指出的,"虽然细枝末节的写实进行得很彻底,但却没能实现对广阔人生的把握,洒落本的弱点暴露无遗"①。天明年(1781—1789)以后,由于对人物及事件过于逼真的写实,以及一些关于情色的暴露描写,洒落本作者触犯了幕府的禁忌并最终遭到处罚。总之,洒落本迎合了江户后期市井百姓日渐颓废的欣赏趣味,也是那个时代政治与经济均陷入僵化停滞的消极反映。

但是,从另外一个角度考虑,或许正是这种虚无感,才是洒落本作家有意或是无意展现出来的最大的戏谑。近世的"游郭"是一个与封建制度和道德隔离开来的特殊空间,那里信奉金钱万能、有钱能使鬼推磨的原则,富有的町人阶级可以摆脱身份等级制的束缚,一掷千金、纵情游乐,这是备受压抑的年代游郭提供给

---

① (日)久松潜一等编:《增补新版日本文学史 5　近世》,东京:至文堂 1975年版,第 903 页。

町人阶级仅有的可能性，是唯一能够依靠金钱实现的救赎。

　　不过，虽然通过恋爱与金钱颠覆了刻板的日常，但不能否认的是，这里的恋情虚无缥缈，而且常常会遭遇冷遇与嘲笑，像那些"半可通"与"野暮"就常常沦为众人的笑柄。即使是那些备受欢迎的优雅男子，一旦与青楼女子产生了真情，双方也很难为封建道德与家族伦理所接纳，很多人选择殉情以获得佛教式的暂时超脱，这种超脱也渗透着浓厚的虚无感觉。从经济角度考虑，很多町人为了获得暂时的愉悦或成就感而纵情挥霍，但后果很可能是负债累累乃至破产，这可能也是洒落本最大的嘲讽。

　　不仅仅是洒落本，包括滑稽本、人情本在内的戏作小说，其局限性显而易见，即大多停留在对社会风俗的简单描摹、大多追求滑稽或煽情趣味，缺乏对社会本质问题的关注与批判，即使偶有涉及也蜻蜓点水般地一掠而过，正如中村幸彦所指出的，"与近代文学相比较，戏作所欠缺的，是与人生认真的对决"[1]。

　　批判现实的精神之所以匮乏，直接原因就是幕府对戏作文学的镇压。18世纪初，德川幕府将军吉宗推行独裁政策，在思想方面严格整肃风纪，1722年颁布好色本禁令，1723规定对殉情等行为要处以刑罚，在整个社会氛围十分压抑乃至令人窒息，江户后期的宽政改革（1787—1793）明确要求文艺创作必须严格遵循儒家的劝惩主义文学观，恋川春町、山东京传等戏作者遭到手铐等处罚。半世纪之后，德川幕府又出台了更为严厉的天保改革（1841—1843），实施严酷法令以匡扶町人阶级的风俗，柳亭种彦、为永春水等也都受到当权者的迫害。为免遭惩罚，戏作者大都尽量避免批判社会的色彩，并逐渐向单纯的滑稽戏谑或劝惩教化两

---

① （日）中村幸彦：《戲作論》，东京：中央公论社1982年版，第132页。

个极端倾斜。

第三节　滑稽本的"讽刺":
兼论近世后期町人眼中的儒家文化

儒学在日本近世后期逐渐走向衰落,这一历史趋势恰好与町人阶级的崛起相对应。式亭三马在滑稽本《浮世澡堂》中,就站在町人阶级的立场,表达了对儒家身份等级制的不满和对人人平等状态的向往,同时套用"仁义礼智信"等五常伦理来解释澡堂的行为准则,具有很强的滑稽与讽刺意味。在《浮世理发馆》中,式亭三马又通过对腐儒孔粪的嘲讽,表现出对德川幕府一味推崇儒学的间接抗衡,也流露出担心本民族文化遭到吞噬的忧虑。作者还从市民现实主义的眼光出发,对以"卧冰求鲤"为代表的教化色彩过浓的儒家式孝道提出质疑。

儒学在 5 世纪随禅宗传入日本,到近世即江户时代达到极盛。儒学(主要是程朱理学)以"三纲五常"为核心的道德伦理十分契合封建统治的需要,因此被德川幕府提升为"官学"。不过,儒家思想虽然通过当权者的教化政策逐渐影响到民间,但真正的奉行者大多局限在武士阶级,市井百姓对此多有抵触情绪,这一点在文艺作品中也有鲜明体现。例如,江户前期井元西鹤在好色类浮世草子中,表现出对儒家禁欲主义的间接抗衡;江户中期净琉璃作家近松门左卫门的殉情剧,也反映出青年男女在身份等级制和封建家长制重压下的窒息与殊死抗争。

江户后期,伴随着町人的崛起和幕府政权的衰落,一些戏作小说更是直接地表现出对儒家文化的不解与嘲弄。例如,式亭三马的滑稽本代表作《浮世澡堂》(1809)和《浮世理发馆》(1812),选取市民生活中不可或缺的澡堂和理发馆为舞台,以会话的形式让各色小人物轮番登场,在滑稽逗乐的氛围中对儒家文化进行着戏弄和嘲讽。由于很多学者认为滑稽本"只不过是重复一些无聊的揶揄和笑料而已"[1],所以对滑稽本的研究还极少有人关注。其实,滑稽本在嬉笑怒骂中反而更加真实地展现了江户的市井心态,对考察江户末期儒家文化走向衰落的历史趋势具有重要的参考价值。

一、澡堂众生——对等级制度和五常伦理的调侃

德川幕府施行士农工商四民身份等级制,武士阶层居于统治秩序的首位,对其他阶层享有生杀予夺的特权。从事重要农事生产的农民位居第二,商人和手工业者被置于社会地位的最底层。曾担任四任将军侍讲的朱子学者林罗山(1583—1657)曾试图将封建等级制合理化:"天在上地在下,此乃天地之理。(中略)万事亦皆有上下前后之序,若将此心推广于天地,则君臣上下人间井然有序。"(《三德抄》)[2]

然而,自18世纪初期开始,经济实力日益增强的町人对武士的特权越发反感,要求平等的呼声愈发高涨。与之相对应,德川幕府以及各藩财政日趋困难,武士的生活逐渐陷入贫困的窘境,很多情况下不得不向富商借贷度日。虽然处于士农工商等级制度的最顶端,但经济和社会地位都已走向了衰落,一些下级武士

---

①(日)西乡信纲等著,佩珊译:《日本文学史——日本文学的传统和创造》,北京:人民文学出版社1978年版,第215页。

②转引自(日)高尾一彦:《近世の庶民文化》,东京:岩波书店1968年版,第20页。

甚至放弃武士身份转做町人的生意。

滑稽本作家式亭三马就生活在这样一个时代,出身于木版画师家庭的三马,自己也经营药店并身兼书商之职,是具有一定经济实力的町人的典型代表。他创作的目的也很单纯,就是为了赚取润笔费。《浮世澡堂》与《浮世理发馆》如实反映并巧妙迎合了町人阶层的心理,并代替町人表达了很多嘲讽与不满。《浮世澡堂》在第一篇自序中就这样写道:

> 贤愚邪正,贫富贵贱,将要洗澡,悉成裸形,协于天地自然的道理,无论释迦孔子,阿三权助(即女佣男仆,笔者注),现出诞生时的姿态。①

作者将澡堂选定为舞台别有深意。因为只有在这里,人们才能褪去后天身份地位的伪装,恢复最初的自然状态,无论是儒教的孔子还是佛教的释迦概莫能外。换言之,只有在澡堂,人们才能彻底摆脱身份高低贵贱的束缚,才能充分满足町人心目中对人人平等状态的期待。当然,这只是一种暂时的精神麻痹而已,因为特权阶级或富商不可能光顾公共浴池,这也暗喻着人世间没有能够实现真正平等的角落。

> 一生的用心在于将身体收在包租的柜里,灵魂上加了锁,不要把六情闹错,坚守约束,神佛儒行会的司事盖上牡丹饼大的印章云尔。②

人们之所以向往平等和天然的状态,是因为在现实生活中被

①(日)式亭三马著,周作人译:《浮世澡堂》,北京:中国对外翻译出版公司2001年版,第ⅩⅣ页。

②(日)式亭三马著,周作人译:《浮世澡堂》,北京:中国对外翻译出版公司2001年版,第ⅩⅤ页。

强行戴上了儒佛等道德枷锁,必须谨小慎微地遵守伦理规范,将人与生俱来的某些本性约束起来。虽然儒佛的伦理道德对维护社会秩序起到了一定的作用,但毕竟有很多违背人性的部分,所以才招致町人阶级的排斥与嘲讽。

滑稽本之前流行的洒落本一般都将舞台设定在青楼。似乎只有在这个特殊场所,才能最大限度地表现与朱子学"存天理灭人欲"思想的抗衡,才能淋漓尽致地展现金钱万能的力量,才能最终实现町人对自我价值的认同。然而,能够在青楼恣意挥霍的大多是富有的中上层町人,其中一些富商还因掌握巨额财富而被幕府赐予了佩刀等特权,所以说洒落本所代表的并非大多数町人生活的常态。式亭三马在《浮世澡堂》中绘声绘色描绘了占城市人口三分之二的下层町人(临时工、手工工匠、小商贩、仆役等),代他们吐露了要求自由平等的心声,可以说对展现町人伦理更具普遍意义。

除去对儒家身份等级制度的反驳外,式亭三马还对五常伦理即"仁义礼智信"进行了调侃。因为在进入澡堂之后,不信佛的老人也不觉得念佛,好色的壮汉也自觉羞耻,狞猛的武士也能忍住性子,侠客也肯屈尊向人道歉,这说明澡堂能够荡涤人的心性,也拥有五常之道:

> 以汤温身,去垢治病,恢复疲劳,此即仁也。没有空着的桶么,不去拿别人的水桶,也不随便使用留桶,又或急急出空了借与,此则义也。是乡下佬,是冷身子,说对不住,或云你早呀,让人先去,或云请安静,请慢慢的,此则礼也。用了米糠、洗粉、浮石、丝瓜络去垢,用石子断毛之类,此则智也。说

热了加水,说凉了加热汤,互相擦洗脊背,此则信也。①

江户时代初期,町人阶级在德川幕府的道德宣讲下,也较为深刻接受了"仁义礼智信"的道德观念,甚至还尝试把身份制度和道德规范移植到商人社会中。但到了江户中后期,町人不再像武士那样严格遵守儒教的解释,而是根据自身的经济地位和人际关系,运用和改造儒学的概念与理论,创造出一套与自身相适应的町人伦理道德,如节俭、信义、礼仪、勤奋等。然而,如果用澡堂文化来解释儒家严肃的"仁义礼智信",则含有了一丝滑稽的意味,能够博得底层市民的开怀大笑,同时也旨在强调,町人自有自身的道德规范,无须儒教道德的过分干涉,澡堂也能维持和谐融洽的秩序。这是町人阶级对武士道德权威性的某种否定,是对自身价值理论的觉醒和积极肯定,正如刘金才在《町人伦理思想研究——日本近代化动因新论》中所言:"近世町人文化及其价值理论的形成、发展和拓展过程,可以说是不断摆脱、抵制、反抗和破坏幕府官学朱子学思想的束缚和统治的过程。"②

二、腐儒孔粪——对一味尊华崇儒的忧虑

不仅是儒家道德,就连儒学者也成为町人讽刺的对象。《浮世理发馆》开篇就讽刺了一位自称博学,却连日本最基本的文化常识也搞不清楚的儒者"孔粪"。孔粪先生"身穿好像是油浸过了似的绵绸的棉袍,外罩蓝绿绒布所做,带着家徽的外套,衣边碎片

①（日）式亭三马著,周作人译:《浮世澡堂》,北京:中国对外翻译出版公司 2001年版,第ⅩⅣ页。

②刘金才:《町人伦理思想研究——日本近代化动因新论》,北京:北京大学出版社2004年版,第316页。

拖了下来,拖着一双穿坏了的草履,头上是顶发蓬松,胡须乱生,脏不可言,可是气象高傲,辨舌滔滔,善发气焰,此乃是教读的老师,学生拼凑起来一总也不过五六个人"①。可见这是一位生活十分落魄的儒学者,由于长期脱离生产和经营活动,不仅很多武士沦落到三餐难以为继的地步,很多以教书或行医为生的儒学者也过着穷困潦倒的生活,其生活状况甚至不如一般町人。

对于腐儒孔粪的嘲讽,实际上是对德川幕府推崇儒学的一种间接抗衡。如前所述,虽然朱子学被德川幕府尊奉为官学,但因其有很多以伦理道德束缚人类真情的部分,所以市井百姓对其多持抵制心态,讽刺儒者的古板做派、迂腐言行、寒酸衣着等成为戏作文艺常见的主题。嘲讽儒家圣贤的先例早已有之,1757年出版的洒落本《圣游郭》就曾以孔子、老子、释迦为主人公,以调侃的口吻描述了三位圣人在青楼游逛,并与大道、太空、假世三位女郎交好,与李白等人就风流情事高谈阔论的情景,具有极浓的戏墨色彩和极强的讽刺意味。

孔粪先生一味地推崇中国文化,对日本传统的东西毫不了解或不屑一顾。他常常"为别国说大话。唐诗里的白发三千丈,说因为国有那么的大,所以头发也长,仿佛是亲自看了来的那样解释"②。众人对此予以反驳,认为夸张也该有个限度,像中国故事里有个"眉间尺",难道双眉之间真有一尺来宽吗?孔粪于是哑口无言,众人一阵哄笑。

---

① (日)式亭三马著,周作人译:《浮世理发馆》,北京:中国对外翻译出版公司2001年版,第10页。
② (日)式亭三马著,周作人译:《浮世理发馆》,北京:中国对外翻译出版公司2001年版,第3页。

　　孔粪还对比了中日两国笑话的优劣，得出的结论说还是中国的笑话更有趣，而冈白驹所译的《开口新语》或《笑府》之类，根本无法与之相提并论。这时作者又讽刺道："却不知道日本所译或是改作的笑话原是中国的东西，这里正是村学究的本色。"①"专走孔子之道，可是一走到叉道上，就踏进烂泥里去了。……光知道查考唐山的事情，把脚底下的事情全荒疏了。这是犯了很坏的病症。"②

　　对于孔粪先生一味推崇中国文化的不满，也折射出对本民族文化日渐衰微的担忧。众所周知，中国文化自奈良时代起开始大规模影响日本，在日本文化发展史的绝大部分时间内都居于指导性地位，成为日本文化尊崇、模仿并力争超越的对象。不过，有感于本民族文化传统的丧失，日本早在平安时代就曾现过"国风暗黑"时代的焦虑，并以此为契机开始创建富于本民族特色的"和风"文化。

　　江户时代堪称中日文化交流的又一个高峰，尤其是明清小说引发了前所未有的翻译与改编热潮。正是有感于日本传统文学或是市民文艺的备受冷落，式亭三马等戏作者才纷纷试图摆脱明清小说的影响，开辟具有江户町人特色的文艺风格。的确，以滑稽戏谑、嘲弄讽刺、会话语体为特征的滑稽本成为日本近世文学独具特色的小说类型，正像周作人在《谈日本文化书》中做出的评价："全没有受着西洋的影响，中国又并无这种东西，所以那无妨

---

① （日）式亭三马著，周作人译：《浮世理发馆》，北京：中国对外翻译出版公司2001年版，第14页。

② （日）式亭三马著，周作人译：《浮世理发馆》，北京：中国对外翻译出版公司2001年版，第17页。

说是日本人自身创作的玩意儿。"①

经常作为儒学者对立面被人论及的,当属江户时代的国学者。国学通过对日本古典和歌及物语的文献学研究,旨在阐明儒教和佛教传入之前日本固有的文化与精神。然而出人意料的是,式亭三马在讽刺了一味崇拜中华文化的孔粪先生后,同样也对国学者大加嘲讽:"旁边有位国学者在那里,想必他会引那长发姬的故事,用我大御国的古事来历,及阿市的头发环绕金山七匝的故事,旁及童谣,来考订一番吧。不料乃出于意外,竟同聋子一样的听不见,到底是十分雄壮的大和魂,我皇朝的御国风也。"②

虽然对儒学先生的论调无言以对,但这位国学者终究按耐不住"考据癖",就"发结殿"(即理发馆)名称的由来进行了一番荒唐考证,其迂腐可笑程度竟然丝毫不逊色于儒学者。这段描写反映出滑稽本拿一切事物作笑料的戏作本质,滑稽诙谐堪称式亭三马的最大特色,他的别号就是"游戏堂"和"洒落斋"等,门人金龙山人对他曾有这样的点评:"偶对笔砚,则滑稽溢于纸上,诙谐走于笔下。"③对国学者的嘲讽使式亭三马的立场乍看起来有些不明确,但仔细深究其实也别有一番深意。它体现出国学者与市民作家的距离,表现出小说家对国学者一味埋头于迂腐考证且并无显著业绩的嘲笑与不满。

①周作人:《瓜豆集》,石家庄:河北教育出版社2002年版,第51页。
②(日)式亭三马著,周作人译:《浮世理发馆》,北京:中国对外翻译出版公司2001年版,第3页。
③(日)式亭三马:《浮世風呂》,东京:岩波书店1977年版,第308页。

三、卧冰求鲤——对儒家孝道的质疑

"忠孝"是儒学强调的核心伦理,对巩固国家秩序和家庭关系起到了重要作用。德川幕府颁布法令奖励忠孝,不忠不孝者可定重罪。在忠孝两种道德要求中,孝道无疑与市井百姓的生活关系更为紧密。孝道本是一种自然朴素的真挚情感,但由于儒学强调孝即"无违"(《论语·为政》),而朱子学对孝道的解释也含有很多教化色彩过浓的因素,一些孝子故事更是出于教化目的而堆砌荒诞情节,因此儒家式的孝道以及孝子故事引起日本民众普遍的质疑与不解。

例如在《浮世理发馆》中,几个顾客就七嘴八舌地议论着"卧冰求鲤"的故事。听到有人讲起从前有个"唐人"卧在冰面上为母亲捕鱼的奇谈后,大家议论纷纷:

> 这是很坏的打算。冰融化了,万一掉了下去,怎么办呢?
>
> 假如掉了下去死了的时候,那么鲤鱼既然捕不成,而且岂不是撇下了只有一个的母亲,要使她彷徨路头吗?照我看来,他的主意本来就是不好。第一那冰即使好好地融化了,若是鲤鱼不在那里,那又怎么办?
>
> 这里就是孝行之德了。老天爷在那里看着,他不叫你无效的。自然感应,鲤鱼就自己跳了上来,在冰上面叫捕获了,这便是孝行之德呀。①

尽管调侃的成分很大,但从中仍不难看出,日本的市井百姓并没有完全接受卧冰求鲤的故事,并从各种角度提出反驳意见,

---

① (日)式亭三马著,周作人译:《浮世理发馆》,北京:中国对外翻译出版公司 2001 年版,第 21 页。

认为这样的孝行实在迂腐。"卧冰求鲤"是中国古代宣扬儒家孝道思想的典型案例,虽然孝道的精神可嘉,但其迂腐行为决不可取。二十四孝的故事在日本自室町时代以后也广为流传,尤其是江户时代,出现了诸如《二十四孝》《大倭二十四孝》《本朝孝子传》《本朝二十不孝》等文艺作品,这表明儒家孝道观念在民间已广为人知。

虽然德川幕府通过教化政策大力宣扬孝道思想,但在一般民众间,孝道观念的影响力远不及中国深刻。《古事记》和《日本书纪》等历史文献表明,在中国儒家思想传入日本之前,古代日本人几乎还没有受到儒家孝、忠、信等道德观念的影响。《万叶集》中的《熊凝歌》虽然表达了担心自己死后父母忧愁的孝心,但这是一种源自内心的真挚情感,并没有道义上的绝对约束。虽然儒家的孝道观念传入日本后开始影响日本民众,但它所依附的物质条件与社会条件毕竟不同于中国,尤其是因为"道德是涉及到人们情感、信念的基本文化特征,是构成民族性的核心内容,而且与人们的习俗联系在一起,所以道德观念的转变与外来观念的移植,就变得更加困难"①。

近世末期的时代特点决定了市民阶级对中国式孝子故事的态度。在商品经济已经取得一定发展,只要有钱就可以满足基本物质需求的江户城,卧冰求鲤、埋儿奉母之类荒诞残忍的构思,已经远远超出了江户市民的想象,像一个叫鬓五郎的人就表示不解,说唐山的人怎么这样没有智慧呢,"拿出一分银子去,就可以买很漂亮的一个了"。或者到饭馆里,最多花一百文买一碗鲤鱼

---

① 王家骅:《儒家思想与日本文化》,杭州:浙江人民出版社1996年版,第286页。

汤,"无论怎么穷法,一百文的钱总还该有吧"。井原西鹤在《本朝二十不孝》序文中说过,当世的人已经用不着像王祥一样卧冰取鱼了,用自己挣的钱就可以买到鱼来表示孝心。也就是说,较之于儒家理想主义的夸张渲染,近世町人更加倾向于现实主义的行动。近世滑稽文学所着力展现的,正是这些用"近代商人现实主义的眼睛来看儒家理想主义幻想形成的滑稽与荒诞"①。

通过某种夸张并伴随神异来彰显孝行,是中国式孝子文学的显著特点。然而,式亭三马对此类孝子故事明显不以为然,他在《浮世澡堂》二编卷上,通过两个老婆婆闲聊的方式,以平实的口吻讲述了一个普通人家的孝道故事。一个老婆婆欣慰地说道,儿子虽然年轻时荒唐不懂事,但是在父亲死后懂得了生活的艰辛,开始埋头认真地做生意,对含辛茹苦养大自己的母亲也很孝顺,每天回来时都买些什么吃的,"阿妈,来喝一杯吧,每晚上临睡给喝一合酒的。……而且那媳妇也是老实的人,早晚都很留心照顾,这也是一件快活的事"②。另一个老婆婆则认为自家的儿子和媳妇十分不孝,儿子酗酒而且游手好闲,媳妇只知道修饰自己,让老公和孩子整日邋遢不堪,不会做家务活还终日闲逛。像这样,作者以平淡却真实的语气,对町人家庭孝与不孝的行为进行了描述和评价。

不仅民间的孝道观念不如中国那样根深蒂固,即使在笃信儒学的武士社会中,当孝道与忠诚发生矛盾时,孝道也必须让位于

---

① 王晓平:《唐土的种粒——日本传衍的敦煌故事》,银川:宁夏人民出版社2005年版,第125页。

② (日)式亭三马著,周作人译:《浮世澡堂》,北京:中国对外翻译出版公司2001年版,第116页。

忠诚,这也是中日儒学的主要差异之一。中国原始儒学以孝道为根本,父有过,"子三谏不听,则随而号之",但若君有过,"人臣三谏不听,则其义可以去矣"(《史记·宋微子世家》)①。与之相对,日本儒学将"忠"提到了至高无上的地位,提出当忠孝不能两全的时候,宁可舍弃孝道也要选择忠诚。日本对于忠孝的不同定位根源于其特殊的历史背景。忠义思想起源于战乱时代的武士道精神,伴随着天皇中央集权的瓦解和各地武装集团的日益壮大,以勇武和绝对效忠为核心的武士道精神日渐兴起。武士道将"忠义"视作绝对的道德要求,武士可以随时为主君毫无保留地献出生命,对于父辈血亲的孝道退居其次。德川幕府延续了忠义精神并借助儒家教义加以进一步巩固。可见,德川幕府并非全盘照搬中国儒学,而是根据自身封建统治的需要,对儒学的道德条目进行了某些取舍和重新排序。

四、对幕府势力与儒家文学观念的妥协

尽管《浮世澡堂》和《浮世理发馆》对儒家伦理及身份等级制进行了某种嘲弄,但很大程度上仍然表现出妥协的姿态。滑稽本与中国文学较少直接的关联,属于以会话为主的江户市井游戏文学,在表现形式上受到"落语"②的重要影响。尽管如此,式亭三马在序跋中仍然采用了中国明清小说常见的套路,通过强调对妇人孺子的教化作用来为其价值作辩护:

①《史记》,北京:中华书局2015年版,第1465—1466页。
②日本传统表演艺能,类似于中国的单口相声,表演者在台上模仿各色人物的说唱对白,末尾再甩一个滑稽的包袱逗观众大笑,通过幽默的对话来完成讽刺目的。

养育小儿,有丸药之苦,也有糖稀之甘焉。譬之于书,三史五经为丸药之苦,稗官野史则糖稀之甘也。盖世间虽多有女教之书,《女大学》《今川》之类,如丸药之苦于口,妇女子之能真心玩味者鲜矣。这女澡堂的小说,虽然本是游戏之书,如用心读去,则如糖稀之易吃,善恶邪正的行状自然得以了知。①

这段标榜劝惩的文字,既源于明清小说的影响,也出于日本小说家对幕府势力的忌惮。江户幕府推行的宽政改革强化朱子学在思想文化领域的绝对权威地位,禁止讲授其他异学并严格限制出版。宽政二年(1790),幕府颁布了一系列出版物禁止令,五月份严格限制假托古代而讽刺现实政治的黄表纸,九月份禁止出版破坏风俗的猥亵读物洒落本。出版物禁止令首先波及到洒落本作家山东京传,式亭三马也未能幸免于难。他因写作洒落本《侠太平记向钵卷》而遭受了手铐 50 日的惩罚,之后便不敢再涉足洒落本。虽然后来选择了滑稽本的创作道路,但题材大都是无关痛痒的诙谐玩笑,不敢再明目张胆地抨击幕府思想文化领域的专制,而是尽量模仿明清小说的模式,强调小说对百姓的劝惩教化意义。

滑稽的背后必然总会隐含着几许讽刺意味,在对小商贩、乡下人、医生、盲人进行过轮番讽刺后,作为日常生活中真实存在的落魄儒者、对社会规则一窍不通却蛮横自负的下级武士等也难免被提上话题。不过,这类情节并不是很多,而且言辞并不激烈,不具备杀伤性,只是通过调侃的方式来婉转地表现社会现状,还够

---

① (日)式亭三马著,周作人译:《浮世澡堂》,北京:中国对外翻译出版公司2001 年版,第 101—102 页。

不上讽刺现实政治的危险级别。与井原西鹤和近松门左卫门对武家义理的批判，以及谈义本和洒落本对儒家圣贤的嘲弄相比较，讽刺性已然大大降低。毋庸置疑，这是作者对幕府势力与儒家文学观念的妥协，是注重现实主义的商人作者有意识的自我保护。

第七章　日本古代小说的
佛学主题及文化成因

　　日本古代小说大都具有浓郁的佛学色彩,净土、无常、果报是最典型的三个侧面。(一)净土思想是日本佛教的主流且具有明显的现世特征:平安物语的净土信仰成为救赎宫廷贵族脱离苦难的精神支柱;中世战记物语的净土信仰多与死亡紧密相连,成为对战乱中人们渴求来世幸福的终极关怀。(二)无常是日本小说尤其是中世物语中最浓墨重彩的一笔,无常既是对人间永无常住的感性叹息,也是对盛者必衰社会法则的理论解释,更成为武家社会切身感受的"生死观"。(三)因果报应思想贯穿日本小说史的始终,它与宿世、轮回、转生等观念互为表里,成为孕育日本怪异小说流行的土壤之一,并表现出与儒家劝惩观念相结合的世俗化趋势。

　　佛教早在公元 6 世纪前半叶便已由中国经百济传入日本,因被赋予镇护国家、除病消灾等现世功能而逐渐得到统治者的扶植以及民众的认可,作为大陆先进文化的复合型代表,到江户时代以前一直居于日本思想文化史的主导地位。佛学意识和谐地融入日本人内心深处,成为其思维方式和文艺审美无法抽离的重要组成部分。具体到文学领域,与同样受佛教影响的中国和韩国相比,日本文学的佛学色彩表现得更为普遍和强烈,"不论是汉诗和歌,还是物语、随笔,无一不隐现着一抹佛光佛影,字里行间仿佛可以听到寺院的钟磬和僧侣诵经之声"①。

中国国内日本文学研究界对佛学烙印的考察,大多集中在无常观对中世随笔及战记物语的影响,对小说领域的其他佛学意识尚未展开充分研究。其实,小说的兼容性特征使它能够囊括更加丰富的佛学内涵,如普遍涉及无常、净土往生、轮回、宿命等佛学主题,多以因果报应思想统领全篇,多借冥府幽魂营造怪异氛围等。同时,日本对佛教的接受多是通过汉译佛典进行的间接接受,古代物语也始终受到六朝志怪、唐代传奇、明清小说的浸润,因此通过日本古代小说佛学烙印的考察,还能进一步了解汉译佛教故事及志怪传奇在日本的影响状况,在明确两国文学某些共同发展路径的同时,探寻一些日本小说佛学主题独特的发展轨迹。以下,笔者将细致考察镌刻于日本古代小说的佛学烙印,并深入解析其宗教、信仰、风俗、艺术等文化成因。

第一节　净土往生:现世救赎与来世关怀

净土教是日本佛教的主流。净土思想的核心是厌离秽土、欣求净土,通过念诵阿弥陀佛实现极乐往生。经过南北朝时代的兴盛和唐代的日益发展后,净土教经高句丽传入日本。平安中期到末期,藤原氏族的专政体制濒临崩溃,饥馑与盗窃使社会生活中的不安感迅速蔓延,此时,作为"救济"佛教的净土教思想,成为人们藉以摆脱现世苦难的精神支柱。"塑造了日本文学特质的思想

①王晓平:《佛典　志怪　物語》,南昌:江西人民出版社1990年版,第96页。

原动力,就是源信(惠心僧都)的净土教思想。"①的确,天台宗僧人源信(942—1017)的《往生要集》是平安时代净土信仰的基础,对平安朝乃至以后的整个日本文学史都具有决定性影响。《往生要集》对净土经典和中国的净土著作做了分类摘编,并提出以观想念佛为重点的净土理论。后来,净土宗创始人法然(1133—1212)进一步简化了净土念佛的程序,提出只要在死前念诵十遍南无阿弥陀佛,便可极乐往生,这使得净土信仰不再局限于少数的僧侣和贵族,而是逐渐渗透到日本民间,甚至有日本国民全部成为净土教徒的说法。

净土教的盛行根源于同日本原始神道教中"彼岸"信仰的一致性。日本文化学者梅原猛指出:"日本人从绳文时代就有着对彼世的深深的信仰,正是这种对彼世的信仰,使得日本人从佛教的许多宗派中选择和吸收了最接近自己的净土教作为日本的佛教。"②净土信仰对平安贵族产生的影响最为显著,10世纪中叶以后,天皇以及藤原贵族中出现很多热衷于念经理佛、祈求净土往生者,还有很多人选择在晚年出家,出家隐遁似乎成为贵族男女的一种惯例,日本历史上削发为僧尼的天皇就有约40位。历史物语《荣华物语》记录了平安中期太政大臣藤原道长(966—1027)极尽荣华的生涯,其中就有净土往生情景的详细描写。藤原道长是紫式部所侍奉的中宫皇后彰子的父亲,他十分信奉净土往生思想,在因病出家后建立了法成寺,并按照源信《往生要集》的方法

①(日)久松潜一等编:《增补新版日本文学史2　中古》,东京:至文堂1975年版,第11页。

②(日)梅原猛著,卞立强、李力译:《世界中的日本宗教》,成都:四川人民出版社2006年版,第218—219页。

虔诚念佛万遍,最后手牵阿弥陀如来的五彩丝线,在众僧念佛声中实现了极乐往生。

平安时代《源氏物语》的核心佛学主题便是净土思想,作者紫式部(约973—1014)因饱有才学而遭到宫中女官的嫉妒和排挤,她在《紫式部日记》中就表达了诵经出家、皈依阿弥陀佛、等候极乐之云来迎的愿望,同时流露出罪孽深重之人恐不能实现净土往生的忧虑。"厌离秽土、欣求净土"的观念在《源氏物语》中常有表露,例如,藤壶中宫担心光源氏对自己的妄念一直不断,若关系败露必将招致世人耻笑,同时又担心弘徽殿太后对自己僭越的责难,唯恐遭受戚夫人般的悲惨命运,因此感觉人世可厌,决心遁入空门。在为先帝辞世一周年举办的法会上,藤壶邀请高僧开讲《法华经》,并在法会的最后一天宣布落发出家,众人无不悲伤涕泣。"帘内兰麝氤氲,佛前苾香缭绕,加之源氏大将身上衣香扑鼻,其夜景有如极乐净土。"①主人公光源氏在最爱的紫姬死后备感痛苦迷茫,他在周年法会上悬挂起紫姬生前主持绘制的"净土曼陀罗",并在安排好各种俗事后选择了出家。

从藤壶中宫和源氏公子的出家不难看出,佛教在日本早期传播的过程中,体现出典型的"现世化"特征。飞鸟奈良时代(约552—784)最初引进佛教时,就是本着镇护国家的现实目的,把原本超越国家的佛教作为护教加以吸收的。佛教的核心是人生极苦、涅槃极乐,经过修行来世能超脱轮回,最终臻于极乐。"但佛教这种来世主义,在日本即使不是全部也是大部被现世主义所替换。现实主义的日本人,固然想得到彼岸的快乐,但更重要的

———————————

①(日)紫氏部著,丰子恺译:《源氏物语》(上),北京:人民文学出版社2003年版,第204—205页。

是得到今世的幸福。"①的确，佛教在日本更像一种祈祷现世幸福的宗教，驱除病魔、祈祷安产、降服怨灵、追思亲人等都是其现实愿望的表现。前述《源氏物语》虽然将欣求净土作为构思的基础，但真正的用意并非宣扬佛法，而多是出于现实的考虑皈依佛门，并试图以念佛修行来超脱人间的痛苦。总之，净土思想在平安时代与其说是一种宗教信仰，不如说是救赎人们解脱人间诸苦的现世途径。

中世镰仓时代（1183 或 1185—1333）的《平家物语》同样贯穿着净土信仰，与《源氏物语》注重现世救赎的净土信仰不同，《平家物语》的净土信仰几乎都与惨烈的死亡联系在一起，像僧都死去、新院御崩、入道死去、小宰相投水、重衡被斩、六代被斩等，死亡无疑能令人更加真切地感受到世间无常。在 20 余处关于死亡的描写中，结尾《醍醐卷》中平清盛之女建礼门院的极乐往生最震撼人心。曾贵为天皇母亲的建礼门院，栖身在荒凉简陋的山间草舍念经礼佛，感觉性命犹如朝露，满目所及无不悲怆凄凉，她期待"在弥陀如来的引导下，摆脱五障三从之苦，清静三时六根之垢，一心向往九品净土，虔诚祈求一门冥福"②。最后，建礼门院在哀伤愁叹中手牵五彩丝溘然长逝，实现了永归净土的夙愿。

顾名思义，战记物语体现的大都是武家社会的净土信仰。实际上，前述净土宗开创者法然就出身于豪族即武士家庭，他在传播教义时也常以武士为比喻。例如，他认为念佛行者在皈依阿弥陀佛后继续过俗世生活，这正像武士在保持对主君忠诚的基础上

①武安隆：《浅议佛教的日本化》，《日本问题》1990 年第 2 期，第 75—76 页。
②（日）作者未详，周启明、申非译：《平家物语》，北京：人民文学出版社 1984 年版，第 520 页。

过日常生活一样。武士在沙场上即将战死之际,只要念诵十遍阿弥陀佛,那么即使是为了名誉而进行的杀戮行为,也不会成为极乐往生的障碍①。经法然简化后的净土往生思想,就这样迅速渗透到驰骋于沙场、无暇诵经礼佛的武士中间,并成为武士赴死时强大的精神支柱。

镰仓时代是日本民族佛教的形成时期,与佛教初传时期(平安时代结束之前)的"现世"主义倾向不同,镰仓佛教大都否认现世救济的可能性,像《平治物语》《太平记》《义经记》等战记物语,毋宁说更加关注自己和家人"来世"的幸福。动荡不安的社会使人们对现世安稳的追求很难实现,因此试图超越死亡来寻找来生的极乐,净土信仰成为对人们渴求来世的终极关怀,而这也发展为镰仓佛教的特点之一。正如加藤周一在《日本文学史序说》中所说的:"十三世纪的所谓镰仓佛教,与现世利益型的、咒术式的平安时代佛教尖锐对立,它强调佛教的彼岸性、超越性的一面。"②其实,这也正回归了佛典的本来面貌,佛教最初就是强调人生极苦、涅槃极乐的出世哲学,激烈动荡的社会现实使中世人对佛教教义的理解更加深刻和纯粹。

第二节　无常:感性叹息、理性解释、生死观

佛教思想在中世文学表现得最为明显,以致人们常将佛学色彩视为"中世色",中世色中最浓墨重彩的一笔,就是"无常"。无

---

① (日)石田一良:《日本文化史》,东京:东海大学出版会 1994 年版,第 119—120 页。

② (日)加藤周一:《日本文学史序说》,东京:筑摩书房 1981 年版,第 210 页。

常是一种普遍存在的人生和社会体验,也是佛教经常提及的基本概念。佛家认为世间一切时刻处于消灭流转之中,没有什么能永恒存在,人或物终将走向毁灭。无常观往往对人的精神世界产生消极影响,认为人生只是一个虚幻短暂的时间过程而已。日本是一个地震、台风、海啸、火山等自然灾害频发的岛国,因此其民族意识中早就潜在着一种生死、无常、兴衰皆无常的感觉,所以很容易与佛教揭示人生虚幻感的无常观相契合。

进入平安时代末期,随着武士地方势力的崛起,维护国家的传统律令制已接近崩溃,因保元之乱(1156)和平治之乱(1159)而引发的社会危机意识,使"末法"思想在僧俗之间传播开来。以藤原氏为中心的宫廷贵族因自身没落而深感人世无常,饱经战乱的武士及庶民也具有普遍的悲观厌世倾向。从保元之乱的导火索即近卫天皇驾崩(1155)开始,"无常"一词频繁出现在文艺作品中。镰仓时代的随笔和战记物语中更是随处可见无常的字眼。例如,鸭长明(1155？—1216)的《方丈记》和吉田兼好(约 1283—1352 以后)的随笔《徒然草》,都流露出一切均在生灭变化、万物不能长久的无常心态。

在中世以无常观为底色的文学作品中,《平家物语》是最杰出的一部,它以极度惨烈的形式展现着人们所无法逃脱的宿命,开篇"祇园精舍钟声响,诉说世事本无常;沙罗双树花失色,盛者必衰若沧桑。骄奢主人不长久,好似春夜梦一场;强梁霸道终殄灭,恰如风前尘土扬"①的语句,充满了盛者必衰、诸行无常的悲观色彩,既如实反映了当时社会广为渗透的无常思潮,又因其影响而

---

① (日)作者未详,周启明、申非译:《平家物语》,北京:人民文学出版社 1984 年版,第 1 页。

使无常感更加深刻地蔓延开来。

通常认为，日本人首先对"无常感"产生共鸣，之后逐渐发展为"无常观"。《平家物语》对此便有细致入微的展现，其中既有对人世无常的感性接受，同时也将无常提升到一定的理论高度，用来解释盛者必衰的人间规律。也就是说，《平家物语》中的无常可以划分为两类。一、无常感：对人间悲剧的感性叹息，作者持同情心态；二、无常观：对盛者必衰的理论解释，具有一定的批判色彩。两者的界限并非泾渭分明，而是处于时而平行时而交织的融合状态。

一方面，作者对世事无常、生命无常、恋爱无常等发出感性的叹息。主人公平清盛虽然一度权倾朝野，子孙高官厚禄，财宝堆积如山，但在短暂的 50 余年间，其统治便土崩瓦解，家人也大都惨遭屠戮。平清盛的死亡是其家族命运的转折点，他在经历了一场离奇病症的折磨后，体热如焚，气绝而亡，那个曾经"闻名全国威震一世的人，他的躯体顷刻之间化为烟尘，升到京城上空；他的骨骸暂留岛上，不会太久，便与海边的砂相混，化成虚空的泥土了"[1]。作者对平清盛的无辜子孙表现出悲悯情怀，虽然他们曾因平清盛的权势而享受过至高无上的荣华，但随着平氏家族的衰败，都纷纷遭遇到枭首示众、投海自尽等重大不幸，而这始至终都是他们自身所无法把握的宿命，因此只好将一切都归咎于命运的无常。恋情同样不能长久，像平清盛看到歌女阿佛后便无情驱逐了曾经无比宠爱的祇王，而阿佛通过众多女性的悲惨遭遇也预见到了盛衰的无常，因此毅然选择了弃绝尘缘，与祇王一同修行

---

[1]（日）作者未详，周启明、申非译：《平家物语》，北京：人民文学出版社 1984 年版，第 247 页。

并期待着极乐往生。

　　另一方面,作者以佛教的无常观来解释因战乱而起的荣枯盛衰、生者必灭的历史事实。《平家物语》批判性地展现了平清盛及其家族的极度兴盛与最终灭亡,意在表明残暴的统治必然不能长久。作者开篇即以赵高、王莽、安禄山等人走向灭亡的史实来暗示平清盛的结局。虽然作为新兴武士阶级推翻了腐朽的贵族统治,但平清盛很快便重蹈覆辙,因为骄奢淫逸而使百姓怨声载道,所以终究无法避免盛者必衰的无常宿命。平清盛在临终前并不安于无常宿命的安排,唯一的遗愿竟是斩下伊豆流亡之人佐赖朝的首级以供孝养。作者在此冷静地揭示出,与无常抗争是徒劳无益的,暴虐不仁者终究无法逃脱死亡的残酷和统治的土崩瓦解。作为一部面向庶民的说唱文学,《平家物语》似乎在传达一种"无常史观",同时替百姓表达了对于无道当权者及混乱社会现状的不满。

　　死亡是无常最典型的体现,战记物语中的无常体验也大都与死亡观紧密相连。战乱频仍的时代,对武士而言死亡随时可能降临,甚至有"死亡乃意料之中,活着乃意料之外"的说法。此刻,无常已经不仅仅是佛教术语,而是战场上武士们真实的生死体验或曰死亡观,它与贵族世界因朝露易逝或飞花落叶而引发的无常感显著不同。无常观激发了武士阶层深深的共鸣,同时也成为麻醉自身灵魂、能够毅然赴死的思想武器。众所周知,根据变化速度的不同,佛教将无常分为"念念无常"与"一期无常"。念念无常指精神或物质无时无刻不在发生变化,一期无常指人或事物终将走向毁灭,一期无常是念念无常的累积和最终爆发。日本传统和歌物语中的无常大都表现为念念无常,重在抒发因四季轮回、花开花落、月圆月缺、物换星移、悲欢离合等引发的瞬息万变的情感体验。与此相对,战记物语中的无常表现为一期无常,当死亡不可避免地降临时,无常感受才格外地强烈。

　　无常感已经深深融入日本民族的内心深处,并渗透为全民族的审美意识。日本学者唐木顺三说过:"自古以来就有'无常美感'的说法,说到无常时,日本人的心灵琴弦,就会拨动出悲哀的、奇妙的音响。"①的确,日本的文艺作品常以优雅华丽的笔触来抒发无常感受,日本读者欣赏和品味着这份无常之美;无常美感往往伴随着沉重的感伤,物哀审美意识的发生便与无常观有着千丝万缕的联系。《方丈记》《平家物语》因出色展现了无常美感而被尊奉为国民文学,中世世阿弥的谣曲、近世松尾芭蕉的俳句、近松门左卫门的殉情净琉璃等,也都淋漓尽致地展现了无常的生死观和审美意识,从而构成了日本文学史上绵延不绝的无常审美潮流。

第三节　因果报应:怪奇趣味与儒佛融合

　　因果报应是佛教影响最广泛也最通俗的理论。在佛教因果报应思想传入之前,日本的传统意识是以集团的方式遭受惩罚,个人的错误往往会给所属部族乃至国家带来灾难,这与佛教宣讲的恶报只降临作恶者本人有所不同,而且没有过去、现在、未来的三世轮回转生概念。平安时代很多人并不接受因果报应观念,还曾经对讲述因果报应的人加以迫害。但随着佛教在统治者支持下的不断传播,以及《日本灵异记》《今昔物语集》等众多佛教故事集的诱导,人们开始熟悉并接受因果报应的思维方式。

---

① (日)唐木顺三:《無常》,东京:筑摩书房 1964 年版,第 196 页。

日本最早的佛教故事集《日本灵异记》(约 822—824)开始向民众普及因果报应思想,所收录的 116 篇奇闻异事大多为因果报应和灵验故事。作者是奈良药师寺僧人景戒,其职责即向俗众通俗易懂地讲解佛家真理,并诱导其皈依佛教。《日本灵异记》在编纂思想和题材方面受到中国佛教故事集《冥报记》《金刚般若经集验记》等的重要启示,但辑录的重点转向日本国的现世报应。景戒在上卷开头强调:"匪呈善恶之状,何以直于曲执而定是非。匪示因果之报,何由改于恶心而修善道乎。"并在结尾处进一步提出期望:"祈览奇记者,却邪入正。诸恶莫作,诸善奉行。"①

《日本灵异记》基本分为善报故事和恶报故事两大类。善报故事大都与菩萨或经典的灵验谭交织在一起,如信敬三宝得官位与长寿,信仰妙见菩萨盗品失而复得,信仰方丈经治愈疾病和耳聋等,总之善报的前因是建造寺院佛像、抄写经卷、布施、放生、悔过、诵经等。而且,正如题名中"现报"二字所提示的,这些善报故事都属于现世现报类型,没有轮回或冥报的事例,这也从侧面印证了佛教传入日本之初便具有现世倾向。《日本灵异记》的重点在于恶报故事,像生剥兔皮得皮肤病痛苦而死,嘲笑法华持经僧口角歪斜而死,因淫邪或不孝而堕入地狱等,总之恶报的前因在于杀生、不孝、淫邪、破坏佛像、污蔑僧侣等。惨烈的恶报故事无疑会给人以更加强烈的震撼和警示,中国的佛教典籍及早期小说对善恶两报的宣传也大都偏向于后者。

正如其全称《日本国现报善恶灵异记》所显示的,善恶果报往往与"灵异"故事联系在一起,这同时也开创了日本小说崇尚怪异

---

① (日)远藤义基、春日和男校注:《日本霊異記》,东京:岩波书店 1978 年版,第 54、56 页。

的先河。因果报应与宿世、轮回、转生等概念互为表里,极大扩展了日本文艺的思维空间;地狱、阎罗、狱卒、鬼魂等描写,也为怪异小说的叙事提供了用之不竭的丰富素材。怪异性成为日本古代小说不可或缺的叙事因素,在为数众多的怪其情节中,"怨灵作祟"无疑是最常出现且最具日本特色的一笔。《大镜》《荣华物语》《源平盛衰记》等描写了引发疫病和天变地异的"御灵",《源氏物语》《好色一代女》《雨月物语》等描写了"物怪"即活人的灵魂作祟。崇德上皇、菅原道真等都是死后化为怨灵的经典人物。

　　笔者认为,怨灵作祟既是日本原始神道教的概念,也是佛教引进后因果报应观的一种变形体现,可谓"神佛融合"的产物。以万物有灵、祖先崇拜为中心的神道教认为,人死后灵魂会继续穿梭于现实之间,灾难或疫病流行的起因是怨灵作祟。"平安时代是一个怨灵跳梁跋扈的时代,平安京到处都飘荡着死于非命的皇族、贵族、僧侣的怨灵。"[1]引进佛教后,人们吸纳了中国众僧念佛驱逐恶灵的仪式,并将怨灵作祟理解为因为眷恋或仇恨而难以极乐成佛。其实,怨灵作祟的本质是一种复仇,化为恶灵的大都是阴谋的牺牲者或者含冤枉死之人,曾经的施恶者仍然在活在世间安然无恙,恶有恶报的定律没有及时反映到这些人身上。于是,怨灵只好依靠自身的力量来惩罚恶人,使其自身或家人情侣等遭受恶报。此时的恶有恶报与佛教教义有了较大距离,也没有绝对的善恶标准,这或许可以说是一种日本式的、个人复仇似的报应观,人们以此种方式为弱者伸张正义,并抚慰那些游荡在人间无法成佛的怨灵。

　　在中国文化及文学的综合影响下,日本小说中因果报应的重

①(日)须永朝彦:《日本幻想文学史》,东京:白水社1993年版,第31页。

要特征,也体现为与儒家"劝善惩恶"观念的结合。善恶有报的标准,不再是早期的是否尊敬佛典僧侣或是否杀生淫邪等,而是逐渐被儒家道德条目所取代。众所周知,日本并非直接承袭印度佛典,而是通过汉译佛典或中国高僧亲授等方式进行的间接引进,而后汉至东晋的早期佛典本身,其实就已经掺杂了少量的儒教或道教思想。为使佛教能在中国立足和发展,佛学家总是尽力寻找儒佛伦理道德的契合点,这种援儒入佛的趋势,通过佛家故事、六朝志怪、唐代传奇、明清小说等传播途径,影响到隔海相望的日本。

　　因果报应思想向儒家靠拢的趋势典型体现在江户时代。德川幕府将儒学提升为"官学",佛教不再是涵盖一切的意识形态,甚至还出现以朱子学者为中心的排佛思潮。佛家在近世后期积极向儒家接近或妥协,提出神儒佛三教一致理论,认为三者皆"劝善惩恶",儒佛皆能"辅翼吾神祇,益吾灵国"。在通俗小说领域,读本小说家曲亭马琴是劝善惩恶小说观的代表人物,其代表作《南总里见八犬传》是参照《水浒传》等中国小说并融合日本史实完成的鸿篇巨制。马琴在序言和卷首附录中反复申明自己的"劝善惩恶"主旨,如"虽是痴人荒唐事,然欲劝善惩恶,教诫世间愚顽之女子、童蒙、翁媪,以作迷津之一筏,故始握戏墨之笔"(第九辑序言)①。他在《月冰奇缘》自序中,还明确表达了自己借用佛教的因果报应之理、弘扬劝善惩恶主旨的良苦用心:"聊借释氏刀山剑树之喻,以寓化人解脱之微意,虽未免捞水弄月之诮,些可以惩

---

①(日)曲亭马琴著,(日)小池藤五郎校订:《南総里見八犬伝》(九),东京:岩波书店 1985 年版,第 5 页。

恶奖善,读者镜焉,庶几迷津之一筏矣。"①

　　因果报应的观念往往也是充满矛盾的,善良之人遭遇厄运的例子不在少数,穷凶极恶之人也经常尽享荣华富贵,所以说因果报应只是人们憧憬中的理想状态,是对现实世界的绝望和逃避。尽管如此,因为善恶有报的美好结局能够满足民众朴素善良的愿望,所以因果报应一直是备受小说家青睐的主题之一。较之于宣传佛教教义的功能,因果报应在更大程度上成为一种叙事手段,日本古代物语往往存在无固定主题、结构松散凌乱、缺乏逻辑联系的缺陷,因果报应观念伴随佛教故事和志怪传奇传入日本后,日本小说家开始尝试依照因果报应的链条来连缀情节。

　　上述佛学思想并非各自独立而是循环交织,一部小说往往融入多种佛学内涵,《源氏物语》《平家物语》等小说就综合体现出无常感、净土往生和因果报应思想的深刻影响,佛教思想与小说创作已经达到了水乳交融的境界。佛学意识在经历了最初的传播阶段后,到15世纪后成为艺术被广泛接受,有时甚至成为一种非自觉的抑或装饰性的存在,因此很多小说在佛学的叙事氛围中,其实还蕴含着更加深广的内涵,如对人类情感的描摹,对社会万象的展现,对历史的反思或对现实的质疑等,佛学意识的研究有助于我们理解小说的创作主旨,只是切不可将佛学主题完全等同于整部作品的创作核心。

----

①(日)《曲亭馬琴集》(日本文学大系第16卷),东京:国民图书株式会社1926年版,第3页。

第八章 日本近世小说家的明清 小说评论和中日小说比较论

日本知识分子在阅读欣赏中国小说之余,也开始进行模仿创作,并自然而然地将其与日本小说进行比较,且已体现出较为鲜明的比较文学意识,其中既有对中日小说异同较为准确的把握,也有因民族主义情结或个人水平所限而导致的偏颇见解。考察近世小说家对于中国小说的评论,有助于了解中国小说在异域日本最初的被接受情况,有助于更加清晰地认识中日两国小说观念的异同。

第一节 日本近世小说家的明清小说评论

在日本的江户时代,中国明清小说搭乘贸易之船大规模流传到日本,并引起上至贵族文人下至市井百姓的广泛热爱。日本知识分子在欣赏、评介之余,也开始进行"翻案"创作,并自然而然地进行了比较文学式点评。虽然这方面留下的文字为数不多,而且大部分属于零乱的、只言片语的感想,但已经体现出一定程度的比较意识和探索精神,其中既有对中日小说异同较为准确的把握,也有因民族主义情结或个人水平所限而导致的偏颇见解。例如,他们对序跋及评点中体现出来的小说理论深表赞赏,对明清小说在行文布局、人物塑造和语言运用等方面取得的艺术成就深感钦佩，但对某些小说中常见的血腥及淫亵情节又深觉遗憾。考察近世小说家对于中国小说的评论，有助于了解明清小说在异域日本最初的被接受情况，有助于更加清晰地认识中日两国小说观念的异同。

一、发达的中国小说理论

中国古代小说理论始于汉、显于唐，到明中叶取得飞跃发展。自明嘉靖至清嘉庆的约 300 年间，已经形成完整的中国式小说理论体系。中国小说理论大多集中于小说的序跋和相关评点中，其中既有对创作实践经验的总结，也有为小说价值进行的辩护。当形式完备、内容丰富的中国小说理论传入日本的时候，日本作家大都采取了虚心接受和热心模仿的态度。

日本传统的物语草子类小说没有附加序跋的传统，日本知识分子在接触到中国小说的序跋和评点后，才痛感本国小说缺乏这类评论性文字，因此在模仿中国小说进行翻改创作的实践中，也开始尝试用序跋的形式来抒发个人见解。例如，江户前期假名草子作者浅井了意以明代瞿佑的《剪灯新话》为蓝本，创作出一部以怪异为特色的短篇小说集《伽婢子》，他一开头便模仿瞿佑《剪灯新话》的序言，通过攀附经典的方式为怪异小说争地位，《伽婢子》自序曰：

> 夫圣人说常教道，施德整身，明理修心，天下国家以移风易俗为宗，总不语怪力乱神。然若不得已时，亦著述为则。以此《易》云龙战于野，《书》志雉鸣于鼎中，《春秋》示乱贼之

事,诗载《国风·郑风》之篇,传于后世以明鉴。①

显而易见,这段表述模仿自瞿佑《剪灯新话》序言:

> 《诗》《书》《易》《春秋》,皆圣笔之所述作,以为万世大经
> 大法者也;然而《易》言龙战于野,《书》载雄雉于鼎,《国风》取
> 淫奔之诗,《春秋》纪乱贼之事,是又不可执一论也。②

日本小说家不仅完整地吸收了中国小说序跋的表现方法和
理论内容,而且大多采用纯汉文或汉文比重较大的和汉混合文体
书写,因此在形式上也更加接近中国小说。但同时也应该看到,
日本小说家对明清小说理论大都处于单纯的模仿阶段,从形式到
内容几乎都是明清小说序跋的翻版,缺乏批判的眼光和独到的创
见。所以,他们既吸纳了明清小说理论的优越之处,也未能避免
其常见的弊病,如序跋文往往流于形式,序跋内容常孤立于小说
内容之外;序跋内容大多停留在为小说争地位的阶段,往往通过
攀附经史的方式来为小说争取生存权;强调通俗小说对市井百姓
劝惩教化功效;对于小说的艺术性较少涉及等。

除序跋外,评点是中国小说理论一种独特而重要的载体。散
见于小说各处的精彩评点倾倒了日本读者,金圣叹评点的《第五
才子书施耐庵水浒传》、毛宗岗评点的《三国演义》、张竹坡评点的
《金瓶梅》等,在日本知识分子中间都引起了强烈反响。曲亭马琴
就十分欣赏中国小说的评点,他在《半闲窗谈》末尾感叹道:"抑唐
山之稗史,必有后人之批评,皇国之草纸物语,今昔皆无评语。能

---

① (日)松田修、渡边守邦、花田富二夫校注:《伽婢子》,东京:岩波书店 2001
　年版,第 9 页。

② [明]瞿佑:《剪灯新话》(《韩国藏中国稀见珍本小说第二卷》),北京:中国
　大百科全书出版社 1997 年版,第 1 页。

够欣赏批评者,愈发稀少。"①他甚至将评点看成与作者、作品紧密链接的不可或缺的一环,在《八犬传》第七辑序言中马琴这样说道:"世有奇才,然后奇书出焉。有奇书,然后奇评附焉。朱元晦曰,好人难得,好书难得。非但好人好书之难得,好评亦不易得。"②

儒学者兼小说批评家清田儋叟(1719—1785)对小说评点表现得最为热情,他模仿金圣叹等中国小说评论家,出版了加入个人评点的贯华堂初刻本,以及对《贯华堂本水浒传》全文进行批评的《题水浒传图》(《孔雀楼文集》卷之五)。此外,弟子高田润根据他的讲课记录整理而成《清君锦先生水浒传批评解》,其中也涉及到《水浒传》第一回到第七十回(只缺少第七十回)的评解,清田儋叟堪称日本近世《水浒传》评论的第一人。

首先,儋叟赞同金圣叹评点的七十回本,并对宋江持同样的批判态度,还对金圣叹评点中的错误和疏漏进行了补充与更正,而且同样注重对人物性格的考察。其次,儋叟非常重视小说与历史的关系,对《水浒传》人物与事件的历史根据有很多深入的考证,如他认为水浒文面之外有真水浒,宋之一代收入一部之中,晁盖为太祖、宋江为太宗,吴用为赵普,关胜为魏胜,张横、张顺为张贵、张顺,一丈青为杨妙真之类,多为正史之助。再次,虽然视小说为正史之余,但儋叟认为小说可以进行适当的虚构,而不必完全拘泥于史实:"有某事某人,而后以斯事斯人充之。其人也虚,

---

① (日)森润三郎:《曲亭马琴翁と和汉小说の批评》,《日本文学研究资料丛书·馬琴》,东京:有精堂1986年版,第52页。

② (日)曲亭马琴著,(日)小池藤五郎校订:《南総里見八犬伝》(四),东京:岩波书店1985年版,第3页。

其事实者有焉。其人也实，其事虚者有焉。"(《孔雀楼文集》题水浒传图)①在要么完全遵循历史事实，要么通篇荒诞寓言的近世时期，清田儋叟对于小说虚实结构的认知是具有历史进步性的。

像这样，日本知识分子纷纷对《水浒传》《三国演义》《平妖传》等明清小说展开评点，并由此形成一股热潮。当然，由于评论家的水平有高有低，因此难免出现评点良莠不齐的局面。当对评点的模仿和尝试积累到一定程度以后，一些有识之士开始站到更高的角度上，冷静地审视当前盲目仿作的现状，其中成就最为显著的当属曲亭马琴。他首先一针见血地指出当前评点热潮的弊病："近见好奇之士评稗史，徒搜索其瑕疵，批之以理义，便是圆器方盖，更鲜有不损作者面目。"②也就是说，一些评论家并没有真正理解原作，而是动辄以儒家的仁义道德为标准，对作品进行吹毛求疵式的评点，这样不但无助于凸显作者的写作初衷，甚至会严重损害原文的主旨。

针对评点界的混乱现状，马琴提出评点小说要有"五禁"，他在《八犬传》第九辑卷三十六简端附言中这样说道："吾常言，评达者之戏墨有五禁，即所谓以假当真、求全责备；评者只以其理论、以自己之所好引导评论；不探究作者深意，见其年纪不合便欲指摘，俗称吹毛求疵之类；对有书约而久未结出之作者，迫不及待进行催促；神异妖怪有始无终，出没不可思议。"③只有严格避免这

---

① (日)清田儋叟：《孔雀樓文集》，东京：早稻田大学图书馆公开古籍书 1774 年版，第 55 页。

② (日)曲亭马琴著，(日)小池藤五郎校订：《南総里見八犬伝》(四)，东京：岩波书店 1985 年版，第 3 页。

③ (日)曲亭马琴著，(日)小池藤五郎校订：《南総里見八犬伝》(九)，东京：岩波书店 1985 年版，第 162 页。

"五禁",才能做出好的评点,才能成为原书作者异域和异代的真正知音。

即使是中国的评点大家金圣叹,马琴也认为他的《水浒传》评点并非尽善尽美。在《新编水浒画传》卷头的《译水浒辩》以及随笔《玄同放言》的《诘金圣叹》一章中,马琴尖锐地指出,金圣叹的评点存在大量错误和自相抵牾之处:(一)他每评小说,动辄引圣教经传,是予难苟同之一处也。(二)又至评《水浒传》,对《三国志》与《西游记》大加讥诮。(三)谓《水浒传》不言鬼神怪异之事,为他笔力过人之处。然何言《水浒传》无鬼神怪异之事,洪信开石碣放百八魔君,宋公明遇九天玄女受天书之类,是乃未曾有之怪异也。(四)谓《史记》与《水浒传》不同,施耐庵无一肚皮宿怨,然至后又言之,为此书者之胸中,不知有何等冤苦,必设言百八人也。如此辩论无定,又及百八人物,论其贤愚时,过于弄假成真。① 可见,曲亭马琴对金圣叹批判的焦点在"辩论无定"上,且进一步讥讽道:"彼虽熟读小说,作外书批注,然有漫然附骥之侥幸,譬如杂剧之白。"②

金圣叹评点的自相抵牾之处,既是他放荡狂傲性格的写照,也反映了他内心深处固有的矛盾,而这些矛盾均与《水浒传》复杂的思想倾向有关。《水浒传》本身思想性就十分复杂,而且还存在一些糟粕情节,所以读者和评论家首先要经历十分矛盾和斗争的心情,经历不断的补充、更正乃至推翻,才能逐渐达到对《水浒传》的成熟认识。曲亭马琴在奉金圣叹评点为楷模的时代氛围中,能

---

① (日)曲亭马琴:《新编水浒画传》,东京:三教书院 1935 年版,第 16 页。
② (日)曲亭马琴、石川雅望:《玄同放言　都の手ぶり》,东京:吉川弘文馆 2003 年版,第 254 页。

够潜心阅读与思考,并发掘出金氏评点中的漏洞或失误,表明他具有相当的学识与胆识,同时也为日本近世的中国小说评论开了先河。

尽管如此,从马琴对金圣叹失误的反复批判甚至嘲讽中,我们还是能够察觉到一种作为异国同行的敌意。客观而言,金圣叹的水浒评点虽有不尽人意之处,但大多属于发人深省的真知灼见,并为人们深度阅读《水浒传》提供了多维视角。毋庸置疑,金圣叹在普及水浒知识和推动小说理论发展方面,具有不可磨灭的功绩。然而,曲亭马琴虽然也潜心阅读了金圣叹的评点,其水浒评论甚至可以说是在对金圣叹的接受与批判中成长起来的,但他对金圣叹的功绩却很少提及,相反却抓住其失误反复批判,这表明评论者本人还无法真正客观地对待研究对象,其治学心理和研究心态都还处于不太成熟的阶段。尤其是面对中国灿烂悠久的文明成果时,既羡慕对方文化的博大精深,又痛感本国文化的薄弱滞后,这正是影响发生时如影随形的文化焦虑或比附心理。

二、高超的艺术成就

日本古典小说如平安时代的《伊势物语》《源氏物语》等,大都由很多独立的篇章构成,人物与人物、事件与事件之间联系并不十分紧密,节奏缓慢沉闷,缺乏丰富的表现技巧。中世兴起的军记物语如《平家物语》等情节较为单调,着重宣扬盛者必衰和诸行无常的佛教式理念,对战争场面的驾驭和运筹帷幄的描述都较为薄弱。近世前期兴起的以爱欲和金钱为主题的浮世草子也没有摆脱这一窠臼,而且很快便堕入了情节低俗老套和文学性匮乏的窘境。

与之相对,江户中后期大规模入境日本的中国古典小说如

《三国演义》《水浒传》《西游记》、"三言二拍"等,以其题材新颖独特、情节跌宕起伏、前后文脉紧密照应、人物性格丰富鲜明的艺术魅力,深深倾倒了日本读者。一些日本小说家在对这些作品仔细玩味并模仿创作的过程中,愈发深刻地领会到中国小说优越于日本的各种创作理念与技巧,并积极地将其运用于自身的创作实践。

　　1. 稗史七法则

　　在认真研读中国小说及小说理论的基础上,曲亭马琴在长篇史传读本《南总里见八犬传》中,对中国小说家的创作规则进行了总结,并提炼出"稗史七法则"。"唐山元明才子等作稗史,自有法则。所谓法则,一是主客、二是伏线、三是衬染、四是照应、五是反对、六是省笔、七是隐微。"①除去"隐微"涉及到作品的主题思想外,其他六项都是关于小说布局谋篇的法则。

　　"稗史七法则"的提出,借鉴了很多中国文艺批评家常用的学术用语,关于其出处,很多日本学者都做过详尽考证,其中公认对马琴影响最大的是金圣叹的《第五才子书施耐庵水浒传》、毛声山的《毛声山评注琵琶记》和李渔的《闲情偶寄》。例如,"主客""伏线"的提法,主要来自李渔《闲情偶寄》卷一《词曲部》结构第一中"立主脑""密针线"等创作原则的启示。至于"衬染"的提法,马琴明确表示来自金圣叹《水浒传评注》的影响,它的含义和日文读音都与中国批评用语中常见的"渲染"相同。曲亭马琴不仅对中国小说家的创作规则进行了较为系统的总结,而且在创作实践中也认真借鉴了这些规则,从而使自己的读本小说如《近世说美少年

---

① (日)曲亭马琴著,(日)小池藤五郎校订:《南総里见八犬伝》(六),东京:岩波书店1985年版,第6页。

录》《侠客传》《八犬传》等博得了几乎所有读者的喜爱。

　　马琴不仅吸收了中国小说在布局谋篇上的经验，还运用这些经验发现了《西游记》《水浒传》在人物设计方面的不足。他认为，《水浒传》《西游记》虽然堪称中国稗史小说中的杰作，但《水浒传》中人物设置得过多，主要人物就多达一百零八位，更何况还有很多中途便自行消失的无名氏。出场人物过多的弊端在于很难首尾贯通地交代每个人的经历，像史进、鲁智深、杨志、武松等开头的几位好汉，进入梁山泊之后，除了在两军交战时偶有露面外，其余时候几乎很少着墨。与之相反，《西游记》的人物设计又显得过少，只有唐僧与孙悟空、猪八戒、沙僧师徒四人，导致情节相似而且颇多重复。马琴本人自豪地扬言，自己在创作长篇小说时就汲取了这些教训，从一开篇便精心设计人物与情节，像《八犬传》中的主人公就只保留了八位犬士，再加上其他主要人物总共也就十九人，"如是人数既不多，亦不寡，不似水浒之多，西游之少。其余忠臣义士更是如此，彼虽泛泛之辈，但亦有始有终，无一人中途自消自灭者"①。

　　2."混淆雅俗和汉"

　　江户时代初期，《源氏物语》等古典小说因时代久远而显得艰涩古雅，当时流行的洒落本、滑稽本、浮世草子等又流于滑稽卑俗。建部绫足等人模仿日本古典开创的雅文体小说，脱离现实生活一味堆砌文言词藻，从而造成了行文晦涩、不堪卒读的弊病。在接触到明清白话小说后，一些小说家开始对日本小说的语言风格进行反思，胜部青鱼、都贺庭钟、山东京传、曲亭马琴等纷纷从

---

① （日）曲亭马琴著，（日）小池藤五郎校订：《南総里見八犬伝》（六），东京：岩波书店1985年版，第6页。

妇孺百姓通俗易解的角度，提倡用俗语进行写作。例如，都贺庭钟在《古今奇谈英草纸》序文中强调自己的作品"疏于风雅之词，故其文去俗不远"，但"鄙言却可傚俗"①。他认为，只有像中国白话小说一样使用俚言俗语，才能生动形象地展现人情世态，才能栩栩如生地塑造人物性格："彼宋元之后方，起笔以'话说'为发端之小说，皆为俚语而非古言。尤其专写人情之快谈，《水浒传》无论其美恶，先闻其发言，便知其愚智刚柔廉奸也。"(《义经磐石传》跋)②另一位小说家山东京传在《樱姬全传曙草纸》中也说："俗耳厌远，今更用卑俗之言辞，且专欲喜儿女听闻。"③这与冯梦龙"天下之文心少而里耳多"的考虑非常相似。

　　曲亭马琴对语言雅俗问题的思考最为深入。他首先援引明清白话小说成功的例子，说明使用俚言俗语的必要性："苟不用俗语，则犹如隔靴搔痒，是以唐山演义小说之书，皆为俗语。"(《昔语质屋库》自序)④之所以必须采用通俗的语言，马琴认为主要原因有两点：(一)描写人情的需要。"稗史野乘之写人情，全不凭俗语则难以成立。唐土以《水浒传》《西游记》为首，宋末元明之作者，皆以俗语缀篇。"(《读本朝水浒传并批评》)⑤针对建部绫足等人

①（日）中村幸彦、高田卫、中村博保校注：《英草紙　西山物語　雨月物語　春雨物語》，东京：小学馆 1973 年版，第 73—74 页。

②（日）中村幸彦：《近世文芸思潮論》，东京：中央公论社 1982 年版，第 240 页。

③（日）《山東京伝集》(近代日本文学大系第 14 卷)，东京：国民图书株式会社 1926 年版，第 218 页。

④（日）《曲亭馬琴集》(近代日本文学大系第 16 卷)，东京：国民图书株式会社 1926 年版，第 601 页。

⑤王晓平：《日本文论》，收录于曹顺庆主编《东方文论选》，成都：四川人民出版社 1996 年版，第 794 页。

借用古语书写当今之事的"雅文体"小说,马琴予以坚决否定:"生于今世,欲作草纸物语,而缀以雅言正文,则劳而无功,且不能写情尽趣。"①的确,要想生动细腻地展现人物的心理和性格特征,就必须使用自己驾轻就熟的通俗语言,否则很容易陷入生硬晦涩、词难达意的泥沼。(二)普通读者的需求。马琴始终认为通俗小说是以胸中没有多少文墨的妇孺百姓为对象的,所以应该使用浅显易懂的俚言俗语,这样才能够达到教化民众的社会功效,他在《新编水浒画传》的《译水浒辩》中就明确提出,自己的作品"只以妇女童蒙易解为宗"②。

在肯定俗语写作的基础上,马琴进一步提出与日本具体情况相对应的"混淆雅俗和汉"文体。虽然提倡俗语文体,但马琴认为俗语文体并不完全等同于日常口语,而是要经过一定的艺术加工,这就涉及到如何正确处理语言"雅俗"的问题。马琴就此进行解释说:"然今此间俚言俗语,转讹侏离太甚,不能原样成文。余文驳杂,乃为脱离侏离庸俗也。"③也就是说,如果原封不动地照搬俚言俗语,就难免会导致庸俗不堪或不知所云等弊病,所以还是要对俗语进行一定的提炼和修饰,并适当地辅助以规范的言辞。而且,在写作以历史为题材的读本小说时,适当地夹杂一些文雅的词藻,才能使其更加贴近史实。

接着,马琴提出即使是《竹取物语》《宇津保物语》《源氏物语》

---

①王晓平:《日本文论》,收录于曹顺庆主编《东方文论选》,成都:四川人民出版社 1996 年版,第 796 页。

②(日)曲亭马琴:《新编水浒画传》,东京:三教书院 1935 年版,第 14 页。

③(日)曲亭马琴著,(日)小池藤五郎校订:《南総里見八犬伝》(七),东京:岩波书店 1985 年版,第 220 页。

等古代的物语,采用的其实也是雅俗兼备的文体,是对当时士大夫及妃嫔等人语言的实录。之所以给人以文雅高洁的印象,是因为"古言自然不鄙俗,且宫嫔之词,虽任其雅俗(中略),但才子才女,品格高洁,且又能文,故成后世和文之泰斗"①。可见,曲亭马琴对小说语言的雅俗问题考虑得已经较为全面,他提倡在整体上用俗语写作,但并不排斥局部雅语的运用,认为只有正确处理雅与俗的关系,才能开拓出更为丰满的小说文体。

　　作为模仿中国明清小说进行翻改创作且大量使用汉语词汇的日本小说家,在语言处理上还不可避免地要触及到"和汉"问题。马琴最开始写作《八犬传》的时候,使用的是通俗的日语口语文体,较少采用对普通读者而言较为难懂的汉字,即"始只以通俗为宗旨,不敢缀以奇字。故每行假名多、汉字寡"②。但是,到了《八犬传》六、七辑之后,马琴开始有意识地多摘抄中国的俚言俗语,并用假名注明这些汉语词的意思,他这样做也是有着良苦的用心:"此举似不必要,但世之独学孤陋诸生,欲读唐山稗史小说者,庶几得其筌蹄,此亦作者之亲切婆心也。"③也就是说,马琴希望普通读者通过阅读自己的作品,能够逐渐熟悉这些中国俚言俗语的意义,进而培养他们独立阅读中国白话小说的能力。

---

①(日)曲亭马琴著,(日)小池藤五郎校订:《南総里見八犬伝》(七),东京:岩波书店 1985 年版,第 219 页。

②(日)曲亭马琴著,(日)小池藤五郎校订:《南総里見八犬伝》(七),东京:岩波书店 1985 年版,第 217 页。

③(日)曲亭马琴著,(日)小池藤五郎校订:《南総里見八犬伝》(七),东京:岩波书店 1985 年版,第 217 页。

三、淫亵与血腥描写的缺憾

1. 淫亵描写

在具体情节方面,古代日本一些小说家或评论家认为,中国的艳情小说如唐代的《游仙窟》、明清时期的《金瓶梅》《石点头》《肉蒲团》等,多淫秽猥亵描写。曲亭马琴对此表示十分担忧,他在《八犬传》卷三十三简端附录作者总自评中说道:"唐山大笔稗史之作者,皆能学得,无人不知君子之大道。然其稗史中,间或有淫奔猥亵段落。见而不悟者,只认为作者媚于时好,写这丑情。岂不知,其淫奔者皆为残忍凶恶之男女,善人无此事。譬如,《水浒传》写武大郎之妻潘金莲与西门庆通奸之丑态,又如杨雄之妻潘巧云与潘如海通奸之事。这潘金莲、潘巧云、西门庆、裴如海等,恶毒刻薄,死罪难容,虎狼蛇蝎般大恶人也。这奸夫淫妇等,耽于不义之淫欲,看官切勿羡之。此皆系于劝惩,应戒其淫乱,探寻作者之隐微。"①

他对《金瓶梅》的流行也难以认同,认为书中充斥的海淫导欲描写实为正人君子所不取:"毕竟《金瓶梅》是以《水浒传》西门庆与金莲奸通之恶毒故事为母体而成,(略)不宜君臣父子间阅读之处甚多。然唐山(指中国)书贾将《水浒传》《西游记》《三国演义》与《金瓶梅》列为四大奇书,想必是文章佳妙、合乎猥亵世风吧!"(《新编金瓶梅》初卷序文)②。马琴猜测,或许是《金瓶梅》的市井

---

① (日)曲亭马琴著,(日)小池藤五郎校订:《南総里見八犬伝》(九),东京:岩波书店 1985 年版,第 6—7 页。

② (日)曲亭马琴撰,(日)渡部白鸥纂辑:《曲亭馬琴戯作序文集》,东京:早稻田大学图书馆公开古籍书 1831 年版,第 33 页。

风情吸引了读者的关注,同时也符合了晚明社会喜好淫逸的风
尚,所以才被列为四大奇书吧。

　　不言而喻,这是传统儒家文学观对日本知识分子的影响。儒
学在日本近世因十分契合封建统治的需要而被德川幕府定为官
学,由此,忠孝节义等道德观念逐渐成为封建社会的伦理基础。
儒学不仅作为伦理道德规范而存在,还在文艺创作及评论领域发
挥着指导作用。儒学者发表的文学理论常常影响到一般文学研
究者及创作者的态度,像中国小说如《游仙窟》《金瓶梅》以及充满
恋爱情趣的日本古典小说《伊势物语》《源氏物语》等,均被儒学者
视为"诲淫"之作加以排斥。儒家文学观对小说作者产生了潜移
默化的影响,同时小说家为向幕府势力妥协也不得不标榜作品的
劝善惩恶思想,甚至很多以情爱为题材的小说也都牵强附会地冠
之以"教训"的美名。作为自幼深受儒家四书五经熏陶的知识分
子,曲亭马琴之所以对《金瓶梅》持否定态度,就是因为内心深处
还残留有正统文学观念的深刻烙印。

　　马琴本人在模仿中国小说进行创作时,就坚决摒弃了其中的
色情描写。他宣称:"如彼等写贵胄公子与闺门丽人,或市井男女
互相私通,野合淫乐,以痴情为宗者,实为诲淫导欲,乃余所不为
也。"①在文化五年的《松染情史秋七草》中马琴也强调:"其间劝
善戒恶,叙人情,托风教,微意所存,实作者一片婆心也。"②他根
据《金瓶梅》的主要情节改编并出版了《新编金瓶梅》,但强调绝非

①（日）曲亭马琴著,（日）小池藤五郎校订:《南総里見八犬伝》（九）,东京:岩
　　波书店 1985 年版,第 7 页。
②（日）《曲亭馬琴集》（近代日本文学大系第 16 卷）,东京:国民图书株式会
　　社 1926 年版,第 203 页。

单纯的模仿,而是删去了淫乱猥亵的内容,代之以明确的善恶有报的情节。他在初卷序文中有这样的说明:"以此编发端的八卷,凡原书未有之处,皆按本人意愿所著。此外,尚删去甚猥亵之处,易以奖善之故事。当取则取,无趣处则去,另发新研。慧眼看官及知音诸君子,若知备尝甘苦之作者之用意,就不单是读草双纸,而知和汉之差别矣。"①

这段言论令人深思,曲亭马琴将是否存在淫亵描写提升为衡量中日文学优劣的标准,将崇尚猥亵描写视作中国小说的弊端,而自己在模仿创作时尽量避免了这一弊端,从而体现了日本小说的优越之处。的确,取其精华,去其糟粕,正是日本吸收外来文明时所采取的非常谨慎的态度。但就总体而言,马琴的此番比较还是过于片面和武断。虽然中国一些艳情小说在渲染性爱方面存在瑕疵,但瑕不掩瑜,中国明清小说从整体而言取得的成就非常显著,不应因局部的欠缺而否定整体的成就。

其实,曲亭马琴对《金瓶梅》等作品的认识还没有摆脱封建正统思想的桎梏,他只着眼于其中的淫秽描写,而未能透视其深刻的社会内涵,所以才将此类书籍视为诲淫诲盗的洪水猛兽加以排斥,才对中国书贾将《金瓶梅》与《水浒传》《三国演义》《西游记》并列为四大奇书深感困惑。而明清时期的很多知识分子如袁宏道、谢肇淛、张竹坡等,都已经能够对《金瓶梅》作出较为公允的评价。如清代的张竹坡就驳斥了流行的淫书论,指出《金瓶梅》是一部旨在泄愤的世情书,作者的真正意图在于谴责西门庆荒淫糜烂的生活,应该从整体上认识《金瓶梅》批判性的思想倾向。无名氏批评

---

① (日)曲亭马琴撰,(日)渡部白鸥纂辑:《曲亭馬琴戲作序文集》,东京:早稻田大学图书馆公开古籍书 1831 年版,第 34 页。

崇祯本《金瓶梅》赞扬了该作品描摹世态、揭露人情恶薄的功能。另外，在小说的艺术性上，《金瓶梅》生动逼真的写实手法、丰富而独特的人物性格塑造，都堪称中国文学史上的一笔财富，不应该一概地予以抹煞。

　　曲亭马琴不仅对中国的《游仙窟》《金瓶梅》《肉蒲团》等艳情小说持批判态度，对日本的同类作品也予以坚决的否定。马琴在这时已经具有了鲜明的比较文学归类意识，他从侧重于男女情爱描写的角度，将日本平安时代的《伊势物语》《源氏物语》以及江户时代以《好色一代男》为代表的浮世草子划入同一范畴。马琴认为《源氏物语》同样有海淫导欲之嫌，并且援引了后世关于作者因玩弄狂言绮语而死后堕入地狱的说法："青钱学士仙窟一篇（指《游仙窟》），虽文章奇绝，而为君子所不取。紫家才女之源语一书，虽为和文之规范，而有堕狱之悔，皆因共系淫奔玷污也。况后世海淫浮艳之谈，必有害于视者。此乃作者最应谨慎之处。此饭台之曲亭翁，尝耽著书，每岁所著小说，无不根于劝惩。"（《石言遗响》）①马琴通过比较发现，中国的《金瓶梅》等小说与日本的浮世草子非常相似："予视之，其趣向颇似我国的浮世物，无一巧妙条理，只写出乱朝恶俗之情态。"②即两者描写的都是淫乱猥亵的故事，都迎合了当时社会喜好淫乱的风尚，都缺乏深刻的劝惩教化内涵等，马琴对这类以"好色"为主的小说不屑一顾，甚至将其排斥在日本文学范畴之外。

---

① （日）中村幸彦：《滝沢馬琴の小説観》，收录于《日本文学研究资料丛書·馬琴》，东京：有精堂1986年版，第71页。
② （日）曲亭马琴撰，（日）渡部白鸥纂辑：《曲亭馬琴戯作序文集》，东京：早稻田大学图书馆公开古籍书1831年版，第33页。

2.血腥杀戮情节

江户时代的小说家或评论家还普遍认为,明清小说多血腥杀戮情节。胜部青鱼就对《石点头》中的残忍情节难以接受:"石点头,夫妇之情淫乱之事多,且又有残忍之事,不堪卒读。大金攻宋时,旅人夫妇粮尽,进退两难之际,妻贞女自行至屠家,卖身以其肉价换路银助其夫归故乡,不忍卒读之事也。"①他这里举的是《石点头》第十一回《江都市孝妇屠身》中,妻子为助丈夫返乡,自行到屠夫家中割肉换取银两的例子,并反复申明这些情节对于日本的知识分子而言过于残忍。其实,这是明清小说家为宣扬忠孝节义等封建伦理而进行的刻意夸张,是明清小说常见的写作套路,不能将其简单地与社会现实画等号。

曲亭马琴对《水浒传》中的残忍描写也深表不满。他衷心热爱《水浒传》的艺术之美,并试图从"文面的假话"与"作者的真面目""初善中恶后忠"和"隐微"的角度,对其思想内涵提出较为合理的解释,但也从不隐讳对《水浒传》血腥描写的忧虑。在《倾城水浒传》的序文中,马琴悉数列举了《水浒传》残忍血腥的行为,如张青孙二娘在十字坡屠杀过路的旅客,将其做成人肉包子;武松鸳鸯楼复仇时数十口人惨遭杀戮,连丫环仆妇亦未能幸免;在蜈蚣岭说要血祭新刀,就要残杀道士师徒等无辜的生命等,这些场面均残忍血腥无比,令人不忍卒读。马琴从小说的社会效果出发,认为《水浒传》乍看只是一部行侠仗义的小说,而普通的读者又很难透视其深刻的思想内涵,所以很可能导致错误的理解,认为作者对梁山好汉的所作所为持嘉奖态度,并群起而效仿之。

---

① 转引自(日)中村幸彦:《近世文芸思潮論》,东京:中央公论社 1982 年版,第228 页。

《水浒传》中的确存在一些糟粕情节，像惩罚歹人时动辄剖腹挖心，常常滥杀无辜，充斥着江湖恶霸风气和偷盗行径等，或许这就是百姓揭竿而起时混乱的社会现实，当然也有说书人为迎合听众的猎奇趣味而着意渲染的因素。但如果活生生地将其全部搬到文艺作品中，就是马琴所不能容忍的了。事实上，很多日本知识分子如清田儋叟、都贺庭钟等都对《水浒传》的残酷描写难以接受，这主要是因为日本的封建社会一直比较稳定，始终以皇室为最高的统治中心，没有发生过大规模的民族冲突，社会的统一也就没有被极端地破坏过，即使在中世的武家时代，也没有出现中世纪欧洲和中国战国时代那种严重的无中心状态。所以，与战乱相伴而生的烧杀抢掠描写超出了日本读者的心理承受能力。而且，这其中还包含对中国文学作品的误读成分，江户时期日本读者在对《水浒传》主题的理解方面还处于较为浅显的阶段，他们多从情节波澜壮阔和人物生动有趣的角度欣赏《水浒传》，很少有人联系小说创作的历史背景，深刻透视到这是一部旨在反抗封建王朝黑暗现实的小说，基于对封建统治者的极端不满和自身反抗能力的匮乏，小说作者和读者都试图在作品中找到宣泄愤懑的途径，所以才促成了上述过激的行为描写。

第二节　曲亭马琴对《水浒传》的考证与点评

曲亭马琴堪称江户时代对《水浒传》研究最为深入的小说家，其水浒观主要体现在《新编水浒画传》卷头之《译水浒辩》、随笔《玄同放言》卷三《诘金圣叹》以及读本《倾城水浒传》和《南总里见八犬传》等的序跋文中。正如高岛俊男所言，曲亭马琴在评论《水

浒传》时旁征博引,博采众长:"援引了明代郎瑛《七修类稿》、清初
周亮工《因树屋书影》等关于《水浒传》的记述,这些典籍即使在今
天也属于《水浒传》研究最重要的资料,因此,尽管这些文献现在
已是众所周知,但在江户时代的日本能够以一己之力找到并揭示
这些文献,马琴的博览群书以及洞察力实在令人赞叹!"①

一、主旨评价:劝惩缺憾与隐微之意

曲亭马琴对《水浒传》由衷地热爱,在构思之精妙、人物之生
动等方面不吝赞美之词,如他在《译水浒辨》序言中说:"予尝读
《水浒传》,忘食而不厌,秉烛无倦时。此书变化之妙,宛转之奇,
自然天成。作者竭一生之精神、半世之英气,成此文章一家,自与
他书不同。"②曲亭马琴还模仿创作有《高尾船字文》(1796)、《新
编水浒画传》(1805)、《南总里见八犬传》(1814—1842)、《倾城水
浒传》(1825—1835)等小说,被视作江户时代对《水浒传》了解最
为透彻的小说家和评论家。

不过,曲亭马琴也时常对《水浒传》在劝惩教化方面的不足表
示遗憾,认为《水浒传》虽然在艺术上堪称巅峰之作,但由于表达
过于晦涩而无法达到教育妇孺百姓的效果,乍一看只是一部行侠
仗义的小说,很难起到警世作用,如他在《八犬传》中指出:"《水浒
传》劝惩隐微,无善悟之者,乍看仅为强人之侠义,甚为可惜。"③

---

① (日)高岛俊男:《水滸伝と日本人》,东京:大修馆书店1991年版,第166页。
② (日)龙泽马琴、高井兰山:《新编水滸画传》(初编上),东京:法木书屋藏
　 1991年版(国立国会图书馆数据库 info:ndljp/pid/878792)。
③ (日)曲亭马琴著,(日)小池藤五郎校订:《南総里見八犬伝》(九),东京:岩
　 波书店1985年版,第3页。

在《倾城水浒传》序文中也历数了《水浒传》的残忍与血腥，"张青
孙二娘等于十字坡屠戮旅客鬻肉包一回，忮害残忍至极。（略）又
如武松鸳鸯楼鏖战张都监、蒋门神等，杀戮数十人，仆隶婢妾，亦
无一人幸免"①。

　　不过，虽然曲亭马琴认为《水浒传》在劝惩主旨上存在缺憾，
但对于其卓越的艺术成就还是由衷地钦佩。而且，伴随着阅读与
仿写不断展开，曲亭马琴领会到作者蕴含于字里行间的劝惩教化
深意，如何揭示出作者良苦用心、如何对日本的读者进行点拨或
启蒙、如何在自身写作中避免此类缺憾，是曲亭马琴几十年创作
生涯中一直在思索的问题。

　　在《犬夷评判记》（1818）中，曲亭马琴指出《水浒传》作者通过
"盗贼"与官吏的"颠倒"描写，来讽刺当时佞臣当道的政治现实。

　　　　此非无顺逆之意，贤与不肖、忠义与非道，颠倒其位也。
　　《水浒传》作者将彼一百八人比作魔君有深意。其人之忠义
　　皆龃龉于圣人之道，譬如小说，虽有劝惩教诲之意味，却不合
　　于经书正史，故以贼中义士为魔君，如同称小说中教诲为妄
　　言一般。②

　　曲亭马琴将一百单八将的性质与小说进行了类比。小说虽
常被称为稗官之"琐言""妄言"，但其实也涵含着劝惩之微意，就
如同一百单八将一样，他们虽然被称为"魔君"，但其实大都怀有
报效朝廷的尽忠之心。

---

①（日）曲亭马琴撰，（日）渡部白鸥纂辑：《曲亭馬琴戯作序文集》，东京：早稻
　田大学图书馆公开古籍书1831年版，第18页。
②（日）三枝园批评，（日）曲亭马琴答述，（日）栎亭琴渔考订：《犬夷評判記》
　（上），东京：早稻田大学图书馆公开古籍书，第40页（写本，1899年）。

对于金圣叹、王望如等抬举李逵、独责宋江的说法,曲亭马琴不敢苟同:"宋史所云淮南盗宋江,应罪责之,然《水浒传》之宋江,不应深憎之,彼等避罪于贼寨、凌天威、掠夺财宝、屠杀行人,若以之为罪?则李逵又有何好处?《水浒传》之大意,以草贼为贤,以衣冠为贼,其笔力如尽人情,诚为小说之巨擘,后世无加之者。但距劝惩甚远,其趣向之所立,善恶不正,唯不洁情节,若罪责宋江,则两贼之奸邪愚恶自不必论,《水浒传》废斥亦可也。"①

曲亭马琴一直延续着《水浒传》"颠倒""反覆"之说,如在《倾城水浒传》第八编(文政十二年,1829)自序中,马琴指出宋江的确有奸诈之处,但内心始终愿意做大宋忠臣,在经历了反贼的人生阶段后,最终还是通过招安和征讨方腊实现了向忠臣的回归。"《水浒传》之作者,反覆这贼字,以宋江为忠义。"②在第七编自序中也说:"金圣叹亦谬之,何者,宋江之奸,实奸也。然为宋朝忠臣之志,庶几始终不移,得九天玄女冥助时,素非黄巢、朱全忠之类。"③

到了晚年,曲亭马琴在《八犬传》(1814—1842)创作过程中,提炼出更为成熟的"隐微"论。在《八犬传》第九辑中帙附言中马琴总结道:"隐微,乃作者文外有深意,待百年后之知音。《水浒传》有诸多隐微。李贽、金瑞等自不待言,唐山文人才子,赏玩水

---

① (日)曲亭马琴、石川雅望:《玄同放言　都の手ぶり》,东京:吉川弘文馆2003 年版,第 252 页。

② (日)曲亭马琴著,(日)歌川丰国画:《傾城水滸伝》(第 8 编),东京:早稻田大学图书馆公开古籍书,第 3 页

③ (日)曲亭马琴著,(日)歌川丰国画:《傾城水滸伝》(第 7 编),东京:早稻田大学图书馆公开古籍书,第 3 页

浒者虽多,然无详尽评论,亦无发明隐微者。"①具体而言,马琴从劝善惩恶的角度,洞察了《水浒传》众英雄大多阵亡或服毒致死的深刻内涵:

> 百八人义士多阵殁,最后宋江、李逵等也服毒致死。看官虽觉遗憾,然此有关劝惩,结局如此悲惨,乃作者之用心也。②

也就是说,作为一部描写叛乱和"反贼"的小说,《水浒传》从表面看来显然不符合儒家忠义的道德要求,尽管有接受招安、征讨方腊之举,但作者为达成善恶有报的教化效果,还是不得不让宋江等曾经"作乱犯上"的"贼人"死于非命,而这就是《水浒传》最大的隐微所在。曲亭马琴为自己看穿这一最大隐微而倍感自得,并认为即使中国的李贽、金圣叹亦未洞悉这一内涵。

武士家庭出身且深受儒家思想熏陶的曲亭马琴,基本上是站在儒家正统文人的视角来判断小说价值的,他始终认为戏作小说远远逊色于经史子集,因此总试图以劝惩讽喻的内涵来提升小说的价值。宋江等人最终死于非命是为达成因果报应的劝惩功效,虽然也不失为一个视角,而且对于解释前七十回与后五十回的连贯性提供了依据,但终究是一种略显陈腐、毫无新意的论调,远不如李贽等小说理论家的见解深刻而具有开拓性。在《读忠义水浒传序》中,李贽以"发愤著书"解释小说家的创作动机,认为作者是在借《水浒传》发泄对于宋王朝腐败无能的痛恨、对江山为异族占

---

① (日)曲亭马琴著,(日)小池藤五郎校订:《南総里見八犬伝》(六),东京:岩波书店 1985 年版,第 8 页。

② (日)曲亭马琴著,(日)小池藤五郎校订:《南総里見八犬伝》(九),东京:岩波书店 1985 年版,第 162 页。

领的愤懑，这些真知灼见已远远超越了曲亭马琴"劝善惩恶"论的层面。

二、作者考证：《水浒传》乃罗贯中所作

《水浒传》的作者究竟是谁？学界一直存在不同见解，主要观点包括施耐庵编纂说、托名说、施罗合作说、罗贯中编纂说。金圣叹在《第五才子书施耐庵水浒传》(1641 年初刊)中，将前七十回断为施耐庵所作、后续部分为罗贯中续作。由于金圣叹评点本的传播规模要远大于其他版本，因此长期以来"施耐庵作者说"更为普遍。其实，史料中并没有施耐庵、罗贯中二人的明确记载，甚至施耐庵是否真实存在也有存疑，相对而言，罗贯中的相关记载要更多一些。日本近世几乎引进了《水浒传》所有版本，对于《水浒传》作者的看法也出现分歧，例如，儒学者兼小说评论家清田儋叟就赞同金圣叹的观点，认为《水浒传》前七十回作者是施耐庵、后五十回为罗贯中续作。

曲亭马琴的观点十分明确，他强调《水浒传》是罗贯中一人所作，罗贯中除《水浒传》外，还有《三国志演义》和《平妖传》等小说，而施耐庵则再无其他作品。曲亭马琴反对金圣叹腰斩水浒、将七十回以后诬为罗贯中续作的观点，并指出其欺诈行为导致很多读书人在认识上出现误区："且贯中著述尚多，施耐庵别无所见。金圣叹之诈欺，愈发不可测。读书之人言及《水浒传》，必曰施耐庵之作，且多推金圣叹，难以苟同。"①

曲亭马琴主要从以下三个方面，论证《水浒传》的作者为罗贯

---

① (日)曲亭马琴、石川雅望：《玄同放言　都の手ぶり》，东京：吉川弘文馆2003 年版，第 255 页。

中一人。

（一）与其他文献相印证。明代学者多将罗贯中视为《水浒传》作者，如郎瑛《七修类稿》、田汝成《西湖游览志余》、王圻《续文献通考》与《稗史汇编》等。曲亭马琴在阅读和模仿《水浒传》的过程中，翻阅了大量相关的文献资料。

明清时期民间曾有传言，罗贯中因编撰《水浒传》而子孙三代皆哑，人们对稗史小说家偏见之深可见一斑。这一说法同样影响到隔海相望的日本，紫世部等日本小说作者也被进行了同样的命运解读，上田秋成的《雨月物语》序言即为一例："罗子撰水浒，而三世生哑儿。紫媛著物语，而一旦堕恶趣者，盖为业所逼耳。"①

曲亭马琴援引了王圻《续文献通考》中罗贯中遭遇恶报的说法，并在此基础上得出结论，《水浒传》应为罗贯中一人写就，否则就应该是施耐庵遭受恶报而非罗贯中，不然上天的惩罚就显然有所偏私、有失公允了。

> 又续文献通考载，罗贯中作水浒传，诬世之报，三世子弟皆哑。若果百零八人寓言为耐庵起笔，七十回后罗氏续之，则天罚人亦有私欤。②

金圣叹为证明自己腰斩水浒的合理性，还附上了贯华堂古本施耐庵的序言，曲亭马琴认为序言为金圣叹伪作，他这时候援引了田汝成在《西湖游览志余》中的观点："近金圣叹，自七十回之后，断为罗所续，因极口污罗，复伪为施序于前，此书遂为施有矣，

---

① （日）上田秋成著，高田卫、中村博保校注译：《雨月物語　春雨物語》，东京：小学馆1983年版，第12页。

② （日）泷泽马琴、高井兰山：《新编水滸画伝》（初编上），东京：法木书屋藏1991年版（日本国立国会图书馆数据库 info:ndljp/pid/878792）。

予谓,世安有为此等书人,当时敢露其姓名者,阙疑可也。定为耐庵作,不知何据? 此言符合愚意。施耐庵自序乃伪作,余于金圣叹西厢记序中,亦察觉其露马脚处。"①可见,曲亭马琴赞同田叔禾的解释,指出像《水浒传》这类描写群雄揭竿而起反抗朝廷的小说,作者是万不敢于文前披露自己真实姓名的,否则可能招致杀身之祸。由此可见,金圣叹是在冒用施耐庵的名义写作序言。

（二）曲亭马琴以"名诠自性"的方式,揭示出《水浒传》前七十回与后五十回皆为一人构思。名诠自性即"以姓名立趣向,以趣向附姓名者"②,马琴认为作者在最初构思时就已经设计好了每个人的人生路线、福祸凶吉。

> 天罡星第二员之玉麒麟卢俊义,为第一美貌之汉,此人最后落江而死,乃七十回后情节。鶁鶼者,山鸡也。彼卢俊义,省鶁鶼之鸟字,添人欤。由此姓名,后当使其溺死。（注释略）何以言之,山鸡,爱己影而溺死,晋张华《博物志》云,山鸡有美毛,自爱其色,终日映水（注释略）目眩则溺死,是也。③

具体而言,卢俊义名字中的"俊"字,即"鶁"省略了"鸟"字旁,再加上"人"字旁而形成的,"义"字即"鶼"省略"鸟"字旁而成。曲亭马琴认为,作者通过这样的命名,暗喻其日后必将溺水而亡。之所以得出这样的结论,是因为根据西晋张华编撰的《博物志》记载,鶁鸟过于爱惜自身的羽毛,因为终日临水自照而溺亡。此外,

---

① （日）曲亭马琴、石川雅望:《玄同放言　都の手ぶり》,东京:吉川弘文馆2003年版,第254页。
② （日）曲亭马琴、石川雅望:《玄同放言　都の手ぶり》,东京:吉川弘文馆2003年版,第253页。
③ （日）曲亭马琴、石川雅望:《玄同放言　都の手ぶり》,东京:吉川弘文馆2003年,第252页。

卢俊义的溺亡还与"燕青"的名字密切相关。燕青是卢俊义的家仆,《博物志》有"人食燕肉不可入水,为蛟龙所吞"①的表述,因为曾将燕青作为家臣驱使,所以卢俊义的结局必然是落入江水而亡。通观《水浒传》,卢俊义溺水属于七十回以后的情节,马琴指出金圣叹显然没有意识到卢俊义结局的深刻寓意,因此才腰斩《水浒传》。

此外,马琴还考察了"洪信"与"王进"以及"王进"与"史进"的关联。误走妖魔开天下混乱之端的洪信,与现实中引出众豪杰现身的王进,从其作用来看,应该说是一个人的前后身。"洪"与"王"、"信"与"进"读音相近。太尉不守信用却得名为"信",王进虽名为"进",却很快便从故事中消失了,进退之间蕴含着作者的深意。同样,王进和史进也是一体,随着史进的日渐活跃,王进消失,王进的作用在于引出史进。

"名诠自性"的考察思路,类似于金圣叹《第五才子书施耐庵水浒传》序二中以春秋微言大义解释"水浒"的涵义。曲亭马琴通过这一考证方法,对《水浒传》作者思路进行了细致的推敲。当然,马琴的很多结论因为过于穿凿附会而遭人诟病,特别是围绕卢俊义、浪子燕青的解释,都因炫耀才学、缺乏说服力而未被广泛采纳。

(三)从"劝善惩恶"的主旨出发,指出前七十回和后五十回具有连贯性,皆出自罗贯中一人之笔。《水浒传》的作者要规劝人心向善,所以预先设计好招安和征讨方腊等情节,其目的是使梁山好汉成长为宋朝的忠义之士,并告诫读者这才是落草为寇者的正

---

① (日)曲亭马琴、石川雅望:《玄同放言　都の手ぶり》,东京:吉川弘文馆2003年版,第253页。

途。后来，一百单八将大多阵亡，宋江李逵也服毒而死，这是之前杀人越货行径的恶报，尽管会有些遗憾，但这是作者劝惩教化的苦心之所在，金圣叹正是因为未能领会《水浒传》的劝惩内涵，所以才误将七十回以后视作"续水浒传"。

> 譬如《水浒传》七十回后有招安与京师之故事。是以一百零八个魔君，皆变成宋之忠义之士。倘无此等事，七十回便结局，那一百零八人则只是聚集在梁山泊之强人，何以示劝惩乎？由是观之，《水浒》一百二十回无疑是出自罗贯中一人之笔。然而那金人瑞却将七十回以后诬为《续水浒传》，反而大肆诽谤。如彼者乃只知《水浒》之皮肉，而未得其骨髓也。（《八犬传》第九辑卷二十九卷首赘言）①

总之，在经过上述考证之后，曲亭马琴断定《水浒传》作者为罗贯中一人，并推论道："罗贯中姓罗、名贯中、字本中，今人以罗贯中为名，误也。盖此人乃当时贤才，却不遇于时，一旦发愤，私著《三国志演义》与《忠义水浒传》，托彼事而抒己志，示于天下之人。如是为古人议论，未定孰是孰非。"②

三、史实与虚构之辨

（一）《水浒传》的史实根据和适当虚构

古代小说与史传文学有着千丝万缕的联系，小说评论家往往从史学实录的精神出发，规定小说的功能在于为正史拾遗补阙。

---

① （日）曲亭马琴著，（日）小池藤五郎校订：《南総里見八犬伝》（八），东京：岩波书店1985年版，第223页。

② （日）泷泽马琴、高井兰山：《新编水滸画伝》（初编上），东京：法木书屋藏1991年版（日本国立国会图书馆数据库info：ndljp/pid/878792）。

不过,随着小说创作的繁荣和类型的多样化,一些进步批评家认识到历史小说与一般小说的区别,他们开始摆脱"稗官史余"或"载道教化"思想的束缚,逐渐认识到艺术虚构的重要意义。

这一虚实论争同样投映在日本。在众多明清小说理论家中,谢肇淛对日本小说家的影响最为直接和深刻,谢肇淛在《五杂俎》中提出"虚实相半"观点,为日本小说家廓清史传与小说的界限、摆脱"史余"问题的缠绕提供了理论依据,促使日本小说家更多地从审美角度对作品进行关照。曲亭马琴就对谢肇淛的观点十分赞同:"明之谢肇浙云,今人见稗史小说,若其年纪事实不合正史,便有云云者,若非如此,则不如读正史。其言过其实处,只为悦闾巷小儿,不足为士君子道。此诚为卮言也。"①

具体到《水浒传》,曲亭马琴认为《水浒传》是虚实交融的稗史小说,既有史实的基础,又有适度的虚构。曲亭马琴将《水浒传》的取材追溯到《宋史》:"宋史曰,宋江起而为盗,以三十六人横行河朔,转掠十郡,官军不敢迎其锋。"②曲亭马琴还指出,《宣和遗事》也是《水浒传》的重要蓝本:"此书虽为寓言,然大有据,且三十六人之姓名具载于宣和遗事。"③的确,成书于元代的笔记小说辑录《宣和遗事》记录了宋江等三十六人聚义梁山泊的故事,因此被视作《水浒传》的重要蓝本。

"宣和遗事亦小说,不应拘泥于彼一说。"的确,既然是小说,

---

① (日)曲亭马琴著,(日)小池藤五郎校订:《南総里見八犬伝》(九),东京:岩波书店1985年版,第4—5页。

② (日)泷泽马琴、高井兰山:《新编水滸画伝》(初编上),东京:法木书屋藏1991年版(日本国立国会图书馆数据库info:ndljp/pid/878792),第8页。

③ (日)泷泽马琴、高井兰山:《新编水滸画伝》(初编上),东京:法木书屋藏1991年版(日本国立国会图书馆数据库info:ndljp/pid/878792),第9页。

必然不同于正史,虚构是重要而且必要的,曲亭马琴对于小说的虚构特质予以充分肯定,认为年代可以改写或模糊处理,姓名和事迹也可以虚构杜撰或者嫁接融合,一切都是为了主旨表达的需要,即使现实生活中并不存在这样的情节,也可以大胆虚构:"集虚假之词,而缀虚假之文,事之于文,素所无也。(略)胸中有物,则求之于内;胸中无物,则求之于外。内外撮合,然后许多角色出焉。"①

　　古昔文人才子作稗史小说,必借用古人之姓名,而又故异其事。(略)《水浒传》宋江等三十六人,及彼晁盖、高俅等,《西游记》之三藏法师,不必一一列举。不足者则以意匠作设以充其要,未生之人亦多矣,如《水浒传》之地煞星七十二人,《西游记》之孙悟空、猪悟能、沙悟净及诸魔君,不遑枚举。②

"悬思虚构""无中生有"这些词汇集中体现出曲亭马琴的虚实观念,如同《水浒传》的宋江等三十六人真实存在、七十二地煞为罗贯中的虚构一样,曲亭马琴自身在从事创作时,也多跨越汉和古今,从史书或者战记物语中寻找素材,像《八犬传》中的八位忠义之士,"其名粗见军记,本贯始终不审,实乃憾事。故仿唐山高辛氏之皇女嫁盘瓠故事,作设此小说,推因说果,以警醒妇幼"③。曲亭马琴对中日文史典籍均了然于胸,驾驭起来得心应手,"翻案"创作时既汲取了中国史家典籍与文学作品的营养,又

①(日)曲亭马琴著,(日)小池藤五郎校订:《南総里見八犬伝》(四),东京:岩波书店1985年版,第250页。
②(日)曲亭马琴著,(日)小池藤五郎校订:《南総里見八犬伝》(九),东京:岩波书店1985年版,第3—4页。
③(日)曲亭马琴著,(日)小池藤五郎校订:《南総里見八犬伝》(一),东京:岩波书店1984年版,第5页。

符合日本读者的知识背景和理解能力,因此成为日本近世在创作质量和数量上均独占鳌头的小说巨匠。

(二)《水浒传》的"怪谈"

虚构中既包括来源于史实或生活常识的虚构,也包括荒诞不经的虚幻情节,后者更容易招致正统文人的责难。不过,曲亭马琴对此并不排斥,反而援引明清小说的例子,认为作者虚构的目的在于寄寓劝善惩恶、因果报应等隐微之意,《水浒传》便是典型的例证。"盖稗史小说皆是架空之言,何必问其是否属实? 要欣赏创作的新奇,文字的精致。"(《八犬传》第九辑"回外剩笔")①

> 鬼话怪谈之多者非独《西游记》,譬如《水浒传》也是以怪谈立趣向。请看,始有石碣误走一百一十个魔君之事;终以制伏石碣之一百零八个魔君,遂成宋朝之忠义之士。彼一部之主旨,作者之隐微,皆在于此。(略)且罗真人公孙胜之仙术、戴宗之神行、樊瑞与高廉之幻术,及九天玄女之灵验冥助,皆多涉怪谈。(《八犬传》第九辑卷之二十九简端或说赘辩)②

曲亭马琴指出,洪信开石碣放百八魔君、宋公明遇九天玄女受天书,堪称《水浒传》最主要的怪异情节。在模仿《水浒传》写作《八犬传》时,马琴就仿照"洪太尉开石碣误走妖魔"等情节,并融合《搜神记》卷十四《盘瓠》中高辛氏盘瓠以及干将莫邪的故事,用很大篇幅细致绵密地铺陈了八位犬士奇异的身世,即伏姬为履行

---

① (日)曲亭马琴著,(日)小池藤五郎校订:《南総里見八犬伝》(十),东京:岩波书店1985年版,第340—341页。

② (日)曲亭马琴著,(日)小池藤五郎校订:《南総里見八犬伝》(八),东京:岩波书店1985年版,第221页。

父亲的诺言而与犬类成婚并感应受孕，剖腹自杀后刻有"仁义礼智忠信孝悌"字样的宝珠从颈间飞散向四方。八颗宝珠成为八犬士诞生的预兆，在经历了各种坎坷后终于齐聚在国主麾下，为两代国主尽忠。

毋庸置疑，荒诞不经的虚构更方便作者以因果报应的原理来安排情节、寄寓劝惩。同时，"怪谈"的趣味性也十分为小说家所看中。戏作小说家面对的读者大多是市井百姓，情节是否波澜曲折、语境是否浪漫奇幻、叙事是否出神入化等，是决定小说能否畅销的重要因素。在《八犬传》第九辑引言中，马琴略带得意地引用了友人"默老半渔"对自己的赞誉，即"绣口锦心优水浒，狗谭猫话压西游"①，曲亭马琴意在表明，《八犬传》构思玄妙虚幻，已堪与中国的《西游记》和《水浒传》相媲美。

不过，曲亭马琴在《八犬传》开篇关于八犬士奇异身世的细致铺陈，似乎在后世并没有获得其所期待的评价。正冈子规（1867—1902）在随笔《水浒传与八犬传》（明治三十三年，1900）中的观点最具代表性："水浒传是天真烂漫的，八犬传是爱掰理的。"正冈子规主要是从人物性格和情节设计方面发表上述感想的，《水浒传》在洪太尉误走妖魔一段中，并没有明确揭示出飞散的妖星日后幻化为一百单八将，两者的关系是"漠然"的，但正因为这种留白，才赋予了读者更多的想象空间，但曲亭马琴在设计《八犬传》开篇时，却使用了极大的篇幅细致绵密地讲解了八犬士的来历，并且引用了盘瓠、干将莫邪的传说来佐证这一构思，飞散的宝珠、八房的毛色、八犬士身上的痣，所有这一切都确凿无疑地告诉

---

① （日）曲亭马琴著，（日）小池藤五郎校订：《南総里見八犬伝》（八），东京：岩波书店1985年版，第3页。

读者说,八犬士即伏姬之子,而这也恰恰成了《八犬传》的缺陷,即过于拘泥于道理而丧失了含蓄神秘之美。

四、结　语

综上所述,《水浒传》在日本近世小说领域产生了极为深远的影响,这一影响集中体现在曲亭马琴的仿写及评论中。曲亭马琴的水浒观既有对明清小说理论家的吸收借鉴,也有一些甄别取舍、融会贯通及独特感悟。散见于小说序跋、随笔、书信的评论文字,既是自身不断思索的印记,也是与知音进行的探讨与交流,更是对以妇人孺子为主体的读者的启蒙。曲亭马琴在对明清小说表达钦佩之情的同时,也在努力尝试另辟蹊径或者追赶超越,这同时也是知音同好或者出版商对其寄予的厚望:"笔端波澜,与彼《水浒》《三国演义》拮抗。"(《八犬传》第九辑序)①

当然,日本近世的史传类小说基本上处于对明清小说的模仿阶段,在情节之曲折、人物形象之生动、反映现实之深广等方面,都很难与明清小说相媲美。其实,较之于情节上的摄取,曲亭马琴更注重同明清小说家在思想层面的共鸣,他在几十年的创作与评论生涯中,找到了精神的寄托:"或又良知心正、博学而有奇才者,却命凶而不得用,且不趋炎附势,不羡富贵,志同道合之友稀,但以古之圣贤为师为友,隐居放言,不以春日秋夜为长,常著书以显其智。元之罗贯中、清之李笠翁庶几如斯乎?"②

---

① (日)曲亭马琴著,(日)小池藤五郎校订:《南総里見八犬伝》(六),东京:岩波书店 1985 年版,第 17 页。

② (日)曲亭马琴著,(日)小池藤五郎校订:《南総里見八犬伝》(九),东京:岩波书店 1985 年版,第 339—340 页。

第三节　曲亭马琴对《金瓶梅》的
批判性摄取及其文化根源

　　江户时代是日本接受中国文学影响的又一高峰时期,明清时期最具代表性的白话小说,伴随着"唐话"学习的热潮逐渐影响到日本学者,并以注释本、翻译本、改编本的形式迅速渗透至市民阶层。不过,虽然同被誉为四大奇书之一,但与《三国演义》《水浒传》《西游记》在日本拥有大量的译介与仿作不同,《金瓶梅》在近世未能广泛流行开来。日本文学研究界普遍认为,主要是"淫书"的定位使传统学者对《金瓶梅》敬而远之,很多人仅仅将其视为偷偷阅读的"桌下读物"。还有观点认为,审美意识、情感刻画方面的欠缺也是其未能流行的重要原因。此外,《金瓶梅》里面夹杂大量的方言、隐语、歇后语等,也给异国读者带来理解的巨大障碍:"之所以未能广泛传播,乃是因其言语本身之深奥。"①

　　同《水浒传》在江户时代拥有大量翻译本、改编本形成鲜明对照,《金瓶梅》译本或仿作并不多见,目前所知较早的文献是大阪医生冈南闲乔著《金瓶梅译文》(约1750),这实际上是一部难解词汇的注释集,具有辞书性质。还有高阶正巽的日文"训译本"《金瓶梅》(1827—1832),被视为现存最古老的《金瓶梅》日文译本;合卷《金瓶梅曾我赐宝》则是以曲亭马琴作品为蓝本的同名歌舞伎作品。其中,最广为人知的要数前述曲亭马琴的长篇合卷《新编金瓶梅》(十辑八卷,1831—1847),该书几乎是公开采纳"金瓶梅"名称的唯一用例,对考察《金瓶梅》在近世日本的影响状况具有很

---

① (日)川岛优子:《江户时代金瓶梅传播考略》,《文学新钥》2013(18),第1页。

高的学术价值。

曲亭马琴被尊为江户时代小说家与评论家的巨擘，他对《水浒传》的研究尤为深入，对由水浒故事衍生而来的《金瓶梅》也格外关注。曲亭马琴曾以《水浒传》为蓝本翻改创作了《新编水浒画传》《云妙间雨月夜》《倾城水浒传》《南总里见八犬传》等小说，不过，对于是否改编《金瓶梅》，却一直持犹豫态度。然而，曲亭马琴毕竟是一个以润笔费谋生的"戏作"者，在书商的反复邀约下，他勉强答应改写《金瓶梅》，但也事先声明立场，即只撷取《金瓶梅》的故事梗概，而坚决删除其淫乱情节，并以"劝善惩恶"理念来统领全篇。

在《新编金瓶梅》中，主人公阿莲、武太郎武二郎兄弟、西门屋启十郎分别是三兄妹的儿女，大哥夫妇因为企图侵占侄儿武太郎的遗产而被逐出乡里，大哥的女儿阿莲跟随母亲改嫁，长大后被送给有钱人六十四郎为妾，后来因正妻的嫉妒而被转嫁给卖饼的武太郎。阿莲迫不得已跟随丑陋的武太郎生活，但依然保持着和六十四郎的关系。两人关系暴露后，阿莲夫妇无奈移居尼崎，并在那里与因打虎而闻名遐迩的武二郎重逢。武二郎拒绝了阿莲的诱惑，不想阿莲在武二郎离家执行公务时又结识了西门屋启十郎，两人在尼姑妙潮的帮助下走到一起。武太郎得知阿莲不贞后去妙潮处理论，不想被启十郎飞起一脚踢死。启十郎找到正妻吴羽的伯父，将武二郎流放荒岛以防止其归来复仇。阿莲进入启十郎宅邸后深受宠爱，启十郎此外还有正妻吴羽及李瓶子、野梅等妾室。阿莲虽然容貌美丽但心肠歹毒，她不仅与佣人笑次私通，还借杀害爱猫的毒计害死了曾向吴羽告发自己的刘藻、力野两个妾室，并借机杀死了仇人九郎五郎，后来又残忍地抛弃了惨遭启十郎毁容的笑次。笑次被抛尸河底后化身为充满怨念的笑蛟，被虐杀的虎纹猫化身为虎河豚,它们追随恶龙王多罗阿伽去龙宫作恶,最终被武二郎消灭。阿莲后来又与佣人秘事松通奸,因担心暴露而给酩酊大醉的启十郎下了毒,启十郎自此变成一个容貌丑陋的残疾人,时刻遭受着奇痒和脓疮的折磨。阿莲与秘事松逃到尼崎,遇到武库山盗贼响马暴九郎并成为他的压寨夫人。暴九郎战死后,阿莲立秘事松为首领,但武库山很快被武二郎率领的义军所剿灭,只有阿莲侥幸逃脱并与启十郎重逢,两人沆瀣一气干着各种欺诈的勾当,但最终还是被武二郎发现并送上了刑场。武二郎以断其手足、开胸破肠、斩首等"八裂"刑罚处置了两个恶人,并因击退恶龙、讨伐山贼等正义之举而获得加官晋爵的赏赐,六十岁以后化身为小龙王并长久享受着后人的祭奠。

在日本文学研究界,老一代学者如长泽规矩也、泽田瑞穗、小野忍等对《金瓶梅》相关资料进行过汇集和概述,基本以"淫书论""桌下的读物论"来定性《金瓶梅》。近年来,神田正行、川岛优子等学者在《金瓶梅》研究方面成绩卓著,例如,神田正行通过《新编金瓶梅发端部分的构思与中国小说》《吴服母子的受难——新编金瓶梅的翻案手法》等论文(收录于《马琴与书物——传奇世界的底流》,八木书店,2011),对《新编金瓶梅》与明清小说的关联进行了细致梳理和深入考证。川岛优子在《江户时代金瓶梅的受容——以曲亭马琴的记述为中心(2)》(《龙谷纪要》32—2,2011)、《江户时代的金瓶梅》(《亚洲游学》勉诚出版,2007)等论文中,为我们详尽描述了金瓶梅的传播、翻译、改编及评论等影响情况,研究结论也颇具启示意义。

与上述注重版本考证、流传路径、异同比较的研究思路不同,本文将重点从小说观念的角度出发,立足于《新编金瓶梅》各篇序言及具体内容,深入探讨曲亭马琴的核心小说观念及其特征、局限性或矛盾之处,揭示其对中国文学理念的摄取和背离,并深入剖析背后的历史及文化根源。

一、宣淫导欲之书:曲亭马琴对《金瓶梅》的基本定位及原因解析

　　江户时代,德川幕府出于维护封建统治的需要而将儒学确立为"官学",忠孝节义由此成为封建社会的伦理基础。在儒学诸派别中,由宋代朱熹开创的朱子学掌握着思想界的领导权,虽然朱子学也不断遭到古学派、国学者等的抵制,但它直至幕末一直都强烈影响着近世人的思想意识。儒学者发表的相关文学理论也颇具权威性,并直接影响到一般创作者和评论家的思想倾向,像中国的长篇小说《水浒传》以及日本的《源氏物语》《伊势物语》等古典小说,均被儒学者视为"诲盗""诲淫"之作加以排斥,《金瓶梅》自然更不例外。

　　曲亭马琴是一个出身于武士家庭、自幼深受儒家道德规范熏陶的学者型小说家。他虽然热爱《水浒传》达到痴迷的程度,但依然对其血腥描写及诲盗嫌疑深感遗憾,对于《金瓶梅》,更难以摆脱淫书的思想束缚。在改写《金瓶梅》之初,曲亭马琴就对其加以批判:"彼书宣淫导欲,不宜君臣父子间阅读之处甚多。然唐山书贾将《水浒》《西游》《三国演义》与《金瓶梅》并称四大奇书,顾其文章佳妙,合于猥亵时好矣。"(《新编金瓶梅》第一集序)①

　　可见,曲亭马琴对《金瓶梅》的基本定位即"宣淫导欲"之书。他对《金瓶梅》《水浒传》中潘金莲及西门庆等人的劣迹描写深感

---

① (日)曲亭马琴著,若山正和编:《新编金瓶梅》,东京:下田出版株式会社2009年版,第1页(以下《新编金瓶梅》引文皆出自此版本)。

忧虑:"唐山之杰出稗史作家,无不为饱具真才实学、深明君子大道者。然其稗史间或有淫乱猥亵之段落。读而不悟者,以为作者只为顺应时尚而写这般丑事。岂不知,其淫乱者,皆残忍凶恶之男女,而无善人焉。譬如《水浒传》中写武大郎之妻潘金莲与西门庆通奸之丑恶,及杨雄之妻潘巧云与裴如海通奸之污秽。"①在《朝夷巡岛记》第三集序言中,曲亭马琴对艳情小说进行了归类,并批判其严重背离教化主旨:"后之稗官者流,剽窃模拟,习而不及焉。猥亵呈媚,而劝惩弥远矣。所云若《僧尼孽海》《金瓶梅》《隋史遗文》《肉蒲团》诸书,宣淫导欲,莫甚于此,又不可使闻于妇幼。"②

　　曲亭马琴在模仿《金瓶梅》时强调,自己要坚决摒弃其中的色情因素,取而代之以具有劝惩寓意的情节:"依据彼书而戏作今这册子。不敢效凤州之颦,此编发端八卷,素来彼书所无之处,皆出自余之意匠。是以删去如下猥亵之甚者,易之以劝惩之故事,取其应取之处,放下其无趣之处,另发新研。"(《新编金瓶梅》第一集序言)可见,曲亭马琴的翻改方针即只撷取基本框架,而删除其"猥亵之甚者",即使涉及男女私情,也只简要带过而不做过多渲染。曲亭马琴在写作读本时基本都会遵循这一原则:"贵胄公子、闺门丽人,以及市井男女,写其互相私通、野合淫乐之痴情者,实为诲淫导欲,乃余所不为。"③

---

① (日)曲亭马琴著,(日)小池藤五郎校订:《南総里見八犬伝》(九),东京:岩波书店1985年版,第6页。

② (日)江川亭主人选编:《曲亭题跋(乾)》,早稻田大学图书馆公开古籍书1830年版,第19页。

③ (日)曲亭马琴著,(日)小池藤五郎校订:《南総里見八犬伝》(九),东京:岩波书店1985年版,第7页。

在情色描写过多这一点上,曲亭马琴指出《金瓶梅》与江户初期的"浮世草子"相似,这一观点体现出现代意义上的比较文学意识:"以余视之,其趣味类似国俗之浮世物,无一巧妙条理,只写出彼乱朝恶俗之情态。"(《新编金瓶梅》第一集序)的确,由井原西鹤开创的浮世草子延续了《源氏物语》《伊势物语》以来的"色好み"①传统,栩栩如生地描摹了江户市井风情,但后期作品大都流于庸俗,因而备受争议。曲亭马琴对这类浮世草子同样不屑一顾,批判作者多通过男女情事来迎合淫乱的世风。

综上所述,曲亭马琴对《金瓶梅》等作品的认识停留在较为表面化的淫书阶段,缺乏对《金瓶梅》在反映和揭露黑暗现实方面的深度感悟。曲亭马琴翻阅的正是张竹坡评点第一奇书本《金瓶梅》,然而,他并没有接受张竹坡最基本的"第一奇书非淫书"观点,而是将其视为诲淫的洪水猛兽加以排斥,且对中国书贾将《金瓶梅》列为四大奇书之一深感困惑。

曲亭马琴之所以对有诲淫诲盗嫌疑的文艺作品敬而远之,起源于自幼儒家传统思想的熏陶、武士阶级出身的矜持,而且他本人性格偏于古板教条,人们常以"理屈っぽい"(好讲理、爱死抠道理)来概括他喜好说教的特点。此外,身为"戏作者"的自觉,也使得曲亭马琴常以对妇人孺子进行教诲为己任。戏作者是江户中后期以润笔费为生的小说家略带自嘲的称谓,与明清知识分子常借助文学创作来助发泄胸中之块垒、抨击社会弊病不同,戏作小

---

① "好色"是对日语"色好み"一词的直接借用。"色好み"在日本《广辞苑》中被解释为两层含义:(一)领悟恋爱的情绪,喜爱高雅的情趣;(二)热衷于色情之事。第二种含义显然更加接近于现代汉语的理解,但在日本文学史上,"好色"往往体现为第一种内涵。

说的主要目的就是娱乐,他们面对的读者主要是知识水平不高、辨别是非能力不强的市井百姓,如何进行正确的道德引导,是曲亭马琴经常思考的问题。他最后总结出以劝善惩恶为珠、以奇幻情节为线的创作原则,以通俗易懂的语言、生动奇幻的情节、大团圆的结局来吸引读者的兴趣,并且对蕴含其中的劝惩深意苦口婆心地反复强调。也正是因为站在读者的角度考虑,曲亭马琴才会对《水浒传》中的血腥杀伐深感忧虑,才会将《金瓶梅》视作宣淫导欲之书加以排斥。

　　除去这些作家内在或主观的原因之外,德川幕府对于戏曲小说家的思想监控(主要是宽政改革和天保改革),是促使曲亭马琴对《金瓶梅》持批判态度的重要外因。在曲亭马琴 81 年的人生历程中,总共经历过两次较为重大的思想界改革。早期的宽政改革(1787—1793)禁止朱子学以外的异端邪说,要求文艺必须遵循儒家的劝善惩恶文学观。半个世纪之后,德川幕府又出台了更为严厉的天保改革(1841—1843),实施严酷法令以匡扶町人阶级的风俗,取材于花街柳巷的戏作小说全都受到严格审查。曲亭马琴充分汲取了两次改革中小说家的教训,并常因自己从未触犯禁令而倍感自豪,而这也更加坚定了他注重劝惩教化的文学理念,对有海淫海盗嫌疑的小说无一例外地采取严厉的批判态度。

　　与之形成鲜明对照的是,中国明清时期的袁宏道、谢肇淛、张竹坡、李渔等知识分子,早已对《金瓶梅》作出了较为公允的评价,其中最具代表性的当属清代知识分子张竹坡(1670—1698)。张竹坡在《皋鹤堂批评第一奇书金瓶梅》中,提出"第一奇书非淫书论",在《批评第一奇书〈金瓶梅〉读法》中,强调《金瓶梅》是旨在暴露世情之恶的"泄愤"之作,是堪与司马迁大作相媲美的史公文字,其生动逼真的写实手法、丰富而独特的性格塑造,都十分值得钦敬与肯定:"作《金瓶》者,必曾于患难穷愁,人情世故,一一经历过,入世最深,方能为众脚色摹神也。"(《读法》五九)①总而言之,张竹坡的《金瓶梅》评点体现出非凡的艺术见解和勇敢的叛逆精神,在中国古典小说理论史上占据重要地位。

二、劝善惩恶:囿于传统教化理念的改编原则

"劝善惩恶"是江户时代中后期居于主流地位的小说观念。金圣叹、李渔、冯梦龙等明清戏曲小说家、评论家的劝惩言论对日本小说家产生了深刻启示,日本小说家常借助劝惩教化言论来抬升小说的地位,很多以滑稽或艳情为主的小说也在序跋中进行劝善惩恶的自我标榜。曲亭马琴是倡导劝善惩恶理念最具代表性的小说家,劝惩教化之语不厌其烦地出现在其序跋、评论和书简中,成为其衡量小说价值的最重要标准。曲亭马琴所设定的人物形象大都善恶分明,善的一方堪称忠信孝悌的道德典范,恶的一方则极尽奸诈凶残之能事,在经历过种种坎坷曲折之后,曲亭马琴通常借助佛教式的"因果报应"理念,让善良最终战胜邪恶,并实现成仙归隐的大团圆结局。

曲亭马琴认为,《金瓶梅》虽然也具有一些劝惩的意味,但很不充分,特别是西门庆的结局没有很好体现"劝善惩恶"寓意。他在文政十三年的书简中说道:"西门庆于七十七回,饮用自胡僧处得之房药而过量,泄淫而死,年三十三岁。皆因金莲情欲过度,使西门庆大量饮彼房药之故。有评曰,此即药鸩武太良之恶报,然,

---

① [明]兰陵笑笑生著,王汝梅校注:《皋鹤堂批评第一奇书金瓶梅》(下),长春:吉林大学出版社 1994 年版,第 45 页。

西门庆若不被武松打死,则劝惩之意不足。"①可见,在曲亭马琴看来,西门庆因为服药纵欲过度而死,劝惩教化意味要淡薄许多,不如像《水浒传》那样,让劣迹斑斑的西门庆死于武松之手,如此畅快淋漓的结局才更符合观众的期许。

有鉴于《金瓶梅》劝善惩恶之意淡薄,曲亭马琴在执笔《新编金瓶梅》时,就决心要充分体现小说的劝惩内涵。"原本清人小说《金瓶梅》一书,大笔妙文也,然似于诲淫导欲。今此草纸,习自彼文之名,以劝善惩恶为旨,另立趣向也。"(《新编金瓶梅》第七集序)曲亭马琴强调自己在主旨上要另辟蹊径,以弥补其劝惩的不足。他对"善"与"恶"有着明确的定义,并强调要以"善有善报、恶有恶报"的天理来震慑恶人与恶行:"夫忠恕怜物,谦让而不骄夸,称为善人。善人之德行,必当志之,不志乃例外而已,劝人为善也。又残忍而恣欲,奸诈而害人者,此为恶人。恶人之事,不堪记述,以笔载之,是为惩戒人之恶也。彰显其善而戒恶,名曰《新编金瓶梅》。"(《新编金瓶梅》第七集序)

劝善惩恶最为典型地体现在人物结局上,善有善报、恶有恶报成为命运走向的必然定律。曲亭马琴指出,报应或者降临自身,或者延及子孙,但终归会毫厘不爽:"易经云,积善家必有余庆,积不善家必有余殃,只是应报之迟而已。盖做善者,其身延年福寿,儿孙立身荣达,血脉相续。又做不善者,于其身则短命横死,子孙则凋落废绝。"(《新编金瓶梅》第三集序)启十郎和阿莲等人作恶多端,但结局还是被武二郎所剿灭;"回复天运正路,日月照耀无阴翳,恶棍亡而善人荣,其名皆留于世,做后车之警。西门

———————————————

①转引自(日)川岛优子:《江户时代における金瓶梅の受容——曲亭马琴の記述を中心として》,《龍谷紀要》2011年(2),第39页。

屋启十郎、多金阿莲等诸多歹人,虽一旦积不义之富,但皆为大原武二郎之孝悌义勇大刀所斩尽,为知音作此大团圆。"(《新编金瓶梅》第十集序)

具体来说,武二郎是《新编金瓶梅》中正义的化身,作者对他的着墨远远多于《金瓶梅》,这其中很多情节直接来源于《水浒传》。武二郎因为击退恶龙、剿灭山贼等正义之举而获得高官厚禄的赏赐。多年后,尽管武二郎与妻子已经六十来岁,但面容仍然与三十岁时无异,两人无病无痛地一起离开人世,亲人在护送亡灵时发现棺椁很轻,打开后发现夫妇二人踪迹全无。原来,二人并非真的死亡,而是被引领回到了龙宫。妻子本是龙王的妹妹,因为犯有过失才投胎为人并与武二郎结成夫妻。夫妇俩功德圆满,武二郎被册封为阳小龙王,妻子被册封为阴小龙女。后世人每年都虔诚地祭祀两位龙王,不仅再无水患之忧,家族也得以繁荣昌盛,并涌现出很多具备忠信孝悌美德的子孙。

与之相对,恶人西门屋启十郎与阿莲就遭到了"八裂"之刑的报应,施以极刑的人正是武二郎。武二郎怒斥恶人:"毒妇阿莲,五逆十恶,数不胜数。况又成为武库山贼首暴九郎、秘事松之妻,一时大显淫威,实属不可饶恕之国贼。又,奸民启十郎,极尽骄奢不义之富,或夺人妻,或虐杀多人,其罪不可胜数。琴柱为父仇,我为兄之敌、为国之逆贼奸民,将此大恶男女八裂,以惩戒后世之乱臣贼子。"(《新编金瓶梅》第十集)话音一落,武二郎便挥刀割断启十郎和阿莲的双手手指,又卸下其左右手臂,两人痛苦至极,惨叫声渐趋微弱,武二郎接着斩断其足、劈开其胸、掏出肚肠、最后削去首级,这就是惩治罪大恶极犯人的"八裂"之刑,它使得信奉正义者甚感快慰,奸佞之徒倍感恐惧,从而达成了劝惩教化的社会功效。

曲亭马琴还模仿"吴月娘"塑造了一个典型的善人贞女形象——正妻"吴羽"。不过,吴羽后来的遭遇却比《金瓶梅》中的吴月娘凄惨得多,她先是在参拜途中遭到一群乞丐凌辱,后来又历经被火烙烫伤脸颊、被佣人毒打、儿子被盗走等种种厄运,其惨状令读者乃至马琴的好友殿村筱斋等都深感困惑。对此,曲亭马琴解释道:"吴羽本为贞女,今却被一干乞丐玷污其身,似天道惩人。"(《新编金瓶梅》第七集)之所以这样说,是因为吴羽并非无罪:"汝虽无不义之行,亦无些许嫉妒启十郎狂荡之事,虽貌似足以补百拙之贞女,然明知丈夫荒淫不义非道,却从不谏言。……故此,启十郎纵情淫欲而无所忌惮,以至失家灭身,而守护不义之财之汝之罪孽,与启十郎相比,五十步与百步之差而已。"(《新编金瓶梅》第八集)

可以看出,曲亭马琴在吴羽结局的评论中,明显受到张竹坡评点的启示。"好好先生"吴月娘尽管平时怜贫惜弱、吃斋念佛、不争风吃醋,但张竹坡却一眼看穿了她心底的冷漠:"《金瓶》写月娘,人人谓西门氏亏此一人内助。不知作者写月娘之罪,纯以隐笔,而人不知也。……其夫为盗贼之行,而其妻不涕泣而告之,乃依违其间,视为路人,休戚不相关,而且自以好好先生为贤,其为心尚可问哉(二四)。"①

在张竹坡观点的启示下,曲亭马琴指出对丈夫恶劣行径听之任之而不谏言,是身为正妻的严重失职。而且,曲亭马琴对待吴羽的态度比《金瓶梅》中作者对待吴月娘更为苛刻,吴羽只是对丈夫的恶劣行径放任不管,并没有吴月娘对陈继济等引狼入室的罪

---

①[明]兰陵笑笑生著,王汝梅校注:《皋鹤堂批评第一奇书金瓶梅》,长春:吉林大学出版社 1994 年版,第 36 页。

孽,但她后来的遭遇却比吴月娘悲惨得多,这既是对吴羽本人纵容罪恶的惩罚,也是启十郎恶劣行径的间接报应,这样的结局贯彻了曲亭马琴的劝惩教化原则。

综上所述,曲亭马琴总体上是以"劝善惩恶"为标准对《金瓶梅》进行改写的,他始终以宣扬封建伦理道德、教化市井百姓为小说的最大价值所在,其观点几乎是对明清小说序跋中言论的翻版。劝善惩恶的局限性自不待言,篇中人物的造型过分理想化和类型化,以致沦为道德教化的傀儡,为达成善恶有报的逻辑而动辄谈鬼说怪、营造荒诞怪异情节,对于现实缺乏深入的批判与思考性、对于人情难以细腻真切的展现等,都是此类小说常见的弊端。1885 年,坪内逍遥(1859—1935)在西方文学思想启示下写成《小说神髓》,提出"小说之主脑为人情,世态风俗次之"的主张,对曲亭马琴等戏作者在劝善惩恶幌子下一味拼凑荒诞情节加以批判。

尽管存在上述缺憾,但与江户时代一味追求风流情趣的浮世草子、流连于滑稽趣味的滑稽本、沉溺于男欢女爱的人情本等类型化的小说相比较,曲亭马琴的作品无疑具有一定的积极意义。而且,劝惩寓意为被视作"二等文学"的戏作争取了更多的生存空间,在满足读者娱乐和猎奇需求的同时,起到了一定的道德引导作用,放在奉朱子学为官方意识形态的历史背景下考量,其产生与流行也具有一定的合理性。

三、人误《金瓶梅》:对张竹坡评点的局部摄取

"评点"是中国古代小说理论非常重要的载体,金圣叹评点《第五才子书施耐庵水浒传》、毛宗岗评点《三国演义》等,都对日本读者产生了深刻的启示和引领作用。曲亭马琴曾对金圣叹的

《水浒传》评点做过深入研究,并指出张竹坡《金瓶梅》评点在形式和内容上多模仿金圣叹。《金瓶梅》的三个版本(《金瓶梅词话》《新刻绣像批评金瓶梅》《第一奇书金瓶梅》)都曾流传到日本,其中传播最广的第一奇书本《金瓶梅》大约在正德三年(1713)既已传入,从《新编金瓶梅》序言对张竹坡观点的直接引用可以推断,曲亭马琴翻阅的正是第一奇书本《金瓶梅》。但值得关注的是,曲亭马琴对张竹坡的核心理念即"第一奇书非淫书论"并未接受,对颇具启示意味的"泄愤"说、"寓言"说、"苦孝"说、"写实"论等也较少提及。曲亭马琴显然难以摒弃对《金瓶梅》根深蒂固的偏见,这也使得他对《金瓶梅》的理解始终停留在较为表面的层次。

尽管在核心观点上没有接受张竹坡的影响,但如前所述,在对正妻吴羽自私冷漠的评价上,曲亭马琴还是受到了张竹坡的直接启示,并以此为基础来展开情节。此外,曲亭马琴对张竹坡"人误金瓶梅"的观点也颇感信服,并尝试以此对日本的小说家以及读者进行启蒙,以下,本节将主要围绕这一局部摄取进行论述。

在《批评第一奇书〈金瓶梅〉读法》八十二条中,张竹坡指出要善于阅读《金瓶梅》,不要以为"《金瓶》误人",而将海淫海盗的罪名强加于它,这些本不是作品本身的罪过,而是阅读之人本身在阅读动机、阅读视角上存在问题,其实质是"人误《金瓶》"。张竹坡还指出,《金瓶梅》是一部活灵活现地写尽世间百态,凝聚作者毕生经验与智慧的呕心沥血之作,不善读书的俗人仅仅将其视为海淫之书,这显然误会了作者的创作初衷。

> 看之而喜者,则《金瓶梅》惧焉;惧其不知所以喜之,而第喜其淫逸也。如是则《金瓶》误人矣。究之非《金瓶》误之,人自误之耳。(略)何为《金瓶》误人? 不善读书人,粗心浮气,与之经史不能下咽,偏喜读《金瓶梅》,且最不喜读下半本《金

瓶梅》,是误人者《金瓶梅》也。何为人自误之? 夫对人说贼,
原以示戒,乃听者反因学做贼之术,是非说贼者之过也,彼听
说贼者本自为贼耳。故《金瓶梅》不任受过。何以谓人误《金
瓶》?《金瓶梅》写奸夫淫妇,贪官恶仆,帮闲娼妓,皆其通身
力量,通身解脱,通身智慧,呕心呕血,写出异样妙文也。今
止因自己目无双珠,遂悉令世间将此妙文目为淫书,置之高
阁,使前人呕心呕血做这妙文——虽本自娱,实亦欲娱千百
世之锦绣才子者——乃为俗人所掩,尽付流水,是谓人误
《金瓶》。……故读《金瓶》者多,不善读《金瓶》者亦多。(《读
法》八二)①

　　曲亭马琴显然对张竹坡的这番评点深表赞同,并在《新编金
瓶梅》中直接引用了张竹坡的观点:"故张竹坡《金瓶梅》读法曰,
《金瓶梅》不是误人,是人自误之。夫与人说贼者,原为示戒。然
听者因之遂做贼时,此非说者之过。听者自做贼而已。云云。这
批语实说得好。"(曲亭马琴《新编金瓶梅》第二集序言)不难看出,
张竹坡"与人说贼者,原为示戒"的观点,与曲亭马琴一贯坚持的
劝善惩恶理念相一致,这也可视作一种选择性的摄取。

　　顺着"读者"这一视角,曲亭马琴继续做着深入的思考,到了
《新编金瓶梅》写作后期,他将《金瓶梅》的读者划分成三个等级,
并指出作品真正的知音,应该是能欣赏其巧妙构思、参透其劝惩
深意的人。

　　　　喜爱趣向巧、劝惩正者,乃真正看巧者。又,不管巧拙与
　　劝惩,只爱浮欢者,为勾栏工之看官。又,只看画不看文,只

————————

① [明]兰陵笑笑生著,王汝梅校注:《皋鹤堂批评第一奇书金瓶梅》,长春:吉
　　林大学出版社1994年版,第48—49页。

让人讲,而欲知其概略者,是白发之小儿,而非书肆之常客。盖此《金瓶梅》,有此三等之看官。(曲亭马琴《新编金瓶梅》第九集序言)

读者问题向来是影响曲亭马琴创作的重要因素。如前所述,曲亭马琴经常自嘲为靠润笔费为生的"戏作"者,面对的大多是第二等和第三等看官,因此时刻以劝善惩恶为己任。对于只着眼于《金瓶梅》浮世欢情的读者,马琴将其贬低为"勾栏工之看官";那些只想走马观花地了解《金瓶梅》皮毛者,也只是一些妇人孺子而已。何谓真正的读者?自不待言,便是那些"喜爱趣向巧、劝惩正者",而这正是对张竹坡观点的延续。

到了晚年,曲亭马琴常以"隐微"来概括文中的劝惩深意,所谓"隐微",即文外之深意。的确,能够参透小说家苦心的读者少之又少,这既是曲亭马琴身为小说家的由衷感慨,也是对《金瓶梅》读者的启蒙或期待。小说戏曲的读者或观众多为普通市井,真正能够体会作品精髓的人寥寥无几,曲亭马琴常以罗贯中、李渔、毛声山等为异域知音,从其坎坷经历中获得共鸣或精神支撑,并期待百年后的知音。当然,曲亭马琴对《金瓶梅》最大隐微的认识,远未达到张竹坡等明清小说评论家的高度。曲亭马琴始终站在封建伦理道德的基础上,以宣扬忠义思想、教化市井百姓为小说的最大价值所在,似乎还只停留在为稗史小说正名和争地位的阶段,其局限性显而易见。

还须提及一点,曲亭马琴对张竹坡"人误《金瓶梅》"观点的摄取,似乎与其将《金瓶梅》彻底划为"淫书"的早期作法有所出入。其实,这正是曲亭马琴徘徊、犹疑心情的真实写照,也反映出他对《金瓶梅》理解逐渐深入的过程。具体来说,作为一个以正统自诩且矜持保守的小说家,淫书的结论自然不可避免;但同时作为一名勤奋执着的小说家,自然能体会出到其中的种种佳妙之处,因而才对张竹坡的评点产生共鸣。张竹坡的"人误《金瓶梅》"理论,恰到好处地协调了这一矛盾心态,并对曲亭马琴今后改编和评论起到了指引作用。除去为小说价值进行辩白之外,曲亭马琴对"人误《金瓶梅》"主张的强调,也是在向日本读者进行一种小说理念的普及,即不能只停留在浮华的表层,还要深入到作品的骨髓。可以说,无论对作者曲亭马琴还是对江户读者而言,张竹坡的《金瓶梅》评点都起到了一定程度的启蒙作用。

四、结　语

正如日本学者神田正行所言:"《新编金瓶梅》对《金瓶梅》的吸收是一种批判性的摄取。"①《新编金瓶梅》被改编成以武二郎为中心的善恶有报的复仇故事,堪称文学影响发生过程中的巨大变形。习惯了《三国演义》等讲史小说、《西游记》等神魔小说的日本读者,显然还不具备接受《金瓶梅》这类世情小说的精神土壤。官场与商家相互纠缠的社会背景、露骨的情色描写和淋漓的市井气息、俚俗的口语和复杂的人物关系等,都使日本读者在接受过程中倍感吃力。在对小说内涵的理解上,日本的戏作小说家显然不具备中国知识分子忧国忧民的家国情怀和批判精神,即使是被视为近世小说家巨擘的曲亭马琴,也仍然沿袭老套的观点来评价《金瓶梅》,尽管隐约意识到了《金瓶梅》的艺术魅力以及读者视角等问题,但总体而言,与明清小说评论家在理解深度上仍然存在巨大差距。

———————

① (日)神田正行:《新编金瓶梅の翻案手法—呉服母子の受難と中国小説》,《馬琴と書物——伝奇世界の底流》,东京:八木书店 2011 年版,第 675 页。

第四节　曲亭马琴对《水浒后传》的
校勘与解读

　　曲亭马琴是日本近世对《水浒后传》最为熟悉的小说家和评论家，对《水浒后传》陈忱原刻本和蔡昊改订本均有深入了解，并进行过细致的摘抄与校异，在版本异同、作者、创作时间、字词校勘等方面均不乏真知灼见，还曾借鉴《水浒后传》梗概写作有长篇读本《椿说弓张月》。曲亭马琴最重要的贡献在于对《水浒后传》的评论，如认定"古宋遗民乃伪序，此书为雁宕山樵自作无疑"，提出"初善中恶后忠"三段论、批评《水浒后传》未能延续前传劝惩隐微，以"书成于愤"对创作动机进行解读等，其中既有对明清小说家言论的摄取与融合，也有扎根于自身文化素养的甄别取舍和独特感悟，当然还有作为异域异代戏作者难以避免的一些局限性，因此要予以客观全面地看待并深入探究其历史文化根源。

　　清代长篇小说《水浒后传》是《水浒传》众多续书中较为优秀的一部，作者据考证是托名为"古宋遗民"的陈忱（1615—1671?），写作年代当在顺治、康熙之交，最初付梓于康熙三年（1664）。《水浒后传》以幸存的李俊、燕青等三十二名梁山好汉和部分英雄后代的命运为中心，描述了他们因为奸佞陷害而迫不得已重新揭竿而起的历程，当国家面临金军入侵的危急存亡关头，他们又选择了舍生忘死精忠报国，无奈宋廷割地求和，众英雄深感报国无门，最终选择远赴海外暹罗国建基立业。

　　《水浒后传》传入日本的年代尚不明确，最早的记录见于《舶载书目》,即《水浒后传》于元禄十六年(1703)传入日本①。曲亭马琴堪称江户时代对《水浒后传》最为熟悉的小说家,从享和二年(1802)京阪旅行途中借阅并抄录《水浒后传》各回目开始,直到天保二年(1831)完成长篇评论文《水浒后传批评半闲窗谈》,曲亭马琴在将近 30 年的时间里一直对《水浒后传》保持着持续关注。

一、曲亭马琴对《水浒后传》两大版本的抄录与校异

《水浒后传》的版本有两大系统,一种是陈忱原著的八卷本,每卷五回,共四十回;一种是清代蔡昊于乾隆三十五年(1770)改订的十卷本,每卷四回,共四十回。陈忱原刻本目前收藏于英国博物馆,封面有"遗经堂藏书"和"清康熙三年(1664)"的字样,该版本又有重刻本"绍裕堂新刻",此后还曾出现附有八幅人物图像的有图绍裕堂刊本。蔡昊的改订本是传播更为广泛的版本,删除原本的《宋遗民原序》、雁宕山樵《水浒后传序》以及六十六条《水浒后传论略》,增加了蔡昊本人的《评刻水浒后传叙》和《读法》。

(一)蔡昊改订本《水浒后传》

1.《羁旅漫录》:借阅蔡昊本《水浒后传》并抄录回目

曲亭马琴最早看到《水浒后传》是在享和二年(1802)京阪旅行的途中。在《半闲窗谈》开头,曲亭马琴记录了第一次翻阅《水浒后传》的始末:"明雁宕山樵《水浒后传》,最初不知有此书。享和二年夏,游历京浪速时,于尾张名古屋之旅亭,仓促翻阅此书。

---

① (日)大庭修:《舶载书目》,关西大学东西学术研究所资料集刊(7),1972 年。

因思之极为新奇,仅抄录回目,以备遗忘。"①

也就是说,曲亭马琴在途经名古屋时,仓促借览了《水浒后传》,为防止遗忘将回目抄录了下来,并整理在后来的游记《羁旅漫录》中:"又名古屋广小路称座守随的藏书中,有《水浒后传》十卷。主人惜之不示于人。予就柳下亭,抄其目录。"②通过《羁旅漫录》中"《水浒后传》古宋遗民雁宕山樵编辑金陵蔡客野云主人评定"的字样及目录内容可以看出,此时曲亭马琴借阅的版本是清代蔡昊的评改本,不是陈忱系统的原刻本。

在抄录完回目之后,曲亭马琴还对主要人物的属性进行了标注,〇即星外之英雄,△即星中英士之子孙,□为李俊同盟之人即前传所云之小集义,●即暹罗国之人,无印则为星中之豪杰,还一一列出四十七人之姓名,并就花逢春与共涛进行了详细解说。

2.《椿说弓张月》:对《水浒后传》叙事框架的借鉴

《椿说弓张月》(1807—1811)曲亭马琴早期的史传类小说,问世后反响热烈、不断连载,继"前篇"问世后,四年间又先后出版了后篇、续篇、拾遗、残篇,其受欢迎程度甚至在后来的《南总里见八犬传》之上。该书的完整书名是《镇西八郎为朝外传椿说弓张月》,全书共分五编28卷29册,讲述了保元之乱中败北的源为朝最终漂泊到琉球,平定内乱,其子成为琉球王的故事。

在众多明清小说中,《水浒后传》对《椿说弓张月》的影响非常直接和深刻,像《椿说弓张月》第68回题目"祭神奏乐大团圆",直

---

① (日)曲亭马琴:《水滸後伝批評半閑窓談》,东京:早稻田大学图书馆公开古籍书,第3页(写本,1831年,泷泽马琴旧藏。以下《水浒后传批评半闲窗谈》引文皆出自此版本)。

② (日)曲亭马琴:《羈旅漫録》(上),东京:畏三堂1885年版,第29页。

接起源于蔡昊本《水浒后传》第 40 回"赋诗演戏大团圆"。关于
《水浒后传》对《椿说弓张月》的启示,依田学海、麻生矶次等日本
学者进行过考证,正如后藤丹治在校注《椿说弓张月》时所总结
的:"在中国典籍中,首先应该指出的就是古宋遗民著《水浒后
传》。这可以说是《水浒传》的续编,《水浒传》中出场的豪杰李俊
渡海赴暹罗,评定其国内乱,成为国王。曲亭马琴迅速将这部刚
刚输入日本、阅读之人还极为稀少的珍稀小说题材引进《弓张月》
(依田学海也指出,《弓张月》中琉球的情节全部根据《水浒后传》
翻案而来)。也就是说,将为朝比作李俊,李俊渡海开赴暹罗,为
朝亦赴琉球平定内乱,其子舜天丸成为国王。像这样,不仅《弓张
月》后半部构思起源于《水浒后传》,《弓张月》的人物尚宁王、毛国
鼎、利勇、曚云国师等,其原型亦出自《水浒后传》,另外根据《水浒
后传》设计的局部情节也有不少。"①

　　如前所述,曲亭马琴在开始写作《椿说弓张月》的五年前即
1802 年,曾经仓促借阅过蔡昊本《水浒后传》,但在写作的当时,他
案头还只有根据蔡昊本抄录的回目,并没有全文。所以说,曲亭
马琴对《水浒后传》的摄取基本凭借的是回目梗概以及仓促阅览
时的模糊记忆。也正因如此,考察的重点也应多放在叙事框架和
基本构思的摄取与整合上,而非细节的移植。曲亭马琴还兼收并
蓄地吸收了《保元物语》《太平记》《本朝神社考》《和汉三才图绘》
等日本战记物语、史书、地理文献等,并融合了《水浒后传》《五虎
平西全传》《水浒传》《三国演义》《今古奇观》《照世杯》《五杂俎》等
中国小说的构思,正如麻生矶次所指出的,《椿说弓张月》对《水浒

① (日)曲亭马琴著,(日)后藤丹治校注:《椿说弓張月》(上),东京:岩波书店
　 1965 年,第 10 页。

后传》"素非纯粹的翻案,而是以此为粉本,同时如自家药笼之物般,加入更为自由的构思"①。

(二)陈忱系列原刻本《水浒后传》

1.借阅殿村篠斋藏陈忱系列原刻本并展开校异

筑波大学附属图书馆收藏的《水浒后传》,是世界上存数极少的陈本原刊本系统的版本,"八卷四十回十六册万历三十六年(1608)序刊左右双边无界半叶九行二十字目录题内题次行有'古宋遗民著雁宕山樵评'署名"②。该书中发现有多处曲亭马琴校阅的朱批笔迹,署名为"著作堂校阅"或"著作堂云",著作堂是曲亭马琴常用的别号,该版本因此成为考察曲亭马琴与《水浒后传》关联的重要文本。

筑波本《水浒后传》卷末附有一段"识语",应该出自校补者小石元瑞之手,开头写到:"水浒百二十回,脍炙人口久矣。又有后传者四十回,不知何人所著。松坂殿村篠斋翁,新购获之。余借览其书,多摩灭欠缺。翁因托余校补。闻山胁东海先生藏一善本,即乞借雠对。余冗务嘈剧,周年始竣工。"③由此推断,该版本《水浒后传》的拥有者名叫殿村篠斋,殿村篠斋在得到《水浒后传》后,因为有磨灭和缺页,所以请人校勘补订,补写者名叫小石元瑞,他在一个叫山胁东海的人那里借阅到善本(该善本目前下落不明),用大约一年的时间完成校勘,并写下识语一并返还殿村

---

① (日)麻生矶次:《江戸文学と中国文学》,东京:三省堂1976年版,第248页。

② 参见(日)大塚秀明:《殿村本「水滸後伝」:識語がつたえる本書の来歴》(筑波大学开学30周年暨创基131年纪念附属图书馆贵重图书特别展二七:《水滸後伝》解说)

③ 参见(日)村田和弘:《築波大学附属図書館所蔵『水滸後伝』の「識語」について》,《北陸大学紀要》第28号(2004),第134页。

篠斋。

　　曲亭马琴最初并不知有《水浒后传》陈忱原刻本的存在。天保元年(1830)，马琴听说大阪一家书肆有售《水浒后传》，便托人于七月份高价购得，但仔细翻阅后才发现，这是乾隆三十五年(1770)蔡昊的评改本(该书现收藏于天理大学图书馆，里面有两条曲亭马琴亲笔书写的文字)。曲亭马琴根据之前与好友殿村篠斋的书信往来，意识到殿村收藏的版本更加接近于陈忱系列原刻本。

　　天保二年(1831)四月，曲亭马琴辗转从殿村篠斋处借来《水浒后传》，并将其称为"原本"，将自己购得的蔡昊本称为"新本"，曲亭马琴依据陈忱本，对自己的蔡本用朱笔进行了细致绵密的校异，主要是校正错字、补充脱落或磨灭的字，针对蔡昊删除的韵文或语句，在上栏空白处予以补录。例如，在筑波本即"原本"中，发现有马琴的这样一段校阅文字：

　　　　是条，蔡元放重订本云"做公的把杜兴衣服剥下，幸喜，杜兴来时，恐有差讹，原要约了，乐和到下处，去交付，因此书信，不曾带在身边，故此不曾搜出，府尹(见)果然没有书信，只叫扯下着实打，云云"此下文与旧本同，著作堂校阅。

　　与之相对应，在曲亭马琴在自己持有的蔡昊本即天理图书馆藏"新本"中，马琴同样又将"原本"的文字一丝不苟地抄录下来，这样两种版本的差异便一目了然，其勤奋严谨的校阅态度亦可见一斑。

　　　　此条，原本作"做公的把杜兴衣服(剥下)，从顺袋里搜出书信并三十两银子，呈上拆开，看了大意，亏得书信上，孙立不落姓名，笑道，分明是一党了，扯下着实打，云云。"以下与下文同。①

当然，蔡昊的改动幅度是很大的，因此曲亭马琴有时候只能在有限的狭小空白处，用很简略的文字补录原文。此外，在"读法"末，曲亭马琴还对两种版本进行了比较："著作堂主人云，原本八卷，蔡昊厘为十卷，明万历戊申秋抄。雁宕山樵自序，并古宋遗民伪序有之，蔡昊重刻时，削去旧序二编，而附载自己序文，是故使原本开镌岁月，泯灭不传，此可憾也。又按，原本每卷录署古宋遗民著，雁宕山樵评如左，蔡昊以二名为一名，所云古宋遗民者伪称也，然那山樵明万历末人，去宋不近也，昊☐是以为一名，岂有是理，可笑。"

在逐一校对的同时，曲亭马琴还加入了一些自己的比较、评论和注释。例如在第三十五回，原文评价"倭丁"的特点是"只怕冷不怕热"，曲亭马琴就此点评道："这段乃云皇和人只怕冷不怕热，是虽寓言，却不过井蛙臆说，可笑之甚。"关于"黑鬼"一词，马琴注释道："黑鬼是谓野作人软。不然则昆仑奴或杜甫诗所云乌鬼之类未可知。"

2.《明板水浒后传序评》：对陈忱本的摘录及校异

曲亭马琴还摘录《水浒后传》陈忱本才有的"水浒后传序""宋遗民原序""水浒后传目录""论略"，以及第一回开头的"诗"和各回末附上的四十回"评"，于文政十三年（1830）作成写本《明板水浒后传序评》，该写本现收藏于早稻田大学图书馆，出版事项显示为"著作堂主人（写），文政 13［1830］"，"殿村篠斎蔵万暦 36 年刊《水滸後伝》の抄本天保 2 年の識あり。一部朱書"。

①（日）《水滸後伝》（善本写真集 21），天理图书馆 1963 年版（以下天理大学藏《水浒后传》引文皆出自此版本）。

在抄录完"宋遗民原序"之后,曲亭马琴用朱笔写下如下文字:"著作堂主人云,山樵自序之岁月明万历戊申即三十六年而丁。天朝庆长十三年,若古宋遗民伪序,则效前传外书所载,金瑞伪作施耐庵自序耳。余有水浒后传国字评一篇,今不亦赘。"①在摘录完40回评语的文末,曲亭马琴又用朱笔记述了摘抄的缘由:"水浒后传新旧二本有之,旧本则明万历三十六年所印行,新本则客岁来舶所带,清乾隆三十五年秣陵蔡昊重订翻刻云。并阅这二本,序之与总评不同,其文亦有异同焉。旧本今罕于世,因而借抄伊势松阪人殿村篠斋藏本,以备比校焉。文政十三年庚寅冬月小雪前二日著作堂主人灯下识。"

曲亭马琴在抄录过程中,对部分字词的错误、重复、脱落进行了校正。例如,在"论略"中,曲亭马琴针对原刻本中"愤释道之淫奢诳诞,而百万庆寺之烧、还道村之斩也"一句,用朱笔眉批道:"百字原本有磨灭,恐是有字。"再如,针对"刘豫至死死不屈"中多出来一个"死"字,曲亭马琴朱笔写道:"下死字恐误,或是而字。"此外,在抄录第二十六回回评时,针对"且听下分解"的字样,曲亭马琴在正上方用朱笔批道:"下之下脱回字,原本既如此。"

曲亭马琴的大部分校正都是值得肯定的,显示出一丝不苟的治学态度。当然,曲亭马琴的校订和解释中也存在失误之处,最为明显的是混淆了字形相近的"橦"与"椿"。在抄录第十五回批评时,曲亭马琴摘录了穆春的一句话:"雖然做了兩橦爽快的事,如今那裏去好?"我们知道,"桩"的繁体字是"樁",原文应该是"樁",即"两桩爽快的事"。然而,曲亭马琴显然没有意识到"橦"与"椿"的细微差

①（日）曲亭马琴:《明板水滸後伝序評》,早稻田大学图书馆公开古籍书,第6页(以下《明板水浒后传序评》引文皆出自此版本)。

别,不仅在抄录时写成"椿"字,更是对"两椿"进行了牵强的解释:
"两椿犹言两个也,又椿与珍通,椿事珍事、椿事小事也。"这里的
所谓"椿与珍通",是因为日语中两个汉字的读音皆为"ちん",曲
亭马琴认为"两椿"一词由此被赋予了奇谈逸事的意味,并进而又
创作出"椿事"一词,并将其意义与"珍事"联系起来。可以说,这
是马琴因混淆"椿""椿"二字而导致的连锁失误。

二、曲亭马琴的《水浒后传》评论:以《水浒后传批评半闲窗谈》为中心

曲亭马琴在借阅殿村篠斋收藏陈忱原刻本《水浒后传》后,即
将归还之际还写下长篇评论文《水浒后传批评半闲窗谈》(下文简
称《半闲窗谈》),一并赠与殿村篠斋作为答谢。《半闲窗谈》被视
作曲亭马琴第一篇正式且公允的小说评论文,集中体现了对于
《水浒后传》在作者与版本、创作宗旨、创作动机等方面的见解,对
于从异域的视角考察《水浒后传》的内涵具有重要意义。

(一)"古宋遗民乃伪序,此书为雁宕山樵自作无疑"

在《半闲窗谈》的开篇,曲亭马琴首先对《水浒后传》的两种版
本、序言、出版时间等进行了描述,批评了蔡昊重订本删去原来两
篇序言的作法,并指出将"古宋遗民"与"雁宕山樵"并列为编辑者
是不对的,此书的作者就是"雁宕山樵"一人,古宋遗民序言是
伪序。

> 水浒后传八卷(重订本厘为十卷),回目四十回,每卷署
> 古宋遗民著、雁宕山樵评。明万历戊申秋(戊申三十六年,天
> 朝庆长十三年丁),雁宕山樵自序并古宋遗民伪序,共二编。
> 然清蔡昊再评翻刻新本,削去此二序,只附载自己序言,由是
> 原本开镌岁月竟泯灭,不传于世,甚为可惜! 且蔡昊重订本

删去雁宕山樵自评和赘头评,每卷铭署古宋遗民、雁宕山樵编辑、金陵憨客野云主人评定(蔡昊字元放,号野云堂)。古宋遗民乃伪序,此书为雁宕山樵自作无疑。①

之所以将古宋遗民的序言视作伪序,曲亭马琴首先认为"关白"一词的传入时间在宋元之后,因此"古宋遗民"不可能知晓这一冠位。"第三十五回目,有'日本国兴兵构衅'一段,关白率一万兵与暹罗国李俊等作战,此关白乃丰太阁(译者注:丰臣秀吉)攻朝鲜时传闻于唐山之冠位,宋元时,如何得知日本国元帅为关白?以此推量,古宋遗民乃伪称。"②在马琴看来,"关白"在丰臣秀吉(1537—1598)进攻朝鲜时才传播到中国的,从历史年代来看,宋代之人不可能知道"关白"即日本的元帅。

可以看出,与为避免文字之祸而假托"古宋遗民"的传统分析视角有所不同,曲亭马琴从"关白"这一冠位在中国的传播年代着眼,断定宋元之人不可能了解明朝才广为人知的"关白"的含义。我们知道,丰臣秀吉在明万历十二年(1592)挑起万历朝鲜战争(1592—1598),导致朝鲜王朝几近亡国,明政府响应朝鲜的请求出兵救援,于六年之后将日本侵略者赶出朝鲜全境。明朝及朝鲜当时都有很多关于丰臣秀吉的传闻,明朝官员谢杰在《虔台倭纂》中对"关白"也有明确解释:"关白者,倭官号。犹中国之称大将军。即今所封日本王平秀吉也。"③曲亭马琴非常熟悉的明代学

---

① (日)曲亭马琴:《水浒後伝批評半閑窓談》,东京:早稻田大学图书馆公开古籍书,第4页(写本,1831年,泷泽马琴旧藏)。

② (日)曲亭马琴:《水浒後伝批評半閑窓談》,东京:早稻田大学图书馆公开古籍书,第5页(写本,1831年,泷泽马琴旧藏)。

③ [明]谢杰:《虔台倭纂》下卷《今倭纪》,《北京图书馆古籍珍本丛刊10》,北京:书目文献出版社1990年版,第310页。

者谢肇淛,在《五杂俎》中也提出过丰臣秀吉乃"吴越诸生"的说法,认为关白丰臣秀吉本为明代落第秀才,科举失意流落日本后又反噬明朝。总之,曲亭马琴的推论不失为一个立足于史实的独特视角。

笔者认为,曲亭马琴关于《水浒后传》作者的认识是基本正确的。陈忱大约生于明万历年间的 1613 年,约卒于清康熙年间的 1671 年,《水浒后传》初刻本问世于康熙三年(1664)。陈忱笔名"古宋遗民",自号"雁宕山樵","论略"落款处的"樵余"也是他的自称。只是,曲亭马琴没能进一步解释其深刻的历史和社会原因,仅仅以"类比"的方式说明伪作序言的普遍性,如他在《明板水浒后传序评》中指出,金圣叹批点《水浒传》时就曾伪作施耐庵的序言,同样的道理,古宋遗民是雁宕山樵"欺人"之伪称。

陈忱之所以使用多个笔名且模糊年份,更为深刻的历史和社会根源在于清代严酷的文字狱,小说作家往往不敢冠之以真名实姓,何况涉及作乱犯上等敏感题材的《水浒后传》,作者不仅只以笔名示人,在写作时间上标注为"万历"年间,也是一个迷惑视听、明哲保身的手段。此外,笔名中的"遗民"二字,还寄托着作者身为明朝遗民的感慨,《水浒后传》海外立业的情节其实就起源于郑成功、张煌言拥兵海上抗清的史实,反映了江南遗民们寄恢复希望于海上、坚决不臣服异族王朝的普遍心态。

(二)"初善中恶后忠":《水浒后传》未能延续前传之劝惩本意

曲亭马琴在《半闲窗谈》中反复指出,《水浒后传》的作者并没有深刻领会前传的劝惩寓意。在《半闲窗谈》评六中,针对蔡昊认为《水浒后传》胜于《水浒传》的说法,曲亭马琴指出,这只是蔡昊自我宣传的方式罢了,在《水浒传》中,宋江等人惨死是曾经杀伐屠戮行径的恶报,他们的人生阶段分为"初善中恶后忠"三段,尽

管通过招安和征讨方腊的方式实现了向忠义的回归,但作为中期
烧杀劫掠的恶报,不得不死于非命,如此的结局才更加符合劝善
惩恶的教化原则。

> 只见水浒之皮肉,尚未知其骨髓者也。抑水浒有三等之
> 深意,以宋江为首之百八名好汉等,初各自出生,至身有事,
> 皆乃一般善人,既及于有事,落草梁山泊,文弱者奸智残忍,
> 勇悍者不义暴行,无不似于恶魔,便是缘于石碣走魔君之应
> 报,即便宋江,亦不无魔行也。又云替天行道等,皆是魔心之
> 夸言也,不必信之。石碣天降,彼等因过世之业,不料解脱,
> 改其面目,成忠臣义士也。彼等百八人有初善中恶后忠三
> 等,若不得此心读水浒,则作者之深意不得分明。①

> 宋江等前传死亡四十许人,竟无后荣,皆陷于奸臣,悲惨
> 枉死。中期魔行之恶报也,亦是劝善惩恶,作者用意在此。
> 宋江等百八人尽忠义而不得赏,过半死于王事,旧恶竟消灭,
> 未成忠信义烈虚名,为世世看官所惜,然此乃前传作者之本
> 意也。②

然而,《水浒后传》未能很好地衔接前传之意,而是让阮小七、
燕青、李俊等幸存的三十二名豪杰再次造反,聚义于饮马川等地,
杀戮无辜、抢掠财物、对官军对峙,这就违背了作者对于水浒英雄
"后忠"的定位。曲亭马琴指出,这样的续作无异于"画蛇添足"。

> 前传所写,石碣天降降服魔君,宋江等百八人成为清净

---

① (日)曲亭马琴:《水浒後伝批評半閑窓談》,东京:早稻田大学图书馆公开
　古籍书,第10页(写本,1831年,泷泽马琴旧藏)。
② (日)曲亭马琴:《水浒後伝批評半閑窓談》,东京:早稻田大学图书馆公开
　古籍书,第11页(写本,1831年,泷泽马琴旧藏)。

无垢之勇士,为宋朝纵死不辞,俱尽忠义。然后人做后传,若充分领会此意,则剩余三十二名好汉,不会复起不臣之心。然又如何?于登云饮马川,又构建山寨,重为强盗,又击退官军。此等趣向,皆抹却前传之真面目,似画蛇添足矣。蔡昊评定中言此书胜于前传,未尝深思之诬言也。①

正是因为《水浒后传》作者没有很好地延续前传隐微之意,所以曲亭马琴认为称之为续书不太妥当,"山樵之后传,可视为又是一书。不可将其与前传互为兄弟。用心各异也。"而且,曲亭马琴对续书类大都持否定态度,他在《八犬传》第九辑的《回外剩笔》中说:"雁宕山樵之《水浒后传》、天花翁之《后水浒传》②及《续西游记》《后西游记》等,皆不知作者之隐微,随意画蛇添足者也。故而不流行于世,犹如以瓦砾补玉石之阙也,谁会以连城易之?"③

笔者认为,李俊等人之所以再次揭竿而起,同样是因为奸臣当道、官逼民反,这恰恰与前传抨击腐败奸佞、痛惜山河沦丧的主旨是一致的,堪称前传反抗因子的延续。曲亭马琴只看到杀戮与血腥的一面,而选择性地忽视了杀富济贫、仗义疏财的一面;只看到起"不臣"之心与击退"官军"的一面,没有看到奸佞陷害、国将不国的一面,这与曲亭马琴身为异域异代小说家的局限性不无关系。曲亭马琴生活的江户时代政治相对较为平稳,历史上的揭竿而起或朝代更迭也不是很多,因此小说家在潜意识里对此持否定

① (日)曲亭马琴:《水滸後伝批評半閑窓談》,东京:早稻田大学图书馆公开古籍书,第10—11页(写本,1831年,泷泽马琴旧藏)。
②《后水浒传》署"青莲室主人辑",有序署曰"彩虹桥上客题于天花藏",并非天花翁所著。
③ (日)曲亭马琴著,(日)小池藤五郎校订:《南総里見八犬伝》(十),东京:岩波书店1985年版,第336页。

态度。德川幕府后期的文化高压政策使得小说家尽量采用明哲保身的方式,避免有违于儒家伦理道德的言论,武士家庭的出身也使得曲亭马琴有一种近乎"愚忠"的意识。与明清时期经历山河破碎、生灵涂炭的中国文人不同,近世小说家多自称为从事二流文艺的"戏作者",即便是以写作历史类小说见长的曲亭马琴,也习惯于以"劝善惩恶"来解释社会矛盾或朝代更迭,因此其认识的深度远远不能与明清小说理论家相提并论。

(三)"书成于愤":对《水浒后传》创作动机的解读

陈忱在《水浒后传》中,以"泄愤"说来总结续书作者的创作动机,他受到李贽《水浒传》发愤理论的深刻启示,借助水浒故事的残局,寄寓明亡之痛,将《水浒后传》写成一部"泄愤"之书:"嗟乎!我知古宋遗民之心矣。穷愁潦倒,满腹牢骚,胸中块磊,无酒可浇,故借此残局而著成之也。"①

曲亭马琴在创作动机方面受到陈忱泄愤之说的直接启示。例如,在《半闲窗谈》评三中,曲亭马琴指出以宋安平为《水浒后传》众豪杰的首领更为恰当,宋安平作为宋江的侄子,如果将其塑造成文武双全且兼具异邦天子之风的形象,无疑将是替"为奸臣所药鸩、半世忠义化为泡影的宋江伸冤"的"一大手段",如此情节才更能"让读者拍手称快,实乃和汉一致之快事也。"遗憾的是,《水浒后传》作者没有思虑到这一层,只是按照《水浒传》宋江之弟宋清的性格特点,将宋安平设计为文弱之人。"伸冤""拍手称快""快事"等词语,集中体现了曲亭马琴作为小说家和评论家,对于借助小说以抒发愤懑、谴责不公等"发愤"功能的重视。

在《半闲窗谈》评四十四中,曲亭马琴同样以"泄愤""书成于

---

① [清]陈忱:《水浒后传》,南昌:江西美术出版社 2018 年版,序。

愤"的视角对《水浒后传》的创作动机进行解读。《水浒后传》第三十五回"日本国借兵生衅,青霓岛煽乱兴师",有涉及日本的情节,倭王派遣"关白"统帅一万倭兵与李俊大军对决,倭兵虽然勇敢彪悍,却畏惧严寒,公孙胜运用法术祈来连夜大雪,关白及倭兵皆冻死于风雪和海冰之中。曲亭马琴留意到这一情节,并指出其与明代倭寇入侵边境的史实有关,作者希望借此发散遭受倭兵进犯的愤慨:

> 稗史作俘虏和兵之情节,旨在泄愤也。(略)得以此心阅读,其情自然明了。所谓书成于愤,也指此类事件。一笑千笑。①

像这样,在陈忱等明清小说理论家"泄愤""雪冤"主张的影响下,曲亭马琴常通过改写历史结局以发散郁结,这既是劝惩与果报观念的体现,也是对古代物语镇魂慰灵传统的继承,德川末期儒家权威的衰落和戏作的鄙俗化趋势,也使得曲亭马琴心有愤激而寄情于史传小说。

结　语

曲亭马琴堪称对明清小说了解最为深入和透彻的小说家,从他对《水浒后传》各个版本的执着收集和一丝不苟的抄录可以看出,曲亭马琴对明清小说有着发自内心的热爱;抄录过程中的文字校勘和版本比对,显示出与生俱来的学者气质和敏锐的学术感觉;仿写与改编的匠心独运和融会贯通,显现出两国小说观念的汇通与碰撞。总之,曲亭马琴围绕《水浒后传》的种种抄本、书简、

---

① (日)曲亭马琴:《水滸後伝批評半閑窓談》,东京:早稻田大学图书馆公开古籍书,第 47 页(写本,1831 年,泷泽马琴旧藏)。

评论文等,成为考察明清小说及小说评点在日本近世影响轨迹的重要资料。

在《半闲窗谈》的文末,曲亭马琴对明清小说必附有批评的成熟作法表示钦佩,同时对日本小说评论的匮乏深表感慨:"抑唐山之稗史,必有后人批评,皇国草纸物语,今昔皆无评者,欣赏品味者,极稀也。"尽管指出了《水浒后传》的一些瑕疵,但曲亭马琴对作者续写的功劳还是持肯定态度的,并从情节完整无疏漏、文笔精致细腻等角度出发,将其综合评定为"中平"之作,表达了同为稗史小说家的甘苦共鸣:"捃拾前传之遗,不漏一人一事,联系本传,最初出世人物之列传亦精细,无粗放疏劣之文,为唐山作者不可多得之细笔。部分趣向如前所评,难免瑕疵。若以予品藻之,乃为中平之作,评为上字尚还不易,然作为水浒之后传,有十二分爱敬,看官亦嘉许之。"

第五节　曲亭马琴《续西游记国字评》解析

日本江户时代小说家兼评论家曲亭马琴的《续西游记国字评》(1833),是对我国明代《西游记》续书《续西游记》的长篇评论文(约一万四千字)。该评论文对于了解《续西游记》在日本江户时代的影响具有重要意义,也能从异域的视角为我们提供一些《续西游记》认识上的借鉴。截至目前,该评论文几乎尚未纳入中日两国研究者的视野,大量的翻译和研究工作有待展开。

《续西游记》主要讲述唐僧师徒取经东回的故事,作者不详,文中附有真复居士的序言及批语。如来佛认为孙悟空等一路降妖灭怪、杀伤生灵,有违佛教的慈悲宗旨,因此强行收缴了金箍棒等武器,要求师徒三人在归途中要以诚心化魔,同时派遣灵虚子、到彼僧携带八十八颗菩提珠和木鱼梆子,辅助师徒净心驱魅。师徒几人一路上遭遇了意欲抢夺经卷的各路妖魔,经历了八十八种磨难,最终返回唐土、修成正果。作品表达了机心生怪、净心驱魅的主旨,强调"机心"是起魔之根,只有灭机心、笃信真经,才能畅通无阻,正如文中如来佛所言:"诸孽根心。心净,则种种魔灭;心生,则种种魔生。"①

曲亭马琴从友人殿村筱斋处借阅到《续西游记》,并写下了这篇《续西游记国字评》,根据文末"天保四年"的字样可知,写作时间是在 1833 年,即曲亭马琴 66 岁的时候。马琴这样记述了写作的经过:

> 《续西游记》二十卷,借阅吾友筱斋翁藏本,余生平笔研烦多,无读书之暇,是以借留稍久而得赏鉴全部焉。卒业间,戏演国字略评三十四则,以为惠借之报。②

可见,由于时间的关系,曲亭马琴无法就《续西游记》一百回逐一作出评论,只得以三十四则评论文字来略评其"妙处、瑕疵与重复",以此作为对同为中国小说爱好者的挚友的回馈。

在评论文的开篇总评中,曲亭马琴对手头这部《续西游记》的版本进行了描述,并指出该书作者或许就是为之作序的"真复居士":

> 是书,清人之戏墨,全部一百回,分二十册,收于两帙,一帙各十册。且卷一表纸里有'嘉庆十年新镌,贞复居士评

---

① [明]无名氏撰,刘玉凯、宋庆万点校:《续西游记》(上),北京:中国经济出版社 2012 年版,第 2 页。

② (日)曲亭马琴:《続西遊記国字評》,早稻田大学图书馆公开古籍书 1833 年版,第 23 页(以下《续西游记国字评》引文皆出自此版本)

点'，又序落款有真复居士，想来上之贞复为真复之误，作者
不详，通过序文及每回批语可猜，或为此真复之作。
《续西游记》的作者问题一直未有定论，比较有力的说法包括明初
云南人兰茂、明末人季跪、真复居士①。根据序言作者及批语对
小说作者进行推断，表明曲亭马琴对明清小说的署名及评点规律
已经有了一定程度的了解。

一、《续西游记》的功绩：否定机变

曲亭马琴认为，《续西游记》的功绩在于否定机变。所谓机
变，即临机应变、机略，在《续西游记》中主要指孙悟空的机诈变幻
之心，蕴含贬义色彩。如来问悟空凭何心求取真经，悟空自诩以
"机变心"协助师傅降妖灭怪，但如来认为，机心蕴含着万种倾危、
变化中有无穷诡诈，悟空对此辩解道："就是机变，也不过临机应
变，又不是奸心、盗心、邪心、淫心、诈心、伪心、诡心、欺心、忍心、
逆心、乱心、歹心、污心、骗心、贪心、嗔心、恶心、瞒心、昧心、夸心、
逞心、凶心……"②像这样，孙悟空一口气说出八十八种机心来，
而这均被如来视为奸盗邪淫种种乱派，属于不净之根，同时也预
示着师徒在归途中将遇到八十八种邪魔的侵扰。

（一）机变有害

在《续西游记》序言中，真复居士强调《西游记》既是佛记也是
魔记，佛魔可以互相转化，没有绝对界限，但中等智识的人往往难

---

① 参考刘荫柏：《〈续西游记〉作者推考》，《云南社会科学》1984 年第 3 期；徐
　章彪《也谈〈续西游记〉的作者问题》，《电影评介》2011 年第 1 期。
② ［明］无名氏撰，刘玉凯、宋庆万点校：《续西游记》（上），北京：中国经济出
　版社 2012 年版，第 17 页。

辨佛魔，从而产生种种机心，就像孙悟空的七十二般变化一样，机心对于修道成佛危害极大。

> 《西游》，佛记也；亦魔记也。魔可云佛，佛亦可云魔，是何以故？盖佛以慧显，魔以智降，此魔而可以入佛者也。（略）机也者，抉造化之藏、夺五行之秀，持之极微、发之极险。故曰："天发杀机，移星易宿；地发杀机，龙蛇起陆；人发杀机，天翻地覆。"（略）夫机者，魔与佛之关捩也。（略）机心存于中，则大道畔于外，必至之理也。（略）起魔摄魔，近在方寸，不烦剿打扑灭，不用彼法唠叨，即经即心，即心即佛。（略）作者苦心，略见于此①。

如前所述，曲亭马琴明确表示自己阅读过真复居士的序言，他同样认为机变有害，并援引了大量古代人物和事迹加以论证：

> 机变不独为佛法所嫌，圣人大贤皆厌恶机变。秦始皇、楚项羽、汉王莽、魏曹操等，皆以机变为上品，虽夺得汉土天下，然子孙不及三世，倏忽灭亡。我朝之后醍醐天皇，亦以机变为上品，为逆臣高时所诛，大魔接踵而出，朝廷倾覆……。
>
> （第四条）

曲亭马琴进一步指出，《续西游记》作者的功绩在于否定机变。而且，与真复居士着重从佛理及佛魔转化的角度论述其害处不同，马琴更多地是从儒佛劝惩教化的世俗角度，强调《续西游记》能使妇人孺子领悟到机变的危害，这才是它作为稗史小说最大的价值所在。

> 机变有害，此意乃世俗小说之教谕，若世人悟之，便是

---

① [明]无名氏撰，刘玉凯、宋庆万点校：《续西游记》（上），北京：中国经济出版社 2012 年版，序言。

《续西游记》作者之功。　　　　　　　　　　　　　　（第四条）

　　作者将机变于人间有害之理，苦口婆心反复告知，警世
功德实为不少，如同寺院之说法，痴翁呆婆听之，亦为迷津之
一筏。　　　　　　　　　　　　　　　　　　　　（第二十条）

曲亭马琴之所以侧重从社会功效的角度对《续西游记》进行
评价，根源在于其一贯坚持的"劝善惩恶"小说理念。马琴主张稗
史小说最大的价值在于警世教诫，而这也是江户时代被奉为主流
的文学理念。劝善惩恶小说观延续了日本古代和中世以来佛家
式的因果报应思想，并迎合了江户时代居于思想界领导地位的儒
学者的道德教化要求。作为江户时代劝善惩恶小说观的代表人
物，曲亭马琴对《续西游记》功绩的评价也便不难理解。可以说，
曲亭马琴结合自身多年以来的阅读和创作体验，从劝善惩恶的角
度对作品进行了较为深入的解读，应该说是比较准确地抓住了
《续西游记》的一个重要创作初衷，站在历史年代的角度考虑，也
比较符合当时传统知识分子对小说价值的定位。

（二）继承前记"隐微"

在《西游记》中，机变往往伴随着杀伐，杀伐即孙悟空等取经
路上除妖灭怪的行为，尽管杀伐的对象是各路妖魔鬼怪，但它仍
然有违于佛教慈悲为怀的宗旨，正如《续西游记》中如来佛对孙悟
空的责备："亵渎了多少圣真，毁伤了无限生灵。"①曲亭马琴对
《西游记》的杀伐情节也倍感忧虑，他担心诡异心机、血腥杀戮等
情节，会对普通读者形成误导，同时指出，《续西游记》"作者第一
之苦心，乃是使孙悟空等守杀生之戒"。

---

①［明］无名氏撰，刘玉凯、宋庆万点校：《续西游记》（上），北京：中国经济出
　版社2012年版，第17页。

曲亭马琴认为，《续西游记》对机变杀伐的否定，正是对前记（即《西游记》，下同）"隐微"之意的继承。"隐微"是曲亭马琴晚年经常使用的文学批评术语，他在《八犬传》第九辑中帙附言中具体解释道："隐微，乃作者文外有深意，待百年后之知音。《水浒传》有诸多隐微。李贽、金人瑞等自不待言，唐山文人才子，欣赏《水浒传》者虽多，然无详尽评论，亦无发明隐微者。"①可见，隐微即隐藏在文字背后的深刻寓意，曲亭马琴就从善恶有报的角度，指出《水浒传》最大的隐微在于使宋江等曾经作乱犯上的"贼人"死于非命。在回应一些人对《西游记》《水浒传》中怪异情节的质疑时，马琴也强调应领悟其劝善惩恶的隐微之意。

具体到《续西游记》，曲亭马琴认为作者的构思并非独创，而是领悟到了前记"机变生魔难"的隐微，并将其进一步发扬光大：

> 此亦非作者之发明，如前记所载，孙悟空、猪八戒等因机变而惹出妖魔之事，三藏亦因机变而多入魔境，此意为前记之隐微，续记予以发挥而已，续记如同前记之注释文。
>
> （第四条）

的确，前记中由于师徒三人未能彻底消除机变之心，所以如来在授予真经前后对他们进行了诸多考验，正是这些文外的深意，引领了《续西游记》的诞生。

曲亭马琴隐微论的提出，同样离不开真复居士序言的启示。真复居士在序言中指出，《西游记》是以机变降魔，但作者本人对其荒唐和机变情节也心存忧虑，而《续西游记》则恰恰弥补了这一不足，一并删除了此类情节：

---

① （日）曲亭马琴著，（日）小池藤五郎校订：《南総里見八犬伝》（六），东京：岩波书店 1985 年版，第 8 页。

前《记》谬悠谲诳，滑稽之雄。大概以心降魔，设七十二种变化，以究心之用。（略）世多爱而传之，作者犹以荒唐毁亵为忧；兼之机变太熟，扰攘日生，理舛虚无，道乖平等。总撰是编，一归铲削。①

不难看出，在延续前记隐微、铲削机变杀伐情节这一点上，曲亭马琴与真复居士的观点非常一致。可以说，曲亭马琴基本沿用了真复居士的观点，或者说，他对真复居士的观点深表赞同，并在此基础上，套用了自己颇为得意的"隐微"一词，对其进行了理论上的扩展与升华。

最后还应指出，曲亭马琴并没有一味停留在对机变的批判上，他同时也客观认识到了"机变有害"说的一些缺陷，从而比真复居士的评点显得更加进步和客观。（一）人世间万事万物不可能毫无机变，只是程度有所不同，"机变有害已如前所述，然人间古今事事物物有机变，无机变者稀少，只是甚与不甚程度之分而已"（第六条）。他进一步举例说明，在稗史小说中出于正义的便是机智，出于邪恶的则是机变，总之不能一概而论，像孙悟空很多时候的机智应变都值得嘉许，不应全盘抹煞。（二）从艺术性来看，曲亭马琴认为《续西游记》正因为缺少机变杀伐，所以显得"悄寂"而"无精彩段落"（第二十八条）。的确，由于孙悟空的机智多变均被贬低为机心作怪，作者拘泥于佛法而刻意避免杀伐，因而使得人物形象受到扭曲，丧失了原本鲜明的个性和积极的反抗精神，显得枯燥单调而且说教色彩浓厚，因此，曲亭马琴断言《续西游记》在整体上要远逊色于《西游记》。

---

① ［明］无名氏撰，刘玉凯、宋庆万点校：《续西游记》（上），北京：中国经济出版社 2012 年版，序言。

二、《续西游记》的瑕疵:自相矛盾

曲亭马琴经常用"两舌"一词指出《续西游记》的疏漏所在,"两舌"即一口两舌、自相矛盾之意,马琴认为续记最明显的自相矛盾就在于,明知机变有害却仍然记录机变,正如他在第四条中所言:"《续西游记》之作者,虽知机变之害,然仍作稗史小说,亦是纪机变。故虽不欲机变,但却无处不机变,其言有两舌之巧。"

(一)金箍棒、九齿钉耙与木鱼梆子、念珠:本质皆为机变

为防止孙悟空等机变杀生,如来佛祖强行收缴了金箍棒等武器,同时命灵虚子和到彼僧用木鱼梆子和念珠来协助其降魔。曲亭马琴对此不以为然,他认为两者的本质并没有改变,都是运用机变之术:

> 金箍棒、九齿钉耙与梆子和念珠,其要载于五十步与百步之间,敲响梆子、变化念珠,以击退魔怪,无非亦是机变而已,有何相异之处,呵呵!　　　　　　　　　　　(第十一条)

只是,灵虚子和到彼僧的机变因为佛祖的旨意而被赋予了合理色彩,因此似乎不同于孙悟空及各路妖魔的机诈变幻,马琴对此难以苟同:

> 是为作者之两舌,诸魔之机变自不当论,然本记中悟空之变乃为护送经担,且救师傅脱离魔难,与灵虚子、到彼僧之机变,并无异处。……此乃谚语所云之'掩耳盗铃'是也,看官宜熟思之。　　　　　　　　　　　(第三条)

可见,在行使机变降妖除魔这一点上,曲亭马琴认为《续西游记》和前记并没有实质的区别,作者为达到否定机变的主旨而生硬地强调两者的差异,有时往往难以自圆其说。孙悟空的机智精明一概被贬斥为机诈变幻,但出于保护师傅及经卷的好意,又与

灵虚子、到彼僧的机变有何不同呢？作者这样的构思只会增加读者的困惑。

曲亭马琴的上述观点的确值得一听，不过，他的思虑也有不周到的地方，即过分关注于机变杀伐表面的类似，而忽略了实施主体的不同。《续西游记》的着眼点在于如何使唐僧师徒净心驱魅，被收缴武器的孙悟空等也在逐渐地收复种种不良心性。事实上，实施机变的主体是灵虚子和到彼僧，他们的机变也只是辅助手段而已，而且性质温和没有杀戮，终极目的还是普度唐僧师徒领悟佛法的真谛。所以说，虽然同是机变，但因实施主体的不同而在性质上被赋予了较为明显的差异，这一点恐怕是曲亭马琴没有意识到的。

（二）淫奔情节与佛书宗旨相矛盾

曲亭马琴对《续西游记》中的淫奔情节非常排斥，认为其有违佛书的宗旨，并提醒读者应留意此类情节：

> 原稗史为佛书，故丝毫无淫奔情节，以显示作者之用意。此书之作者，果为浮屠氏之忠臣欤？ 时常有此类事情，看官宜留意。 （第九条）

他举出第六十六回《孝女割蜜遇蜂妖，公子惜花遭怪魅》的例子，认为作者虽然对男女情爱持批判态度，但作为"佛书"，还是不应沾染此类情节，否则便是混淆了"佛书"与"儒书"的界限。在这一回中，女子因为父治病割蜂蜜而惹恼了蜂妖，公子因为偶动惜花之心也激怒了蜂妖，蜂妖于是招来女子灵魂附于公子身上，公子奄奄一息，孙悟空经过一番探查后发现原来是蜂妖作怪：

> 原来是怪蜂夺了这贤孝女子的精灵，到那公子园中又遇着公子怒蜂蝶残花，把衣袖招了女子之灵，乃是这个情节。可喜他一个心不染邪，一个为亲行孝，遇着我老孙，安可不施

一方便救他？若是淫私调媾之情、弄月吟风之病，我老孙岂
肯救这样男女，以亵渎了我僧家之体？①

曲亭马琴较为完整地转述了这段文字，并指出关于孝道及节烈的
情节更接近于儒家的劝惩宗旨，但作为一部旨在宣扬净心驱魔的
佛书来说，掺杂此类情节则显然是一大缺憾。

可见，曲亭马琴将《续西游记》定位为佛书。的确，《续西游
记》所承载的文化信息更偏向于佛教，但它并不属于佛学典籍，而
且还渗透着儒家及道家思想的痕迹，准确地说，这是一部佛教色
彩较为浓郁的小说。具体到淫奔情节，马琴认为这与"佛书"的性
质格格不入，其实不然。因为前记即《西游记》中也有类似情节，
如女儿国、高老庄、各路欲与唐僧结缘的妖怪等，这些构思旨在烘
托唐僧师徒最终能够戒色成佛。只是，与《西游记》侧重于描写妖
魔鬼怪等异类对唐僧的纠缠不同，《续西游记》更多时候将着眼点
转移到俗世的人类，融合了更多世情小说中男女缘分的因素，并
体现出较为鲜明的儒佛融合的世俗化趋势，因此，曲亭马琴才感
觉它混同了佛书与儒书的界限。

曲亭马琴所谓的儒书，指的自然也不是儒家经典，而是具备
儒家经典般劝惩教化意味的稗史小说，这类小说中偶尔会出现一
些淫奔情节，但最终的趣旨仍然是劝惩警诫。曲亭马琴生活在儒
家思想(主要是朱子学)居于统治地位的江户时代，再加上自己也
出身于笃信忠孝仁义等儒家道德的武士家庭，因此在小说理念上
一直致力于向儒家靠拢。但要注意的是，早在后汉至东晋时期开
始，佛教就已经开始吸纳一些佛教乃至道教的要素，试图通过寻

---

① [明]无名氏撰，刘玉凯、宋庆万点校:《续西游记》(下)，北京:中国经济出
版社2012年版，第424页。

求与本土宗教间的契合点来获得更好的发展。这种"援儒入佛"的趋势一直在文化发展史上得以延续,佛教故事、六朝志怪、唐代传奇、明清小说中都能看到这种融合的迹象,《续西游记》中同样也有体现。曲亭马琴对《续西游记》混淆佛书与儒书的批评,说明他还拘泥于佛教或儒教的教义,而没有进一步意识到小说中这种儒佛融合的趋势。

三、写作技法的缺憾:重复多、照应少

(一)重复多

首先,在整体构思上,曲亭马琴认为《续西游记》基本上是《西游记》的翻版,并没有实现大的超越,在整体上要远逊色于《西游记》。

> 续记之作者,思有不及,只再制前记之糟粕,生出种种魔怪而已。　　　　　　　　　　　　　　　　　　　　　（第十二条）

> 前记诸妖魔欲蒸啖三藏法师,做出种种机变以生擒之,猪八戒、沙和尚亦遭捆绑。及有难时,每每孙行者千苦万劳,救出师徒,一己之神力无法施救时,便祈求观世音,以释其厄,所谓八十一难皆如是。《续西游记》又设诸妖魔夺真经,作种种机变,亵弄经担,比丘僧、灵虚子俱为苦辛,反复夺回经担,二人智力不及之际,便敲击木鱼,得四神帮助,以释其厄,(略)未能脱离前记之畔垾。　　　　（第二十条）

的确,《续西游记》基本延续了前记的人物和叙事模式。早在《中国小说史略》中就有《续西游记》缺陷的记述,即虽"模拟逼真"但"失于拘滞",鲁迅先生并没有阅读过《续西游记》,他转述了明末清初董说所著《西游补》的观点:

> 又有《续西游记》,未见,《西游补》所附杂记有云,"《续西

游》摹拟逼真,失于拘滞,添出比丘灵虚,尤为蛇足"也。①
所谓"模拟逼真",即对《西游记》的高度模仿,"失于拘滞"即过分
拘泥于原典而少有创新,"重复"可谓《续西游记》的一大缺陷。当
然,这也是作为续书的一种自然趋势,如此才能引发读者的亲近
感和共鸣,使对《西游记》意犹未尽的读者能够从续书中找到更多
的阅读乐趣。

其次,自身情节存在诸多重复。曲亭马琴在第二十五条评论
中详细指出,《续西游记》中屡次出现变身假魔王、假魂灵的情节,
虽然性质上多少有些差异,但难免有雷同之感。例如,第六十九
回恶少年变假魔王与第七十六回灵虚子变成假神、第八十二回假
神将吓走妖魔相类似,第七十六回孙行者化作王员外的魂魄对恶
人进行威慑,与第八十回灵虚子和到彼僧假冒八戒沙僧的魂灵向
唐僧报信诉苦等,也都是借助魂魄或梦境等展开行动,往往会令
读者感觉单调乏味。

不仅对《续西游记》,即使对于前记即《西游记》,曲亭马琴也
指出了其缺憾在于人物设计过少,因而多重复:"又《西游记》三藏
师徒,孙猪沙,仅四名而已。其人极寡,其事相似且多重复。水浒
亦有重复。"②马琴认为,长篇小说很容易出现重复这一瑕疵,他
自身就充分汲取了这一教训,例如在创作《八犬传》时,他精心设
计了八个主人公,连同其他关键人物也就十九位,这样一来,即能
够避免常见的重复弊病,也能够有始有终地交代每个人物的
一生。

---

① 鲁迅:《中国小说史略》,杭州:浙江文艺出版社 2000 年版,第 129 页。
② (日)曲亭马琴著,(日)小池藤五郎校订:《南総里見八犬伝》(六),东京:岩
　　波书店 1985 年版,第 6 页。

可见，是否单调重复是曲亭马琴小说评价的一个重要标准。但耐人寻味的是，以曲亭马琴为代表的日本江户时代小说家，经常以中国小说为蓝本进行模仿创作，基本手法是套取中国小说的基本框架替换以日本的人名地名，并与日本的民间传说等相结合。曲亭马琴的《八犬传》就借鉴了《水浒传》的基本思路，《金毘罗船利生缆》更是对《西游记》的改编之作。这是居于文化弱势地位的日本文坛现状使然，是小说家为丰富自身素材、提升写作技巧的无奈和必要之举。正因如此，在模仿借鉴的同时，如何能够尽量地别出心裁，成为曲亭马琴等小说家集中思索的问题，也成为其小说评论的一个重要着眼点。

（二）照应、伏线等技法少

曲亭马琴认为，《续西游记》中写作技法的运用较少，"此书作者之构思，无伏线、衬染、照应、对照、反对等文"（第二十五条）。不过，他对此并没有加以苛责，而是考虑到文体和写作状况，对其原因进行了如下解释："之所以伏线、对应情节稀少，是因为此书百回乃陆续写成，类似古代之纪行，每回敌手之妖魔不同，国邑相异，故前记伏线对应之文亦稀少，此乃自然之势"（第二十六条）。

可以看出，曲亭马琴对稗史小说的作者表现出理解的姿态。同时，他对《续西游记》的文体也有自己独特的解释，并运用今天意义上的"比较文学"视角，指出其与日本古代的"纪行"有类似之处。纪行是记录旅途见闻、感想的具有一定文学性的文章，既包括玄奘的《大唐西域记》等忠实记录史实的记录文学，也包括日本的《土佐日记》（约935）、《奥州小路》（1702）等借助旅行见闻抒发自身感怀的文章。不仅仅是纪行文，日本古代以"物语""草子"为代表的小说也大都是短篇的连缀，只是在明清小说的启示下才开始出现真正意义的长篇。也正因如此，曲亭马琴并没有对《续西游记》欠缺照应与伏线等缺憾加以批判,而是对其根源进行了深入的思考。

曲亭马琴还指出,尽管为数不多,但《续西游记》并非完全没有照应。举例来说,第八十二回"假神将吓走妖魔,揭山石放逃猩怪",就是和前传即《西游记》的照应。

> 将一块山石压上妖身,口中念念有词,只见那怪毫不能动。(略)八戒道:"他曾压在五行山,如今把妖压在长溪岭。"①

马琴认为,这就是与《西游记》中如来将石猴压在五行山下的"照应",八戒的话就仿佛是"作者的自注。"

随着对上述伏线、照应等创作技法的思考日渐深入,曲亭马琴最终在《八犬传》中总结出了"稗史七法则":"唐山元明才子等作稗史,自有法则。所谓法则,一是主客、二是伏线、三是衬染、四是照应、五是反对、六是省笔、七是隐微。"②除去"隐微"涉及到作品的主题思想外,其他六项都是关于小说布局谋篇的法则,而这些法则的提出几乎都来源于中国小说家或评论家的启示,金圣叹的《第五才子书施耐庵水浒传》、毛声山的《毛声山评注琵琶记》、李渔的《闲情偶寄》等,都是其重要的思想源泉。不难看出,在小说创作技法还很薄弱的江户时代,以曲亭马琴为代表的小说家积极汲取着明清小说的养分,经过不断论证、模仿与融合,逐渐梳理出一套更加适用于自身的创作规律,并将其应用于创作实践。也

---

① [明]无名氏撰,刘玉凯、宋庆万点校:《续西游记》(下),北京:中国经济出版社 2012 年版,第 526 页。

② (日)曲亭马琴著,(日)小池藤五郎校订:《南総里見八犬伝》(六),东京:岩波书店 1985 年版,第 6 页。

正因如此,曲亭马琴晚年的长篇历史小说《八犬传》获得了上至公卿大夫下到渔民樵夫的广泛热爱,而他本人也被尊奉为江户时代小说家与评论家的巨擘。

综上所述,曲亭马琴的《续西游记国字评》中,既有对《续西游记》功绩的肯定评价,也有自相矛盾和重复多等否定的批评,但就总体而言,曲亭马琴对《续西游记》表现出宽容和理解的批评姿态,并表达出同为稗史小说家的苦辣共鸣,其原因正如他在评论文中讲到的:"稗史之作,悦里巷小儿易,为君子挂齿难,世上批评稗史者多,思量作者苦心者寡。好坏暂且不提,写此百回之长物语,应羡其文华笔力"(第二十条)。的确,同为地位不高且多从事改写、续写的稗史小说家,曲亭马琴对《续西游记》作者表现出深切的理解与共鸣,堪称中日古代文学交流史上的一段佳话。

第六节　曲亭马琴读本序跋与李渔戏曲小说论

曲亭马琴是日本近世中后期最著名的小说作家,自幼广泛涉猎和汉经史典籍及稗史小说,其作品涵盖黄表纸、合卷、净琉璃、读本等诸多领域,同时还被誉为"批评家的开山鼻祖"[1],他经常通过作品的序跋或相关评论文章,表达自己对小说创作规律和写作技巧的见解,以及对中国小说理念的接受或反驳情况,因而成为研究中国文学在域外被接受情况的宝贵资料,同时有助于我们从异域的角度重新认识本国文学理论的丰富内涵,以及一些以前

---

[1](日)森润三郎:《曲亭马琴翁と和漢小説の批評》,《日本文学研究资料丛书·馬琴》,东京:有精堂 1986 年版,第 36 页。

意识不到或忽略不计的特质。

通观曲亭马琴的读本序跋及评论文章,可以发现他对清代戏曲小说家兼批评家李渔(1611—1680)表现出的钦敬之情尤为显著。马琴在序跋中反复将李渔引为异域知音,并深受李渔劝惩教化论的影响,其笔名"蓑笠渔隐"也与李笠翁极为类似。所以,笔者拟从其笔名入手,分析马琴对李渔产生钦敬与共鸣的根源,并在此基础上,进一步考察马琴对李渔创作理念的接受与偏离情况。

一、"湖上笠翁"与"蓑笠渔隐":隐逸生涯的共鸣

曲亭马琴,本姓泷泽,名兴邦,后名解,幼名仓藏。别号著作堂主人、蓑笠渔隐、饭台陈人、玄同等。他的史传类长篇小说《南总里见八犬传》(以下简称《八犬传》)被视为读本小说的巅峰之作。《八犬传》在创作时广泛摄取明清小说如《水浒传》《三国演义》等题材,在创作观念上亦深受李渔、金圣叹、谢肇淛等明清小说戏曲作家及批评家的影响。《八犬传》共分九辑,马琴模仿明清小说的样式,在每辑前面附有序言,第八至第九辑后还附有和汉混合文体书写的附言、赘言及总自评等。通观全篇序跋文字可以发现,作者在文后多署名为"蓑笠渔隐",这不禁令人联想起清代戏曲兼小说作家李渔。

李渔,原名仙侣,号天徒。入清后,因痛恨清廷贵族的蹂躏,绝意功名,改名谪凡。后半生自白门移居杭州西湖之上,自喜结邻山水,改名为"渔",号"湖上笠翁"。李渔著书多署名为"湖上笠翁""觉世稗官""新亭客樵""随庵主人"等。李渔创作传奇剧本十余种,流传至今可确认的有十种,即《笠翁十种曲》,其戏剧理论主要见于《闲情偶寄》,此外还创作有小说集《十二楼》《无声戏》。从

《无声戏》的题目可以看出,在李渔心目中,小说即在形式上省略了演唱和伴奏的戏剧。小说与戏曲的确有太多的相通之处,如都具备完整的情节,都崇尚艺术虚构,都以塑造形象为指归等,因此学界普遍认为,李渔的戏剧理论同样适用于小说。李渔的作品早在18世纪初便已传入日本,其文艺理论在日本戏作者间颇有影响。青木正儿(1887—1964)在1930年东京出版的《中国近世戏曲史》中记述道:"德川时代之人,苟言及中国戏曲,无有不立举湖上笠翁者。"①

关于创作时的署名问题,曲亭马琴本人在《八犬传》第八辑自叙中曾有这样的说明:

> 曲亭主人,江户隐士也。别号甚多,平素缀文处,名为"著作堂",其次,名小书斋为"鸷斋"。翻国史旧录、奇文诸杂书时号"雕窝";阅儒书佛经、诸子百家之书时号"玄同";自序于稗史小说时号"蓑笠";耽戏墨时号"曲亭";编儿戏小册子时称"马琴"。下里巴人,其曲不高,和者弥众。是以马琴、曲亭二号,著于世云。②

即根据创作内容的不同,马琴往往采取不同的署名。在为稗史小说作序时,他通常署名为"蓑笠"。关于"蓑笠"的意义,马琴在《八犬传》第九辑的《回外剩笔》中有所解释:"讨厌未见无用之客,且因择友之故,虽身居大都会,但无同好之知己,因此他自号

①段启明:《中国古代小说戏曲述评辑略》,北京:华文出版社2002年版,第323页。

②(日)曲亭马琴著,(日)小池藤五郎校订:《南総里見八犬伝》(四),东京:岩波书店1985年版,第249页。

蓑笠。蓑笠即隐遁之义。"①可见，对于马琴而言，"蓑笠"意味着"隐遁""隐居"，即远离大都市的世俗与喧嚣，寄情于文墨、潜心写作之意。

"渔隐"意义又何在呢？众所周知，在中国，文人受"天下有道则见，无道则隐"思想的支配，在王道昏暗或仕途不如意时往往选择隐居，而隐居的最佳方式莫过于水边垂钓。柳宗元的《江雪》和张志和的《渔歌子》就表达了远离世俗、寄情山水的情怀。像这样，"渔"和"隐"逐渐结下不解之缘，以至后世常称隐逸为"渔隐"。综合看来，"蓑笠渔隐"即"隐遁""隐逸"之意。早在中国的六朝隋唐时期，日本就开始大规模地引进汉诗汉文，此后对中国文学的吸收一直绵延不绝。身披蓑笠、头戴斗笠水边垂钓的渔翁形象，也早已伴随各类文学作品渗透至日本文人的血液。曲亭马琴汉文学教养深厚，自然非常了解"渔隐"的含义所在，他自己就曾明言："曲亭主人，江户隐士也。"

那么，曲亭马琴选择同李渔相似的笔名"蓑笠渔隐"，藉以表达隐逸的志向，是否只是偶然的巧合呢？笔者认为并非如此。如前所述，李渔在江户文坛作为明清小说剧作家的杰出代表而广为人知，曲亭马琴自幼广泛涉猎和汉书籍，在现存马琴藏书中，就发现有《李笠翁十种曲》。马琴在作品序跋中对罗贯中、李笠翁的钦敬之情溢于言表，如他在《青砥藤纲模棱案跋》中赞道："清李笠翁，博文多艺者也。"②马琴在隐居写作时，常将罗贯中、李笠翁引

---

① （日）曲亭马琴著，（日）小池藤五郎校订：《南総里見八犬伝》（十），东京：岩波书店1985年版，第308页。

② （日）曲亭马琴：《青砥第藤綱摸棱案》（近代日本文学大系第15卷），东京：国民图书株式会社1926年版，第871页。

为异国知音,以慰藉自己寂寞的心情:"或又良知心正、博学而有奇才者,却命凶而不得用,且不趋炎附势,不羡富贵,志同道合之友稀,但以古之圣贤为师为友,隐居放言,不以春日秋夜为长,常著书以显其智。元之罗贯中、清之李笠翁庶几如斯乎?"(《八犬传》第九辑下帙下套中后序)①他对李渔的"劝惩"主张也非常拥护,早年就曾模仿《李笠翁十种曲》中的《紫钗记》,写下了《曲亭传奇花钗儿》。所以说,曲亭马琴"蓑笠渔隐"的笔名,极有可能来源于"湖上笠翁"的直接启示。

那么,曲亭马琴为何对李笠翁情有独钟,又为何好自诩为隐士呢?众所周知,德川时代的正统儒学者将洒落本、读本、人情本等小说类俗文学视为难登大雅之堂之作,江户后期发起的宽政改革(1787—1793)就曾明令销毁那些可能败坏风俗的读物。在这样的文艺氛围中,小说作家既畏惧当权者的压力,又难以摆脱因从事戏墨而带来的自卑心理。同时,小说戏剧的读者或观众多为普通的市井百姓,虽然作家在作品中倾注了诸多心血,但恐怕很少有人能够理解,心中的寂寞与感慨可想而知。再加上马琴性格偏执,不好交友,因此偏居都市一隅,自封为"江户隐士"。

曲亭马琴在文坛的境遇其实与李渔极为相似。李渔当时主要以小说家闻名,其短篇小说集《无声戏》《十二楼》在顺治、康熙时期颇有影响。他主要靠稿酬为生,并备有家庭戏班,经常登台演出,据说即使妇人孺子亦知有李笠翁。但是,由于他的作品格调不高,所以常为正统文人所鄙夷,人多以俳优视之。李渔由衷地热爱小说戏曲创作,并常为小说卑微的社会地位而鸣不平,但

---

① (日)曲亭马琴著,(日)小池藤五郎校订:《南総里見八犬伝》(九),东京:岩波书店 1985 年版,第 339—340 页。

他内心也常因得不到正统文人的认同而郁郁寡欢。如他在《多丽·过子陵钓台》中,就曾自比于不受汉光武帝敕封、以隐者名世的严子陵,发出了"同执纶竿,共披蓑笠,君名何重我何轻"的感慨。

明清之际是一个政治风云动荡、民族矛盾纠结的时期,更由于处在封建社会末期,因此政治愈发黑暗,知识分子报国求名之志多受挫折。为逃避现实,知识分子往往寄情于琴棋书画,在山林湖畔寻觅隐逸之乐。李渔即是如此,他曾在浙江两次参加乡试不第,明朝灭亡后,便绝意功名。清初,李渔在 41 岁时举家由兰溪迁往杭州,因陶醉于在西湖边身披蓑衣、头戴斗笠垂钓的优雅情趣,而自号"湖上笠翁"。"笠翁"一语似来自柳宗元《江雪》的启示,李渔由此抒发了对柳宗元隐逸之志的向往之情,也由此唤起了百余年后异域知音的遥相共鸣。

综上所述,曲亭马琴在为稗史小说作序时署名为"蓑笠渔隐"并非偶然。正是基于相似的人生境遇,正是出于对李笠翁创作才华的钦佩之情,马琴才模仿其名号,自名为"蓑笠渔隐",并由此抒发了自己执着于小说创作,不顾正统文人讥笑,不愿与世俗为伍的隐逸之志。

二、"取凡近之事,寓意劝惩":小说观念上的接受与背离

曲亭马琴不仅通过署名来表达对李渔的钦敬之情,而且在小说观念及创作技巧方面也深受李渔的影响。据滨田启介研究,曲亭马琴提出的"稗史七法则"(主客、伏线、衬染、照应、反对、省笔、隐微),在"七"这一数字构成以及"立主脑""密针线"等术语的运

用上,就深受李渔《闲情偶寄》之结构第一的启示①。

众所周知,李渔非常重视小说戏曲的劝惩功能,并将情、文、教化三者兼而有之作为评价文学作品的标准:"情事不奇不传,文词不警拔不传,情文俱备而不轨乎正道,无益于劝惩,使观者听者哑然一笑而遂已者,亦终不传。"(《香草亭传奇序》)②他在《玉搔头》序中还说:"昔人之作传奇也,事取凡近而义发劝惩。不过借伶伦之唇齿,醒蒙昧之耳目,使观者津津焉,互相传述足矣。"③

李渔上述关于"劝惩"的主张,对日本小说家的影响尤为深刻。江户中期的净琉璃兼歌舞伎脚本作者近松门左卫门就将李渔视为楷模,甚至在砚盖上还镌刻有"事取凡近而义发劝惩"的字样,这九个字显然来自李渔《玉搔头序》序言的启示。据说,曲亭马琴见到近松的遗物即这块石砚时,曾感叹道:"由是可知近松寄情于小说,此人实为本邦之李笠翁也"(《著作堂一夕话》)④。

曲亭马琴本人也将李渔的这句话视为座右铭,他的书斋中就悬挂有"事取凡近而义发劝惩"的对联。在《八犬传》第四辑序文中,马琴再次提及这一创作思想:"是以达者之戏墨,取凡近之事,寓意劝惩。"即古今优秀的稗史小说,都是取材于百姓生活中的平凡之事,以百姓喜闻乐见的形式达到教育妇孺的目的。这里的

①(日)滨田启介:《馬琴の稗史七法則について》,《日本文学研究資料叢書·馬琴》,东京:有精堂1986年版,第136—145页。

②谭令仰编:《古代文论萃编(上)》,北京:书目文献出版社1986年版,第268页。

③王汝梅、张羽编:《中国小说理论史》,杭州:浙江古籍出版社2001年版,第129页。

④(日)国领不二男:《黄表紙の中に見られる馬琴の教訓性》,《日本文学研究資料叢書·馬琴》,东京:有精堂1986年版,第154页。

"达者"，显然指李渔等小说作家。马琴几乎原封不动地引用了李渔在《玉搔头序》序中"事取凡近而义发劝惩"的主张，并深表赞同。

关于劝惩的对象，马琴也和李渔一样，都将其设定为不读书的妇人孺子，而非正统文人或读书人。李渔曾说，戏文是为了"做与读书人与不读书人同看，又与不读书之妇人小儿同看，故贵浅不贵深"（《闲情偶寄·词采第二·忌填塞》）①。戏剧的观众大多为不读书的妇人小儿，应该采用浅显易懂的表达方式使其辨析善恶，"虽是痴人荒唐事，然欲劝善惩恶，教诫世间愚顽之女子、童蒙、翁媪，以作迷津之一筏，故始握戏墨之笔"②。

曲亭马琴对李渔"义发劝惩"主张的接受，与江户中后期的文艺氛围亦不无关系。如前所述，德川幕府对小说类俗文学管制极严，江户后期的宽政改革就明令禁止朱子学以外的异端邪说，要求文艺创作必须严格遵循儒家的劝惩主义文学观。小说作家为免遭惩罚，且能使自己的作品有一个冠冕堂皇的理由得以刊行，因此无不标榜自己作品的"劝善惩恶"思想。曲亭马琴曾跟随山东京传学习写作，宽政改革中山东京传因三部洒落本（以对话为主的狎妓文学）而遭受笔祸，被处以手铐50天的刑罚，这一事件对马琴的印象应该相当深刻。再加上马琴出身于武士家庭，自幼接受儒家忠孝节义等道德观念的浸染，富于正义感，因此具备接受劝惩主义文学观的内在土壤。

---

① [清]李渔著，章立注：《闲情偶寄》，西安：陕西人民出版社1998年版，第21页。

② （日）曲亭马琴著，（日）小池藤五郎校订：《南総里見八犬伝》（九），东京：岩波书店1985年版，第5页。

综上所述,李渔"事取凡近而义发劝惩"一语对曲亭马琴产生了重要影响,马琴经常引用这句话来表达自己的小说观念。然而,曲亭马琴对李渔的主张又并非一味地盲从,以往学界只着眼于两人在"义发劝惩"方面达成的共识,而忽略了他们在"事取凡近"上呈现出的巨大差异。

在小说题材的选择上,李渔主张"凡作传奇,只当求于耳目之前,不当索诸闻见之外"(《闲情偶寄·词曲部·戒荒唐》)①,即传奇只能取材于人们能够耳闻目睹的真实生活,不应当编造虚无荒诞的题材。他对动辄说鬼道异的创作风气非常反感,认为"凡说人情物理者,千古相传;凡涉荒唐怪异者,当日即朽"(《闲情偶寄·词曲部·戒荒唐》)②。当然,李渔并不反对虚构,相反,他承认"传奇无实,大半皆寓言耳"(《闲情偶寄·词曲部·审虚实》)③,并认为"幻境之妙,十倍于真"(《闲情偶寄·声容部》)④。但他同时强调,虚构也应根源于现实生活,要从日常的平凡生活中取材,而不是利用鬼神的出没来制造转机。的确,李渔的戏曲小说从未有神仙妖怪的荒诞描写,讲述的大多是日常生活中的悲欢离合、世俗男女的婚恋情事。他总是充分发挥想象,使情节既巧妙且出人意料,又不显得荒诞不经。总之,李渔总是通过日常

①[清]李渔著,章立注:《闲情偶寄》,西安:陕西人民出版社1998年版,第13页。

②[清]李渔著,章立注:《闲情偶寄》,西安:陕西人民出版社1998年版,第13页。

③[清]李渔著,章立注:《闲情偶寄》,西安:陕西人民出版社1998年版,第14页。

④[清]李渔著,章立注:《闲情偶寄》,西安:陕西人民出版社1998年版,第81页。

生活中的人情世态描写来达到教化人心的目的。

　　与李渔形成鲜明对照的是,曲亭马琴热衷于荒诞怪异的描写。马琴在《八犬传》第八辑自序中主张:"胸中有物,则求之于内;胸中无物,则求之于外。内外撮合,然后许多脚色出焉。"①即只要是人物创作的需要,即使现实生活中并不存在的情节,也可以大胆虚构,而这和李渔"只当求于耳目之前,不当索诸闻见之外"的主张完全相反。马琴在具体创作中也切实实践着这一主张,例如《八犬传》中就存在很多奇幻情节,如伏姬为履行父亲的诺言而与犬类成婚并受孕,剖腹自杀后一串刻有"仁义礼智忠信孝悌"字样的宝珠飞散四方,成为八犬士出世的先兆等。在《八犬传》第九辑的引言中,马琴还略带自诩地引用了友人"默老半渔"对自己的赞誉,通过其中的"狗谈猫话压西游"一句,马琴意在表明,《八犬传》构思玄妙虚幻,已堪与中国的《西游记》相媲美。

　　马琴也曾因虚幻怪诞的描写而遭到颇多非议。例如,有读者指出《八犬传》"事事物物,多为怪谈鬼话。且上有十二地藏之利益,下有药师十二神之灵异,又前有狸儿之怪谈,后又画虎之怪谈。其事虽免于重复、互不相犯,然大凡看官,有喜好怪谈与不好怪谈者,其不好怪谈者,必觉厌倦"②。对此,马琴予以据理力争:"问此言当乎。予答曰:否,非也。可据唐山稗史大作思之。鬼话怪谈之多者,非独《西游记》,譬如《水浒传》,亦是以怪谈立趣向。请看,始以石碣误走百十个魔君之事,终以石碣制服一百零八个

①(日)曲亭马琴著,(日)小池藤五郎校订:《南総里見八犬伝》(四),东京:岩波书店1985年版,第250页。

②(日)曲亭马琴著,(日)小池藤五郎校订:《南総里見八犬伝》(八),东京:岩波书店1985年版,第221页。

魔君,遂成宋朝忠义之士。彼一部之主旨、作者之隐微,皆在于
此。(略)且罗真人公孙胜之仙术、戴宗之神行、樊瑞与高廉之幻
术,及九天玄女之灵验冥助,皆多涉怪谈。"①

　　马琴以中国的《西游记》《水浒传》为例,认为鬼话怪谈中蕴含
着作者的"隐微"之意。马琴苦心编排情节的目标是对普通的妇
人孺子进行劝惩教化,使其能辨析忠奸善恶。之所以多采取怪异
描写,一是可以超越生活常识来方便地安排情节,二是因鬼话怪
谈更能吸引普通观众的兴趣,从而更容易达成教化的目的。

　　总之,虽然都是出于劝惩教化的目的,但具体到题材和方式
的选择,马琴似乎更倾向于罗贯中等擅写神魔怪异的小说作家。
因为他自幼便十分喜爱《水浒传》《三国演义》《西游记》等明清小
说,自立志从事读本写作之时起,便将其作为模仿和赶超的目标。
马琴深受这些小说中怪异描写的影响,并在自己的作品中将其发
挥得淋漓尽致。李渔针对当时动辄说鬼道异的不良倾向,提出了
求新奇于家常日用、普遍人情的见解,这为戏曲创作从神魔世界
回归平凡的人类世界提供了重要的理论依据。但是,李渔的论点
也有偏颇和不足,因为好的神魔小说也可以曲折地反映世间百
态,所以不能一概地予以抹杀。曲亭马琴的作品因融入了众多神
异描写而显得波澜曲折、生动有趣,怪异的情节也恰巧投合了世
人好奇信诞的心理,所以在教化方面反而能达到正统经史所无法
企及的神奇功效。

　　综上所述,曲亭马琴接受了李渔"义发劝惩"的主张,但在"取
事凡近"上却与李渔大相径庭。马琴崇拜罗贯中、李渔等中国小

①(日)曲亭马琴著,(日)小池藤五郎校订:《南総里見八犬伝》(八),东京:岩
　波书店 1985 年版,第 221 页。

说家，但对他们的小说观念并非全盘接受，而是立足于自身的文学需求，分别撷取了他们主张的一部分，并加以融合，从而形成了自身独具特色的小说观。可以说，这是日本小说家接受中国文学影响的常见模式。

三、知吾者，其唯《八犬传》欤：共同的心情寄寓

曲亭马琴在《八犬传》中倾注了毕生的心血。《八犬传》创作的二十八年间（1814—1842），马琴历经丧妻失子之痛、双目皆盲之苦，最后阶段由自己口授儿媳阿路代笔完成。因此，马琴在一百八十一回完稿时无限感慨道："知吾者，其唯《八犬传》欤？不知吾者，其唯《八犬传》欤？传传可知可知，传可痴可知。败鼓亦藏革以效良医。"①

令人不无惊讶的是，这与清代小说《肉蒲团》卷末作者的感慨几乎如出一辙。《肉蒲团》共计四卷二十回，每回之后皆有评语。在第二十回，作者借用《孟子·滕文公下》的两句自嘲："知我者其惟《肉蒲团》乎？罪我者其惟《肉蒲团》乎？"②是否可以推测，曲亭马琴接触过《肉蒲团》，并且印象相当深刻，以致在著作的结尾，模仿《肉蒲团》作者的语气来抒发自身的感慨。

当然，关于《肉蒲团》的作者，学界一直未有定论。《肉蒲团》又名《觉后禅》（后世翻刻者又冠以各种异名），六卷二十回。现存清康熙木字活本，首"西陵如如居士"序。清代刘廷玑在《在园杂

---

① （日）曲亭马琴著，（日）小池藤五郎校订：《南総里見八犬伝》（九），东京：岩波书店1985年版，第352页。

② ［清］情隐先生编次：《肉蒲团》，早稻田大学图书馆公开古籍书，卷之四第47页（出版年不详，山东北山旧藏）。

志》卷一中说:"李笠翁渔一代词客也,著述甚多,有传奇十种,《闲情偶寄》、《无声戏》、《肉蒲团》各书。"①鲁迅也认为:"惟《肉蒲团》意想颇似李渔。"(《中国小说史略》)②的确,从阅读的直感上来看,《肉蒲团》符合李渔小说的格范,语言风格也与《无声戏》《十二楼》酷似。因此,现代论者一般认定《肉蒲团》为李渔所作。

《肉蒲团》另有日本宝永乙酉(1705)年刊本,回目与活字本小异,署"情隐先生编次",青心阁刊行。可见,《肉蒲团》传入日本的时间不应晚于 1705 年。另外,据日本雨森芳洲的《橘窗茶话》记载,冈岛冠山(1675—1728)"只有《肉蒲团》一本,朝夕念诵,顷刻不歇。他一生唐话,从一本《肉蒲团》中来"③。可见《肉蒲团》在当时已颇负盛名,马琴自幼广泛涉猎中国的小说传奇,所以很可能也阅读过《肉蒲团》。虽然笔者未能查阅到马琴阅读《肉蒲团》的直接证据,但从马琴"和汉历史,诸子百家之书,至小说、传奇、歌书、草纸、物语,无所不观"的自负来看,他对当时文坛经常提及的《肉蒲团》不会一无所知。可能因为儒家伦理观念的束缚,马琴将《肉蒲团》视作为正人君子所不齿的淫书,所以才未曾收藏,也较少提及。

那么,在当时的日本,人们是否认为《肉蒲团》乃李渔所作呢?笔者就此查阅到日本明治二十四年(1891)博文馆发行的《近古文艺温知丛书》(帝国大学教授内藤耻叟、庆应义塾大学部讲师小宫

---

① [清]刘廷玑撰,张守谦点校:《在园杂志》,北京:中华书局 2005 年版,第 40 页。
② 鲁迅:《中国小说史略》,杭州:浙江文艺出版社 2000 年版,第 143 页。
③ (日)中村幸彦:《唐話の流行と白話文学書の輸入》(《中村幸彦著述集·七卷》),东京:中央公论社 1984 年版,第 20 页。

山绥介标注)。其中第五编收录有《近世物之本江户作者部类二卷》,编者对江户时期戏作者的作品及创作风格进行了评价。作者号"蟹行散人",据考证出生于明和四年(1767),编写这部书时可能是天保五年(1834),即作者68岁时。

在介绍"风来山人"(即江户中期戏作者平贺源内)的一段文字中,作者指出其多猥亵之作,而其中的《长枕褥合战》,似"仿照清代李笠翁肉蒲团所作"。由此可知,日本江户时期已有《肉蒲团》作者乃李渔的说法,这本《近世物之本江户作者部类二卷》写作的当年,曲亭马琴同样为68岁,《八犬传》正处于后期创作阶段。所以说,曲亭马琴当时应当了解《肉蒲团》作者乃李渔的说法。而且,《肉蒲团》结尾的一段感慨还给马琴留下了深刻印象,并自然地运用到了自身的作品中。

那么,究竟是《肉蒲团》卷尾怎样的情绪吸引了马琴,以至使他以类似的表述来为《八犬传》收尾呢?

首先,《肉蒲团》末卷的说教色彩同马琴的创作观念十分吻合。

《肉蒲团》描绘了主人公未央生纵欲放荡的生活,不过在最后一卷,他在高僧孤峰的点化下幡然醒悟,从此痛改前非,过起了清心寡欲的修行生活。这与作者在卷一"做这部小说的人原具一片婆心,要为世人说法"的言词遥相呼应,凸显了作者以通俗小说惩诫世人的主张。当然,标榜劝惩只是当时小说创作的固定套路而已,目的在于提升小说的价值且为创作者自身开脱。不过,这种写作模式显然十分投合马琴的小说评判标准。如前所述,马琴深受李渔劝惩教化主张的熏陶,在《八犬传》等作品中也不遗余力地宣扬劝善惩恶和因果报应等观念。《肉蒲团》通过首尾遥相呼应的方式,对好色之徒进行针砭警诫,显然唤起了马琴的共鸣。

其次,《肉蒲团》结尾处的戏谑口吻与马琴当时的感想十分契合。

众所周知,李渔作品中的戏谑之情、游玩之心尤为旺盛。他自己就曾明言:"原非发愤而著书"(《曲部誓词》),因此作品中极少尖锐怨诽之词,即使是旨在说教的正经言辞,也常常伴之以滑稽诙谐的口吻,常被后世称为"笠翁调"。《肉蒲团》亦不例外,李渔明言其乃玩世游戏之书,结尾处更是充满了戏谑嘲弄的色彩:"开手处激圣人,败场处又埋怨圣人,使圣人欢喜不得,烦恼不得,真玩世之书也。仍以四书二句为圣人解嘲曰:知我者其惟《肉蒲团》乎? 罪我者其惟《肉蒲团》乎?"①未央生的岳父是"道学翁",妻子原本是"端庄女",但后来妻子沦落风尘,结尾自云借四书语为圣人解嘲,实有嘲弄道学的意味。

马琴在《八犬传》结尾处借用了这丝戏谑的意味。他在抒发完"知吾者,其唯《八犬传》欤? 不知吾者,其唯《八犬传》欤?"的感慨之后,又兴高采烈似地敲打了一通锣鼓以示庆贺,即"传传可知可知,传可痴可知"(音读为"どんでんかちかち　どんかちかち",模拟敲击锣鼓的声音),并在其后署名为"七十五翁蓑笠又戏识"②。

马琴立志要写出一部堪与《水浒传》及《西游记》相媲美的小说来,在坚持不懈实现这一愿望的过程中,长子宗伯因病离世,自己眼疾严重几近失明,虽然屡屡试图搁笔,但为了履行与出版商

---

① [清]情隐先生编次:《肉蒲团》,早稻田大学图书馆公开古籍书,卷之四第47页(出版年不详,山东北山旧藏)。

② (日)曲亭马琴著,(日)小池藤五郎校订:《南総里見八犬伝》(九),东京:岩波书店1985年版,第352页。

的诺言而勉力写作。著作终于即将完工,马琴是在用长叹和锣鼓嘲笑自己过分的执着。同时,自己在《八犬传》中寄托的种种"隐微"之意,似乎很少有人能够理解;为达成劝惩目的而采用的虚幻怪诞手法,也招致了很多非议。虽然《八犬传》的流行已达到了妇孺皆知的程度,但马琴仍难掩心中的失落,因此才无奈地自嘲曰:"知吾者,其唯《八犬传》欤? 不知吾者,其唯《八犬传》欤?"意即现今乃至后世的读者,他们了解我是因为这部《八犬传》,而怪罪我可能也是因为这部《八犬传》啊!

再次,之所以借用《肉蒲团》结尾的感慨之言,还有一个很直接的契机,就是在同一篇序言中,在发出知与不知的感慨之前,马琴曾感慨万端地提到了李笠翁和罗贯中。在该篇序言中,马琴首先谈到了有关智能的问题,认为智能与才干相辅相成方能至善至美,并且认为智能分"上智"与"邪智",具体到稗史小说,亦有"大笔"与"陋笔",并且以智能博学却命运坎坷、只得埋头著述以泄其智的罗贯中和李笠翁自况。

在马琴的心目中,李笠翁堪称智者。马琴本人也在《八犬传》中倾注了无限的智慧与心血。虽然广泛摄取中国小说素材,但他同时也立志要在此基础上写出一部不逊色于中国作家的鸿篇巨著来。虽然才华横溢,但却只能以小说戏曲之类为生,心中万般无奈。无论是李渔还是马琴,自幼接受的都是四书五经的传统教育,因此很难摆脱小说为稗史小道的桎梏,思想深处总有一种无法为正统文学所认同的自卑心理。或许正因为思绪飘飞到李渔等作家,所以马琴才自觉或不自觉地借用了《肉蒲团》的结尾。

综上所述,"知吾者,其唯《八犬传》欤? 不知吾者,其唯《八犬传》欤?"明显来源于《肉蒲团》的启示。不过我们已经注意到,马琴虽然借用了《肉蒲团》结尾的表达方式,但《八犬传》毕竟是马琴穷尽二十八年心血的力作,因此其中寄寓的心境之复杂、感慨之强烈,远非"游戏笔墨"一词可以概括。

当然,也不能否认马琴这段话有间接来源于《孟子》或其他典籍的可能。《孟子·滕文公下》说:"世衰道微,邪说暴行有作,臣弑其君者有之,子弑其父者有之。孔子惧,作《春秋》。《春秋》,天子之事也,是故孔子曰:'知我者,其惟《春秋》乎! 罪我者,其惟《春秋》乎!'"①另外,在金圣叹评点的《第五才子书施耐庵水浒传》卷一《圣叹外书序一》中,也有"顾仲尼必曰:'知我者其惟《春秋》乎? 罪我者其惟《春秋》乎?'"②的表述。然而笔者认为,曲亭马琴可能曾经阅读或研习过这些典籍或序文,但这些都属于论说性文字,只能属于间接影响或作者的知识背景范畴,最直接的影响仍然来自于李渔的《肉蒲团》。之所以这样断言,是因为两者同为通俗小说,这句感叹同样位于最后一卷的末尾处,同样是以戏谑的形式来抒发作者的胸臆,结合前面分析的几处共通之处,笔者认定,"知吾者,其唯《八犬传》欤? 不知吾者,其唯《八犬传》欤?"这句感慨,其直接启示来自于《肉蒲团》。

---

① 王立民译评:《孟子》,长春:吉林文史出版社 2004 年版,第 98 页。
② 林乾主编:《金圣叹评点才子全集》(第三卷),北京:光明日报出版社 1997 年版,第 2 页。

结　语

　　日本近世小说家与评论家的小说理念,在深深扎根于本民族文学传统的基础上,又紧密贴近时代文艺思潮及民众的审美选择,同时十分注重对中国先进小说理论的摄取和创造性运用。笔者从七个方面提炼出日本近世小说观念的基本特征,从历史学、社会学、文化学、民俗学等视角,分析其得以形成的历史文化渊源;从比较文学的视角,深入论证中国文学思想对日本小说理念的基础性浸润和指导性影响,指出其接受过程中的某些侧重、变形乃至偏离,进而揭示中日两国文学理念的一些同与异。

一、日本近世小说交织并存的三大特征

(一)现世主义与理想主义

　　总体而言,日本近世小说贯穿着两种看似截然对立、实则交叉融合的文学思潮,一是扎根于儒家思想及武士道精神的理想主义思潮,一是扎根于庶民生活的现世娱乐主义思潮。

　　理想主义思潮主要体现为对"劝善惩恶"理念的标榜与实践。同中国一样,在儒家思想居于主流意识形态的时代氛围中,劝惩教化成为日本近世小说家着力标榜的创作宗旨,假名草子、读本乃至洒落本或滑稽本等,都借助序跋中的劝惩言辞以求免责或自保。善恶有报的大团圆结局是小说家倾力追求的创作目标,佛教

式的因果报应成为不可或缺的创作思路,虚诞怪异被视作诱发阅读兴趣的重要辅助手段。

现世主义的娱乐思潮是日本近世小说的普遍特征。由于城市的蓬勃发展、町人阶级经济实力的增强以及出版业的兴旺发达,日本近世诞生了以写实为基调,以义理、人情、“好色”、通、滑稽等为主题的多姿多彩的小说类型,热衷浮世艳情、青睐志怪趣味、追求滑稽讽刺、沉迷哀感缠绵等,是新兴市民阶级的娱乐需求和审美趣味在文艺领域的典型投影。近世初期井原西鹤的浮世草子在栩栩如生描摹市井百态的同时,融入了对现实的困惑与反思,但继起的八文字屋本则日渐庸俗化且缺乏新意。到了近世中后期,洒落本、滑稽本、人情本等因过分渲染滑稽艳情而渐趋鄙俗化,这根源于义理在与人情的博弈中渐处劣势,也是町人阶级既深受压抑又没有理想出路的身份困境使然。

(二)纵向延续与横向摄取

日本近世的小说理念具有历史的延续性,继承并发展了古代和中世以来的传奇色彩、物哀审美、无常史观等文学传统。例如,浮世草子借鉴了《源氏物语》以情爱和人性为主题的叙述模式,人情本继承了古典物语“物哀”的审美情趣,假名草子和读本贯穿了古代物语对生魂作祟等怪异情节的热衷,史传类读本则秉承了历史物语、军记物语的无常史观和实录精神。总之,日本古代小说理念发展到近世阶段后日趋多元化,在明清小说先进理念的浸润下愈发丰富和成熟,并对近现代以后的小说创作产生了诸多启示,可以说起到了承前启后的重要作用。

同时,日本近世小说观念的蓬勃发展还深深受益于中国文学思想的滋养。近世小说家及评论家汲取着中国古代文学理念的精髓,并融合本人、本时代、本民族的文化审美需求,逐渐赋予了日本近世小说观念更多特殊的内涵与外延。例如，近世小说家在"虚实相半""游戏三昧"理念的启示下，开始摆脱史余思想的桎梏；借鉴了"寓言"的思维方式，常常借助怪异叙事来寄寓劝惩内涵；受到"发愤著书"理念的深刻启示，或者重在抒发人性之哀、无常之恨，或者重在为悲剧人物镇祭或雪冤；戏作摄取了"以文为戏"及寓言讽喻思想，但在创作中日趋向滑稽戏谑倾斜。

（三）显性影响与隐性浸润

日本古代小说自诞生起一直受到中国文学思想多方面的影响，很多文学理念已然融会贯通为日本文学重要的文化基因。追溯日本近世小说观念的中国文学思想渊源时，既可以看到语言、表达、观点等方面的显性影响，也会发现很多潜移默化的浸润痕迹，亦可称为隐性影响，如中国的神话传说与志怪传奇等对日本小说家虚构意识的启蒙、"诗可以怨"等文学主张对物哀审美的塑造、汉传佛教故事对无常、果报等理念的传播等。

探寻文学的显性影响即发现文学交流最直接的证据，字词的借用、情节的移植、表达方式的摄取等，都为我们清晰揭示出文学影响发生时的取舍与碰撞。与之相对，隐性影响的探究较为复杂，只有深刻切入到当时的历史与文化交流情境中，进行抽丝剥茧般的探究与辨析，剔除人类文学共性的因素、适当借鉴显性影响的线索，才能真正发现文学交流中那些难以分割的、水乳交融般的影响关系。

二、日本近世小说观念的三个研究视角

（一）历史的视角

对日本近世小说观念的解析要从历史的视角出发，结合当时的社会结构、主流意识形态、文艺思潮、作者及读者的特质等，进

行客观分析和综合把握。回归当时的历史情境，发现其产生的必然性与独特的存在意义，不能过多地受到近现代文学观念的束缚，进行简单的非此即彼的评价。

日本近现代文学研究界普遍对近世盛行的"劝善惩恶"文学观表示不满，将其视作与日本文学传统相背离的、陈腐且充满道德教化色彩的文学观念加以排斥。的确，近世小说家热衷于在序跋中宣扬劝惩教化论调，情节荒谬怪诞且大都因循因果报应之理，人物塑造生硬刻板且欠缺人情味，尤其是近世中后期，劝善惩恶成为众多滑稽艳情小说辩解或开脱的套路，因此成为以坪内逍遥为首的文艺理论家批判的焦点。

然而，视线回归到奉朱子学为官学的江户时代，德川幕府推行文以载道、劝善惩恶等实用主义文学观，将稗史小说视为难登大雅的"二流文艺"或"戏作"加以排斥。尤其是在近世中后期德川幕府不断推出的文化高压政策，使得小说家纷纷在形式及内容上向劝惩教化论靠拢，瞿佑、李渔、冯梦龙等明清小说理论家的主张成为其直接的理论来源，劝善惩恶小说观的盛行可以说具有一定的历史必然性。需要注意的是，劝惩教化论并非毫无可取之处，它在一定程度上纠正了近世小说流于庸俗、滑稽、艳情的趋势，完善了日本小说的叙事模式，尤其是以曲亭马琴作品为代表的史传类小说，顺应了民众惩恶扬善的善良愿望以及本民族尚武的传统，并赋予了戏作更为厚重的思想价值，从而为戏作小说在近世的存在和发展赢得了一定空间。

（二）整体文艺思潮的视角

日本近世小说观念并非无源之水，而是与汉诗文、和歌、歌舞伎、净琉璃、俳谐等有着千丝万缕的关联，其发生与发展不能割裂于当时的文艺思潮。很多小说家也涉足汉诗及俳谐等诸多领域，净琉璃的"虚实皮膜论""义理人情"等戏剧观、俳谐的滑稽戏谑趣味、国学者提倡的真、诚、人情、物哀等理念,都与小说观念相互渗透、彼此启发。所以说,结合其他文艺领域的理论特色以及近世整体的文艺思潮,将更加有助于深化对近世小说观念的理解。

浮世草子的代表作家井原西鹤最初就曾活跃于俳谐(带有滑稽趣味的和歌)的创作,在创作流派上属于扎根于繁华都市的近世风物诗——谈林俳谐。为挽救天和年以后因饥馑横行、经济恐慌而导致的文学颓势,井原西鹤在41岁时出版了小说《转和书》("转和"即戏谑玩笑之意,《转合书》即后来一版再版的《好色一代男》)。井原西鹤的小说明显融入了纵情浮世、调侃戏谑的俳谐色彩,当然,也带有因此而导致的先天不足,即对现实的旁观与逃避。其实,之所以未能深刻揭示出贫富差距的根源以及解决之道,是因为商业资本和高利贷获利的不稳定性、幕府诸侯及大富商的勾结与垄断等原因,是身为町人阶级的小说家所难以体察或者无力改变的。处于士农工商四民等级制最底层的町人阶级,如何坚韧地、笑中带泪地生存下去,才是井原西鹤关注的焦点.那些与俳谐相仿佛的戏谑与逃离姿态,或许正是井原西鹤的明哲保身之举,也是近世前期整个社会文艺思潮的投影,并发展成近世小说家普遍怀有的"戏作"心态,洒落本的谐谑与虚无、滑稽本的讽刺与妥协等,无一不处在这一思潮的延长线上。

(三)传统信仰与民俗学的视角

小说创作离不开孕育它的宗教思想和民俗信仰的土壤,日本近世小说观念无可避免地带有一些传统信仰的印痕,很多思维方式及审美理念还具有浓郁的佛学色彩。小说中描写的传统信仰、仪式典礼、民俗活动等,成为推动情节发展、深化主题的重要一环,也是理解近世小说观念对明清小说理论进行选择性摄取和变形的关键。

　　例如，日本传统的"物怪"信仰，是理解近世小说怪异趣味、发愤动机、物哀审美的重要思想背景。日本在平安时代早期出现了"御灵"信仰，认为在政治上蒙受冤屈的人死后将化作怨灵，诡异天象、疫病流行、社会动荡等均是其报复行为。平安时代中期开始，以生灵或死灵附体、作祟、诱发难产与疾病为核心的"物怪"信仰流行开来，贵族社会激烈的权力纷争以及阴郁闭锁的生存状态，是"物怪"信仰形成的主要原因，人们常借助僧侣念经祈祷的方式来镇抚物怪。"物怪"描写一直延续到江户时代，在浮世草子、读本等小说中均有淋漓尽致的展现。此外，江户初期开始流行的"百物语"等谈鬼说怪的民俗活动，也对假名草子等小说中怪异趣味的确立，起到了推波助澜的作用。百物语起源于日本古已有之的"语怪则怪至"理念，据说目的在于验证古代物语或传说中的怪异是否真实存在，后来逐渐演变成民间的娱乐活动，正如高田卫所言："是以近世町人点燃的开化之火，去克服黑暗中的自然灵的仪式。"①

三、日本近世小说观念研究的三点意义

　　较之于汉诗汉文以及和歌俳句的理论研究，日本近世小说观念研究还相对滞后与薄弱。近世是日本古代小说最为繁荣的历史时期，近世小说观念也更为显著地接受了中国文学思想的影响，但由于理论研究的先天匮乏以及"二流文艺""戏作"的尴尬定位，再加上小说类型繁杂而众多，日本近世小说观念的研究一直未能充分展开。将整个近世即江户时代的小说观念视作一个整

---

① （日）高田卫：《江戸幻想文学誌》，东京：平凡社1987年版，第19页。

体，从不同角度提炼出其典型特征，并从文学史与文化交流史的角度加以梳理和把握，具有如下几点重要意义。

（一）展现全貌

日本近世小说观念的比较文学与比较文化学研究，有助于清晰而立体地展示近世小说观念的全貌。立足于不同的历史阶段、扎根于不同的小说类型、切换以不同的研究视角，考察各种小说观念既相互独立又交织融合的基本特征。在紧密结合文本的基础上，进行理论的梳理、提炼与论证，深入到文学与文化交流的历史脉络中，对日本近世小说观念的特质与文化意蕴进行详尽的说明。

1.“劝善惩恶”小说观的主流地位与文化成因

2.“虚实”论的多重演进及明清小说理论的浸润

3.“浮世”小说的世情写实与批判意蕴

4.“发愤著书”思想在近世小说领域的传播与变形

5.“物哀”论在近世的延续及其庶民化特征

6.“戏作”心态的盛行与中后期的庸俗化趋势

7.日本古代小说戏剧的佛学主题及文化成因

8.日本近世小说家的明清小说评论和中日小说比较论

总体而言，日本近世小说观念注重娱乐性，沉迷志怪趣味、热衷浮世艳情、重视物哀审美、追求滑稽讽刺等，是新兴町人阶级的娱乐需求在文学领域的典型反映。但在形式上，近世小说都或多或少地受到儒佛劝善惩恶、因果报应等理念的束缚，这既是对明清小说写作模式的仿效，也是近世“戏作者”为避免遭受幕府打压而采取的韬晦之策。

（二）追根溯源

日本近世小说观念的发生与发展，大都得益于中国古代文学思想潜移默化的滋养，日本近世小说家及评论家有选择地汲取着中国古代文学思想的精髓，并融合本人、本时代、本民族的文化审美需求，逐渐赋予了日本近世小说观念更多的内涵与外延。

例如，日本近世文坛对于小说"虚实"关系的见解，几乎就是明清小说虚实论在异域的翻版。日本很多学者或小说评论家自幼受到儒家传统思想的熏陶，再加上明清小说理论的直接影响，因此多以正史之余的标准来评判稗史小说。伴随着小说创作的日益展开，在谢肇淛"虚实相半"理论的启示下，日本小说家开始摆脱"史余"问题的缠绕，领悟到通过艺术虚构才能抵达"游戏三昧"之境。不过，假名草子、读本等小说体裁又有向荒诞怪异倾斜的极端趋势，其思想背景可以追溯到日本民族传统的万物有灵意识、"物怪"信仰、百物语活动等。此外，趣味性、文学性、包蕴劝惩意味以及通俗易解性，也是日本读者对明清小说怪异题材情有独钟的原因。

日本近世小说家深刻接受了中国古代文论中的"发愤著书"思想，又扎根于本国文学传统而有所侧重和变形。曲亭马琴受到陈忱等明清小说理论家"泄愤""雪冤"主张的启示，将发愤理论由个人遭际拓展到反思命运成败、朝代兴亡的层次，常通过虚构圆满结局来弥补历史的不公正、发散胸中之郁结，这既是劝惩与果报观念的体现，也是对古代物语镇祭传统的继承，德川末期儒家权威的衰落和戏作的鄙俗化趋势，也使得曲亭马琴心有愤激而寄情于史传小说。上田秋成因不遇薄命而对发愤理论深表赞同，在国学思想中"真""诚"等理念的浸润以及古典物语的熏陶下，着重抒发人性之哀与恨，过滤掉了家国情怀及道德教诫等因素。这表明当一国文学跨越国境在另一国产生影响时，也会由于接受者的特质而产生不同角度的折射。

（三）文化透视

中日古代小说观念的比较文学和比较文化学研究,能够使我们更加直观地感受到两国文学观念乃至文化传统的一些差异,并进一步追溯这些差异得以形成的历史及文化根源。

例如,从日本近世的一些小说观念中,可以看到德川幕府的政策设定在文艺领域的投影。日本近世小说的典型特征是冶游艳情类小说、戏作类小说占据很大比重,这很大程度上也是德川幕府统治者的政策设定使然。首先,为防止各地诸侯反叛,缓和因战乱而蔓延的尚武杀伐之风,德川幕府默认甚至鼓励冶游场所和剧场的发展,因参觐交代制度而久居江户的各路诸侯沉醉于奢靡浮华,以致文艺领域也呈现出难以挽回的文弱与颓废之势。其次,德川幕府确立了"士农工商"四民等级制度,旨在稳定统治秩序、确立尊卑等级。町人阶级尽管经济实力日益增强,却始终处于四民等级制的最底层,富有町人尝试通过一掷千金、奢靡享乐等方式获得某种意义上的自由,普通的町人大都满足于低层次的滑稽、戏谑与讽刺。

再如,通过对日本近世小说家的小说评论进行分析可以看出,近世人普遍对中国文化怀有尊崇的心理,但在模仿和赶超的过程中,也流露出一种隐约的文化焦虑。近世小说家在小说文本、序跋及评论中,留存有大量的中日小说观念汇通与碰撞的痕迹,其中还包括一些作为异域异代戏作者难以避免的局限性,以及因文化传统不同或个人学养所限而导致的偏离或"误读",这更加深刻地折射出中日两国在文学以及文化理念上的同与异。其中,曲亭马琴留下的大量中国小说评论文和中日小说比较论,堪称考察明清小说观念在日本近世产生重要影响的珍贵资料,并为我们了解本国文化的丰富内涵提供了一定的"异域视角"。

综上所述，日本近世小说观念虽然取得了长足的进展，但大多属于对明清小说理论的模仿，既汲取了明清小说先进理念的精髓，也不可避免地延续了某些欠缺或局限，尽管在摄取与融合的过程中有一些取舍或变形，但基本没有实现大的突破或超越，一些看似独创性的见解，依然与中国文学理论有着千丝万缕的关联。日本近世从事小说评论的群体力量较为薄弱，且个体之间实力相差悬殊。小说家的戏作者属性十分强烈，居于"士农工商"四民等级制底层的社会定位、远离家国情怀专注于戏谑娱乐的文艺传统，导致近世小说观念没能实现更大的突破和发展。小说家与评论者大都处于对明清小说理论进行摄取与融合的阶段，其中，曲亭马琴几乎占据了近世小说评论的半壁江山，然而，长期笼闭于书斋的单调生涯、与出版商的斡旋博弈、对"润笔费"的顾忌考量等，都使其小说观念基本局限于对明清小说理论的"翻案"而难以有大的超越。

尽管如此，日本近世小说观念延续了日本古代和中世时期独特的文学传统，兼收并蓄了明清小说理论的诸多精髓，同时为近现代小说理念的萌发和发展奠定了基础。近世小说数量庞大、类型丰富，近世小说观念亦以其多样性、兼容性、延续性，在日本古代文学思想史中占据重要地位，同时也为我们考察中日文学思想以及中日文化交流的历史，提供了很多有价值的线索。

参考文献

中文版

《德川日本忠孝概念的形成与发展——以兵学与阳明学为中心》,张崑将著,华东师范大学出版社,2008 年。

《德川思想小史》,(日)源了圆著,郭连友译,外语教学与研究出版社,2009 年。

《第五才子书施耐庵水浒传》,[清]金圣叹评点,文子成校点,中州古籍出版社,1985 年。

《町人伦理思想研究——日本近代化动因新论》,刘金才著,北京大学出版社,2004 年。

《东亚文学经典的对话与重读》,王晓平著,复旦大学出版社,2011 年。

《焚书》,[明]李贽著,张建业译注,中华书局,2018 年。

《佛典　志怪　物语》,王晓平著,江西人民出版社,1990 年。

《〈浮世草子〉的婚恋世界》,王若茜、齐秀丽著,宁夏人民出版社,2005 年。

《浮世理发馆》,(日)式亭三马著,周作人译,中国对外翻译出版公司,2001 年。

《浮世澡堂》,(日)式亭三马著,周作人译,中国对外翻译出版公司,2001 年。

《皋鹤堂批评第一奇书金瓶梅》,[明]兰陵笑笑生著,王汝梅校注,吉林大学出版社,1994 年。

《瓜豆集》,周作人著,河北教育出版社,2002 年。

《好色一代男　好色一代女　好色五人女》,(日)井原西鹤著,王启元、李正伦译,山东文艺出版社,1994 年。

《剪灯新话》(《韩国藏中国稀见珍本小说第二卷》),瞿佑著,中国大百科全书出版社,1997 年。

《江户时代日本对中国儒学的吸收与改造》,陈景彦、王玉强著,社会科学文献出版社,2014 年。

《江户时代中国典籍流布日本之研究》,(日)大庭修著,戚印平、王勇、王金平译,杭州大学出版社,1998 年。

《近代中日文学交流史稿》,王晓平著,湖南文艺出版社,1987 年。

《金瓶梅资料汇编》,黄霖著,中华书局,1987 年。

《金圣叹评点才子全集》(第三卷),林乾主编,光明日报出版社,1997 年。

《井原西鹤选集》,钱稻孙译,上海书店出版社,2011 年。

《菊与刀》,(美)本尼迪克特著,载《日本四书》,线装书局,2006 年。

《柳田国男描绘的日本——民俗学与社会构想》,(日)川田稔译,郭连友等译,外语教学与研究出版社,2008 年。

《南总里见八犬传》,(日)曲亭马琴著,李树果译,南开大学出版社,1992 年。

《平家物语》,(日)作者未详,周启明、申非译,人民文学出版社,1984 年。

《日本读本小说名著选》(上下编),李树果译,天津人民出版社,2004 年。

《日本文学史　近古卷》(上下册),叶渭渠、唐月梅著,昆仑出版社,2004 年。

《日本文学史——日本文学的传统和创造》,(日)西乡信纲等著,佩珊译,人民文学出版社,1978 年。

《日本文学批评史》,叶渭渠著,经济日报出版社,1997 年。

《日本文学史序说》,(日)加藤周一著,唐月梅、叶渭渠译,开明出版社,1995 年。

《儒家思想与日本文化》,王家骅著,浙江人民出版社,1990 年。

《日本古典文学大辞典》,北京日本学研究中心文学研究室,人民文学出版社,2005 年。

《日中文化比较论》,(日)尾藤正英著,王家骅译,浙江人民出版社,1992 年。

《三国演义资料汇编》,朱一玄、刘毓忱编著,南开大学出版社,2003 年。

《三国演义》,[明]罗贯中著,[清]毛宗岗评点,岳麓书社,2018 年。

《三国志》,[晋]陈寿撰,[南朝宋]裴松之注,中华书局,1982 年。

《史记》,[汉]司马迁著,中华书局,2015 年。

《世界中的日本宗教》,(日)梅原猛著,卞立强、李力译,四川人民出版社,2006 年。

《水浒后传》,[清]陈忱著,南昌美术出版社,2018 年。

《水浒传资料汇编》，朱一玄、刘毓忱著，南开大学出版社，2002 年。

《唐土的种粒——日本传衍的敦煌故事》，王晓平著，宁夏人民出版社，2005 年。

《无声戏　照世杯》，[清]李渔、酌元亭主人著，黑龙江美术出版社，2015 年。

《武士道》，（日）新渡户稻造著，周燕宏译，北京联合出版公司，2013 年。

《小说神髓》，（日）坪内逍遥著，刘振瀛译，人民文学出版社，1991 年。

《闲情偶寄》，[清]李渔著，章立注，陕西人民出版社，1998 年。

《续西游记》，[明]无名氏撰，刘玉凯、宋庆万点校，中国经济出版社，2012 年。

《亚洲汉文学》，王晓平著，天津人民出版社，2009 年。

《源氏物語》，（日）紫世部著，丰子恺译，人民文学出版社，2003 年。

《在园杂志》，[清]刘廷玑著，张守谦点校，中华书局，2005 年。

《中国古典小说与日本文学》，马兴国著，辽宁教育出版社，1993 年。

《中国小说理论史》，王汝梅、张羽编，浙江古籍出版社，2001 年。

《中国小说史略》，鲁迅著，浙江文艺出版社，2000 年。

《中日古代文学关系史稿》，严绍璗著，湖南文艺出版社，1987 年。

《中日文学交流史大系·文学卷》，严绍璗、中西进主编，浙江人民出版社，1996 年。

《中日文学经典的传播与翻译》,王晓平著,中华书局,1996 年。

《中外文学交流史:中国—日本卷》,王晓平著,山东教育出版社,2015 年。

日文版

《上田秋成集》(日本古典文学大系 56),东京:岩波书店,1971.

《雨月物語　春雨物語》,上田秋成著,高田卫、中村博保校注译,东京小学馆,1983.

《江户小説概論》,麻生矶次著,东京:山田书院,1956.

《江户文学と中国》,诹访春雄、日野龙夫编,东京:每日新闻社,1977.

《浮世草子集》,谷胁理史、冈雅彦校注,东京:小学馆,1999.

《浮世風呂》,式亭三马著,东京:岩波书店,1977.

《江户幻想文學論》,高田卫著,东京:平凡社,1987.

《江戶文学の虚構と実像》,高田卫著,东京:森話社,2001.

《伽婢子》(新日本古典文学大系 75),松田修、渡边守邦、花田富二夫校注,东京:岩波书店,2001.

《開卷驚奇俠客伝》,曲亭马琴著,横山邦治、大高洋司校注,东京:岩波书店,1998.

《曲亭馬琴集》(近代日本文学大系第 16 卷),东京:国民图书株式会社,1926.

《曲亭馬琴戲作序文集》,早稻田大学图书馆公开古籍书,1831.

《曲亭馬琴の世界——戯作とその周辺》,板坂则子著,东京:笠间书院,2010.

《曲亭遗稿》,曲亭马琴著,东京:图书刊行会,1911.

《曲亭题跋》,江川亭主人选编,东京:早稻田大学图书馆公开古籍书,1830.

《義理と人情——日本的心情の一考察》,源了圆著,东京:中央公论新社,1999.

《近世小説史》,中村幸彦著,东京:中央公论社,1987.

《近世日本に於ける中国俗語文学史》,石崎又造著,东京:清水弘文堂书房,1967.

《近世文芸思潮論》,中村幸彦著,东京:中央公论社,1982.

《近世文学史》,日野龙夫著,东京:鹈鹕社,2005.

《近世日本に於ける中国俗語文学史》,石崎又造著,东京:弘文堂书房,1940.

《近世小説・営為と様式に関する私見》,滨田启介著,京都:京都大学学会出版社,1993.

《近世の庶民文化》,高尾一彦著,东京:岩波书店,1968.

《近世説美少年録》,曲亭马琴著,内田广保校订,东京:国书刊行会,1993.

《怪異小説集》(近世日本文学大系第 30 卷),东京:国民图书,1926.

《軍記と漢文学》,和汉比较文学会编,东京:汲古书院,1994.

《傾城水滸伝》,曲亭马琴著,东京:三教书院,1935.

《戯作論》,中村幸彦著,东京:中央公论社,1982.

《戯作研究》,中野三敏著,东京:中央公论社,1981.

《源氏物語と漢文学》,和汉比较文学会编,东京:汲古书院,1994.

　　《玄同放言　都の手ぶり》,曲亭马琴、石川雅望著,东京:吉川弘文馆,2003.

　　《後西遊記国字評》(稿本),东京:早稻田大学图书馆公开古籍书,1834.

　　《西鶴の研究》,重友毅著,东京:文理书院,1974.

　　《西鶴文芸の研究》,白仓一由著,东京:明治书院,1994.

　　《西遊記受容史の研究》,矶部彰著,东京:多贺出版,1995.

　　《山東京伝集》(近代日本文学大系第 14 卷),东京:国民图书株式会社,1926.

　　《式亭三馬集》(近代日本文学大系第 17 卷),东京:国民图书株式会社,1926.

　　《繁野話　曲亭伝奇花釵児　催馬楽奇談　鳥辺山調線》,德田武、横山邦治校注,东京:岩波书店,1998.

　　《十返舍一九集》(近代日本文学大系第 18 卷),东京:国民图书株式会社,1926.

　　《小説研究十六講》,木村毅著,东京:恒文社,1980.

　　《春色梅暦》,为永春水著,舟桥圣一译,东京:河出书房新社,1965.

　　《新編金瓶梅》,曲亭马琴著,若山正和编,东京:下田出版株式会社,2009.

　　《新編水滸画伝》,曲亭马琴,东京:三教书院,1935.

　　《新編日本文学史》,市古贞次等编,东京:明治书院,1996.

　　《三国志と日本人》,杂喉润著,东京:讲谈社,2002.

　　《三遂平妖伝国字評》(稿本),东京:早稻田大学图书馆公开古籍书,1833.

《十八世紀江戸の文芸——雅と俗の成熟》,中野三敏著,东京:岩波书店,1999.

《水滸伝と日本人——江戸から昭和まで》,高島俊男著,东京:大修馆书店,1991.

《続西遊記国字評》,曲亭马琴著,东京:早稻田大学图书馆公开古籍书,1833.

《増補新版日本文学史》,久松潜一等编,东京:至文堂,1975.

《爲永春水集》(近代日本文学大系第 20 卷),东京:国民图书株式会社,1928.

《近松の研究》,重友毅著,东京:文理书院,1972.

《近松浄瑠璃集》,重友毅著,东京:岩波书店,1958.

《近松世話物の世界》,苅田敏夫著,东京:真珠书院,2009.

《中国文学と日本文学》,铃木修次著,东京:东京书籍株式会社,1991.

《唐話の流行と白話文学書の輸入》(《中村幸彦著述集·七卷》),中村幸彦著,东京:中央公論社,1984.

《中世軍記物の研究》,小松茂人著,东京:枫樱社,1990.

《中古文学と漢文学Ⅱ》(和汉比较文学丛书 4),东京:汲古书院,1987.

《椿说弓張月》,曲亭马琴著,后藤丹治校注,东京:岩波书店,1965.

《南総里見八犬伝》,曲亭马琴著,小池藤五郎校订,东京:岩波书店,1984—1985.

《日本小説評論史序説》,原田芳起著,大同馆书院,1932.

《日本文学の歴史·近世篇 2》,唐纳德·基恩著,东京:中央公论社,1995.

《日本文学全史・近世》，市古贞次编集，东京：学灯社，1978.

《日本文学思潮論》，冈一男著，东京：笠间书院，1973.

《日本文学史を読む　Ⅳ近世》，有精堂编集部编，东京：有精堂，1992.

《日本文化史》，石田一良著，东京：东海大学出版会，1994.

《日本文学史序説》，加藤周一著，东京：筑摩书房，1981.

《日本古典文学大辞典（簡約版）》，市古贞次等监修，东京：岩波书店，1986.

《日本古典文学研究资料第四卷　近世小说》，大曾根章介等编，东京：明治书院，1983.

《日本文学研究資料叢書・馬琴》，东京：有精堂，1986.

《日本文学研究資料叢書・秋成》，东京：有精堂，1984.

《上田秋成》（日本的古典 17），东京：集英社，1981.

《日本靈異記》（日本古典文学大系 70），远藤义基、春日和男校注，东京：岩波书店，1978.

《日本幻想文学史》，须永朝彦著，东京：白水社，1993.

《日本近世文学史》，重友毅著，东京：岩波书店，1950.

《日本文学評論史（総論　歌論篇）》，久松潜一著，东京：至文堂，1986.

《日本文学と仏教思想》，滨千代清、渡边贞麿编，东京：世界思想社，1984.

《中世文学と漢文学》，和汉比较文学会编集，东京：汲古书院，1987.

《日本近世文学の成立》，松田修著，东京：法制大学出版社，1982.

《日本文学の思潮》，久松潜一著，东京：河出书房，1940.

《日本文学全史》,市古贞次等编集,东京:学灯社,1978.

《日本漢文学史》(增订版),冈田正之著,东京:吉田弘文馆,1997.

《日本文化史研究》,内藤湖南著,东京:讲谈社,1982.

《馬琴評答集》(天理图书馆善本丛书),东京:八木书店,1973 年.

《馬琴と書物——伝奇世界の底流》,神田正行著,东京:八木书店,2011.

《馬琴読本と中国古代小説》,崔香兰著,东京:溪水社,2005.

《平家物語の構想》,永积安明著,东京:岩波书店,1989.

《平家物語　研究と批評》,山下宏明著,东京:有精堂,1996.

《英草紙　西山物語　雨月物語　春雨物語》,中村幸彦、高田卫、中村博保校注,东京:小学馆,1973 年.

《水浒後伝批评半閑窓谈》,曲亭马琴著,早稻田大学图书馆公开古籍书,1831.

《馬琴の大夢　里見八犬伝の世界》,信田纯一著,东京:岩波书店,2004.

《仏教文学概説》,黑田彰、黑田彰子著,东京:和泉书院,2004.

《無常》,唐木顺三著,东京:筑摩书房,1964.

《紫式部日記》,小谷野纯译注,东京:笠间书院,2007.

《物語文学序説》,高崎正秀著,东京:枫樱社,1971.

《物語随筆文学研究》(山岸德平著作集Ⅲ),山岸德平著,东京:有精堂,1978.

《本居宣長集》,日野龙夫校注,东京:新潮社,1983.

《山口剛著作集》(第二),山口刚著,东京:中央公论社,1972.

《歴史物語の世界》,河北腾著,东京:风间书房,1993.

后　记

又到了窗外梧桐逐渐泛起金黄的深秋,想起大学时代满头银发的老先生曾在黑板上工工整整地写下朱熹的《劝学诗》:"少年易老学难成,一寸光阴不可轻。未觉池塘春草梦,阶前梧叶已秋声。"诗很快就背诵下来,但其中的殷切嘱托与种种滋味,则是到很久很久以后才有所体会!

有人说,做学问是轻松愉悦的,思我所思,想我所想,有一种无拘无束的自由。做学问也是"痛苦煎熬"的,笼闭于一室,面对剪不断理还乱的千头万绪,整理四处散落曲折晦涩的古人言语!但终究还是愉悦的,当你理顺了、解开了的时候! 如此循环往复,大概就是我们共同的心路历程吧!

即将出版的专著是在博士论文基础上补充完成的,也是国家社科基金青年项目"日本近世小说观念的中国文学思想渊源研究"的结项成果,这是一个跨越年代漫长久远、涉及作品繁杂众多的比较大的题目,目前的稿件也只是现阶段一个不太成熟的总结,我将继续沿着这一框架做不断的理论深化与材料补充,也衷心期待各位专家学者的批评与指正!

首先要感谢我的博士生导师王晓平教授对文稿的审读与宝贵建议。王老师是我国最早从事日本文学与中日比较文学研究的著名学者,《近代中日文学交流史稿》《亚洲汉文学》等专著是我们当年必读的经典。曾经在南开大学一次学术会议上聆听王老师为大家答疑解惑,但真正有幸成为王老师的学生,还要追溯到2003年在日本奈良万叶文化馆召开的一次国际学术研讨会,在开往橿原一辆摇摇晃晃的红色座椅的电车上,透过晨曦的微光凝神细瞧,惊喜地发现坐在对面的正是同样来自天津的王晓平老师,这正是"他乡遇导师"的珍贵缘分吧!老师总是亲切和蔼让人如沐春风的,对我们这些刚刚入门的学术晚辈多以鼓励为主,但又总能及时地发现问题并予以耐心的指导,因此四年的学习生涯深感受益良多。王老师提倡的中国风骨与国际境界是我们开展学术研究时的指引方针,几十年如一日孜孜不倦、严谨求真的治学态度,坚定了我们即使长路漫漫亦将上下而求索的决心!印象最为深刻的是老师讲述当年内蒙古大草原插队的经历,那份天寒地冻、荆棘丛生时的执着与坚守,深深地感染着我们!

　　南开大学外国语学院的刘雨珍教授是我硕士期间的导师,也是我走上学术道路上的引路人。刘老师在科研起步期对我们的要求是十分系统而严格的,意在让学生确立扎实严谨的学术规范;在日常的交流中又极具慈悲的心怀,哪怕是毕业后依然牵挂着每一个学生的发展!曾在刘老师的推荐下赴日本奈良县万叶古代学研究所研修,并有幸参与到中西进先生《〈万叶集〉与中国文化》的翻译中。最初选择日本文学专业是满怀热忱又不知所措的,基础知识的储备也严重不足,刘老师根据我喜爱古典小说的特点,建议选择江户时代以上田秋成为代表的翻案小说家为研究对象,这一选题对于了解明清小说在日本近世的传播与影响意义重大,同时又留有相对广泛的研究空间,之所以能够沿着这一思路逐渐铺陈开自己的研究,离不开当初确立研究方向时导师的良苦用心!

书稿即将出版之际,由衷地感谢家人一直以来的支持与勉励,使我能够专心于写作而没有后顾之忧! 每次取得一点点小小的成绩,父母和爱人的喜悦都远在我之上! 就让这本小书成为一个小小的礼物吧! 步入中学的女儿永远那么可爱和善解人意,愿我们彼此陪伴、共同成长!

还要感谢南开大学和天津师范大学就读期间各位老师的关心与爱护! 感谢天津大学同事一直以来的团结与协作! 感谢硕博期间各位同门的相互理解与支撑! 感谢老同学和好朋友一如既往的关注与鼓励! 感谢中华书局葛洪春老师对稿件的宝贵建议与辛劳付出!

勾艳军

2019 年 10 月 8 日于天津